十排房

王永军 著

天津出版传媒集团

百花文艺出版社

图书在版编目（CIP）数据

十排房 / 王永军著. -- 天津 ： 百花文艺出版社，
2025. 1. -- ISBN 978-7-5306-8948-6

Ⅰ. I267

中国国家版本馆 CIP 数据核字第 20245B5D45 号

十排房
SHI PAI FANG

王永军　著

出 版 人：薛印胜	责任编辑：张　雪
装帧设计：西穆设计　刘昌凤	特约编辑：孟祥静

出版发行：百花文艺出版社

地址：天津市和平区西康路 35 号　邮编：300051

电话传真：+86-22-23332651（发行部）

　　　　　+86-22-23332656（总编室）

　　　　　+86-22-23332478（邮购部）

网址：http://www.baihuawenyi.com

印刷：三河市元兴印务有限公司

开本：880 毫米 ×1230 毫米　1/32

字数：270 千字

印张：11.5

版次：2025 年 1 月第 1 版

印次：2025 年 1 月第 1 次印刷

定价：89.80 元

如有印装质量问题，请与三河市元兴印务有限公司联系调换

地址：河北省廊坊市三河市黄土庄镇尚庄子村

电话：0316-3180002

邮编：065200

去爱吧、去回忆、去哭泣，
所有的河流终将汇入大海……

王永亭

一个人的文学联合装置

/ 李旭华

历史机缘，我与永军诸人兼职承担了企业文学的独特历史使命。在这个岗位上，我们如同《蜀汉演义》中守卫阴平古道的五百老兵，战战兢兢，不敢将前辈的江山沉没。于是，唯有奋斗。闻鸡起舞，感受到了"前不见古人，后不见来者"的历史紧迫感；中流击楫，感受到长征路上"岷山千里雪"境地的决绝与喜悦。春种夏长、秋收冬藏，白驹过隙、光阴荏苒，倏忽已经四年有余。

永军处世淳朴善良、低调内敛，其少有清名、偶露峥嵘，而后大器晚成。我对其一直怀有期待，希望他在文学上有更大的进步，可以闯出一条新路，早日执一方文坛牛耳。为了这个共同的目标，我愿意为其摇旗呐喊。2022年10月，我俩在疫情的恐怖中，毅然前往济宁，参加了尼山文学论坛。论坛声势浩大，让我们回到了"子在齐闻韶"的庄严。在《论语》《孟子》的金声玉振中，见证了当前国内诸多名家的激扬文字以及多个文学流派的舞枪弄棒，也更加深刻认识到了文学的澎湃力量。我们边走边谈，从先贤的璀璨智慧，到工业文明的千军万马，从海岱雄风，到北海扶摇，思想交流碰撞，增强了我们的底气，坚定了我们文学创作的信心。

自尼山归来后，永军潜心创作，不久即出版人生的第一本图书《时光曲》，让我意外的是，这是一本散文集。之所以意外，是因为在我的印象中，他尤擅报告文学，所谓"力大刀沉"，"于百万军中取上将首级如探囊取物耳"，洋洋万数言的重大题材，能不日而就，而且在专家评审时，一路绿灯，所以多次获得中国石化作协征文的一等奖奖项。第一本结集就放弃了已经蔚然气象的报告文学，选择了散文，可见永军对散文之热爱，功底之厚实。更让人欣喜的是，继《时光曲》出版一年之后，其思若涌泉，又拟出新书。这次，是散文集《十排房》，并邀我作序，我得以先睹为快。

《十排房》隽逸的文字与表现架构，让我想到了石化人的"三本书"。在现代工业领域，大家都熟知：一个优秀的石化人，心中一定有"三本书"，而且要滚瓜烂熟。一本是流程图，一本是操作法，一本是应急预案。第一本是认识装置的，第二本是操作、驾驭装置的，第三本是告诉我们当装置出了问题如何处理的。而对石化人来说，每个人的人生也是一套装置，如何开好人生这套装置呢？《十排房》集成了一名央企化工人的生活逻辑思考，即：生活的流程图，生活的操作法，生活的应急预案。

在书中，王永军以"知天命"的人生阅历，认真书写生活，以心灵体验生活，写光阴的故事，写所见所思，写人间玄妙、生命轮回、规律因果、苍生敬畏，通篇用哲思和优美灵动的语言告诉我们，生活是什么样的，如何过好我们的一生，我们该如何应对生活的变化与挑战。

像鲁肃为孔明过度着急一样，我有时候也为散文作家焦虑。担心他们写旷野之境、灯火深处，写只道寻常、人间山海，如果是虚构的，即使色彩绚烂，也难免会缺少鲜活与厚重，如塑料花，或者复印的相片，读之嚼蜡；而如果是真实的，是否又将会暴露出生活的累累伤痕，或者破绽。读永军的作品，十分担心出现这样的桥段。可是，《十排房》的文字却自始至终，没有陷入这样的泥淖。每每在紧要关头，总能以绚丽多姿、美不胜收的情节发展，实现峰回路转，优雅化解。

有的作家会不吝用几部作品去写一个乡土社会，还有的作家甚至用终生的笔触去写一个玄幻的世界。而生活于海岱之间，身处齐国故都、化工名城的王永军，其志必不在小。我相信，他正在用自己的作品系列，建设一套自己的文学联合装置。炼化企业的联合装置，有催化、有常减压，还有焦化，可以把粘稠的石油，炼制成汽油、柴油与航煤。而王永军的文学联合装置，将会是一个真实的、石化人的平凡而雄美的世界，这个世界塔林密布、管廊纵横，层层叠叠、架构向上，可以把富饶的生活体验，分离出哲理，乐观的能量与向上的力量，还有稳定的情绪。这套装置是为了永军自己的生活理想而施工建设，更将成就和架构所有读者的幸福体验。

古人将栋梁之材或称为柱国之士，我始终希望永军能够在企业文学代际更替中担当这一重任，亦希望《十排房》能够不负众望，即使不是六出祁山、光复汉室的铁甲雄兵，也至少是一垛坚牢的城墙，助力我们牢牢守住阴平古道，为蜀将姜维回兵成都赢得足够时间。

是为序。

2024 年 7 月 10 日

作者为齐鲁石化公司党委委员，作家协会主席

目录 CONTENTS

··········

第二辑
灯火深处

第三辑
只道寻常

第四辑
人间山海

第一辑
旷野之境

苦非苦，乐非乐，把执念放下，方能自在随心。人生如旷野，暖阳护周全。记录瞬间，寄情远方，邂逅属于你我的广阔与自由。

一只白鹭腾空而起

不过是生命中的一次偶遇，一个过客而已，却像是做了一场梦，刚刚醒来，景致都在，梦里的人却不知所向，没有了踪迹。

细雨蒙蒙，在太公湖石砌围栏处，突然一只白鹭腾空而起，浪花闪过，瞬间消失在视野里。眼前的一幕，也让我的心随着鸟儿升腾，在广阔的湖面盘旋回绕。

清晨的风儿清凉，空气中弥漫着湿漉漉的气息。昨日的雨下了一整天，想必今天可以暂时停歇一下。抱着一线期望，我推出红色单车，准备骑行去太公湖。

太公湖风景区位于淄博市临淄区东部，因临淄是古齐国都城，周代齐国的开国元君是姜太公，太公湖因而得名。风景区包含太公湖和太公湖生态休闲公园两部分，东西紧邻相依，是国家 4A 级景区。姜太公的雕像矗立在太祖广场，每年国内外的姜氏后代都会来这里举行祭祖仪式。

因台风即将登陆，连日来许多沿海地区已受到很大影响，短视频里，海浪翻滚冲击着海岸，岸边的部分设施被损坏，足见风浪的强大威力。

骑行路上，忽然飘起了雨滴。我心生犹豫，到底该不该继续前行？倘若大雨来临，恐怕也没地方可以躲避。未知的猜疑让我有点儿灰心，刹那间想要打道回府，这样至少可以避免淋雨的狼狈。但这样清爽的早晨，倘若放弃，真的可惜。我心存一丝侥幸，决定继续朝着太公湖的方向前行。

细雨淋在脸上，思绪慢慢变得清醒。在太公湖西侧偌大的地方，竟然没有一处可以躲避风雨的地方。寻觅良久，终于找到一处有屋檐的地方，我将车子停放好，撑起雨伞，沿着太公湖岸边的小径漫步。

太公湖位于植物园的东侧，园内空无一人，细雨迷蒙，小径通幽，时而密林叠嶂，时而峰回路转，大路通行。不是休息日，不是晴朗的天，自然少有行人。园子里的绿植分外鲜亮，绿意如云雾般浓淡相宜。一排排翠绿的竹叶，在小路旁轻轻摇曳。路面湿漉漉的，我顺着熟悉的路线，不去想它的走向，只是自在地漫步，体会雨滴打在伞上的声响，体会一个人在雨中穿行的那份独特心境。

从那个木长廊的下面走过时，我猛然抬头，发现一位男子正在雨中手舞足蹈。没有任何雨具遮掩，任凭雨丝飘落在身上。隔着十几米的距离，从下往上看，我看不清他的表情，但他肢体的动作清晰地呈现在高处。他伸着双臂，不知是在练操还是打太极，总之是舒缓的、不急不躁的、从容不迫的。我无从探究他站立雨中的缘由，但可以感受到那份从形体动作中传递出来的快乐和喜悦，那么神奇地袭击了我的周身，而且是在一瞬间。

那是一种彻底的自由自在的状态，无拘无束，毫无牵绊；一种脱离了世俗的风和雨，摆脱了心灵的枷锁和束缚，让身心得以尽情舒展和释放的状态。我发现他也在望向我，四目隔着空气和雨丝，仿佛有了心灵的交融和共鸣。

我继续往前走，路边的植被越发绿意葱葱。靠近园子最东边的太公湖时，迎面跑来一个人，依然没有携带任何雨具，冒雨奔跑，只是把运动衣反穿，让衣服的后背部分包裹了他的头顶。他的装扮甚是滑稽，却是一脸的笑意，带着孩子般的率性和天真。

我们擦肩而过，我清晰地看到了雨水和汗水在他的脸上流淌，但他清澈的眸子却深深印入我的脑海。他的快乐不言而喻，如同喷薄欲出的旭日，从海面上一跃而起，刹那间把温暖和光亮投射到了人间。那种动人心魄的感触，会让你一时有些难以置信，这等神奇的美景，散发着神圣的自然魅力。

沿着太公湖畔，只见雨丝在水面上荡漾漂浮，如万千精灵在自由舞蹈。望向天空，有灰白色的薄云附在天际，间或有光亮从云层间投射出来。天地间愈发安静从容、淡泊明净。我仿佛听到了美妙的音乐响起，却无从知道来自何方，如此真切而美好。那声音完全是天籁之声，似从云层闪现，似在湖面飘荡，又间或传入耳中……

我走入园子时，一直戴着耳机收听着作家雪漠的讲座。他精通佛学，学识渊博，从优秀传统文化中参悟到诸多人生真知。听着他如沙砾般粗犷原生态的声音，仿佛真的通晓到了心灵深处，那些质朴素净的话语，碰触、撞击着心灵，让迷惘、混沌经受了一次洗礼和净化。而眼前的景致，与他的话又是完美和谐而统一，使我仿佛置身在一种灵魂的深层感悟中，许多道理慢慢浮出水面。而我如同那迷途的孩子，正寻觅前方的路，从犹疑慢慢变得自信，看到了光亮，看到了希望。

在湖畔某处，一只白鹭腾空而起，忽然闯入我的视野，刹那间，又从视线里消失。那种突然而至的兴奋，如绵绵的雨丝，浸润着我，让身体变得清爽，继而便是心灵的自在。这种真切与美好，像那萦萦绕绕、盘旋不散的福音，从上天而来，将我包裹其中，幸福得想要流泪。

近年来，太公湖优美的栖息环境，吸引了许多野生鸟类前往，更是有成群的白鹭在河畔结伴。作为鸟类中颜值的顶流，白鹭身材修长、天生丽质，身披洁白的羽毛，宛如翩翩起舞的仙子，或在湿地觅食嬉戏，或在空中展翅翱翔。

生命的不同阶段，我们总会遇到某些人，仿佛前世曾遇到过，那种莫名的熟识感，让人困惑不解。明明不过是生命中的一次偶遇，一个过客而已，却像是做了一场梦，刚刚醒来，梦里的景致都在，梦里的人却不知所向，没有了踪迹。

天下没有不散的宴席，纵然再美好，也不过是一瞬间。缘深缘浅，不过是一段路程的陪伴，再美妙的曲子也有收声的时候，如同那只白鹭，让我见识到它的纯洁美丽，却又惊鸿一瞥，再也难觅踪迹。

我来到一处亭子时，雨停了，甚至有阳光开始倾洒下来。四周依然幽静，环顾越发葱绿的叫不上名字的植物，我竟心生不舍。这个清晨的园子，因为一场雨、一只白鹭，还有大师的讲座，以及这一抹朝阳，全然构建了一个美好的世界，我庆幸走入其中，感受到这一切，一草一木、长廊亭榭，还有不停流淌的湖水，天际的云层，焕发出崭新的生命力。那无限涌动的能量，在此起彼伏地浸润着我的身心，我收获这莫名的欢喜，一如那初生的婴孩，睁开洁净懵懂的双眼，重新观望这个世界，感受自然的神奇，体会生命的真义。

所有人的生命历程，或许都蕴涵着自然的规则和律令，只是很难识别和领悟，但却真实存在。在意识里，在修行中，在艰难的跋涉里，在不放弃的坚守中。倘若那个清晨我放弃了，便不会有这番经历，不会收获"可遇不可求"的豁然开朗。

此时，傍晚的夕阳透过办公室的窗棂进来，光亮照在脸庞上。我能感知到窗外阳光独特的温煦和安静，脑海里又浮现出那只白鹭，浮现出一幅灵动和谐的优美画卷。我在湿漉漉的画中穿行，心灵所觅，诚意在心，总能靠近你想要的目标，哪怕有风有雨，信念永远在心间，便是人间盛景，便会喜悦萦怀。

生命之和

人生就像一道选择题，你选择了A，便没有了B和C的机会，不管对与错，都是你的选择。

生活要通顺，不管是身体还是心理，做事不拧巴、不牵强、不做作，就像是渴了要喝水，困了要睡觉，自然顺应你的身体，感知身体自然的变化，少些人为干预，不要总是事先规划安排。

让身体回归大自然的节奏，不刻意，不牵强。夜晚萌生困意，便不要在短视频里欲罢不能，立即到床上去；身体疲惫了，就闭上眼睛休息，等到有了各种不适，便为时已晚。做身心的主人，不随波逐流，不被动应付。

让自己能够感知到身体的生长与变化，感知到精神的坦然与愉悦，每天都在丰富多彩的世界里遨游。人生其实就是一次过往、一个当下，对过去的一次怀想，对未来的一份期许。重要的是眼前正在经历的一切，感受不同的内容，收获不同的喜悦。安静的心，置身在大自然中，花香鸟语，风情万种。

此生的使命是什么？感受美好的存在。不情愿做的事情就不要去做，感到为难和牵强的事情就绕开，只找寻那些自己感兴趣的，让自己喜欢的人和事。多陪伴家人，亲情是此生最值得我们投入和珍惜的感情，和家人在一起，感受时光的流逝，感受这瞬息万变中每一刻的欣喜和成长。

一个人的生活状态，从他的微信朋友圈大抵可以获知。朋友老金忽然没有了消息，不再发任何信息。我推测，大概是忙于更为重要的事情——在为夫人回国做着各种准备。这是他期待已久的事。

老金事业有成，却最眷顾家人。他曾经说，人生最大的幸福，是和家人在一起。他儿子在国外就读，毕业后谋得一份不错的职业，选择定居。老金退休前，妻子经常飞居海外陪伴儿子。老金与妻儿聚少离多，更多的是思念和别离。多少个日日夜夜，对老金而言，期盼的就是和家人重逢的那一刻。哪怕游历在美丽的三亚，身边缺少陪伴他的家人，他自觉少了一半的欣喜。我推测，此刻他已经驾车奔赴和妻子相约的地方。在明媚的春光里，我能够感知到他的快乐，归国的家人便是最美的风景。当然，也就无暇顾及我们这些老友了。

有些朋友便是在逐渐不再打扰的前提下，慢慢地走散，慢慢地回归到各自的生活。有时候，人生就是一个个的小站，偶然相遇、相知，发生一段交集，但最终还是要回归到各自的路径。那一段相互陪伴过的往事，终究会成为记忆中的一段美好，似曾相识，恍若一梦。

不纠结于过去，也无须为未来而迷茫，一切顺其自然。苦与累，常是和欢喜相伴而生，得到了多少欢乐，也要付出多少痛苦的代价。事物总是对等的，符合某种自然的规律，感情也是如此。曾经享受过相聚的欢乐和愉悦，也必然会有分别的苦楚。

一位情感导师说过，在我们拥有时间和精力，拥有健康的身体，可以去经历很多事情的时候，就让自己去经历吧，最终，这些经历都会被放进记忆的仓库里。等到年老的时候，等到寂寞孤独的时候，便可以打开记忆的库门，去看一看曾经经历的那些事情，去重温那些生命中的欢喜，这也是一种人生的意义。

悄悄储备，静静感知，把所有梦想般的欢乐储存在记忆库里，把一个个故事幻化成一串串的珍珠，存放在心灵深处，暂时还不必打开，就让它安放在那里，如一朵花，无人碰触，自顾自散发幽香。

曾经亲密的老友，也许就是在瞬间走出了你的记忆之门。你忽然记不清他的模样，恍若隔世，甚至回想，是否曾经认识过他？你们之间曾有过怎样的故事？为什么在人群里，在迎来送往中，会从一张张面孔中率先发现她或者他，由陌生变熟悉？

人生就像一道选择题，你选择了 A，便没有了 B 和 C 的机会，不管对与错，都是你做出的选择，它代表着你的意向、取舍、心态和你的认知。在那一刻，就是你最为真实、谁也无法改变的心态，只能顺应彼时的情感走向，也唯有那样的选择，才让你真正成为了你自己。哪怕重来，依然如旧。

有人说，感情投入太深，就像生病一样来得迅猛，而倘若离开，便如抽丝一般缓慢与漫长。人生不仅要记忆，也要学会如何忘却，忘掉挥之不去的过往，慢慢安抚那些情感涌动的波澜。不惧创伤，抚平伤口，坦然而安静。

人们常谈论命运，命运到底是什么？如果把这两个字拆开解读，"命"其实就像人生早就写好的剧本，一切早已注定。而"运"似乎会有更多的扩展，里面会包含你后天的学习，你的勤奋、努力，你的坚持、顽强，这些因素通通会被写到你的"运"里面，从而将你的人生演绎出有别于原定剧本的那部分内容。

当然，总的来说，剧本的框架、内涵，以及主人公的过去、当下和未来，也许不会有太大的改变。这便是"命"给予今生今世那一份既定的人生安排。而"运"，是我们的希望，是期待，饱含着努力的汗水、辛勤的耕耘，还有坚持不懈朝着理想、梦想的一路打拼和坚持。

不知道这样的解释，是否契合于冥冥中看不见的神秘因果和宿命，仅从字面上理解，又似乎能够解释得通。每个人面对同样的境遇、同样的机遇，写出的是不同的人生篇章。有的人一手好牌会打烂，而有的人虽境遇不佳，却靠后天的努力实现生活的改变。道理蕴含在不断求索、探寻和提升中。从某种意义上来说，所谓的命运，更多体现的是积福行善、心怀感恩形成的某种福报，也就是让自己发出更大的光亮，给别人的人生旅途照亮一片新天地。

生命的过往，凝结在一个个的当下：从当下中感恩，在当下中体会生命真正的意义。心怀海川的辽阔，放眼全世界，便不再拘泥于那一点一滴的得失。人生的格局，也许就在你勇敢迈出那一步，走向更广阔天空的勇敢中。

每个人要在有生之年，见识更广阔的世界，因为会有更多美丽的风景，不仅仅在梦里，更在我们的脚下，在前方。那里有心灵的皈依，有寄托梦想的地方。在心灵深处培植一片净土，用纯净和良善，构建属于你的小小花园。也许因为各种原因你无法走向千山万水，但在精神世界里，可以存放一份感恩、一份纯粹的人间挚爱，把暖暖的情意投向人间。

每个人都在书写命运的诗篇，有的辉煌，有的平淡，有的如史诗般壮阔，而有的像平静的溪流潺潺流淌，却依旧闪烁着生命之光。

风中的歌唱

不管选择哪个方向，都能找到通往回家的那条路。

进入附近的奎盛园，园子里变得空旷起来，映入眼帘的是一级又一级的台阶，地形陡峭，一直向山顶延伸，层层台阶，像我们人生中走过的每一步。最初沿着既定的方向，一直朝着理想不辞辛苦地奔赴，经历了风风雨雨的侵袭与煎熬，终究发现，得与失、聚与分，终难遂愿。而一直守候的初心，也开始变得迷茫。

中年阶段，本应该内心笃定，看破世间红尘纷扰，安之若素，尽享平凡岁月里的安静与从容。接受最平凡的自己，不再深陷是非得失的纠结。可是，当一个人所期望的成了泡影，却不知其中缘由，陷入自我怀疑中，他就会乱了阵脚，失去了主张；看不清对手，也不知深陷在多深的泥潭，只能从现实的结果，窥见自己曾经的努力，并非自己所想象得那么有价值，有意义。

诱惑面前，我依然无法免俗，陷入欲望的旋涡中，被一股巨大的流沙推击、冲刷，忘了过去，忘了自己，忘了来时路。

我抚摸着园子里石雕的苍龙，蜿蜒的躯体、层层叠叠的鳞片和它富有力量的龙须，那是中国精神的图腾，也是个体意识的升腾与飞跃。它豪迈、雄壮，却能融进园子里这安静的氛围中，动静总相宜。

恰好是傍晚，许多游客已经离开，我感受到独有的空旷与寂寥，绿意浓浓中，慢慢敞开心怀。

看惯了车来车往，听惯了闹市的鼎沸和喧哗，有这么一个园子，是值得庆幸的事情。这样一个安静的所在，给我郁闷的心找到了出口，我的心情也豁然开朗起来。丛林树木间，岩石浮雕，粼粼湖水，阳光在树梢间轻轻回旋荡漾，小溪在草丛间浅浅地流淌，石板小径蜿蜒曲折，从林间穿过，目光所及，处处都是风景。

奎盛园的园林设计很有意思，正中间石梯沿坡而上，路两边则全成了窄窄的石径，在丛林间蜿蜒。小径幽深，看不到尽头，越发让人迷恋，不知道脚步会迈向怎样的一个地方，是泥土还是草丛？是踩在落叶繁花上还是荒芜的泥土中？

不管在哪里，哪怕随意的一个角落，心会安静下来，眼前便有了梦境的色彩。

心情是快乐还是忧伤，是满足还是失望，有机会，找一处凉亭，捧一本书，坐一个下午，让时光静静地在身边陪伴。看夕阳坠到了天边，清风与自己同在，石阶上、木椅上，偶尔有鸟儿短暂停留，四目相望，和鸟儿一起感受这转瞬即逝的春光。

成功与失败，皆成过往。得到还是失去，不过是生命的体验。经历的风雨，得失间的举棋不定，曾有过的犹豫、彷徨，希望变成失望后的万分沮丧，都在体验中融汇成情感的荡漾，成为生命的陪伴。

此时此刻，不想表达，也不想倾诉。历经千帆之后，明白一切都并非自己所想象的那样。不如安静下来，重新找回那颗向往自然、向往平和的心。我自以为并不艳羡红尘利禄，但当真正的名利摆在面前，依然无法做到淡然和超脱，总想牢牢地攥紧。绞尽脑汁，犹豫徘徊，生活被佯装成另外一副面孔，拼凑自己渴望的那个版图。

这个亭子的旁边是郁郁葱葱的树林，春日里的叶片，仿佛浸染了油脂，分外翠绿鲜亮。许多不知名的鸟儿在林间不停鸣叫，不知在吵架还是在欢聚。听不懂这叽叽喳喳的鸟语，但见它们轻盈地扇动羽翼，来回穿梭，在枝丫间、在绿丛里轻盈飞舞，上下穿梭。清脆的声音，似一曲带有和声的童谣。

微风中，清凉的傍晚，月升日暮之前依然明亮的光线，我听着鸟鸣，看树叶在风中摇曳，那颗躁动而狂热的心开始慢慢平复。失去的何苦再去挽留，如鸟儿一般，栉风沐雨，依然纵情歌唱，欢愉胜意，万事可期。

园子里，不管你选择哪个方向，都能找到通往回家的那条路，所以无须研判和担忧，顺应心情，沿着自然而然的去向，便是最好的路径，也是最近、最适合你的归途。不必担心会错过怎样的风景，经历的都是注定要经历的，不管走哪一条路，保留一份自然和敬畏，随意走走停停就好。

轻松地看，淡然地想，这个园子给予你的意义，就在你越发轻盈的脚步里。像那鸟儿在风中的歌唱，清脆动人、平和质朴、韵味悠长。这是生命里最美的歌唱。

慢慢行

从开始到结束，活在过程里，感受从无到有、从有到无的岁月轮回。

学生时代痴迷山口百惠和三浦友和，尤其喜欢他俩在电视剧里奔跑的样子，在野外、海边、操场，或者在街道上一路狂奔，青春的活力溢满荧屏。从那时起，我也喜欢上了奔跑，效仿他俩的姿势和动作，体验飞一般的感觉。

意想不到的是，今年酷暑还未减退时，突然左膝盖剧痛，一度到了走路都艰难的地步。去医院拍片检查，吃了大夫开的药，很神奇，疼痛快速减退。可惜这药有时效性，24 小时后必须及时补充，方知是止痛药。从网上查阅，依据症状有各种说法，和之前大夫的诊断南辕北辙，我越发糊涂起来。可是，病痛却没有减弱，痛时膝盖后面会鼓起一个小包。做过热疗，贴过膏药，大夫说，药不管用了，就得做手术。我选择保守治疗，目前暂且维持着，希望能见好。当然，奔跑已是不可能，腿不疼，能走路，已然是幸福。

以往走路都是风风火火的，心底积压着事情，就不自觉地想快。如今，快已是不能，哪怕慢慢走走，已欢喜得不行。慢下来了，倒是从容了许多，前面的路也能看得清了，就那么一步一步地往前移动，尽量保持正确的行走姿势，归入能够正常行走的行列。

走得慢了，心便安静了许多。不再匆匆忙忙，少了许多着急完成的目标和任务。身体缘故，不得不放弃，逐渐也心安理得。经常加班回家晚了，晚饭就吃得更晚，不再急急火火赶时间。上班也不必非得早到，冲洗墩布、拖地、去水房接热水等事情，也不必非得赶在同事们之前，早会结束后也可以。以往的许多习惯此时不得不慢慢改变。发现心态放平，脚步减缓，其实并没有太多的损失。

就像赶路，以往总想抢个红灯，钻个左转绿灯的空儿直行，冒着不安全的风险。其实，看似你走在前头，从长远的路途看，你往往并没有领先多少。

今年的"双十一"，我没有以往的心浮气躁，忙不迭在各种红包和打折优惠诱惑下过分沉迷，乱了方寸。我仔细想了真正的所需，把仅有的几件物品放在了购物车内，更没有在零点时分去抢先付款。第二天心平气和地去购物车下单，其实价格依然是先前报出的最低价。无须大包小包拎回家，一趟趟奔向取货点，"双十一"的热情，今年总体也感觉在减退，理性消费逐渐占据了主导地位。

只采买简单的必需物品，不再让那些闲置物在家里堆积、占据空间。其实，我们需要的东西很少，多的是欲望，是唯恐占不到便宜的担忧和恐惧。有时获得，反而是一种累赘，不是吗？

中午在食堂吃饭，因为是自助餐，许多人会盛得很多，各种菜看都不缺，饭盆里堆积成小山。以前我也这样，现在根据食量和营养，少盛一点，吃饱足够。同事还问我，干吗吃那么少？我回他，干吗吃那么多？我们的身体需求有限，往往都是食量过剩，导致了消化不良。

简简单单，清清爽爽，多好。

虽然膝盖有伤，我还是愿意步行上班。慢慢行，在热闹的大街上，在熙熙攘攘的人群中，慢慢地穿过。我不再急躁，不再慌张，暂且一步一个脚印，走好每一步。

当你不得不慢下来的时候，你有了不同以往的体会。

平日里，总觉得没时间：没时间去细细阅读一部小说，没时间陪孩子去看一场电影，没时间赶赴与朋友的聚会，没时间回家看看父母，没时间去执行计划已久的健身运动。很少关注精神层面的需求，更不懂和自己的心灵对话，貌似安静地坐着，心底却乱马奔腾。人生数十年，急匆匆地度过。回首间，行囊里却空空如也，没有值得回味的记忆，没有让人骄傲的成绩，没有让你感动的片刻，没有让你知足的收获。

我们总说自己忙，却不知道究竟为何而忙。拥有过那么多时间，却总渴望有更多的空闲，总让愿望留存在未曾启程的空想中，浑然不知明天我们是否还有机会从头再来。

常常回忆小时候，每到夏天，邻居们都手拿蒲扇，坐在门前乘凉。大家你一言我一语，说着开心的事，笑声不断。还是孩童的我，偎依在母亲的怀里，那种温暖、安宁，像夏夜的风，拂在心头。大人们讲着他们的话题，我会安静地仰望星空，看夜色中那些星星点点，似无数双眼睛，望向人间，那般明亮，闪耀光芒。我会想象浩瀚的宇宙空间，还有没有生命体的存在；那轮皎洁的明月上面，长袖善舞的嫦娥，倘若只有玉兔陪伴，该有多么落寞和惆怅，她是否会在桂花树下、广寒宫里，回味曾经的繁华人间。

成长的过程，总会在得到与失去之间兜兜转转。中年之后，更是每天步履匆匆，似乎如此模样，才显出对时间的尊重。没有了年少时发呆的片刻，也不敢通宵读完一部心仪的小说，在繁忙的工作之余，更是不敢懈怠，总想着多做一些所谓更有意义的事情，不辜负日暮黄昏时这转瞬即逝的时光。

总渴望抓住什么，深夜里醒来，就再也睡不着。那种看不见、摸不着的彷徨，在心底回荡。睡一个安稳的觉，哪怕赖在床上，都成了一种奢望。总在规划下一步该做什么，下一刻需要完成什么。

身边的一位同事有一天对我说，那么着急干什么？这世上，除了生死，其余都是小事。看似很多的麻烦，总会有解决的办法；看似无法逾越的鸿沟，总会有柳暗花明的时候；看似无法渡过的关口，总有某种机缘，只是还没有出现。不必太着急，不必让自己总是忧心忡忡，如临世界末日一般。

不妨慢下来。慢慢去做一件事，先不去期望会达到什么样的效果，先不去思量究竟能得到什么，先不去担忧会失去什么，只是安安静静享受这个过程。从开始到结束，像我们的人生，活在过程里，感受从无到有、从有到无的岁月轮回。对一切还未发生的未来，不必着急、慌张，更不必焦虑、担忧，更无须迷失自我。该来的总会来，该去的谁也留不住。太多的烦恼和忧虑，都源于内心对失去的畏惧。

春天，欣赏姹紫嫣红繁花似锦；夏天，蔚蓝的大海边踏浪嬉戏；秋天，遍寻满山红叶，品味丰收果实；冬日白雪皑皑，更胜似人间仙境。美好四季，装点斑斓人生，哪怕青春已经走过，也会迎来新的风景。花开花落，四季更迭，所有的意义，都在生命的体验和感受中。

复旦大学教授陈果关于当下的认知，即世界上只有两件有价值的事：第一，你好好活着；第二，请你帮更多人好好活着。明天和死亡不知哪一个来得更早，所以我们能够把握的是现在，是此时此刻，所以我很看重每一个当下。

慢慢行，关注当下，你会发现，这世界很美，你也很美。

孤独时，你最想做什么

不管是独处，还是群居，都可以拿起生命的画笔，留下属于你的印记。

歌曲《水手》有句歌词："只有远离人群，才能找到我自己。"这既是人生的一种生存状态，也是一种思想境界。在一个无人打扰、抛却红尘烦恼的现实世界里，似乎才能更好地关注内心的成长，用最纯粹的情感感受大自然的变化，感受作为一个生命个体对外部世界呈现出的反射状态和感觉。

说起来有些虚幻，只有真正体会到这种境界的人，似乎才真正明白，在孤独的境界中，和自己相伴，会更具意义和价值。餐桌上的推杯换盏，KTV 的喧哗狂热，或者极端方式的情感宣泄，是难以有这种感觉的。只有当一个人处在一个独立空间里，你才能够真正观望自我，敏感地碰触感受外面的世界，萌生更多的生命体味与思索。

著名作家刘亮程的代表作——《一个人的村庄》——便是一次极致而纯粹的精神书写。据他讲，在他 50 岁的时候，他忽然想，他这一生不能就这样待在一个大众都习以为常的城市生活，消灭掉自己内心的激情和涌动的对大自然的渴望，所以他毅然决然买下了村庄里好大一片土地，建成了自己的工作室，白天在那里教学，教当地农村的孩子。他教孩子们的不过是大自然中的一些基础知识，从语言和行动上去引导孩子们学会观察自然，爱护自然。

他形容自己一个人的生活，便是去寻找孤独中自我灵魂的一种完善和追逐，同时能够更深地走入自己的内心世界，体察、观望这个大自然中所蕴藏的不曾发现的那些秘密，以及它的神奇、它的无限魔力。只有在孤独的境遇中，一个人才能够走入自然的世界，探寻到某种机缘和巧合，巧妙地将你的世界和外面的世界合二为一，而不再是平日红尘中，用自己的喜怒哀乐抵御和对抗外面的世界。

有时，二者间的情感联系是断裂的，没有形成统一的状态，像一个气场，需要内外的交融、互助，而非单纯的割裂。选择一个人的生活，便有了将二者合二为一的可能。作家用浪漫的语言描述他的生活，看一棵树成长，看一朵花开放，看一片草如何变绿，看一片朝阳如何铺满天边。

观望静美的大自然，将身心融入到自然中，没有他人的打扰，一个人弹琴，一个人阅读，一个人吃着最简单的一日三餐，感受时光流动，对作家而言，这便是人生最美好、最理想的境界。

与过去固守多年的环境分离，并非被外力所驱使，而是内心一种自觉的求索。克服怯弱，有勇气抵御别人异样的目光，用精神滋养身心，体现出的更是一种积极主动的人生态度。

许多人想要的生活，不过是海市蜃楼。大多数人选择对外界妥协，很难按照自己的节奏去走，不敢偏离主流价值观，与大众站队在一个阵营，以此获取更多的安全感。

一个人独自抵御风霜，各种的不确定性，成为朝圣路上的绊脚石。缺乏勇气和坚持的信念，便容易迷失方向，明知境况并非心之所向，却始终无法彻底走出。深陷泥潭，温水煮青蛙，换来的也许是更多的艰辛和难堪、沮丧和失望。命运给予你选择的权利，却无法消除需要付出的成本和代价，只有不断成长，才会寻到突破困顿的出口，看到希望的光亮。

富有智慧的人，更懂得"抗拒和抵御倒不如学会顺应"的道理。我 18 岁的时候，并不渴望对异地他乡的求索，只希望今后求学求职都是在自己家门口，不希望路途遥远。可现实是，在我们几个孩子中，日后工作生活，我是离家最远的。命运的安排是无从预知的，但是，多年之后，当你往回看的时候，正是那些压力和磨难成就了你。从小养尊处优的我，倘若没有独自在外的生活经历，今日的我，或许难以成为个性独立、不依附他人、凡事自立自强的人。

一朵美丽的花，总要经受风雨的洗礼和冲击。我们的人生，犹如长征一般，需要抵御外界更多的磨砺，才能用智慧认识自己，识别那个最真实的自己，将自己和所处的境遇融合在一起，彼此成就。无须刻意追逐所谓一个人的孤单，那是从现实境遇中升华出的一种思想和观念，逐渐被我们接纳、认可。

谈论未来的生活，妻子表示，向往农村生活，哪怕待在一个人的村落，过一个人的生活。她所描述的那种生活，于我而言，如游客般简单体验一下便是最好的，而无须全盘变更现有的一切。未来的我们，也许会保持这样一种松散的、彼此之间没任何压力的放养式婚姻关系。不管别人理解与否，对于我们，也许不失为一种另辟蹊径的生活模式。

当你孤独时，你最想做什么？一个人可以散步，看一场电影，认真读一本书，也可以做做运动，动静总相宜。生活，原本就是五彩缤纷的，不管独处，还是群居，都可以拿起生命的画笔，在人生的画布上，肆意挥洒，纵情驰骋，留下属于你的印记。

或淡雅，或浓烈，或五彩斑斓，或色调单一，都是内心的真实折射，拼凑成面对这个世界、我们内心最想要的生活版图。

有感中年

不是所有的事情都能如愿以偿，但都值得一试。

　　生活就是一个不断发现、不断感知、不断体验、不断成长的过程。也许我们会带有一定的目的性，朝着既定的方向；也许混沌无知，内心满是漂泊；也许顺其自然，选择佛性人生，但每个人都在朝前走着，而且这个方向只属于你自己。

　　评判人生的得与失，总是基于当下的状态和所拥有的本领，然后去计算所失去的，在利与弊之间反复权衡，反复比较。听到过这样的言论，中年是一个人特别爱算计的年龄阶段，也许会有现实的因素，但更多的是日积月累之后，在人到了一定年纪之后，面对生活不得不做出的一种选择和态度。

　　年少轻狂，可以天马行空、不计后果；可以挥洒性情，让理想生出翅膀，梦想无边无际；可以不计成本，犯错了再重新来过。而到了中年，便拘谨了许多，脆弱了许多。任何变动面前，少了许多勇气，失掉了内心的坚强，变得斤斤计较，变得畏首畏尾，本能地开始要计算成本了。

　　自由驰骋的梦想，漫无边际的空想，似乎只存在你的少年时代。曾几何时，不由自主开始怀旧，开始回想年少时的单纯和青涩、执拗和率真，回想曾经陪伴在你身边的那个人。你们一起许下的诺言，对着月亮唱过的歌，畅饮后醉红的脸庞，还有雪地里肆无忌惮的翻滚，犹在昨日一般。

时而清晰，时而遥远，夜深人静的时候，终于明白那已是久远的一首老歌，读懂了歌词，却淡忘了旋律，丢弃的那把吉他，已落满了灰尘……

有一所房子，意味着有了一个家。家的温暖在于陪伴你的那个人。当你一个人守在一个屋檐下，听着外面的风声雨声，你是否会觉得更加落寞呢？期待一个家，更是期待一个人，哪怕是茅草屋，哪怕是粗茶淡饭，只要有一张笑脸和一句温暖的叮咛，足矣。

不管走多远，心心念念的是自己的家，还有父母的家。在两个家之间穿梭，承担着应尽的责任和义务，也享受着人世间的天伦之乐。事业和名利，荣誉和业绩，美满和富足，都比不过内心的平静。

等候一个人，期待一张笑脸，感受一份关怀，任何的风吹雨打都不再那么可怕。所谓的孤苦和落寞，其实就是一个人的默默承受，没人给你扶持和支撑，从此，便学会了坚强和忍耐，还有无言的等待。

我们常常谈论青年、中年的话题，这二者之间的差距究竟有多大？每一个走过青春的人也许最有发言权，无论是你的身体，还是心灵，都已经发生了质的改变。有些人驻颜有术，有些人却已苍老暗淡，变化更大的是一颗心——被生活打磨后，究竟是愈来愈乐观、豁达、明朗，还是越发谨小慎微、胆战心惊？

随着年龄渐长，我们对世界、对大自然、对人生，特别是对人性的感知和领悟是否也有所提升？有些事情，想透了，看穿了，想明白了，便会少了很多的烦恼；而有些事情郁积在心底，无法想明白，一味地把责任归咎于他人的时候，哪来的快乐，哪来的轻松呢？

生活之美，美在平平淡淡，美在宁静知足。小时候的生活，是画在白纸上的图画，一家人和和美美，哪怕是清茶一杯，哪怕是吃着简陋的晚餐，温暖的灯光映照着室内，无关乎窗外的声响，室内的宁静足以带给心灵富足和安定。

当你累了，疲惫了，没有勇气前行的时候，不妨找回那颗大自然的心吧。回到绿水青山之中，回到鸟鸣花香之中，回到绿叶蓬勃的生机之中，回到山花烂漫的田野之中，神奇的大自然会教给你人生的哲理，会告诉你如何安定情绪，抚慰受伤的心灵，默默还原你最初的模样。我们感恩这富饶的大自然，感恩抚育人类的蓝色星球，感恩生生不息的生命之旅。

小时候上语文课，学到了一个词：统筹。意思是你可以先烧开水，在烧水的过程中做家务。充分、合理、有效利用好时间，就叫统筹。将其运用到生活中，便是安排许多事情时，如何合理调配，如何利用好有限的时间，去完成更多的事情，这被称为智慧。

闲暇时，我常常会边做着家务，边开着手机，要么看视频，要么听音乐。上班的路上，也会戴着耳机，边听边走路。吃饭的时候，把手机架在面前，边吃边看，觉得这是一种对时间最充分的利用。

某一天早上，我走在去单位的路上，突发奇想，不如什么也不做，只专注于走路，关注自己脚下的每一个脚印，会有怎样的感受？

于是，我安静地慢慢前行，看着行色匆匆的上班族，背着书包朝着学校一路奔跑的孩子们，我忽然想，安安静静做好一件事情，不必那么繁忙，不必那么匆促，只是享受当下，哪怕你走得并不快，走得并不急，只是享受当下的时光，感受当下的心情，你会感受到那份闲适、那份淡然、那份从容。

让自己忙碌起来，似乎成为了一种习惯，只有忙碌的时候，在紧张仓促的节奏中，才能真正感知到生活的踏实。有人会说，当无事可做、过度清闲的时候，自己会变得很惶恐。不是有一个词叫"无所事事"吗？人一旦失去了支撑，生活便失去了意义。似乎只有想尽各种办法把自己的时间填满，才能够感知到丰富与精彩，你的人生才更有价值，更有意义。

几天前，我遇到了一位退休多年的老同事，如今定居青岛。在企业工作时，他便常年笔耕不辍，出版过多部文学作品；退休后，更是收获爆棚，文思泉涌，有如神助，短短几年内连续出版三本散文集、两部长篇小说，并相继获得各类文学赛事大奖。

久别重逢，他面色红润，谈吐自由洒脱，生活的惬意和自在呼之欲出，全然没有在职时的繁忙和紧张。如今，他生活的常态基本围绕文学展开，参加各种采风活动、各种笔会和各类讲座，虽然马不停蹄，却越发显得容光焕发。

那是一种轻松自在的忙碌，就像是体验过了大富大贵，才渴望粗茶淡饭，当你空空如也的时候，奢谈任何的体验都是纸上谈兵。弘一法师做出皈依佛门的选择，也是源于他已拥有丰富精彩的人生。多种人生早已遍历，逐一品尝了甘苦滋味后，才选择彻底放下。

经历对于人的成长永远是一笔财富，不管是遇到让你开心的人，还是令你讨厌的人，总会不由自主地想待在舒适区里，本能地向往和舒适的人在一起。而遇到的厌烦之人，恰恰会让你得到历练，你总能从他们身上，感知到生活的多彩和丰富，继而慢慢发现，有些事情不必着急。你可以慢慢忍耐，慢慢获取，慢慢提升自己，让自己变得强大，而内心的能量也会让你在困难面前，找到解决的办法。

　　不是所有的事情都能如愿以偿，但是任何事情都值得一试。为了我们想做的事情，我们去努力；为了我们不想做的事情，放弃名与利。每一次生命的拔节都是一次成长，点燃生命之光，有爱便有希望。

月光下的木质长椅

所有的情绪变化，喜怒悲欢，都是生活给予我们的考验和磨砺。

独自一个人的时候，有没有渴望身边有人陪伴？这是一个毋庸置疑的问题。我们来到世间，最为害怕的也许就是孤独和寂寞，身边有人相伴，该是何等的人间乐事。倘若那个人能够和你相知相应，哪怕至少可以交流，随便说一说家长里短，也是生活的惬意和幸福。拥有爱情及美满的婚姻，知冷知热的爱人，并非是轻而易举的事情。

总有人会形单影只，找不到那个与自己相般配的人，抑或是相和的人——没有共同的话题；对事物的态度，对人际关系的理解，南辕北辙。简单的对白，会阐释出不同的含义；习以为常的举动，也会被误解为其他的用意；动辄会产生误解，鸡同鸭讲，话不投机半句多。心隔着遥远的山水，永远无法跨越，难以靠近。

若如此，我宁愿孤单，让自己待在寂寞里，待在一个人无限遐想的空间里。比如此刻，我独自待在这个园子里，陪伴我的是一张木质长椅。

刚刚过了小满，天气有些转凉。身边池塘里蛙鸣不断，树林里的风声一阵强过一阵，让人倍感凉爽。

作家周蓬桦有散文集《风吹树响》，书名就是我此刻的感受。风吹树响，那必定是犹如万马奔腾的一种音效，恍惚间，激发起所有兴奋的细胞，沉迷于当下这份特殊的体验，并从中感受到鲜活的生命力，感受到生活的勃勃生机。大自然如此和你贴近，像张开的一双温暖的手臂，将你拥入怀里；风儿轻抚你的脸庞，让你的身体变得凉爽，内心却开始逐渐温热。

甩掉了白日所有的喧闹和烦躁，身心彻底获得了放松，风声、蛙声，交响齐鸣。置身于这巨大的声响中，此刻的孤独与寂寞，都不见了踪影。这样一个特殊的夜晚，在大自然面前，重新找到了自我，感受到这万物的回响是如此真切而迷人。

一个人，在深夜的园子里，穿过那幽暗的小路，将悠长的背影，留在一盏盏路灯发出的昏黄的光芒里。

心底蓄满了能量，似乎只有你一个人的时候，方能捕捉得到，切身感受得到。它可以抵御外界的风寒，可以驱逐那些明枪暗箭的侵袭，可以让你真正认识自我，把握自我。人生最难事，便是对自己清晰、准确的认知。

《红楼梦》里的丫鬟晴雯拥有过人的美貌、灵巧的双手、率真的个性，却"风流灵巧招人怨"，为自己招致祸端。她平日里对其他小丫头颐指气使，过于意气用事。"心比天高，身为下贱"，便是无法接纳自己在尘世间的身份和地位时，内心生出的彷徨和苦痛。哪怕付出真情、真意，最终不过是"多情公子空牵念"。

高估自己，或贬低自己，都会留下诸多人生遗憾。过高的定位会心生无限热望，设计和构想各种可能性，而一旦无法付诸实践，便是当头一棒，成为致命的打击，变得易怒、狂躁，开始破罐破摔，万念俱灰。过低评价自己，则把生活变成了一种负累，看不到生存的价值和意义，把任何的不顺与打压，都当成世界末日般的绝望和无可奈何，悲观失落，沮丧彷徨，举步维艰。

对自己准确定位，方可在思想的疆域里自由驰骋，感受世间一切的美好。所有的情绪变化，喜怒悲欢，都是生活给予我们的考验和磨砺。迷失自我、找寻不到自己的定位时，不妨就到大自然里去，看花儿何时绽放，看秋叶如何凋零，看四季风调雨顺，看岁月更替我们不再年轻的容颜。沧海桑田，会让我们更清楚地认识客观规律，在迷失中找到方向。

坐在园子里的木质长椅上，看着那棵刚才还在不停摇摆、现在却平静了的树，就像刚刚一切的摇晃和声响都不曾有过。月光下，一切分外静谧和安宁。这便是真实的生活，动静总相宜，哪怕身体在一天天变老，但心境的开阔与明澈，都源于年轻时的那份纯净和朝气，点点滴滴，留在生命的印迹里。

坐在这个长椅上，感受夏夜的风，感受着风吹树响，感受渐渐安静的心灵。一个人的孤独，一个人的情怀，在这样的深夜里，摘掉白日众人面前的面纱，才能让人看清内心最真实的模样。

夜愈加深邃，我仰望夜空，在星星闪烁的光亮中，看到了那轮皎洁如初的月亮。

自由生长

如果是一朵花儿，就努力地绽放；如果是一棵树，就努力结果。

那天，在一个微信群里，大家因为某热门事件展开讨论，他主动给我发来了加好友的邀请。出于礼貌，我同意了，于是，他成为了我的微信好友之一。

于是，闲暇时光，我们会随意地聊两句，也由此知道了在西北的一个小城，在我不曾涉足的那个地方，有那么一个人存在着。我们用语言交换着彼此的观念，分享着对生活的认知和生命的体验。我们从来没有视频过，偶尔用语音交流。我们年龄相差十几岁，却没有想象中的代沟。也许因性格和工作性质的相近，彼此生出许多话题可以畅所欲言。不知不觉，聊的次数多了，内容也愈发宽泛和自由，他讲了许多"不曾说给他人听"的故事。因为与我不曾谋面，他讲得坦率而尽兴，我则始终保持认真聆听的态度。

他 1987 年出生，上面有一个哥哥、两个姐姐，在家中排行老四。在中国，许多八零后都是独生子女，从出生便集各种宠爱于一身。而他，却是他们这一代人中非常少有的另类，因为他的家人对他漠不关心。他从小很少能得到父母的关爱，父母用非常漠视，甚至是抛弃的姿态将他养大。上小学的时候，他曾经因为裤子被姐姐洗了，不得不穿着姐姐的裤子去上学，结果遭到了师生的嘲笑。他只好谎称是自己穿错了。一个小学生面对来自众人的各式表情，内心该是多么失落和沮丧。他说自己很小就品尝到了生活的无奈和悲凉。

初中时，他每天要走很远的路，没有人接送，风雨都是自己承受。升入高中后，每个学期要把自己的被子带回家，而他只能骑一辆特别破的自行车。那时，他和同龄人相比，长得既矮小又瘦弱，没有多余的钱可以填饱肚子，长期营养不良。

高考时，他唯一的念头就是逃离——离开家乡，离开自己贫穷的家。他考上了上海的大学，成了村里的大新闻。可是开学后，他依然逃不开拮据的生活困境。他父亲每个月只给他500块钱作为生活费，而且仅仅持续了几个月，后来便完全不再理睬他。他只好去餐馆洗盘子，给别人代课，以筹集自己的学费，并且一入校便申请了助学贷款，等毕业的时候再偿还。

他吃了许多的苦，完全超乎他这个年龄所应该承受的。直到大学毕业，他却又鬼使神差回到了家乡，进了一家国企，后来组建了家庭。现在的他已经有房有车。

所有人都会觉得，他是个励志青年，依靠自己的双手，没有靠家庭的一点一滴，走到今天非常不容易。但是他依然心存遗憾，没有为今天所拥有的一切感到知足和满意，反而说，回想过去，满腹的辛酸和不平。他觉得，父母即便无法给他优渥的生活条件，至少也可以在生活上给他多点关心，而不是不理不睬。他说，让一个孩子承受超乎他承受能力的苦难是完全错误的。

他甚至说，其实挺后悔跟我讲这些事情，因为他很少去跟别人讲，觉得这是个人隐私。更何况他知道，即便是跟别人讲了，也没有多大的意义。

我无法感同身受，唯一能做的便是认真倾听，试图去理解他当时的心境。我对他说，那是你生命的过往，不管怎样，你坚持了下来，承受住了生活的苦难，就是好样的。许多和你同龄的人，在同样的苦难面前，也许大多数会选择放弃，或者是自暴自弃。他说，同村的很多同龄人，早早便辍了学，而他却在如此艰难的环境下完成了大学的学业。

依据他的讲述，那么多的不容易压在一个孩子身上，而他生生挺了过来，可以算作是对命运的突围。他说那些年，其实自己并没有每天悲悲切切，不仅掌握了很多的技能，还有精力去玩耍，学业却依然优秀。虽然最困扰他的是经济问题，但来自家庭、亲人的那种漠视和放任自流，让他至今耿耿于怀。

作为家长，除了给予孩子物质上的保障外，精神上也不应该有所缺失。一句关心的话，一次真诚的帮助，也许会成为孩子坚强的支撑和不轻易放弃的勇气。

他说，有一年去威海旅游，自己失足掉进了海里。一向怕水的他竟然没有慌乱，屏住呼吸，感受身体慢慢下沉，然后又慢慢浮起。他非常清醒地意识到，至少不能呛水，要尽力保持身体的平稳。让他欣喜的是，他浮出了水面，并向岸上发出了呼救信号。

按照常理，他应该喊出的是"救命"两个字，但那一刻，他拼命喊的是他同伴的名字。同伴发现了他，对他说，你不要抓我，我来牵引。他完全听从对方的建议，始终保持冷静、理智的状态，而不是抓住了救命稻草就再也不放手。

我欣赏他的睿智和聪明。在我们的交流中，通过他的措辞和流畅的表达，我能感受到他良好的文化修养和处世态度，永远不急不慌、沉稳淡泊。学校能传授丰富的专业知识，却未必能教会人们调整情绪和分辨是非的能力。社会这所大学，也许更能够让人了解到人情世故、感受到人间冷暖，更能体会到生命的不易，明白哪些需要付出，哪些需要坚守。

他一直很矛盾和父母的关系，虽然极力想去爱他的父母，但他总想起小时候父母对他的冷漠。他无法爱他们，碍于伦理纲常，又不得不说服自己常回家看望他们，给他们物质上的帮助。他的哥哥如今在贵州定居，很多年都不回家探望父母。而照顾父母的责任，一直是他在承担。他给父母买了飞机票，陪父母平生第一次坐上飞机去看望在贵州的哥哥。这次远行让父亲在村里挣足了面子，逢人便讲坐飞机的滋味。他有时候也会不平衡，觉得父母给过他那么多的伤害，为什么今天他要以德报怨？他想恨他们，但又恨不起来，因为那是他的亲人。

我跟他说，你不要强迫自己遗忘，也不要强迫自己去喜欢他们，你心里不喜欢，那就是不喜欢，不要为难自己，但是我们要正视心中的这份怨恨，明白它缘何而生。同时你也要明白所肩负的责任，明白该承担的义务，二者并不矛盾。你可以不喜欢他们，但是你还是要尽到作为儿子应承担的责任和义务。你已经成长为成熟、稳重、理性、睿智的中年男人，生活给予你的各种选择题，你肯定能够做出最为适当的判断和选择。

获得幸福是要具备一定能力的，不仅仅要有智慧，还要在面对选择时能够认清现实的真相，在过去、现在和未来之间，找寻到最适合自己的位置。珍惜当下，明白这一路走来，成为今天的自己，其实有很多人给予了我们帮助。对帮助过自己的人，在心里记住他们；对那些让你心生怨恨的人，尽量用岁月来抚平或者抹去那份怨恨。这是每个人需要面对的人生命题，我们要努力地、认真地、充满热情地去完成这个答题过程。

作家周蓬桦曾经说过：如果我们是一朵花儿，那就努力地绽放，开出属于你的最美的鲜艳；如果我们是一棵树，我们就努力结果，不管果实如何，那都是我们的人生。

人生一世，体验自由地生长，不管最后长成什么样，我们享受这个过程，也能够在这个过程中，不断地获取新的惊喜。不管是否达到自己的预期，是否值得期待，至少，我们努力过，朝着想要的那个方向，一直不停在努力。

青草之味

时光会以味道的方式留在记忆里。

立秋后，每天的清晨，会嗅到空气中的丝丝凉意，混合着青草独有的清香。气味往往会激发某种记忆，引领你回到曾经的某时某刻。

那一年，我从故乡到异乡，忽然间，人生的轨迹发生了转变，开始面对一个陌生的世界。记忆中最难忘的是生命中的变化，以及变化带来的情感变迁。

在那个清纯单调，或者被称为乏味的季节里，如一棵小草一般，我胆怯、内向、寡言少语，睁开双眼，去观察周围的世界，小心翼翼地触摸生活。而生活究竟是怎样？呈现的究竟是怎样一幅画卷？站在人生的起点，我一无所知。

如水纯净般的年代，我记住了许多画面：在校园篮球场西边的台阶上，我和同学们围坐在一起吃晚饭，看着夕阳伴着晚霞在不远处的山峦间慢慢落下；在深夜的跑道上，我一个人狂奔，尽情挥洒属于青春的热望和初次懵懂的爱恋，按压激情的涌动。不懂什么是爱，仅凭一种生命的原始冲动，陷入一场情感的纠结，背负上沉重的十字架，想挣脱掉，又想紧紧抓住。矛盾与纠结，似乎很多年都不曾放下。而最初的缘起，便是发生在少年时。

身处异乡，难免会有那种孤苦无助时刻。最爱你的父母，放开了牵引你的手，自己突然从一个被庇护的温室，被甩到了风雨中，不得不见识外面的世界，感知这突如其来的冷与暖。少年的心底，并非都是绽放的花朵，有过电闪雷鸣、阴雨交加。不断攀爬，不断跋涉，却始终无法确定目标和方向，以为一切可以慢慢来，属于自己的幸福也会不期而遇。忽然有一天，开始背负一种叫作"责任"的东西，才明白人生需要不断地翻篇，方能轻装上阵，奔赴未来。如今，人到中年，回首年少时光，青春的印迹，并非是黄金般的雕刻，也有过太多的迷惘和困惑。无数个问号和感叹号一路交织，编写成生活的乱码，我从未停止寻找人生这张试卷的答案，像一个走入迷宫的孩子，兜兜转转，探寻出路。

和朋友聊天，谈到了"井底之蛙"这四个字。"人是有阶层之分的"，如他所言，有些人含着金汤匙出生，从第一声啼哭开始，便享有了某种特权，占据着也许别人努力一辈子都无法拥有的资源。而有些人，注定贫困交加，无法仰仗父辈的恩泽，全凭一双手、一双脚，开拓自己的人生旅途。

朋友慷慨激昂，感悟良多。他对我说，不管你接受与否，我们都心知肚明，也许从一出生，人生早已写就和注定。

我反问他，那我们此生的拼搏和努力，又有何种意义呢？

每个人不就是井底的那只青蛙，时时刻刻仰望着井口的那片天，时时在假想和期待中迎来朝阳、送走落日，看白云从空中飘过，看风雨落入井底。我们无从躲藏，只有迎接这大自然的馈赠和生命的恩典。不管我们情愿与否，也不管是欢喜还是悲苦，生活从不会事先和你商量。

井底的蛙幻想做一只鸟儿，飞出井口，去见识外面的大森林和广袤的田野，又是另一番的人生风景。人生就是一个不断探寻的过程。从懵懂、无知、单纯，经过岁月历练，逐渐读懂它的价值和意义。万物生长，都要历经最初的萌芽到根植土里后日渐茁壮，抵抗风雨的侵袭，练就内心的强大，这是我们必须完成的一道命题，以此换来能量和坚韧，以及挺拔向上的勇气和力量。生命的激情，也因此喷薄而出，一直鼓舞自己，一路前行。

半夜醒来再也无法入眠，从窗外看着初秋清晨的云彩，在慢慢泛白的夜幕中浮动清晰可见。月亮不知躲到了哪片云层里，我的心却变得澄明通达。夜，依然万籁俱寂，少有窗口亮起灯光。宁静中，我嗅到了空气中那熟悉的气味，想起了那年的九月，那个正年轻的自己。

时光会以味道的方式留在记忆里。立秋时分，如青草般熟悉的气味扑面而来，仿若青春从未远离，内心依然清澈明媚，年少时的清纯，原来从未被俗世蒙尘。

归来依旧是少年，我终于明白，并非是容颜不曾变老，而是我们的心依然年轻。

秋天的影子

我不想探究它们的秘密，获知心灵的感应与默契，因为无声，更像是永远。

我想用手机，给每片秋天的落叶留个影，在它还停留于枝头时，还未飘落大地时，留下那金黄灿烂的一抹鲜亮。

我始终无法看透落叶的表情，它总是平静、无语，带着秋日安雅淡然的神色。我在秋天的丛林间穿梭，寻觅叶子的各种色彩，它们从刚出生时打着小卷儿的嫩小叶片儿，长成了如今脉络清晰、纹理复杂、五彩斑斓的模样。它们并没有全都泛黄，有的还保留着绿色厚重的光泽，甚至还泛着红色的光晕。不知道它们经历了什么，岁月的印痕从不顺从任何人与物的意志，自然而然地写下生命的诗行，湿润了这个秋天。

马莲台是临淄的一处景点，自然的植被遍布山涧。近几年，这里被人为规划的痕迹越来越重，农家乐般的饭馆星罗棋布，人造景观更是应运而生。许多人开车前来，在小酒店里闲坐聊天。

我穿过随处可见的人群，来到山涧的最远处，最原始的景致显得萧条和落寞。林子里落叶遍地，柳树低垂，千丝万缕，枝条不再像春天般葱绿。山坡上的松树依然茁壮而碧绿。还有许多叫不上名的树木，倔强地保留着原有的姿态。季节并不会真正改变些什么。无论是高耸入云的参天大树，还是低矮根植于陡峭山野的小树，都安静地站立着，护送一个季节的离开，等待下一个季节的到来。

我捡起地上的落叶，用手机拍下一片又一片的叶子。仰望苍穹，阳光从枝丫间投射而来，微风拂过脸庞，一片泛黄的叶子跨过肩头，不偏不倚落在我的掌心。仔细端详，无从知道它们会有怎样的感触？渐行渐远的那些故事，都隐入了每片秋叶的纹路和色泽中。它们保留着一种成熟的姿态，静静的，把所有的心事都雕刻成如今的模样。我渴望记住这一刻的光华，就像一个人从年轻到年老，走过青春烂漫富有活力的年轻时代，迎来成熟稳重、淡然安宁的中年。

我时常来到马莲台的最深处，将此当成自己的心灵驿站。烦躁时，找一处僻静之地，一个人待着，在时间的光影里，抛却烦恼，洗尽铅华，留存更值得珍惜、珍藏的记忆于心底。

个体的历程，类似于一片叶子的命运。不一定经历了相同的故事，但岁月的历练都写在了叶片上，写在了我们的心里。我用手机拍下的一张张图片，细细端详着，它们都是无声的，又似乎在倾诉着什么。我不想探究它们的秘密，获知心灵的感应与默契，因为无声，更像是永远。走过四季，历经沧桑，迎来属于自己的成长。

日暮时分，薄雾在山谷弥漫。天上的白云层层叠叠，洁白纯净。此时此刻，不知又有多少叶子投入大地的怀抱，是义无反顾，还是万般不舍？

叶落归根，更是心灵的皈依。万事万物都有自己的出发和归宿，无须过多的伤感，那是我们的根，我们出发的地方。收获过的、历经过的、体验过的，都会珍藏在内心。繁华、落寞、嘈杂、娴静，都融入这灿烂的秋日。我们都已长大，眼睛变得更加清澈而明媚，能读懂所有的心事，卸下背负的重任，轻装上阵，走好以后的路。

"落红不是无情物，化作春泥更护花。"这本是大自然的规律，而我们也只能遵循万事万物自然而来、自然回归的命运。秋日里，我感受着鸟儿从天地间飞过时那轻轻的鸣叫声，感受着片片落叶在空中飞舞，装点着浓浓的秋意美景。它们是属于这个季节独特的印象，是我们心灵的版图，是我们一路奔赴的前方。

湖畔放生

我们都心怀善念求得世间的保护。爱生活，爱自己，爱这平凡有爱的人世间。

冬日的太公湖，令人意想不到的是，湖面上竟然结了薄薄的冰。太阳照在冰面上，像在绿色的绸面上镀上了一层银光。

三年来，从最初的动态清零，到如今全面放开，所有人走过了一个特别艰难的由紧到松、不得不无奈面对的局面。百姓的感受总是最实际的，幸福源于生存的保障，源于我们的身心健康。每一个人都像是河流中漂浮的浮萍，不知道会漂向何方，我们也不知道幸福的彼岸距离自己有多么遥远。就像这结冰的湖面，如此平静和安宁，还原到最自然、最本色的状态。

在太公湖畔的园内，人烟稀少。许是刚刚放开限制的缘故。映入眼帘的都是些辛勤劳作的园丁们，他们打理着园子里的一草一木。在园子里走走停停，曲径通幽的小路、湖边白色的围栏、停在湖边的木雕游船，一直安静地待在原处。

回归最简单的生活，沐浴着冬日煦暖的阳光，不想离开，看天边云际间灿烂的光亮，耳边传来几声鸟叫。风不再游荡，云不再飘浮，湖面成了一个大的明镜。天上湛蓝的色彩，映射到湖面，如水晶般碧绿透明。鸟儿飞翔的声音，是否是翅膀与风儿滑过彼此碰撞的声响？那悠悠的林间，树叶婆娑，似乎在轻声细语。闭上双眼，感受阳光抚过你的脸庞，温暖着你的周身，所有的担忧与纷扰，都消散在风中，化解在这冬日的阳光里。沉浸在此，似乎听得见内心的声音，犹如一首歌在湖面上飘荡。我一个人享受着日光浴，那温暖就在头顶，如一只轻柔的手臂，轻轻安抚。柔情润心，放下生活的焦虑，哪怕只是片刻，哪怕只是此时。

孩子们跟着父母，走进这个园子里。每个人都戴着口罩。忽然，有撞击的声音传来，我发现不远处的湖面上有一条大鱼，正在挣扎着，摇晃着。

原以为是大鱼破冰而出，走近才发现一位年轻的母亲和她女儿正趴在白色的栏杆上，神色慌张的母亲正对着年幼的女儿语无伦次地重复着："怎么办？怎么办？"围栏旁边有一个粉色的塑料水桶。她解释说，这条鱼是早上买来准备放生的，她们没注意湖面已经结冰，自顾自便把桶里的鱼倒进了湖里。此时，鱼搁浅在湖面上，不停地挣扎，摇动着它那粗壮的尾巴。

当务之急，是想办法借助外力，及时让鱼游入湖底。看着女人焦灼的脸庞，我第一个念头便是找一根足够长的竹竿，把鱼拨到岸边，这样便可以想办法让鱼儿钻入湖底。我发现远处有两位清洁工人，隔着几十米远，我朝他们摆手打招呼。我希望他们手里会有工具，因为我们手无寸铁，无计可施，救不了那条正在湖面上挣扎的大鱼。

年轻母亲焦灼地一路小跑，朝着两位清洁工人而去。一会儿，两位中年妇女骑着打扫卫生专用电动车来到我们身边。她们有一个犁耙状的工具，但木杆太短，只能浅浅地就近戳几个冰窟窿，根本碰触不到那条鱼。年轻母亲一脸愁容，满脸沮丧，责怪自己太缺乏常识。旁边的清洁工人也说："你怎么不看看？"这种埋怨的话说出来，年轻母亲眉头紧皱，更加焦灼不安。

我想找一个石块，或者是砖头，在鱼儿近处破开一个洞，让湖水漫上来，最好进到它的嘴边，让它喝上几口清水，暂时缓解缺水的状况。四处寻找，周围也没有可以利用的工具。我和那两位清洁工人开玩笑说："你们打扫得太干净了，什么都找不到。"她们认真答复："必须要打扫干净，有一点儿杂物该扣我们工资了。"

我不想放弃，继续沿着干净宽阔的路面找去，希望找到一根竹竿。可是平整的草坪、成排的林木，一尘不染，井然有序。

我想只能去折断一根树枝，当作解救大鱼的工具了。冬天的树枝，落光了树叶，只有线条分明的枝条四处延伸。解救大鱼，不得不破坏树木，虽有些不忍，也再无他法。大鱼性命攸关，无暇顾虑太多，我果断折掉了一根枝条，来到湖边。

之前，年轻母亲不知从哪里找到了一个石块，已经冒着风险投掷到了大鱼的近旁，砸出了一个缺口，却还是距离大鱼一米多远。

我把枝条伸向湖面的大鱼，差了十几厘米的距离。此时，围观的人群里，有人出主意说："用上孩子的围巾。"那是一条粉色的漂亮围巾，此时正围在孩子的脖颈上。年轻母亲果断地把围巾解了下来，系在枝干的另外一头。我趴在湖边石栏杆上，围巾这一头被我紧紧握在掌心，细枝条在另一端被抛向那条鱼。第一次便成功地将鱼往这边挪动了几厘米。然后我不停地抛，不停地改变角度，尝试了十几次。终于，那条鱼慢慢地朝着我们的方向，一厘米一厘米地靠近。

突然，鱼被它身边的一汪湖水漫到了头部。它喝到了清水，有了力气，头一歪，顺着那个很狭窄的砸出的小孔，瞬间消失在了湖面。我们都忍不住欢呼起来。

可惜，那个年轻母亲没有看到这一幕，她或许对我的数次"投而不中"有些失望，又继续到别处寻找工具了。听到了欢呼声，她匆匆跑了过来，看着这个结果，抑制不住地抱着女儿喜极而泣。

我对年轻母亲说："我们一起努力把一份善意传递了出去。"

冬日的湖畔，虽略显萧条，却更显历经繁华喧嚣后的从容与安定。此时的天空愈发湛蓝，正午的阳光将温暖遍洒湖畔。木长廊的倒影纵横交错，像极了起起伏伏的人生。但行善事，不求回报。长路漫漫，努力，坚守，前行。

一场雪，初晴时

在雪地里，更能见证人生清晰的足迹，无论笔直弯曲，无论深浅，都是曾经的过往，都是忘不掉的记忆。

1

奔跑，在121队不太宽阔的生活区里奔跑。手里拎着暖水瓶，或是左右手倒替拎着的热水壶。刚刚初晴的天空，放着白光。各家各户为节省那点煤块，指派孩子们去单位锅炉房提热水。小孩子力气有限，却不得不担此重任，不情愿地克制住贪玩的心，老老实实在家和水房间来来回回。

路滑，地面上还有未化干净的积雪，刹那间，我滑倒在地。孩子柔软的身体，瘦弱轻盈，如棉花团一般，碰触到坚硬的土地，痛楚便在膝盖处化开。而暖水瓶，被甩出去老远，耳边传来砰的一声响，一团蒸腾的热气升起。一时间，懊悔、沮丧和伤悲，袭上心头。一顿责备，是在所难免了。

如今想来，来自年轻父母的责备，都是一种幸福。那时物资贫乏，每家每户的生活用品没太大差别。暖水瓶，是生活必需品，一旦被摔坏，不是又要花钱添置吗？母亲曾说，那时一个月也就

50 块钱的开销，开了工资，要把必需的，诸如面粉、煤还有大白菜买回家，其他先不作打算。逢年过节，才会盘算一些额外的花销。母亲精打细算，没借过外债，把一大家人的生活安排照料得井井有条。

屋檐下长串的冰溜子、窗玻璃上漂亮的冰花、街道路边厚厚的积雪，童年时光，总忘不掉蜷缩在教室里的那份寒冷。一日清晨，担任值日生的我，第一个走进黑漆漆的校园，去教室生炉子。如何将炉火烧旺，是我们必须学会的一项技能。可惜，至今我都没有完全掌握。自然，浓烟滚滚，招来了早到的校长。他是个和蔼的中年人，戴着黑框眼镜，平日里不苟言笑。此刻，他轻柔的话语打消了我的紧张和难堪。他从自己的办公室找来了细碎的木条，从深蓝色中山装的上衣口袋里掏出了一盒火柴，熟练地点燃了木条，放进了炉腔内，火苗便听话地从微弱到苗壮，映红了我弯腰贴近的脸蛋。

同学们陆续到来，教室里温暖如春。一整天的时间，我抽空就来到火炉旁，不停添加煤块。那是最暖和的一个冬日。明亮的教室里，窗外落雪纷纷。琅琅读书声，如百灵鸟的歌声，在山脊间传得很远。

2

读技校时的那栋教学楼，坐落在汞山的半山腰。此处最早应该是山峦连绵、丛林密布。1984 年，一群来自天南海北的人齐聚在此，开始拓荒耕耘，群情激荡，斗志昂扬，要建设一所特大型国有化工企业。他们住在"干打垒"的泥土房子，在荒原野岭中立起了高耸入云的火炬和塔罐，铺设下游龙般蜿蜒迂回的管廊，在山野的沟壑间无限绵延。

我看过记录当时建设场景的一部纪录片，风雪弥漫中，建设者擦去脸上的雪水，在北风呼啸声中喊着响亮的号子，令人动容。他们是石化工业的开拓者，让原本荒芜的地域，拔地而起一座崭新巍峨的石化城。

那时，还不懂何为炼油化工，书本上的点滴，裹不住青春飞扬的激情。山坳间，每逢一场雪，同学们会聚集在一起，在校园西边的山坡上，踩着厚厚的积雪，任凭或嘹亮、或走调的歌声回荡，一直传播到夕阳西下。

白茫茫的雪野，傍晚的霞光给积雪镀上了一层金属色。尽管走了很远的路，山依然没有尽头。快到晚饭的时间，有同学吆喝着，原路返回。女生慧却执意不肯，她大声喊："不走回头路。"这句话近乎豪言壮语，响应者众多。于是乎，远处的火炬便成了灯塔，突破了铁丝网，我们站到了火炬下。

虽然还隔着十几米，却能感受到热浪在四处弥漫。火炬的底盘，超乎想象的粗重钢铁纵横交错，横竖链接成一个四四方方的底座，挺立在坚硬的土地上，周遭却没有半点儿积雪。

夜色慢慢来临，我们决定打道回府。此刻，寒风凛冽，吹掉了来时的激情，大家小心翼翼地穿过草丛、雪地，鞋底沾上的雪越积越厚，慢慢开始举步维艰。

过一个土坡时，慧一屁股坐在地上。大家惊慌失色，忙上前搀扶，慧发出了哭腔，直嚷嚷："脚扭了，不敢动了，疼死了……"

同行的宿舍老大在一旁嘟囔："沿路返回多好，你看，这下麻烦了，晚饭都耽搁了。"班长二话没说，上前就把慧扛在了后背上。趴在班长背上的慧，也不再呻吟。路上，我们男生轮流背着慧，很快回到了校园。

回到宿舍，热心的同学已经把我们的饭菜买回。鞋完全湿透了，冰冷，似针扎。舍友帮忙打来了热水，大家把脚伸进盆内，暖流顿时在全身流淌起来。事后，慧也没大碍，歇了几天，就正常参加每天清晨的跑操了。

3

春节后的这场大雪，让我想起曾在工厂工作的日子。冬日里，大多数时间是在岗位上忙碌，每次走过车间里一层又一层的台阶，都有直攀云梯的感觉。站在高处，灰蒙蒙的天空，一望无际的辽阔，备感自身的渺小。而跨越管廊和楼房，远方不知有多远。

总期待一场雪的到来，喜欢雪的晶莹剔透、纯净无瑕。雪落无声，覆盖在蜿蜒迂回的管廊上、装置区的设备上、层层楼梯的扶手上、厂房的顶棚上，还有巡检员工头顶的安全帽上。大家自发聚集在一起，清扫积雪，扫除潜在的安全隐患，蓝色工装在飞舞的雪花中，如音符般，弹奏着一曲工厂奏鸣曲。

那年的大年初一恰好我值夜班，准备完成最后一次巡检。清晨，站在厂区最高处的平台上，忽然天空飘起了雪花，一个又一个的白色精灵，像一朵朵美丽的花儿在天地间绽放。

蓄满心头的喜悦，突如其来的幸福，让我情不自禁闭上眼睛，深呼吸，感受雪花飘在脸颊上的清凉与湿润。耳边是机器的轰鸣声响，望向苍穹，整个世界被白茫茫的雪花装点一新。灵动飘逸的精灵们，成了陪伴我巡检的唯一伙伴。那一刻，渴望生出羽翼自由翱翔，渴望和所有人分享那份喜悦，那份来自大自然的新春馈赠。而在这一天里，千家万户阖家团圆，我虽然值守岗位，但内心却是如此坦然，因为机器状态平稳，一切安定。我站在平台上逗留了很长一段时间，直到雪花越来越密集。

那是我无数次巡检时发生的一幕，因为与一场雪的不期而遇，成为记忆里美好的一幅画面。多年后，这一画面依然历历在目，那是源自心潮涌动的激情和奔放。那时还年轻，还有着大把的时间，能挥霍青春和梦想。我常常爬到厂房的最顶层，在那儿有不知从哪里飞来的白鸽在咕咕觅食，飞落在高高的窗台上。无人叨扰此处的宁静，从敞开的窗户间，雪花就那么轻盈自由地飘了进来。空旷的地面上，白色的精灵瞬间融化成水。

雪后的清晨，树上缀满冰清玉洁的枝条，用美丽的身姿吟唱无声的旋律。冬日的精灵，总喜欢自由与随性，不惊扰任何人，安静地来到身旁。

被雪花覆盖的世界，纯净而神秘，我们成长的印记，因为一场场雪，印刻在了记忆里。没有了往日的沉寂与落寞，似有生的希望，畅游在爱的海洋，如歌如泣，以包容之心，对待世事变迁，在雪花装点的世界里，让心放松下来。

4

这一场雪，在父亲"五七"的那一天飘落。

之前，想象过何为最好的时光，不过是衣食无忧，或者有钱有权。这个悲伤的日子里，我如迷失的小孩，找不到归途，只有一个人，在暗夜里，拼了命想象着温暖的滋味。梦醒，一切都是真实的伤痛。

落雪，在低矮的十排房之间飘荡，穿行的小径上，白色的花瓣慢慢重叠。一直以为，父亲可以陪我更多的时光，而最好的、最美妙的时光里，必然要有父母的健在。他们的安康，是一个家庭幸福的源泉。

我眼前总浮现父亲的脸庞，和他那清澈的目光。目光里，有疼爱，有深切的思索。我总浅薄地无从探寻，忽视父亲留在我背后的叮咛和嘱托。一如年轻与苍老之间，总有难以消弭的差别，亲情维系着我们此生的缘分。而分离才让我明白，我一直以父亲为依托，父亲是每个儿子心灵深处的靠山，一生都是。

雪花弥漫，隔开了我们的距离。这一次，我伫立风雪中，才明白，所谓最好的时光，我已经享用。童年时家里的小火炉，每次回家香喷喷的饭菜，每年除夕与父母举杯共饮的情形，都根植于心灵深处。那是家的最大魅力，给予了我最有力的支撑。只是，如今，如何安抚对父亲的思念？每年的除夕，我们又该如何度过？少了父亲，便没了一个完整的家。

一场雪，初晴时。大雪骤降，第二日便放晴。阳光依然普照，只是空气凝重、冰冷。年关将至，我蜷缩着与文字浅吟低唱，与寂寞相伴，和孤独相随。世间万物的兴衰沉沦，都不过是刹那间的烟火，美丽过后，夜空依然空旷、辽远。这刹那间的光华，有几人关注，又有谁会留意驻足？而亲人，永远是我们最珍贵的财富，最后的时光，必定是与家人的相伴相随。

记忆中有个广告片，一个人不停回望，又继续踏着雪逐渐远去。电视剧《金婚》的片尾，也是相守一生、磕绊一生的两位老人在雪地里慢慢远去的镜头，似乎只有在雪地里，才更能见证人生清晰的足迹，无论笔直弯曲，无论深浅，都是曾经的过往，都是忘不掉的记忆。

过年时，总会期望有一场大雪，年味儿不仅仅是鞭炮的脆响、美味的佳肴、亲人的笑脸，还有窗外满天的飞雪。如同一位知心的朋友，期待我们在冬季里相逢，虽然无声无息，却把关切与体恤悄然给我，让我在寂静空旷的天地间，静静地，收获知足与快乐。

初晴后，雪融化，花瓣与春泥融合，滋养着树木，陪伴着新的花蕾绽放。来来去去，生生不息。

后半场

努力发出自己的光亮，努力照亮别人。

去公司总部送交一份材料，遇到了好久没见的一位大姐。很多年前，我借调机关和她一起筹备出版过一本画册。她对我非常友好，和颜悦色，以礼相待，让那段共事的时光也变得分外美好。我把新出版的书送给她，她捧在手心，露出开心的笑容。她对我说："还有一个月就要退休了。"说完，她翻了翻我的书，又说："真为你感到可惜，以你的能力也没能获得晋升。"

很多人传递给我这样的讯息：以你的努力和才华，人到中年，没能混个一官半职真是很可惜的事情。

我感谢她对我的认可，明白她的真诚，但心境已无波澜，因为这个问题于我而言已经不成为问题。走过人生某个阶段，难免会失掉很多东西，当我们回头再看的时候，过去的就过去了，谁又能一味地去追究？错过终究就是错过，只有接纳，只有面对。归根结底，人世间所有的苦恼，更多源于攀比，当不为名、不为利，只关注于我们的成长，关怀我们内心世界的丰盈时，才能真正获得轻松的生活。

我把新书送给她时，加了一句注解：这本书是我从 20 岁到 50 岁的成长历程。说完这句话，我忽然觉得 30 年的光阴，就这样一个小册子，不过几十篇文章，果真是匆匆数十年，转瞬即逝。倘若你说有多少遗憾，似乎也不尽然，虽然没有能够成名成家，没有活成众人眼里那个骄傲的模样，没有官位，没有财富，但我们生存的意义、生命的价值，又何须他人为自己做出论断呢？

我读过的一篇文章中，作者将中年后的职场称作人生的后半场，这对我有所触动。揭开生活的真相，曾经心心念念的东西，总有一天不过是过往烟云。中年的你，不管有没有被边缘化，有一个事实，便是你的发展很难有再大的改变了。也许，倘若可以提升自己格局拓展心胸的话，便是把那些所谓的名和利，主动让给别人，特别是年轻人。那么收获在哪里？也许就是一份宁静和安宁，一份能够舍得、能够放下的决断力。不必锱铢必较，也不必再争强好胜，不必像年轻时什么事情都想攥在手心里，最怕甘于人后，最怕把到手的利益拱手让给别人。

提及"后半场"这几个字，或许总有些酸楚与无奈，不管曾经在舞台上有过怎样光鲜的演出，现如今最有魅力的那个主角已然不是我们。我们就是那个终于走到了配角位置的人，走出灯光的照耀，看着别人上演新的精彩，把掌声送给舞台中央的新人。

所幸，我自觉有过职场中的努力。当年因赌气放弃了高考，日后借助继续教育圆了自己的大学梦，拿到了本科文凭，取得了学士学位。令人遗憾的是，想想那些年的努力与奋斗，没有明确的目标和定位，究竟想得到什么，想获取什么，一无所知，只是沿袭着社会最主流的价值观，做出人生的取舍；丝毫不懂得，也不明白自己真正想要的是什么，似乎能赢得别人的认可，便是自己的成功，从未想过依据什么标准，掌握什么样的尺度，更不懂得听从自己内心的声音，只是低头赶路，走过一程又一程。

年轻时，常常不明白自己想要的是什么，倘若能早点儿知道不想要的是什么，或许也能早些悟到人生的真义。

转眼间，便是几十年的职业春秋。可悲吗？倘若这样问的话，似乎是比较难过的一件事情。可是，我内心并没有太多的慌张，终归要付出成长的代价，亦步亦趋走出那个混沌的状态。我开始学会思考，去了解何为人生最重要的事情，逐渐拥有了接纳和包容的心态，不再一味纠结，一味和他人计较。哪怕是粗茶淡饭，哪怕是平平淡淡，快乐才是最重要的生命态度。快乐源于健康的身体、开阔达观的胸襟，能够接纳风雨的坚韧顽强、岿然不倒的信念和勇气。在这个年龄，对名和利的执着在慢慢释放、衰减、变轻。既然没有足够的能力和精力再去和年轻人一决雌雄，去争抢属于他们的舞台，何不让自己云淡风轻？如此，不仅是放过了别人，更重要的是放过了自己。不再纠结，不再计较机会属于别人，甚至也可以把机会拱手让给别人，不奢求什么境界和胸怀，只想让自己轻松、快乐，选择一种平和、善意、豁达的处世态度，不奢求别人的赞美，也不期望来自他人的肯定，真实面对自己的内心，勇敢地做自己，努力发出自己的光亮，也努力用光照亮别人。

年轻时在意的那些事情，终于可以轻松地放下。曾经纠结的过往，也终于能够慢慢地释然。时间教会我们如何从纠结中走出，让心胸变得更加淡然，经历过的伤痛，也成为生命的礼物存于心间。人生最喜悦的感觉便是体验成长，感受到成长带给人最为踏实、最为实在的乐趣。而成长的过程，更是思想境界的提升和智慧的累积。

进入后半场，你才发现开始真正面对内心，好像头一回清楚地看到了自己的模样，见识了自己的行为，不仅看清楚自己是怎样的一个人、喜欢的是什么，更重要的是，还认清了自己不喜欢的是什么。保持对工作的认真和勤奋，把每件事情做好，这便是最真实的我，最有价值和最有魅力的我。

越来越喜欢宁静的夜晚，这是否与人到中年的心境有关？耳边只有蟋蟀的鸣叫与我做伴，一切似乎即将沉睡过去，只有昏黄的路灯还在发出微弱的光。总想着，原本是可以过得好一点儿，总想着为何要选择这苦行僧般的生活，可是有时候，命运并不允许你选择，一切都在按照一个既定的规则、你所处的位置，也许就决定了你脚下的路。生活总要继续，而唯有传递内心的力量，去寻找某种信仰，走好自己的路，哪怕无人相伴，哪怕是一个人。

人生后半场，无论欢喜还是失望，我们首先要面对自己，以一颗真诚的心珍惜当下的时光，不再试图去抓住什么，一切就让它随风而去，散就散了吧。

四海为家

四海为家，却又好像哪里都不是自己的家。

有档访谈节目《名人面对面》，这一期的嘉宾是美籍华裔作家凌岚。北大中文系毕业的她，在 20 世纪 90 年代移居美国。

当年有部超级火爆的电视连续剧《北京人在纽约》，打开了一扇跨越国界的窗户，让从未出过国门的人，一睹国外华人的生活。凌岚也是那时出的国。

改革开放后，闭塞太久的中国人产生了一种强烈、热切的愿望，想要走出国门，去看看外面的世界。当时著名影星陈冲引领了出国的风潮，许多在国内有身份有地位，甚至年纪轻轻便取得傲人成绩的影视明星们，大都选择了出国这条路。这让当年红极一时的刘晓庆，发出了"独孤求败"的慨叹。

凌岚在美国的商海里沉浮很多年，50 岁的时候，拿起了笔，出版了她的中短篇小说集。

访谈中，凌岚介绍了自己多年在美国生活的经历和感受。她对这段经历的述说可以说是一笔带过。也许人生经历越丰富，越难以用语言来表达，留存心间的更多是一种感受。当我们回顾走过的路时，那些变化的具体情节已不是特别重要，记忆犹新的是一路上我们自身的成长和情感的变化，这是留在记忆里最难以抹去的部分和感受。

说到移民对祖国、对故乡的感受，凌岚用了三个字，赞、驱赶。她说，刚到美国的时候，是有强烈孤独感的，觉得自己就是一个游子，从不会把美国作为自己人生的目的地，但是，当在这个地方居住的时间长了，慢慢经历的事情多了，以前的许多感觉已经悄然发生了改变。

凌岚说，如今回到故乡南京的时候，也会有这种孤独感，即使她无比想念自己的故乡，但真的回到了之前心心念念的那个地方，却没有了回家的感觉。自己好像没有了家，不知道哪里才是她应该逗留或相守的地方。四海为家，却又好像哪里都不是自己的家。

这也许是移民群体最深的感受。远离故土太久，故乡变得陌生了，而自己生活的地方，又不是自己的祖国，这个国家于自己而言，也是无法认同、无法产生归属感的，觉得永远达不到心灵深处的那种感受，还是有欠缺的。

凌岚提到了一个生活细节，也是移民群体大都会面临的问题，便是与家人的疏离。许多人大学毕业后移居海外，自然回家的次数会非常少。凌岚说，早些年在国外读书时，还能每年暑假回家探望亲人，但是近年来，因为外部环境或者工作的原因，她三年都没有回家，只能靠视频和家人对话。

父亲的离去成为凌岚心头永远的遗憾。她回顾这段经历时，觉得当时倘若能放下美国的一切去陪伴父亲，父亲会非常开心的。她一直觉得总还有机会，每次回到南京的时候，父亲还会在家等她，如今这一切都成了不可能。凌岚的母亲已经住进了养老院，她和母亲也仅仅限于视频见面，彼此获得一点儿慰藉吧。

身在海外，和自己的家人，就如同和自己的祖国一样，缺少了留在身边时的那种关联。时间久了，彼此也会产生疏离感，这种感觉便是找不到家，感觉离自己的亲人越来越远。

决定出国是一次艰难的选择，想去领略更多的风景，见识更多的文化和学识，也许是初衷，是内心对外面世界的渴望。凌岚把她的故事和许多海外华人的故事写进了书里。她的专业是中文，便可以用文字阐释她的困惑，排解烦忧，为灵魂寻找一个好的出口。

许多事情，很难方方面面都能够兼顾。明白追求的是什么，然后付出辛劳和努力，朝着渴望走的路前行。珍惜这个过程，并享受这个过程。对于未来，就像凌岚说的，我们其实很难自己做主，往往只能随着命运的大潮起伏跌宕、顺流逆流。

不管处于怎样的境况，或者面临怎样的问题，都需要依靠自己，学会释然，找到最适合自己的生活方式，给家人以温暖，承担该承担的责任。做一个珍爱自己，也能够给别人以光亮的人。

另一种飞翔

从新闻到文学，是另一种方式的起飞和腾跃。

多年前，车间班组里有了第一台电脑。那是最早、最笨重的台式机，如今的年轻人可能都没有见过。四方块的机身上，放着一个重量级的显示器，这在当时已经属高精尖科技产品了，小小的屏幕上神奇地出现了文字和图片，后来从局域网到互联网，一根网线便可连通全世界，生活因科技实现新的跨越和改变，着实令人激动。

工作之余，同事们喜欢围在一起聊天，打扑克。我经常一个人坐在那台小小的台式机前噼里啪啦地敲击键盘。周围时常响起同事们开心的笑声，我却可以沉浸在无人之境，享受一行行文字如清泉在屏幕上流淌的感觉，年轻的心田开出了花朵。

电脑写作带给我莫大的欢喜，甚至迷恋到有时候会在周末一个人跑到单位，打开电脑写下渴望倾诉的文字，表达自己积聚的情感。不去想写作能够改变什么，会带给自己什么，就像人渴了要喝水，人饿了要吃饭一样，就是自然而然的事情。我明白，写作排解了我青春的忧郁，缓解了生活的焦虑，使我内心逐渐变得丰盈，以和善平稳的心态看待生活，看待世界。

也许，这便是文字带给一个年轻人最初的心灵引领和精神润泽吧。后来，我从事新闻宣传工作，写下一篇又一篇的新闻稿件。至今，当年发表文章的那些报刊，塞满了我的书柜，它们静静地躺在那里，成为我青春的记忆。

作家邱华栋说："新闻结束的地方，是文学出发的地方。"从新闻到文学，并不是新闻工作的偏离，而是另一种方式的起飞和腾跃。

生活中，时常被眼前的表象左右，认定那便是真实。假如遇到一个人，看到他热情的笑脸，听到热情洋溢的话语，本能地将其视为知己，宁愿相信美好无处不在。可是，一旦知晓了表象背后的那些故事时，你才会发觉现实和想象的距离有多大，最后站在你面前的那个人，和你最初的印象已经大相径庭。破解真实和假象的隔层，投射现象到本质，抵达现实的人性，才是文学孜孜不倦、勇敢探寻的课题。

有时，宁愿人为地构建一个理想化的生活空间，也不愿碰触人性的自私和卑劣，这是我写作时的一种观念，体现在文字里，便有了更多的率真与随性。或许，这也是我不够深刻和内敛冷静的缘由。

看到一个漂亮的果实，有人想据为己有，有人仅仅观赏已足够。每个人的欲求不同，也决定了书写的走向。人生是一个大浪淘沙的过程，用文字描摹生活，其实已经不完全是生活最初的模样。我不敢说，我的文字有对现实最为深刻的折射，有对细节最敏锐的捕捉，但可以相信的是，我一直对这些故事充满了眷恋，充满了不舍。对故事里的每一个人，我保留着一份热爱和一份赤诚，不想随着岁月的远去而淡忘或者遗忘，我想把他们的生命履历记录下来。

　　我想写下社会不同角落里人物的故事，想记录普通人的真实情感和他们的尊严，他们的立场、观点、阅历和情感。这样一个记录的过程，也是我内心的一种寻找，寻找作为普通人投射在这个世界上的背影。

　　我曾经和书中的人物生活在一起，我曾经就是这些人物中的一员，我理解他们的喜怒哀乐，见识过他们的悲欢离合，所以，当我以个体的角度切入，折射出的便是芸芸众生中最真实的爱与力量。

　　我一直觉得，描摹一个人，最大的困难就是写出他的精神世界，他看待世界的态度，以及他在每一次人生选择的关口，所体现出的立场和观念。有实有虚，有真有假，故事没有刻意虚构，也没有天马行空地编织，只是自然融入生活的某一个时段，某一种历史的印记。追求、寻觅、突破、坚守，在日复一日、年复一年地不断深入、不断碰触、不断交织中，和他人，和自己完成一次又一次的圆满和救赎。讲一个故事，关注的不只是完整和有趣，更多的是情怀、变化和发展，每个人沿着自己的期望，成为社会涌动的规律和步伐。

　　记录成文的时候，便真的成为世间最真实的存在。即便未来如风帆一般，不停召唤着我们，但在某些时刻，我仍会回想起遇到的人和经历过的事，想起散落在风中的那些故事，想起曾经记录过、表达过、抒发过的那些情感，那些见证我们成长的点点滴滴。我不知道这些文字究竟有多大的价值，但至少是经历和生命的见证，那些过往也终将会以某种方式回馈于我。

　　不再固守自身的写作风格，我尝试新的突破，无论是语言、内容还是表达方式，记述、关注身边人、身边事，写他人的故事，领略更多的风景，努力实现写作手法的创新、拓展和宽阔。

阅读过的每一本书，都是一种见证、一种呈现、一种表达、一种情愫。冬天的夜晚，窗外飘着雪花，室内燃起一炷香，轻烟袅袅，灯光下，手捧一本书，在文字里漫游，在故事里穿行。沉醉在这样的夜晚，谁能说不是最美的人间景致呢？

行驶的车厢内，或是异地的客栈里，望向天上的一轮明月，思乡之情弥漫心间，也许一本书就是最好的陪伴。过往人生，如一本本翻过的书，蓦然回首，一瞬间，万千景象如浮云掠过，短暂停留，便再无踪影。

作家李修文说过：唯有写作，既是困顿里的正信，也是游方时的袈裟。每一名写作者都在探寻一种书写的意义。为什么要用这样的文字去表达，去讲述心中的故事？其实，书写本身就是自然流淌的过程，倘若带着强烈的目的性，便失去了那种鲜活和生动，变得索然无味。最美好的书写，都要有人，有故事，有情怀，有感动；塑造人物永远是作品的主体，是核心和焦点。字里行间，涌动着情感的流淌和情愫的表达。文学，犹如一幅图画，这幅画里一定有人的精神在。

清晨，一场微微的小雨已经停歇，地面、草木，乃至整个世界，都被这场小雨所浸润，空气带着丝丝的甜味，一切变得清新如常。春天总是悄然而至，万物生长，润泽天地，我们的心情、心境、心胸也在悄然发生着改变，不经意间，就在日积月累的努力和辛勤劳作中，逐渐抵达你所向往的那片风景、那方天地。

身体疲惫、精神郁闷时，回到大自然，开启书写之旅吧。这是疗愈创伤最佳的良药，是心灵的归属。一草一木，虽无声无语，阳光透过树隙间照射下来的光芒，便是生命的光彩。幽静的小路上，寻一个角落，找一个石板凳，静静地坐在上面，阅读一本书，倾听自己的心语。

　　像农民春天播下的种子，期待着秋天丰收的果实；像科学家常年沉浸于实验室，心心念念的还是有朝一日科研成果的问世。每个人都在自己的生命土壤里耕耘、跋涉，经历风和雨、冰和霜，期待那终有收获的时节。

　　我庆幸在人生孤独的旅程中，可以依托于文字，不断寻找，不断收获，在真实的体验中发现世界的美，在平凡生活中读懂平凡的价值和意义。

年味里的诗意

诗和远方永远如一轮明月照耀心头。

说起年味儿，大概已经成了稀有词汇了。如今，过年的感觉越来越淡，即便是进入了倒计时，离除夕越来越近的时间里，很多人还是依然按固定的工作程序，做着永远也做不完的工作。

作为媒体人，我亦是如此。报纸一期又一期按时排版审核印刷，各个媒体信息都要及时发布，忙着堵窟窿，忙着扫雷避险，在这样忙忙碌碌、紧紧张张中，春节临近了。

那天看到"年味里的诗意"这句话，心为之所动。生活的琐碎，远离了诗意，在这繁复生活中，已经寻不到那份清闲和散漫，每日就像一个陀螺一样，被生活不停地抽打，抑或是在没有人抽打的时候，也必须要不停地自转。所有人已经习惯了这样的节奏，适应了这样的模式，让身体彻底休息，让心灵静静感受，找寻生活的诗意，已成了一件奢侈的事情。那些静心读书的夜晚，为一首诗、一篇小说、一部电影、一段旋律久久沉醉的夜晚，已经远离好久了。

我努力从记忆里搜寻诗意，渴望重温曾经拥有过的那种轻松、自由、自在、惬意。那曾经是在什么时候呢？蓦然回首的时候，忽然觉得一路兜兜转转、走走停停，也不过是一个驿站的停留与出发。自己总是行色匆匆，无暇观瞻周围的风景，不时地担忧路途遥远，不知脚步是否能够顺利抵达人生的目的地，是否能不惧任何的风险和崎岖。

只关注所失去的，内心总是彷徨和惆怅，难得去想一想所拥有的。哪怕是片刻的时光里，静下来，让心回到该有的位置，已经是久远的事情了。

那天下班途中，在一个僻静的角落，一对夫妻艰难地将货车停靠在路边，从琳琅满目摆满了货车的食材看，他们是做麻辣烫生意的。颜色鲜艳的海鲜早已被串好了，各色调料浓郁地刺激着味蕾。

他俩衣着朴素，奇怪的是，那个妇人一直在开心地笑。形成对比的是，那个汉子却对妇人不停训斥，带着嗔怪的表情。我停止了脚步，远远看着他们不停地忙碌。汉子将事先备好的食材放在台面上，方便大家挑选；妇人认真地摆放一个个板凳，把摊位收拾得有条不紊。妇人依然在笑着，我看不出她为什么会笑，而幸福也似乎只有当事人自己能够解读、感知，其他人的任何探寻都没有太大的意义。

偶然，看到一张照片，照片上是我认识的两个朋友，如今都已人到中年，一个是处级干部，一个还在基层一线打拼。他们手持着那个年代昂贵稀有的胶片相机，头对头回眸一笑，把美好的瞬间留在了胶片上。

那时他们正青春，有着浓密的长发、亮晶晶的眼睛，还有那种突然被拍摄时自然流动、毫无遮拦的开心笑容。洁白的牙齿、红润的嘴唇，还有微微翘起的胡须，那是属于青春的肆意、浪漫和自由，如一道光扑面而来。拍那张照片时，他俩都是专职宣传人员，正痴迷于摄影。

不知当事人看到自己年轻时候的模样会有怎样的感慨，也许会莞尔一笑吧，谁没有年轻过呢？可惜这再也无法追回的青春年华。

那一年，朋友老唐在新年第一天早上发来了语音问候，他一个人站在空旷开阔的山野上，面对着影影绰绰的万家灯火，高声喊道："过年好！"此时，陪伴在他身边的是黎明前的星星点点，而他高昂的声音，如礼花绽放。

那应该是老唐在国内过的最后一个春节。他的妻子已经去了美国，而他自己留守家乡。他没有打扰我，一大早跑到青州的云门山上，对着新一年的晨曦，大声喊出他的祝福，并将其录成了很短的视频，初一一大早发给了我。后来，他在国外度过春节，我们也没有了这样的问候，偶尔会发个祝福的微信而已，但那一年春节的那条微信，他那一声响彻宇宙的"过年好"，却久久回荡在我的记忆里。

那是属于春节的年味儿，那是属于年味儿里的诗意。我们寻觅着生活的美好，渴望拥有更多的幸福，但是往往在行色匆匆中，遗忘了曾经应该珍惜、应该感受、应该体验的那些内容，总是为着我们既定的工作目标和任务而忙碌。在每一年的开春之际，我们都会立下一年的目标，总渴望有很多的愿望在这一年里实现，但是一旦开启春天的脚步，一切犹如进入了一个既定的程序，像一架机器一般，按照固定的流程，遵循固定的代码，亦步亦趋地行进，全然忘记了，我们还可以在某个时候让自己好好休息，先停下来，感受一下当下空气中的温度，感受一下远处山峦里那鸟儿飞过枝头的声音，那翅膀拍打时的清脆和响亮。

我常常想起小时候的年味儿，家里做酥锅，整晚上都是咕嘟咕嘟的煮汤声响，伴着那浓郁得化不开的香味，从空气里飘入了肺腑，香甜了童年的梦。那时的年味儿是油锅里翻滚的萝卜丸子，是一锅结实 Q 弹的猪皮冻，是精心烹制的各种美味佳肴，是走亲访友时那一张张笑脸和一句句温暖的拜年话。

年味儿，成了一种记忆、一种象征，不仅限于过年。无论海角天涯，只求一轮明月相伴，把彼此的惦念，在亲人之间传递，保佑我最爱的人和爱我的人，身体健康，一切平安如意。

时间的因果

__每一团在冬夜升起的篝火，都在为迎接春日而燃烧。__

《南方周末》的新年贺词已登场，新年的这一抹阳光提前温暖心房。罗振宇的新年演讲也即将开场，《时间的朋友》又会讲述怎样的年代故事？即将跨年，新的一年随着气温的回升，在冬日里显现出清新的气息，春的脚步正迈向这象征中华民族图腾的龙年。

一年的时间很长，12个月份里，有我们的成长和忙碌，也有心焦和彷徨。清晨时的慵懒、夜晚时的惆怅，也时而浮现心头。自律是成年人的功课，需要时间的打磨和考量，弯弯绕绕之后，依然回归生活的本色。内心的安定，源自我们一路探寻的收获和认知，有阵痛，也有迷雾散后的欣喜。听从内心的声音，顺应事物发展的客观规律，能让步履更从容、更平静。

一年的时间也很短，365天朝朝暮暮，能够成就多少事？大多时候都在平凡琐碎中度过。其实，幸福的意义也许就在这寻常的安静中，无惧大风大浪的气魄和勇气，更愿意享受静谧时光里的独处与自由。开始不喜欢人群的鼎沸和嘈杂，唯有顶着一轮明月，在暗夜里走走停停，仿佛才真正回归生命的本真。也许一事无成，也许就是虚度，只要不强求、不委屈、不自艾自怜，也是一种体验，哪怕形单影只、踯躅独行。

临近岁末，回首却无言，内心涌动的一幕幕，早已淹没在岁月的长河。那些美好感人的瞬间，那些难以承受的苦楚与寂寞，都在时间的拼图中若隐若现。

从事媒体工作，便再无正常的作息，最直接的体现便是无数个的加班加点。这四个字于我们而言，似乎太过频繁而不值得被提及；作为一种常态，便没有了计较的必要。我已记不得在已经天亮的时候走出新闻中心是什么时候，似乎一旦清晨迈进这个大门，离开时，必定是又一轮明晃晃的月亮相伴。当然，还有办公室的灯光，在夜色里照亮院落。

我常常思考，甚至繁忙紧张时会回想当初的选择，是否是一次冲动和任性。这几年自己的成长是显而易见的，有自己的努力，但更多的是站在了不一样的平台上。不管怎样，最初的理想犹如火把，被点燃了，便映照了迷茫的心灵，走入了这神奇的世界。兴趣爱好成为了职业，往往便如同恋爱走入了婚姻，所有的美好都止步于想象，更多时候是为了选择而坚守，为了责任而承受。

这一年，我从记者转为编辑管理，从冲锋陷阵到退居幕后，为他人作嫁衣，负责三个媒体的编辑审核。任务着实不轻松，而承担的压力，也只有自己最明白，但做具体事务远要比纠结于人际关系强很多。如今虽然繁忙，却省去了迎来送往的烦扰。看他人粉墨登场、铿锵亮相，我宁愿退居幕后，虽然无法摆脱那些琐碎事务，却可以让心境变得干净、清净，这也是一种所得。不为名利争抢，甘愿赠人玫瑰，不也手有余香吗？

"没有哪个职业如此艰辛，又如此打动人心。"这是光明日报社安徽记者站站长、高级记者常河对记者职业前途的描述。看着这个视频，我也忍不住留言：乘夜色而归，青灯寂寞常伴，却依然无怨，坚守如初。

这一年，我本指望在职位上有所提升，但最终成了泡影。我好像一只鼓满了风的帆，正在海上乘风破浪，却忽然帆停船止，那种心突然沉到谷底的感觉，让人无望而沮丧。于是，被现实打脸后，我收拾心情，重拾对新闻事业的那份笃定和自信，好在，梦想并没有就此破灭。

只要相信前方，相信彼岸，相信未来，哪怕此时的风再大，雨再大，似乎都可以承受，都可以忍耐，并且也可以换一种思维，将它视为一种磨砺。转换关注的视角，寻找自己真正热爱的人和事，也许才是我们面对挫折苦闷时的一剂良药。

朋友安抚我说："不要有任何的轻举妄动，装也要装出波澜不惊、一切如常，并且还要干得更好，可以面带微笑、一脸轻松地对所有人说，咱就是干活的嘛，没啥。"这句话说得轻松，而内心的眼泪，只能在夜深孤独的路灯下流淌。守住自己的内心，守住自己的生活，就是在守住不惑的底线，守护人生的大盘。

身边不断有退职的人，欢送会上的鲜花和掌声也在提醒我，职场对于我们，究竟意味着什么？朋友老唐选择退出现职时，我还极力不赞成，用大量在他看来绝对是说教的话劝慰他，希望他留下继续"为人民服务"，但他义无反顾，选择了自由自在的生活方式。离开了工业森林，走入真正的热带雨林，"挥挥手，不带走一片云彩"，时而在三亚吹着海风，时而徜徉在青岛的海滩，最后飞越太平洋，在美利坚合众国与他的妻儿幸福团聚。

我不再坚持曾经的职场态度，那种舍我其谁的荣耀，并非是我们值得追求和坚守的。工作是一种人生过程的体验，我们需要做事，需要获得一份薪酬撑起生活。在工作中得到历练，则是另外的收获，并非所有人都如此热衷与青睐。像老唐可以摆脱工作的束缚，拥抱蓝天大海，其实更像是一种福报。我一直认为，正是当年他只身远赴农村参加扶贫工作，才换来了今日的这份富足和美满。

老周是著名作家，今年他的长篇小说荣获了中华铁人文学奖。他常居青岛，每日读书写作，参加采访和各类文学讲座，与文学做伴，这让他焕发崭新容颜。虽年近60，却与刚刚退出现职时无异。神色泰然自若，表达清晰流畅，谈吐风趣幽默，活出了最好的模样。

找对努力的方向，剩下的便是坚守，哪怕一时没有变化，但只要长久坚持，一切都会水到渠成。这一年，身边熟悉的同事，鲤鱼跳龙门，晋升到了某高级职务，从事的是海外业务，收入一下子升至天文数字。她一直渴望事业的突破，在没有机会时，接受一切的安排，沉下心发挥最大专长，做成了某个域的首席，不显山不露水，最后却是一鸣惊人，抓住了腾飞的机遇。

"每一团在冬夜升起的篝火，都在为迎接春日而燃烧。"年轮更替，跨年，承载着无限的期望与祝福。今又龙年，眼里有光，心中有暖，脚下有路。时间是最好的答案。心怀敬畏，期待新年的第一缕阳光，用真诚与热爱，守候生命的灯塔，继续在理想之路奔赴前行。

第二辑
灯火深处

———————

有那么一个地方，陪我度过了清贫、艰难甚至是苦涩的岁月，也留下了无限的欢乐和怀想，穿越日常的烦琐与世故，显影于灯火深处，清晰如昨。

十排房

十排房是我小时候住的地方，名字与十座南北向建造的平房有关，是一座大型煤矿的家属宿舍区。20 世纪 70 年代，这样的房屋随处可见，大都是砖瓦房，红砖土墙之间是长长的巷道，经常有自行车穿行其间，或者孩童们奔跑的身影一闪而过。童年的记忆都驻留在这里，那供所有住户使用的水龙头、集体使用的公厕，绿树丛林中，岁月久远，十排房留在记忆中却越来越清晰。

十排房最初是为了一些职工的留守家眷而建造的，职工远在福建工作，妻子儿女便居住在这一排排房子里。后来，国有大型煤矿进驻此地，逐渐便住进了许多矿区职工家属。我随父母搬到这里时只有一岁，被姥姥抱在怀里，坐着大卡车一路颠簸来到这里。羞于提及的是，我路途中还尿湿了姥姥的粗布棉袄，后来被屡次提及，成为众人笑料。

童年时虽然物质贫乏，也鲜有娱乐活动，但那种放学后家长少有管束自由自在的日子，如今成了一种奢侈。春日里放风筝，夏夜里逮蛐蛐、粘知了，冬日里滚雪球、打雪仗。一群天真烂漫的孩子，在这十排房前玩耍打闹，也有纷争和矛盾，但比起成人世界里的故事，简单得多，也快乐许多。

十排房里藏着许多故事，每一片砖瓦，每一片树叶，雨季里泥泞的土路，公共水龙头旁洗衣大妈们的闲言碎语，构筑起一个丰富多彩的世界。有痛也有苦，有乐也有悲，爱情、亲情和友情，似五颜六色的涂料，涂抹出一个斑斓的生活画卷。

搬离十排房，是因为父母分到了新房。那天，大卡车拉着我们离开此地。卡车上装满了家里的东西，都是熟悉的物件，我却更眷恋视线中逐渐远去的房屋，还有那磕磕绊绊的泥土路。突然，视线模糊，眼泪横流。这种情不自禁涌动的情感，着实让家人惊讶。一个即将初中毕业的中学生，在离开十排房的那一刻，突然产生了骨肉剥离的苦痛，我从未有过这样的体验，遥远的故乡没有给我这样的感受，但这里，因为有成长的岁月印痕，自然难以轻易割舍。

母亲为人和善，与邻里关系特别好，几十年过去，依然和当年十排房的老邻居保持着联络。当年，家里经常有人来串门，邻居之间随意来往。最初是家家户户坐在门口吃饭，饭香都会飘得很远。后来，家家户户围起了庭院，但邻里之间的情谊依然深厚。

还记得二十世纪七十年代地震时期，家家在门口支起了木床，撑起了蚊帐。大家和衣而卧，整个十排房里，床挨着床。夏夜里，风吹蚊帐，蟋蟀鸣唱。这样静谧的夜晚，仿若是大家庭般的团聚，别有一番情趣。

十排房的故事还有很多，阳光下真实发生过的，人们口耳相传的，隐藏在岁月中也许再也不会被提及的，诸多的传说，成为一段光阴的故事。已经想不起那些故事从何而来，如何印刻在我的记忆里，只是多年后重新忆起，就那么自然而然地浮现出来，没有丝毫的遮掩和羞涩，好像就发生在昨天，依然鲜活而真实。

十排房的那些人，终究会从年轻到年老，抵不过时光的雕琢与改变。唯有祝福，愿人人安宁、清静，无论在哪里，记着还有那么一个地方，陪我度过了清贫、艰难甚至是苦涩的岁月，也留下了无限的欢乐和怀想，穿越日常的烦琐与世故，显影于灯火深处，依旧清晰如昨。这便是与十排房的缘分吧，人生何处不相逢，有缘终会相见。

我多想唱

在十排房，即便是街坊邻居，大都是同性别的孩子扎堆结伴，而且，顽皮的男孩儿热衷的事情，女孩儿不感兴趣，所以 20 世纪 70 年代的街头巷尾，少有异性的孩子玩在一起。

鲁丽有一副嘹亮清脆高亢的歌喉。夏夜里，大家都喜欢在夜空下，围坐在院落里乘凉，这个时候，鲁丽的歌声便会从十排房的某户人家里传出，歌声非常有穿透力，似乎在十排房的任何位置，都能清晰地听到她动人的歌声，那绝对是无声卡、无麦克的"真声"。那时，还没有如今的各类选秀节目，倘若生在今时，她或许会脱颖而出，成为草根明星，实现她的音乐之梦。

鲁丽的父亲和我的父亲是同事，他们每天一起走着去总部机关乘坐班车，到另外一个区县单位所在地上班。暑假里，我俩会跟着各自的父亲到他们单位去玩。因为煤矿经常也会流动搬迁，但煤矿所属的那些建筑和装置大抵相似，我们也不会有陌生感，所以能在父亲限定的区域内玩耍。

如今看来，这是不符合制度规定的。但那个年代，我们的父辈在单位算是中层管理人员，因此我们每次去，也会受到父亲单位科室同事们的热情相待。

夏日里粘知了，是那时孩子们热衷的事情。我们拿了竹竿，将顶端抹上用面粉制成的糨糊，看准了树枝上潜伏的知了，轻轻碰触它们的翅，就把它们粘住了。那时，没有网络游戏，也很少有玩具，那些不需要耗费成本的游戏，便成了孩子们的乐趣。知了扑棱着翅膀，在夏日刺眼的阳光中闪烁。我和鲁丽扬起稚嫩的笑脸，眯缝着双眼，看着自己的劳动成果，内心涌动着满足和快乐。

父亲们闲暇时，会带着我们到邻近的集市上转转，买些好吃的给我们。西瓜，是最常吃的。一个大西瓜，当场被摊主用明晃晃的大刀切成数角，我们或蹲着，或坐在摊主的马扎上，开吃。孩子的胃口有限，每次都撑得肚皮溜圆还意犹未尽。鲁丽的父亲让我再吃一块时，我摆了摆手，笑着说："鲁叔，我都要被撑死了。"

好像是我上三四年级的时候，鲁丽家搬走了。据说，也没走多远，新家所在地是她的老家，和她的那些叔叔婶婶住到了一起。那时，她刚好小学毕业。

一天放学回家，听到爸爸妈妈在里屋说话，话语间出现了"小丽"的字眼。我猜想，应该是鲁丽，忙进到里屋，问父母，鲁丽在哪儿上学，她现在怎么样了。母亲好像眼睛里有泪水，父亲却说，没什么事，去写作业吧。就这样把我支开了。

后来我还是知道了——鲁家发生了一件大事，可以说，是件让人非常痛心的事情。鲁丽的母亲服毒自杀了……

因为年龄小，我对鲁丽的母亲没有什么印象，因为我很少去她家。印象中，她母亲不太爱讲话，即便街上遇到，她也是低着头，沉默寡言，不像那些喜欢站在街角聊天的女人们，说起话来眉飞色舞、酣畅淋漓。她似乎与世隔绝般，忙碌着自家的那些事情，不太与人来往。

我记不得事情的原委是从哪个渠道得来的，但这件事情后来成了路人皆知。凭借想象，应该是这样的画面：鲁丽的父亲在后面追赶着，嘴里必定是咒骂着，类似于"让你跑，看我怎么收拾你"这样的话语。鲁丽的母亲就围着他们家的那个院落转圈，必定是拼了命地跑，或许眼泪纷飞，但就是不出声。但那一刻，鲁丽母亲的恐惧应该是被放大到了极限，不然，她也不会在尽力甩掉丈夫的追赶后，没有丝毫的犹豫，奔到他们家堆放杂物的茅草棚里，拿出了敌敌畏便一饮而尽。

这个靠想象拼凑起的场景，是如此惊心动魄。世上没有后悔药可以吃，发生了，便永远无法挽回。鲁丽的母亲走了以后，他的父亲承受了多少的压力，遭遇到怎样的苦痛和悲凉，可想而知。那一年，我还是暑假里去父亲的单位，竟然看到了鲁丽的父亲，他倒是没什么大的变化，还笑嘻嘻如往常般逗弄我开心。鲁叔体格健壮，很魁梧，满脸的络腮胡子，属于浓眉大眼型的汉子。

后来，人们传言：鲁丽的父亲经常在夜深人静时，独自一人，看着他去世的妻子的相片，一边喝闷酒，一边痛哭失声。这一幕不知是如何被他人看到的，但那种凄凉和伤感，却如浓雾般弥漫在知晓这件事的人们的心头。那一刻，他必定是悔不当初的：干吗要那么冲动，为何总对自己的老婆吃五喝六，甚至暴力相待？夫妻一场，多少个日日夜夜的相守相伴，为何就不能珍惜身边人，非得等到一切无可挽回，才追悔莫及？可是，还有挽回的余地吗？

爱唱歌的鲁丽，我一直没再见到。她小小的年纪，承受这样的骨肉分离，是种怎样的痛楚。我心生怜悯，曾经试探着想去看望她，到了她所在的中学，却没有勇气去班级找她。我一个人在校园里转圈，在熙熙攘攘的学生们嘈杂吵闹的声音中，独自离开了她的校园。

后来，更为震惊的事情发生了。鲁丽的父亲，在一个夜晚，也服毒自杀了。据说，身边有喝空了的酒杯，还有鲁丽母亲的相片。

鲁丽成了孤儿。

多年后，再次见到鲁丽，是在父亲单位举办的一场职工文艺演出中。那时已是二十世纪八十年代。单位每年都要组织排演节目，参加集团公司的文艺会演。舞台上，鲁丽身着彩裙，婀娜多姿，灵秀的大眼睛，像极了她的父亲。少女的身段柔软纤细，似一朵刚刚绽放的花朵，在迷离的舞台灯光中似仙女下凡。她的歌声依然清脆、嘹亮，手持有线麦克风，举手投足，都是那个年代歌星们惯用的动作和姿势。她唱了一首1986年非常流行的通俗歌曲《我多想唱》。

我们都在慢慢长大。听说，鲁丽家出事后，她便中断了学业。按照当时的就业政策，鲁丽顶替父亲上了班，成了一名国企职工。命运就是如此，常常在人意想不到的时候，便拐了弯，变了方向。其实，鲁丽的学习成绩一直不错，又喜欢唱歌，很受老师们的关爱。从校园到单位，才十几岁的年纪，鲁丽被拔苗助长般，不得不迅速成熟，快速长大。

这是个放在心底很久的故事，因为其真实，不忍回忆，更不愿述说。那个年代，家暴还是个隐藏至深的话题，施暴者自以为是家事，听从于习惯和冲动，没有理性，不懂尊重；被施暴者，更多选择的是隐忍和自我煎熬，不与外人说，当作家丑，将伤痛深深埋在内心。

我曾经见识过一位家暴者被众人暴揍的场面。在矿区大院里，十几个人围追一个中年男人。围着院落中央那个凉水池，男人仓皇逃窜。我发现围观人群里有位正在哭泣的年轻女子，她声泪俱下，哭诉道："动不动就拿着棍棒打我，有时为了一句话，突然就把我从床上踹到地下……"

至今，我还清晰地记着那个场面，对那位哭泣的女子充满了怜惜。

时光荏苒，鲁丽的相貌已经逐渐变得模糊。奇怪的是，在夏夜的晚上，看着星星点点，以及树梢间那轮皎洁的明月，耳边会隐约传来悠扬的歌声，似乎我们还住在十排房，鲁丽还在她家的院落里，引吭高歌。歌声在夜色中传得很远，很远……

如初见

1

刘颖爱上初权的时候，还是一名刚刚初中毕业的学生。她跟着父亲来到了水泥预制场，成为了矿上服务社的一名临时工。

许多矿上子弟完成了初中学业，就在父母安排下，当上了服务社的临时工，先干些矿上的杂活，等待招工，倘若矿上有招工的名额，就可以直接就业，捧上铁饭碗。

刘颖有个上小学的弟弟，成绩一直中等的她，当父亲说"女孩子不要考高中了，毕业挣钱吧"时，也没有伤心难过，那些需要演算许多遍才能解答的练习题，那些需要绞尽脑汁才能完成的作业，都让人对课堂望而生畏。所以，她没有任何留恋，还夹杂着一丝开心，进了服务社，被安排到水泥厂打零工。

水泥预制场的记忆，似乎总与白花花的烈日和不停翻滚的泥浆有关。在那个比学校的操场都要大上一圈的场地上，搅拌机如同一个钢铁巨人，不知疲惫地发出刺耳的轰鸣声，在它厚实的铁皮肚子里，石子、沙土按照一定比例混合在一起，碰撞、磨合，搅拌成可以做成预制板的原材料。

夏日正午，蝉鸣此起彼伏，越发让人烦躁。在这样的环境下，刘颖并没有感觉到多苦，因为，当她第一天站在这个有些陌生的地界，一双火辣辣的眼睛就让她羞红了脸颊。那是个正在往水泥板框架中倾倒泥浆的小伙子，黝黑的身躯在阳光下闪烁着光芒，汗珠如晶莹的颗粒，随着他一个躬身弯腰的动作，在空中瞬间划出一道狭长的抛物线。

刘颖犹如一朵含苞待放的花骨朵儿，在这个泥水与汗臭混杂的地方，成了一道风景。刘颖干的是筛沙子的活计，负责把粗细混合的沙子分离开来，方便使用。在那些大热天也包裹着头巾身着粗布衣裳的家属工中间，刘颖正蓬勃发育的身躯是那样与众不同，当她费力地摇晃过滤粗沙的纱网时，脸庞红润，细密的汗珠儿在额头上隐隐浮现，给她平添了一份怜楚和动人。这个时候，许多小伙子会忘了手中的活儿，把目光聚焦到刘颖身上，而此刻，周遭火辣辣的目光，也让刘颖感到了不自在，心底像是蹿入了一只小兔，胡乱冲撞起来。

在众多热辣痴迷的目光中，一个叫初权的小伙子引起了刘颖的注意。有一次，刘颖和同组的张姐一起搬运沉重的沙包时，初权上前从她俩手中接过沙包，往肩上一扛，脚底生风，轻轻松松便完成了任务。张姐打趣说："还是小伙子有劲儿，看那肌肉，滚圆滚圆的！"而刘颖，只顾低着头，抿着嘴，不敢吱声。

预制场挨着村子，常有一些农民半夜偷拿钢筋水泥。主任张泉保给大家开了个会，为了防盗，在场地里收拾出一个闲置库房，安了张床，让男同志夜里轮流值班。一听说要值班，便有人提出，是不是应该给夜班费。张泉保说："晚上值了班，第二天可以休息半天，没啥夜班费，没这个规定。"

大家不甘心，还是嚷嚷："咱们什么都没有，农村人真来了，我们连干架的家伙都没有，得给配个大刀斧头的，也壮壮胆！"

张泉保笑了笑，额头的皱纹慢慢展开："什么干架，贼真来了，你关着门在屋里吼喝几声，吓吓他们就行。那些都是什么人？要财不要命，傻不傻呀！"主任的话倒是让大家宽心了不少，夜里值班就这样实行起来了。

2

工作空闲时，大家坐在树荫下乘凉，喝水抽烟聊天。负责开搅拌机的大黄喝了点酒，跑到女人堆里，和那些中年妇女打情骂俏。原本，刘颖坐在张姐旁边，大黄在打闹中不知是故意还是闪失，朝刘颖胸前生扑过来，吓得刘颖大声尖叫，但还是被大黄扑倒在地上。刘颖急了，带着哭腔拼命用手推压在身上的大黄，大黄拱着个嘴，嘴里不停地喊："谁推我的？"可就是故意不起身。

刘颖大哭了起来，张姐也拼命拉扯大黄，大黄瘫了一般，就是不起来。突然，一个身影跑过来，粗壮的手抓住大黄破旧的工作服，拎小鸡似的，直接把大黄从刘颖身上拽了起来。大黄也急了，扯着嗓子喊："放开我，你真是多管闲事！"话还没说完，一个响亮的耳光便在他脸上响起，接着，便是几脚连踹，大黄如滚雪球一般，在尘土飞扬的地上翻滚起来。

场地上劝架的、拱火的，成了热闹的集市。张泉保赶来时，大黄还在奋力反扑，但他的对手太强大了，不管是身高还是力气，都不对等。"大黄，初权，你们是不是不想干了！还打架，干活还累不死你们！给我住手！"张泉保歇斯底里地喊着，终于制止了这场冲突。

大黄浑身是土，嘴里还不停地争辩："是初权先动手的，我没招他惹他，他上前就踹我！"初权用眼角的余光在人群里寻找刘颖，不声不响。张泉保便让大伙儿说说是怎么回事，张姐立即把刚才的事情说了个大概。此时，初权才发现，刘颖一直躲在张姐身后，沉默不语。

"刘颖，你说说，大黄干啥了，占你便宜了？"张泉保声音不再如先前那般强硬。

刘颖只是低着头，一句话也不说。

见刘颖有些难为情，张泉保也不再问话，转身朝着大黄和初权说："你俩是不是闲得蛋疼？赶紧把预制板搬到车上去，司机都等半天了。还有，今天这事到此为止，谁再敢欺负人家小姑娘，再乱找事，都给我滚蛋。"

3

初权受伤了，值夜班时，为了保护公共财物，和盗贼搏斗时被一块三角铁伤到了小腿骨。

那晚大概是深夜十二点多，窗外突然响起叮叮当当搬动钢筋的声音，虽然之前张泉保有过安全提醒，初权还是忍不住拎起一根木棍，打开了房门，想吓唬吓唬他们。谁承想，这批盗贼胆子很肥，愣是不挪窝，也不跑，甚至还有领头的，蒙着一块破布上前，悄声说："大哥，这是两盒烟，拿着，今儿装作没看见，成吗？"

如此嚣张，一股无名火在初权头顶点燃。"废什么话，赶紧滚，不然我叫警察了！"一声口哨响起，几个人朝着大门口奔跑。初权追赶几步，想把戏分做足，可突然感到一阵锥心的疼痛从小腿袭来，听到一声铁块落地的声音——初权明白，自己被袭击了。随即，他疼得倒地，眼睁睁看着那帮人全部逃离。

初权住院后，场部安排了陪护，是新来的小伙子闫军。他也是刚初中毕业，和刘颖一样，都是矿上子弟，而且还是刘颖的邻居。从他嘴里，刘颖也大概知道了初权的伤情。其间，她也和张姐一大帮中年妇女去过医院，大家凑钱买了两瓶桃罐头、一瓶麦乳精。初权躺在病床上，小腿肚打了石膏，却不像个病人，开心得不得了，一个劲儿感谢。张姐还让闫军把罐头打开，让初权美滋滋地吃了一大口，一伙人开心地说笑。只有刘颖，偷偷从人缝里看初权的腿，被白布包裹，小腿粗壮，汗毛很黑。

初权出院后，需要康复一段时间，便接下了晚上值班的活儿。这是他主动要求的：家里有个唠叨的妈，整天嫌弃几个孩子不争气，暴躁的脾气让一家人噤若寒蝉；弟弟妹妹也是争吵不断。面对这样的家庭环境，初权宁愿待在厂里，更何况，这些天，很少能看到刘颖，这已经让他抓耳挠心了，像丢了魂儿。

冬夜，寒风呼啸，室内有刘颖给烧的铁炉子，温暖如春。因为初权不会生炉子，刘颖便经常过来帮忙。微弱的灯光下，刘颖一边织着毛衣，一边和初权聊着白天的事。突然，外面响起了雨声，刘颖推门一看，果然淅淅沥沥的雨滴从门帘上落下。刘颖赶紧回屋拿伞，准备回家，却被初权一张大手拦住。

"颖，今晚别回家了，外面下雨，我不放心。"初权瞪着炯炯有神的大眼睛说道。

"别，不回去，我妈还不得急疯了？出门时妈还问我去哪儿，我撒了个谎才出的门。"刘颖心底又开始怦怦乱跳。

"等你走了，一会儿炉子灭了，我要挨冻了。"初权使出苦肉计。

"不会的，我给你添的煤够了，半夜也不会熄火的。"

当刘颖回到炉子旁，准备用铁钩子捅一捅炉口时，她被初权紧紧抱在了怀里。

温热的气息、强壮的身躯贴在刘颖起伏的胸前，两张脸距离越来越近，瞬间，初权用嘴唇包裹住了刘颖红润、单薄的小嘴。刘颖感觉自己像是漂泊在海面上的小舟，随着海浪不停地颠簸摇晃。在激动、慌乱和紧张中，两人如同磁铁间的碰触。

室外雨在下，加快了滴落的节奏，变得密集。

4

夜里十一时许，刘颖母亲冒着大雨，找到了隔壁邻居家的闫军，打探女儿去处。闫军已经睡下了，还是从被窝里钻出来，穿上厚棉衣，领着焦急的刘婶，去了初权值班的小屋。

闫军平日里看刘颖和初权要好，估计两人肯定在值班室。

温暖的小屋外响起了雷鸣般的拍门声。门开了，披头散发的刘颖，被母亲一个耳光打在了右脸上。裹着被子裸露着上半身的初权，一时也蒙在了那里。刘颖咬着嘴唇，没哭出声来，只是低着头。

刘颖母亲拽着女儿朝家的方向走去，浑身哆嗦，却不知说什么。闫军在后面撑起了伞，小心翼翼地拿手电筒照着漆黑的路。

"傻妮子，就这么把自己毁了，你知道初权他妈是个什么人，有名的母夜叉，你给她家当媳妇，还有活路吗？"刘颖妈终于忍不住，跟跟跄跄边走边说。

"小军，今晚的事谁也不能说，以后你姐没法做人呢，知道不？"刘颖妈回头，叮嘱后面紧跟着的闫军。

"嗯，我不说。"闫军把头点得像鸡啄米。从小玩到大，刘颖像是自己的亲姐姐，今天亲眼见到刘颖被初权欺负，他内心也有些愤愤不平。

第二天，刘颖没去上班，是刘颖爸给张泉保带了话，说是病了，在家歇几天。张泉保很痛快地答应了，他正为昨晚的事情郁闷呢，刘颖避开几天，也好。

没有不透风的墙。消息是大黄泄露的。他跟踪刘颖好几天了，每天晚饭后，他就躲在刘颖家的胡同口，眼见着刘颖怀揣着从家里偷出来的饭菜，带着女人特有的气味，送到初权的铁皮小屋，即便被冻得手通红，双脚麻木。

那天晚上，寒夜里漆黑一片，大黄又尾随刘颖去了场地。突然下起了细雨，他准备离开时，就看到初权屋内的灯黑了。大黄的心跳到了嗓子眼儿。他想象着孤男寡女搂抱在一起，内心像是被点燃了熊熊大火。他几乎是踩着一路的泥水，去了刘颖家门口，看到推门出来的刘颖妈，朝着闫军家急匆匆走去。

他重新回到初权的门外，躲在西南方向那个高高堆砌的水泥袋后面，把大雨中发生的一切尽收眼底。第二天一大早，他就把消息散布出去了。等到张泉保知晓原委后，水泥厂里几乎是人人皆知了。"别说是我说的，我也是听别人说的。"每告诉一个人，大黄都要这般郑重叮嘱。

5

生米煮成熟饭，即使刘颖妈再不情愿女儿嫁到初权家，也无济于事。她原以为初权的父母会登门道歉，或者就儿女今后的姻缘谈一谈想法，必须是真诚和实实在在的，要有聘礼，要有礼数规矩，可事情过去一个星期，也没见到初权的家人。刘颖父亲找了在井队任队长的同乡，让女儿去了单位的服务社。服务社新成立了裁剪组，召集了一大批矿上的家眷，给矿上工人做工装。脱离了那个水泥厂，刘颖舍不得初权。那个夜晚温热的怀抱，让刘颖认定了初权。

初权把事情的原委和父母和盘托出，却遭到了母亲的咒骂。她说："刘颖还是临时工，你是矿上的工人，怎么也得找个工人做老婆，瞧你这点出息！这事儿不行，趁早拉倒。"

两人约会时，初权就把母亲的态度磕磕绊绊地说了。刘颖哭了，说："我早晚会被招工的，你让你妈放心，我不会拖累你的。"初权就劝她，说："再等等，咱们再想想。"

两人正准备从长计议，刘颖妈却等不及了，直接去了初权家，要当面问清楚：自己女儿不明不白被别人家小子睡了，对方倒装聋作哑了，没那么便宜的事！

两家人到了剑拔弩张的地步，谁也不示弱，谁也不肯低头。初权妈说："俩孩子你情我愿，是自愿的，不犯法。我们不同意他们的婚事。你女儿连个正式工作都没有，怎么结婚？"刘颖妈就说："你儿子就是个臭流氓，是强奸犯，我要告你们！"

6

1983 年 8 月 25 日，中共中央发出《关于严厉打击刑事犯罪活动的决定》，正式拉开了"严打"行动的序幕。

没几天，几名公安人员开着小吉普，直接去了水泥厂，把正在仓库里摆弄那些钢筋的初权逮捕了，据说是涉嫌强奸。

遭到初权妈的抵赖后，刘颖妈随即拿着那晚刘颖回到家换下的带血的内裤，去了公安局。刘颖面对公安人员的质询，一个字儿也不说，就是哭。整个过程是刘颖妈代替她复述的，大意是初权利用欺骗的手段，利用刘颖的善心，叫她去值班室生火；又趁夜深人静，图谋不轨，玷污了刘颖清白的身体。内裤上的斑斑血迹，让年轻的公安干警火冒三丈。

即使初权百般否认，依然无济于事。甚至，闫军也作为当晚的证人，重复了那晚亲眼见到的一切事实。很快，初权被拘捕。

初权的父母去刘颖家大闹了一场，两家人还动了手。刘颖在西厢房里紧闭了房门，在乱作一团的争吵中，默默流泪。

"把我儿子关进监狱，你女儿也是破鞋、婊子，看以后谁会娶她！"刘颖忘不了初权妈被邻居拉走时甩下的这句话，这句话像一枚钉子，深深地钉在了她的心底。

刘颖回想着去公安局时母亲说过的话："初权家根本瞧不起咱们，不同意你嫁到他家。咱们不能就这么被他家欺负。这是他的报应，也是他们全家人的报应。"

刘颖是心存怨恨的，初权的母亲，还有初权。自己一个姑娘家，名声就这么被毁了，翻不了身了……报应，对，你们全家是应该有报应的。

因此，当公安人员了解详细过程时，刘颖想着当时的情景，半推半就，被初权强硬压在身下，自己是不情愿的，害怕、担心、屈辱、无奈。初权像一头野兽，抓住了自己，自己逃不开，只能任他为所欲为。

7

每天在缝纫组跟着刘姐做衣服，缝纫机倒也会用，跟着母亲学过一阵子，工人的工装都是统一裁制的，刘颖需要把一块块上衣、裤子的片状布料进行跑线，线要直、平整、顺溜。这个活儿比水泥厂在大太阳下的暴晒好了许多。

时间慢慢流逝，那则桃色新闻也逐渐被其他的新鲜事取代。刘颖很少说话，认真跟着刘姐学手艺，不多言。每天一早先把组里的卫生清扫干净，扫地、擦桌子，把所有的暖瓶都灌满开水。同事们都挺喜欢她，也渐渐少了些最初的鄙视和冷漠，称呼她"小刘"时，便带着些许亲切。

一日，在单位浴室，刘姐盯着刘颖看，也不作声。刘颖红了脸，扭转了身体，打着肥皂。刘姐附在刘颖耳朵根儿，用微弱的声音问："这个月来了吗？""什么来了吗？"刘颖还不明白。"大姨妈来了没？"这一句话让刘颖愣怔在那儿，她停止了搓洗的手，不自觉地把手轻轻放在了肚子上。

她想说出实情，却开不了口。她的月事一向准时，这个月却一点儿动静都没有。她只有 18 岁，开始有些慌乱。她急中生智，连忙说："刚来了，还没彻底干净。"刘姐舒了一口气，说："没事就好，我还担心呢，你说，万一有了那个小子的种，以后你怎么办呀？"

刘颖的外婆是十里八乡有名的接生婆，小时候也带着刘颖给人接生过。虽然没有亲眼见过，可那种撕心裂肺的哭喊声，着实让小刘颖吓破了胆。尚年幼时，她就暗暗发誓，长大了坚决不生小孩，会要命的。可是，洗澡间刘姐的疑惑，倒是惊醒了刘颖，她躲在自己的房间内，借着窗外明亮的月光，裸露着自己的肚皮，仔细端详，似乎真的鼓起了一块；她轻轻抚摸着，手移到了乳房处，似乎也坚挺了许多。她又情不自禁地想起了那个夜晚，她记得初权刚刚碰撞到自己的私处，她就痛苦地扭动着身体。初权百般柔情，才让她放下心来，答应就试一下，可事实上，初权后来根本失去了控制，任凭她的抗拒，一味地冲撞。最后，她在极度疼痛和羞耻中忍不住哭出声来，肚子里似有一股激流喷涌而出。

那个夜晚，多像是一场梦。可眼下，万一真的怀孕，自己不是没活路了吗？她睡意全消，想着要不要回乡下外婆家住一阵子，或许外婆有办法把孩子拿掉。此时，刘颖已经不再半信半疑。出事那个晚上回到家，母亲也曾详细问过整个过程，刘颖都是含糊其词。她内心是明白的，却说不出口。

单位正忙着夏季工装的赶制，此时请假，有临阵脱逃的嫌疑。刘颖想起电影里看到过的类似画面，蹦跳、翻滚、束腰、拍打，或许就可以让孩子流掉。她果然开始效仿。每天下班后，她去矿区北门的山野里，寻一处安静处，开始跳绳，直到大汗淋漓。她找了一根松紧带，每天紧紧勒在肚皮处，心底默默念着："孩子，别怪妈妈心狠，我实在没办法。"折腾了一个星期，她浑身酸痛，白天高强度地劳动，空闲时就朝着肚子使劲儿。可是，一点儿动静都没有。甚至，她有时怀疑是不是自己弄错了，或许并没有怀孕，就一次，怎么会这么准？

她找了个老中医，让其把脉。老中医眯缝着眼睛，盯着刘颖看了好久，说："是喜脉，你有喜了。"看完老中医，刘颖来到那片山坡，这一次，她没有蹦跳，直接从一处高高的坡顶翻滚而下，随即天旋地转，整个世界翻天覆地，一切消失得无影无踪。

8

刘颖死了，因为地处偏僻，被发现时已经没有生命迹象。

她躺在血泊里，裤子已经被染成了红色。在干枯的丛林间，她像是一朵绮丽的花，绽放着，夺人眼目。

都以为这是意外事件，比如去野外割草，不小心滚落。这样的事情也不是没有过。尸检时，刘颖母亲获知了女儿隐瞒的秘密，她抱着女儿僵硬的身体，号啕大哭。花一般的年纪，瘦弱的身体却难以掩饰青春的美丽。苍白的脸颊、紧闭的双目，转瞬之间，化作了一缕青烟远去。

在刘颖的日记本中，闫军发现了一张合影，那是水泥厂集体春游时合照的，特意请矿区负责宣传的杨干事给拍的。照片上，刘颖带着一如既往羞涩的笑容，而一旁的初权，一副初生牛犊不怕虎的模样，一脸的倔强和意气风发。

日记里，刘颖写下了情感萌动时内心的挣扎和甜蜜，也写下了担心怀孕后的痛不欲生。闫军没有征得刘颖母亲的同意，而是悄悄将它放在了裤袋里。这是刘颖仅存世上唯一的物件，也是她青春的记忆，他应该保管好，送给日记中数次提到的那个人。

初权被判了 14 年。后来他在狱中表现好，两次获得减刑机会，坐了 8 年牢，走出了监狱之门。不知道闫军有没有把那本日记本交给初权，只是记得出狱后的他，整日还是游手好闲，先是待在家里整日不出门，后来就是和一帮混混儿要么打台球，要么抽烟喝酒。找个临时工作，干几天就不去了，还打群架，隔段时间就要去当地派出所报到。

初权妈斥责儿子的声音，在十排房里经常会听到。"我怎么生了你这样的儿子，苦命呀，你这混球！"同样的话，总是重复了又重复。就像这十排房的故事一样，无论过去多久，每次提及都仿佛发生在昨天，一遍遍翻来覆去，一遍遍感慨不已。

逃跑的爱情

　　邻居们都认定，明玉是个苦命的孩子，还不满3岁，亲生母亲就抛弃了她，跟个小白脸儿私奔了，从此，数十年杳无音信。

　　十排房的女人们，喜欢围拢在公用的水龙头那儿，一边洗衣服，一边议论家长里短。水龙头这个地方成了名副其实的"新闻发布第一现场"，很长一段时间，明玉家成了女人们的主要谈资。

　　明玉家刚搬到十排房时，明玉还没有出生。明玉妈身姿窈窕，肌肤白皙，眉眼间似有波光粼粼，她开朗、外向，很快和邻居们熟悉起来。相反，她新婚的丈夫却少见笑模样，对人也爱搭不理。夏天喜欢穿个小背心，露出一身腱子肉，讲起话来粗声粗气的，从不扯闲篇。有一次，两口子打架，明玉妈鬼哭狼嚎，半夜惊动了大家。邻居大妈敲门劝解，那男人扯着嗓子喊叫："我打老婆，关你们屁事，你们不要多管闲事！"吓得邻居大妈从此再也不敢登门，都见识到了这个男人的暴脾气。

　　口口相传的是，两口子的主要矛盾是女人水性杨花和男人小肚鸡肠。两人在同一个工厂上班，原本是每天骑着一辆自行车，男的掌把，女的搂腰，甜蜜的一对。可两人每次吵完架，便成了男的骑着车子一人在前面飞快地跑，女的步行在后，谁也不搭理谁。

　　都说婚姻有磨合期，最初，明玉妈也这么想，以为有了孩子，老公也许就不会这么暴躁了。一年后，明玉出生，算是十排房的一件喜事。大家都到她家看小婴儿，送些鸡蛋和挂面，说些祝福的话。明玉妈把明玉抱给大家看，小美女一个，大眼睛忽闪着长睫毛，皮肤白净细嫩，头发乌黑。明玉老公却在一旁"哼"了一声，说道："丫头片子！"弄得大家有些尴尬。

　　当时，计划生育是国策，在企业里更是严格执行，胆敢有超生的，立马开除，不容置疑。明玉爸想再要个男孩，终下不了决心。毕竟两人都是公职，一旦被开除，日后的生活也成问题。随着小明玉渐渐长大，街坊邻居都喜欢亲近她，从跌跌撞撞学走路，到小嘴叔叔、阿姨地叫，非常讨人喜欢。

　　可爱的明玉，没能带给这个家庭些许温馨和甜蜜。经常性地，明玉妈被打得披头散发，在十排房坑坑洼洼的泥土路上狂奔。有一次，明玉妈娘家全体出动，明玉姥姥和两个舅舅找上门，把明玉爸堵在屋里，一阵拳打脚踢，将其一顿暴揍。最后，丈母娘还让他写下保证书，对着众人念："今后不再动明玉妈一个手指头。"

　　原以为被这般教训了，明玉爸该老实了，谁知，不出一个礼拜，又打得天翻地覆。

　　"你这个骚货，勾引我徒弟，你还要不要脸？"从明玉家那扇木质小窗口里，传来这样的咒骂声。

　　"你胡说八道，血口喷人！我和陈志强是清白的，是他们瞎说。"明玉妈带着哭腔争辩。

　　"撒谎！昨晚上夜班，我故意去陈志强宿舍看看，你们果然就在一起鬼混。你说，干没干？"

　　接着，便是撕心裂肺的哭喊声。

　　"妈妈，妈妈……"惨叫声中，每个邻居都听到了掺杂其中的明玉的声音，虽然弱小，却如钢针刺在心头窝，生疼。

　　陈志强老家在四川成都，大学毕业被分配到了明玉两口子的工厂，进了装配车间，跟着明玉爸当学徒。明玉爸最初是招工进厂，七八年的工龄，技术还算不错，能够带这个大学生，自己也觉得光彩。没想到，志强来家里吃了一次饭，就和明玉妈眉来眼去，这让明玉爸恼火得不行。

　　据说，明玉爸提到的那个夜晚，确实有人看到了明玉妈和陈志强待在宿舍里。但当明玉爸拿着铁棍冲到屋内时，两人就是在聊天，衣服整整齐齐的。

　　明玉妈抽泣着和前来拉架的同事们说："傍晚给明玉爸送饭，因为包的是饺子，那天又是陈志强的生日，就多带了一份，送到了陈志强的宿舍。"

　　毕竟同事在场，大都是劝和，也就散开了。谁想，明玉爸第二天还是要彻底清算，回到家对着明玉妈又是一顿狠揍，全然忘了一周前的保证。

　　每次挨打，明玉妈都很少和家里人讲，脸面上有些过不去。这个男人，只要不是疑神疑鬼，也算是好的。平日里，炒得一手好菜，厂里有人结婚，都请他做大厨。工作上也认真负责，已经当了班长。工资每月如数上交。虽然只有个女儿，有些不痛快，但很快就宝贝似的，总想着给明玉买点心和玩具。

　　那一次，因为出手太重，明玉爸一拳击中了明玉妈的额头，起了一个大包。当场，明玉妈就倒在了地上，半天神志不清。后来去了医院，被诊断为轻微脑震荡，拿到了证明，请了几天假休息。

　　宿舍事件发生后，陈志强一直躲着师父，这让明玉爸更加确信两人有猫腻，不然怎么这般害怕？于是，他内心的愤懑越积越多，那天在食堂，守着那么多单位职工在场，明玉爸一脚就把正在排队买饭的陈志强踹到了一边。志强当场摔出去好远，铁皮饭盒撞击地面的声音非常刺耳。要不是车间主任立即阻拦，不定惹出多大的祸端。

"以后，我见你一次，揍你一次，非打死你不可！"这是明玉爸当场撂下的话，凶狠的狰狞模样，让倒在地上的陈志强不寒而栗。

那一年的中秋节，月亮特别圆，明晃晃的月光，把十排房的每个角落都照得澄明通亮。孩子们拿着月饼，边跑边吃，几人一团，欢笑声不绝于耳。明玉妈领着明玉，串了几个门，给邻居们送了好多月饼，每到一家，临走时，都丢下一句话："明玉还小，今后你们还得多照顾着点。"

邻居们都没有太在意，当成是明玉妈的客套话。也有爱琢磨事的邻居，等明玉妈走后，就站在门口，看着远去的背影，想：这是什么话？明玉妈究竟葫芦里卖的什么药？

明玉妈话里的意思，第二天就有了答案。明玉妈就在中秋之夜跑了，和陈志强一起，偷偷乘坐火车，私奔了。

私奔，绝对属于那个年代的敏感词，人们大都将原因归结为可耻的偷情和自私性的放纵，几乎很少人能够将它当成追求自由、释放天性，或者摆脱桎梏的无奈之举。

明玉妈私奔的消息被广为传播后，涌现出两种看法：有人认定，恶魔般的丈夫，迟早会把明玉妈折磨死；更多人会怜惜年幼的明玉。"明玉还不到三岁，她怎么忍心就这么撇下孩子一走了之，这爷儿俩今后怎么生活呀？"

议论总有消散的时候，日子还得继续过下去。从人们的描述中，作为旁观者的我，试图还原当时的真实状况，大致是这样的经过：那晚，明玉爸上夜班，当然，明玉妈和陈志强事先已经为出逃进行了规划，于是，便有了临走前的告别，以及在那个漆黑夜双双出走的决绝行动。

无疑，明玉爸起了推波助澜的重要作用。因为家暴，明玉妈把一肚子苦水倒向了有一定学识的大学生。大学生初谙世事，也有一份对不公之事的愤慨和怜悯。加上明玉爸解决问题的方式，让两人也自觉唯有出逃才是唯一的选择，从而抛下骨肉亲情，毅然决然悄然离开。

两人何时芳心暗许，如何谋划和商议，都成为了大家的谈资。很多时候，只要明玉爸不出现，大家都乐此不疲，就某些可以回想和推测的细节展开回忆和联想，如福尔摩斯破案般，根据细节还原过程。

女人走了，留下一个只剩下男人和孩子的家。先是明玉爸去了岳父母家找人，没几句话便开始了混战；丈人家没了女儿和姐姐，也正好一股子邪火无处发泄，战争不可避免。最后派出所前来干涉，才减少了双方的彼此伤害。两败俱伤后，两家人不得不面对现实。

明玉爸对孩子不管不顾，整日酗酒，喝醉了，就一个人站在街巷里骂骂咧咧，跟疯子一般。明玉也从过去的小公主变成了小乞丐，常常饿肚子不说，衣服上总是沾着眼泪鼻涕，小脸上没一块干净地。明玉姥姥心疼外孙女，时常偷着来看孩子，带点零食和干净的衣服，照顾一下孩子。可是，来一次，明玉爸都要到明玉姥姥家闹一场，就好像人家是来毒害孩子一样。后来，为了避免纷争，双方来往也少了。

那几年，街坊邻居真的对得起明玉妈临走时的请求，谁也不忍心看着孩子这般可怜。只要看见明玉在外面玩，就把明玉接到家里，给碗热粥喝，给个蒸包吃；谁家炖排骨了，也想方设法让明玉吃上一块；谁家孩子衣服穿小了，也会记得洗干净了给明玉穿上。从明玉上幼儿园到小学，邻居们都给予了她悉心的照料。"没娘的孩子，能帮一把是一把。"大家都这么说。

明玉上一年级时，明玉爸厂里分了新房，便搬离了十排房。搬家那天，许多人动手帮忙，嘱咐明玉，以后听爸爸的话，学着做饭，照顾家。明玉都懂事地点点头，伯伯、婶婶地叫着，叫得许多人眼泪汪汪。几年来，明玉爸的脾气也收敛了许多，低着头，很小声地说："这些年多亏大家伙了。"

后来，大家便再没见过明玉和他爸。十几年过后，我从明玉爸同一个工厂的工友那儿，获悉了他们日后的生活。明玉爸没有再娶，一直和女儿生活。明玉学习不尽如人意，初中毕业就进了当地一家工厂，做了临时工。明玉妈和陈志强当年没敢直接回成都，也是担心明玉爸会找来，而是在四川某个县城安顿了下来，一直打工生活。后来，两人生了一个男孩儿，多年后，才带着孩子回到了成都，和陈志强家人团聚。

其间，明玉妈回过一趟家，和明玉爸办理离婚手续。在明玉爸刚刚搬进的新房内，明玉妈与多年未见的女儿相见。明玉瞪着一双大眼睛，躲在了门帘后面，就是不肯出来。明玉妈想上前抱一抱她，被她使劲推开了，一个趔趄，明玉妈差点儿摔倒在地上。

明玉妈想和女儿说一说那个中秋节的夜晚，她看着睡梦中女儿微笑的脸，心里十分不舍，真的是心如刀割。明玉刚出生时，她对着家人、同事、街坊邻居都说过，这辈子要好好疼明玉，永远不离开她，可最终，她们母女的情缘竟然这么短暂，明玉还没长大，她就舍弃了她，永远缺席了女儿的成长。

那个漆黑的夜晚，该是如何地惶恐和不安，明玉妈和年轻的恋人，一步步走入了前途未卜的黑夜，以一场逃之恋，改写了命运，改变了各自的人生。

烤鸡老张

不知从什么时候起，住在十排房东侧最里面的张大爷、张大娘做起了烤鸡的生意。那时老两口儿大约 60 岁的年纪，无从知晓他俩确切的年龄，只记得张大爷瘦高的个头儿，两只鹰鹫一般的眼睛，深邃、明亮，眼珠子凹陷在眼窝里；张大娘却是慈眉善目，说话轻声细语的。

清晨一大早，张大爷便骑着自行车赶往集市。回来时一路清脆的铃铛声，在巷道里不停地响起。

采购回来，老两口儿立即投入一系列的忙碌中。这边火炉上烧着滚烫的热水，那边张大爷已经磨刀霍霍向鸡群了。锋利的菜刀，被打磨得分外光亮，在晨起后温热的阳光下显现出狰狞和力度。张大爷手脚麻利，左手择光鸡脖处的绒毛，菜刀轻轻滑过，无声无息，却瞬间激怒了试图摆脱束缚的公鸡。公鸡发出嘶哑的叫声，翅膀在空气中扑棱棱地扇动。脖颈处喷出的鸡血被白色的大瓷碗接住，公鸡的力量开始慢慢衰弱。张大爷把手中的公鸡凌空一扔，公鸡便失去了最终的平衡，脚步趔趄，翅膀胡乱拍打，似喝醉了酒，没了方向感，只是本能地想飞，想站立，想逃离，想活命。

气若游丝后，公鸡不再挣扎，没了脾性，静静窝在某处。张大娘拎起鸡，将它扔到一个硕大的铝盆里。有时，某只公鸡还会本能地扑腾一阵，终归是无力回天，生命落幕。此时，火炉上的水壶发出刺耳的鸣叫，水开了。滚开的水浇到公鸡身上，张大娘顾不得水热，挽起袖子，大拇指与食指、中指一捏一合，飞快地拔鸡毛。也就眨巴眼的工夫，已是一地鸡毛，可怜盆中的公鸡，已是一丝不挂了。

接下来，张大爷开始对一只只扒光了毛的公鸡开膛破肚。他动作娴熟、利落，分门别类将五脏六腑归类放置，按照不同用途，做成美味佳肴。要么蒸煮，要么烧烤。烤鸡是他们的主打产品，家里有个庞大的烤箱，每逢烤鸡进箱，灯光亮起，浓香的味道便在街坊四邻中间飘荡。记忆里，我从未吃过他们家的烤鸡，却清晰记得那种气味，从淡淡的似有似无，到浓烈的蔓延到好几排房内。公用的水龙头安装在七八排房处，大家在那里闲聊时，嗅到张大爷家烤鸡的香味，就会说一句："又烤上了，你们说，他家应该挣了不少钱了吧。他们家的小强真是有福气，老两口儿的宝贝疙瘩，得吃多少好东西呀！"话语间、笑声里，更多的是羡慕。

小强是他们老两口儿的外孙，那时不过四五岁的年龄，就爱跟在我们后面玩，好像跟他年龄相仿的孩子并不多，他只好跟在我们这些大孩子后面。小强的母亲张玉兰，是老两口儿的养女，张大娘一直没有生育过，便抱养了这个女儿。老两口儿本分老实，这个女儿却不够安分，生性活泼、爱玩，虽然没有生得花容月貌，却喜欢与年轻小伙子打情骂俏，惹来许多人的诟病。那个年代，作风问题甚至比偷盗抢劫更严重些，更让人唾弃和不屑。

养女的婚姻属于包办，丈夫是煤矿的保卫干事，长得五大三粗，身体健壮。小强是他们的独子，生得虎头虎脑，从小在十排房长大，是姥爷姥姥一把拉扯大的。他没跟着自己的父母正儿八经过过日子，和父母的感情也很淡。每次玉兰回家，小强要么远远地站着，要么就是躲在姥姥的背后，瞪着一双闪着黑色光芒的小眼睛，抿着嘴，一句话也不说。

那个年代虽然物资匮乏，流言却时常会铺天盖地传播，形成巨大杀伤力。传言，玉兰喜欢上一个小伙子，没事就待在人家的宿舍里为其洗衣服，包括内衣内裤。出力不说，还贱到赔钱的地步，拿出自己的工资给小伙子买烟、买酒，讨人家的欢心。传言似病毒般在十排房间流传。每次玉兰回家，大家都指指点点。

玉兰的丈夫很少来岳父母家，偶尔回来一趟，膀大腰圆的样子极具威慑力。几年后再遇到他，和我小时候的印象完全相反，虽然体型依旧魁伟，但笑容可掬，话语也温柔。而那时，也许受到传言的影响，他总是心事重重的样子。据说，玉兰已有离婚的打算。张大爷老两口儿对女婿很客气，总是好酒好茶地招待，将其视作贵宾。邻居们都说，他们是替女儿弥补其犯下的过失，维持表面的和睦与团圆。至少，他们掏心掏肺疼爱着的小强，是他们全部的希望，他们害怕女儿婚姻失败伤及小强。

他们每日早出晚归地忙碌，张大娘总去煤矿食堂前卖烤鸡。矿井工人劳动强度大，工资也高，舍得打牙祭，烤鸡便成了最具诱惑力的食品。

老两口儿是挣了些钱的，在改革开放的初始阶段，用时髦的话说，他们下海当了一回弄潮儿，每日里都有现钱入账，日子自然富裕起来。这一点从小强吃的食物、穿的衣服明显看得出来。老两口儿像老母鸡般，舍全力给小强最好的生活，用他们日渐衰老的翅膀，为小强遮风挡雨。

玉兰的婚姻终于维持了下来。据说，那个小伙子改弦易辙，爱上了更年轻的女子。一直想离婚再嫁的玉兰，终于梦想破灭。结了婚的女子，还有一个上了小学的儿子，面临的压力和困扰让她疲惫不堪。原以为，一个人顶得住外界的诋毁和猜疑，终会迎来属于自己的爱情，但年轻的小伙子在尝遍情爱的新鲜与刺激后，也不得不面对现实。还有传言，玉兰曾经被高大的丈夫打得鼻青脸肿，待在家里一个月没能出门。还有人在街头水龙头一边洗着衣服，一边有模有样地描述家暴的现场，却没有人同情玉兰。也有人说，是张大娘给了玉兰的相好一笔钱，劝说小伙子离开了玉兰。

玉兰回家的次数逐渐多了起来，休班时也开始帮父母杀鸡、熏烤，甚至有时还陪着母亲一起去食堂兜售。许多矿工认识玉兰，买烤鸡时免不了说些荤段子，玉兰不仅不反感，还喜欢和面相端正些的人逗乐，开心时便扭动她的水蛇腰。一旁的母亲便铁青了脸，总想早早收摊。回来听老伴儿一说，张大爷火冒三丈，便对玉兰说："以后你别去卖烤鸡了，在家帮点忙就行！"虽然不挑破，玉兰也明白老爷子的用意，一甩帘子，进了自己的房间。

周末，玉兰的丈夫来的次数也多了起来，身强力壮的他帮着老两口儿干活，小院里有了笑声。小强经常举着一根大鸡腿四处游逛，令周围的孩子忍不住流口水。鸡腿什么味，还真说不上来。好在，我从小就对肉食不感兴趣。倒是邻居小勇家里，常听到小勇爸爸训斥小勇："鸡腿有什么好吃的，没出息！"转身对小勇妈说："吃个鸡腿满大街转悠，大人也不说说，显摆什么……"

后来，十排房搬来一对年轻小夫妻，男人生得富态，叫大卫，和玉兰的老公一样的体型，粗粗壮壮。他的妻子却苗条得很，杨柳一般，仿佛风一吹便摇摇晃晃。倒是脾气好，见人就笑，慢声细语，生怕讲话声音大了会惊动到谁。

女人在矿上配电室工作，主要负责给矿工头灯充电。大卫整日待在家里，听说是倒班，夜晚顶着星星去上班，白天在家睡大觉。这样的上班规律，让小两口儿经常见不着面。虽然搬来的时间不长，但两口子不是爱搬弄是非的人，和邻居们相处得也不错。他家的位置挨着水管，便经常有洗衣服的妇女干脆搬个小板凳在他家门口坐着，说些有趣的事儿，咯咯的笑声肆无忌惮地传出去好远。十排房的公共厕所就在水管的西边，往往蹲在茅坑里，还能听到一帮妇女的悄悄话，说着各家男人的好与坏、孩子学习成绩的优与劣。

一日，张大爷去提水，经过大卫家的门口，故意放慢了速度，提高了音量，说："不做亏心事，不怕鬼叫门。"说完，还一脸的愤懑。听到的邻居便开起了老爷子的玩笑："您不烤鸡了，怎么有工夫骂大街？"那时，张大爷的烤鸡生意开始三天打鱼两天晒网，除了年岁不饶人外，可能也不想太辛苦，女儿女婿不再吵闹，孙子学习成绩很好，似乎一切都安定下来。听到邻居的玩笑话，张大爷也不吱声，拎着水桶自顾自朝着家的方向走去，头也不回。

再一日，张大爷又来到大卫的门前，这次像是直接对着门口在喊："我老头子不怕你，有本事来啊！"慷慨激昂的样子如英勇不屈的革命者，又仿佛是随时要爆发的火山。邻居都来劝，问他怎么一回事，他还是不言语，就只是骂："别欺人太甚！"

小勇的母亲许姨常年休病假，街坊邻居有什么事，她是"百事通"，耳朵灵，嘴巴却有分寸。她向来和我母亲要好，时常来我家串门。说起张大爷的反常，许姨悄声说："老张说，他看见小玲中午经常背着书包去大卫家里，都是睡午觉的时间。那天，老张上厕所，突然就从茅房外扔进来一块大石头，砸到了粪坑里，溅了老张一身，老张就寻思是大卫干的。"

"老张和别人说过这些事吗？"母亲问。许姨神秘地说："老张趴在大卫家后窗偷看，看到过大卫抱着小玲。老张事后还问过小玲，小玲拼命摇头，还哭出了声。可能小玲后来告诉了大卫，于是大卫就想要报复老张。"

小玲是十排房里家庭条件比较差的，她还有个弟弟，都是从乡下农村出来的，跟着干矿工的父亲来到了城里。小玲姐弟两人都是大大的眼睛，皮肤是典型农村娃的颜色，但五官长得很精致，弯弯的眉、高挺的鼻梁、红红的小嘴，刚刚发育的身体，似一朵花苞等待绽放。

张大爷时不时走过大卫的家门口，都要有意自言自语说几句，大卫家的门总是关闭着，从未见他出来过。倒是他的妻子，在耳闻风言风语后，很长一段时间没了踪影。后来，也忘记什么时候了，他们便搬家了，走时没有几个邻居相送。记得那是个礼拜天的早晨，晨雾弥漫，十排房笼罩在雾气中。一辆大卡车停在靠近水龙头的地方，狭窄的空间让司机无法掉头，嘴里一直嚷嚷着："这是什么地方，出不去呀……"

几个小伙子一起帮忙搬那些家具，东西不算多，一张大床、一个大衣柜、一个写字台，还有几个大大小小、五颜六色的包袱。那天，张大爷没有露面，小玲也没有露面。虽然是礼拜天，大家原本应该都休息，却都待在家里，只有隐隐的灯光，从家家户户的玻璃窗投射出来。

大雾开始弥漫，十排房难得安静，像是睡过去了一般。

暗香

我上中学时，教数学的是位姓赵的年轻小伙儿，他瘦小单薄，一双眼睛总处于半睁半闭的状态。他应该是大学毕业被分配到了这所企业的子弟中学，成为了初中年级的数学任课老师。

因为年轻，大家背后都称他为小赵老师。他的课讲得还算不错，最大特点就是喜欢开玩笑，讲课时，总爱摆出夸张的身体语言，间或传来吱吱呀呀粉笔滑过黑板的锐利声。他最擅长的是，歪着身体，面向教室门，眼睛盯着楼道窗外的校园，伸长的胳膊以扭曲的姿势在黑板上画一个大大的圆圈。不知是否偷偷练习过，总之，他的这个举动总会让第一次见识的人目瞪口呆。黑板上的那个圆，几乎到了无可挑剔的地步，即使用教学的木制圆规画，恐怕也不过如此。

课堂上的玩笑，有时也会留到课下。课余时间，小赵老师会混到男同学组成的足球队里，不显山不露水地顽皮一把，和自己的学生们争抢那个在绿草地上滚动的足球，传来吵吵嚷嚷的争执声。同学们不肯让他，抢不到球，他就会着急，继而拼命去抢。他那单薄的身体没有丝毫的优势，不过尚且年轻，还没有气喘吁吁的狼狈状。

那时初中各科老师大都很年轻，不过比我们年长几岁，都还未成家，正是青春朝气蓬勃的时候。据说，几位老师常常联合起来，和校方就某些校园制度进行交涉。至于是什么内容，我们也不得而知，只是经常见到小赵老师穿着肥大的喇叭裤，摇摇摆摆朝着校长办公室走去，身后是裤脚扫起的尘土，在空气中弥漫开来。

等到毕业时节，几位任课老师大都名花有主了，尤其是那位外表温婉、清秀，内心火爆、刚烈的英语女老师，正与一位海员打得火热，据说到了谈婚论嫁的地步。几年前，英语老师曾经是小赵老师的心仪对象，赵老师苦追了好久，没能攻下，最终两人不欢而散。英语老师外表可人，脾气却极其暴躁，刚毕业那几年，没什么教学经验，常常被顽皮孩子气得暴跳如雷。我曾经因为晚自习和邻桌讲话，被她投掷来的粉笔打中。她对付学生的唯一工具就是手中的粉笔，气极了会来个天女散花，把教室弄得如遭遇了枪林弹雨，还伴有她尖厉的喊叫声。

15岁的我们，已经是少男少女。在毕业晚会上，我们排练的集体舞，让全校师生投来了欣赏、喜悦的目光。男生尚且青涩，女生却早已发育成熟，似乎在一刹那，众多丑小鸭变成了白天鹅。其中，就包括李香草。

李香草家在农村，父亲在矿上工作。她转学来的时候，已经是初二年级。据说，农村的教学条件极为有限。香草是家中的长女，却很受父亲的重视，父亲把她带到了矿上，联系了一位熟人让她进了子弟中学。

李香草刚来的时候，腼腆害羞，头低到了胸口窝，涨红的脸庞像大苹果。她扭扭捏捏地坐到了教室的最后一排，自始至终不敢抬头看人。记得她穿了一件粉色单衣，肥大得像一件袍子，包裹着她瘦弱的身体。黑色的长裤显现出她修长的双腿，一双农村常见的布鞋，无声地在教室水泥地面上走过。

和班里其他女生相比，李香草的相貌算是中上等，虽然没有漂亮的衣服装扮，但一双漆黑的大眼睛总泛着湖水的波光。每次看到她躲躲闪闪的目光，我的脑海里会浮现一幅画面：一轮圆月下一片静谧的湖面，明亮的圆月倒映在湖面上，水波轻柔地泛着涟漪，那么安静，那么温柔……

那时，男生女生彼此交往不多，都各自忙碌着。班里的尖子生整日埋头苦读，为了期望中的重点高中。李香草成绩一直不理想，或许与原有的学习基础有关。她剪了短发，原来那条粗黑的辫子不见了，短到耳廓处的乌发把整个脑袋裹得像一个皮球，没有了灵秀之气，像烧火做饭的粗笨丫头。

转到我们班不久，李香草开始变得开朗，课间也会和同学打打闹闹。奇怪的是，班里女生对她都有些冷淡，不理不睬，总是春路、江洪等人围在她身边。他们的谈话内容偶尔也能被听到，不过是一些明星轶事。20 世纪 80 年代的电视荧屏，山口百惠、三浦友和是公认的偶像明星，少男少女自然也是情窦初开。后来，班里开始传播李香草和江洪谈恋爱的消息，一时间大家议论纷纷。绯闻中的男女主角，成了众矢之的。

从此，他俩开始刻意避嫌，不再单独待在一起，在班里形同路人。

江洪的老爸是学校里一名政治老师，家也是在附近的农村。江洪在家乡读完小学后，升初中时便跟随父亲来到了这所学校，每天住在父亲的单身宿舍里。或许是相同的经历，拉近了两人的距离，可是风言风语又让两人不得不学会回避。教室里，江洪的座位就在李香草的后面，没多久，他便和其他同学换了座位，坐到了教室的最后一排。

一次晚自习，我们突然发现教数学的小赵老师俯身在李香草的课桌上，耐心地给她讲题。在大家印象中，尤其是数学成绩，李香草是一塌糊涂的，每次考试的最低分，一般都会不出意外地被她收入囊中。而现在，此刻，小赵老师却是那么耐心、细致地给她讲解，好像是关于一道二元一次方程式的解答，每个步骤、每个思路和最后的正确答案，都仔细地分析、开导。李香草小鸡啄米般不住地点头，和老师的脸靠得那么近。

这样的辅导持续了一段时间，便迎来了中考。毕业时节，大家关注的是各自的前程，班里那些花边新闻便不再有人在意和传播。等到各所学校录取通知书如雪片般被同学们拿到手时，中学生活便成了身后的风景，来不及细看和留恋，大家心怀对高中生活的期盼和向往，便把初中校园里的故事暂时存放在了记忆深处。

高一的时候，听闻了小赵老师和李香草谈恋爱的消息。香草没能考上高中，她父亲提前退休，她顶替父亲成了一名正式国企职工。从农村丫头到旱涝保收的工人，李香草的命运发生了巨大转折。其间，她和小赵老师的恋爱也成了校园、矿区里的一大新闻，师生恋竟然修成了正果，也算是难得。

高二的时候，从一位同学处听到了惊人的消息：小赵老师用刀捅了李香草，所幸只是砍到了肩膀，没有伤及性命。不过，小赵老师已经被逮捕，涉嫌故意伤害罪被起诉。有许多说法传出，李香草移情别恋，爱上了矿上一位年轻的煤矿工人；还有便是李香草的父亲从中作梗，逼迫李香草和小赵老师分手，小赵老师无法接受，冲动下做出了不理智的行为。前者的可能性更大，试想，李香草的身份变了，眼界变了，心态也就发生了改变——小赵老师不再是她眼中伟岸的天空，外面的世界有了更多的诱惑。

也许这世上，最无法稳定和长久的，就是人的感情。尤其是在青涩的年纪里滋生的情感，在俗世里不得不面临更多的压力和挑战。因为这起事件，李香草的身体留下了永远无法抚平的伤痕。推想那个可怕的场景，小赵老师应该是狰狞的面孔吧，手持利刃，一路追赶着前方惊慌失措奔跑的李香草。喊叫声、咒骂声，让暴力在阳光下肆意奔涌。一刀落下，李香草有着怎样的痛？看到肩头的血迹，小赵老师又是怎样的悲凉和痛楚？

过程不过是推想和猜测，但后果却是真实且不可挽回的，冲动终究要付出代价。那个宣判的日子，我没有亲临现场，据说有许多老师同学去了现场，这起恶性伤害事件就在矿区宽敞明亮的俱乐部被公开审判。

事后获知最终被宣判的刑期，我内心复杂，无以言表。原本教书育人的老师，因为一段爱情葬送了理想和前程，而李香草留在心底的伤痛，或许会更持久和难以愈合吧。

第一次绽放的花朵无比灿烂和娇艳，可寒风袭来，又有多少可以留存在风中？青春多像是一场不曾被邀约的欢宴，走到了这里，便是一个夜晚的相聚，一次袒露心扉的表白和倾诉。而夜色消散，黎明将至，有谁可以继续守候和停留？大家继续一路奔波与前行，只有那一夜的歌，会在多年后转身时，散落成花的模样，不论美丽如初，还是沧桑败落，依旧停靠枝头，暗香浮动，轻轻摇曳。

炉火旁

果果是林大爷家的大女儿，住在七排房的最西头，临近那条横穿整个街区的马路。她家距离公用水龙头最近，省去了挑水的辛苦。她经常拿衣服到那里清洗，在已婚妇女中间，安静地低头洗衣服。间或有人问她："找对象了吗？"她便羞红了脸，也不应声，头更低，慌忙冲洗一下，甩甩水渍，端着那个红色的搪瓷盆回家了。

果果刚满 16 岁，初中毕业便中断了学业。也许，过不了多久，她便可以顶替在煤矿掘进队上班的父亲，成为一名正式的国企职工。在矿区，女职工除了在后勤食堂就业外，便是在矿灯房内负责矿工们的矿灯管理。每日里，矿工们下井前，会从矿灯房那个狭小的窗口内领取矿灯；完成了采矿工作，升井后再原物归还。女工们每天主要负责矿灯的充电、保养及故障修复工作。

果果时常想象，从窗口里，看着一张张年轻男子的脸庞，带着微笑，把一盏盏擦拭得纤尘不染的矿灯交到他们的手中。那些男子，也必定带着友好的微笑。

果果的父亲喝完同甘共苦数十载的同事们送别的酒，果果也盼到了上班的第一天。崭新的环境、陌生的面孔，果果像一只胆怯的小猫，跟在被许多人称作"张姐"的中年妇女身后，在偌大的配电间穿梭。张姐说："我认识你爸，干活儿出了名的卖力，好人一个。"老爸给同事留下的好印象，让果果很受益。组里的几位女同事待她很友好。尤其张姐，耐心教她如何对矿灯进行装配、充电、擦拭和摆放。一天下来，她便可以完成基本的工作。

工作后的果果，慢慢有了变化。她去洗衣服时，偶尔也会参与到女人们的话题中。听着那些让人脸红心跳的词汇，她也不避讳，还会忍不住咯咯地笑，混入女人们的笑声中，好似开到了最大的水龙头，水花在石板上四处飞溅。

"果果，矿上的小伙儿有看上的吗？"徐姨擅长保媒拉纤的活计。果果一抿嘴，一本正经地说："我才不从矿上找对象呢，他们整天浑身乌黑，就一口白牙还可以看出是个人。"说完，便使劲儿开始揉搓盆里的衣裳。

18 岁时，果果出落得越发水灵，漆黑的眼珠，像是夜空中的星星，在白皙的脸庞上闪烁着光泽。有一天，她刚走进十排房，立马成了焦点人物——原本顺直乌黑的长发起了卷儿，蓬松的头发随着她走路的节奏，如波涛般在她的脊背上蔓延飘动。她羞红了脸，低着头，不理睬跟她打招呼的邻居，自顾自快速地走回了家。

家家户户正吃晚饭时，果果家里响起了咒骂声，此起彼伏，声声震耳。间或，抽泣声、暴怒声交织在一起。"你这个不要脸的，才上班几天就变成这个样子，你让我以后还有没有脸面去矿上！"

大家的猜测得到了证实，果果披头散发从家中跑了出去，一路狂奔，跌跌撞撞，身后是老父亲严厉的痛斥声和母亲的规劝声。

果果搬进了矿上的集体宿舍，大家很长时间看不到她端着洗衣盆的身影。因为和果果的弟弟是同学，我们经常在一起玩耍，偶尔也会去他的家中。一个周末，我在他家里遇到了靠在床上的果果，她正在织着毛衣。她的头发已经恢复了原样，她朝着我笑，还从火炉上拿起一块地瓜递到我手上，说："好吃着呢，别客气。"我闻着香喷喷的味道，慌忙接过来，可太烫了，我忙不迭用衣服兜着，手忙脚乱。果果见我这窘迫样，忍不住笑了起来。她美得像仙女下凡，红润的嘴唇弯成了月牙，露出整齐白净的牙齿。瞬间，我傻傻地站在她跟前，一动也不动。

冬日午后，漫天飞雪。待在教室里的我，看着窗外白雪茫茫，盼着下课铃声响起。我偷偷瞥了一眼坐在教室前排的果果弟弟，他身姿笔挺，在认真听讲。我打算放学后，和他一起打雪仗，最好堆个雪人。终于，动听的下课铃响起，我立即招呼果果弟弟，匆匆忙忙收拾好书包便冲出教室，爬到了校园外的小山上。其实，那也不是什么山，而是一座废弃的高架铁轨，不知为何，只修建了一段，两条铁轨悬空着，距离地面有两米多高。平时，我们经常放学去铁轨上玩，没有通行的火车，家长和老师也不管，胆大的同学都敢在悬空的铁轨上走来走去。

我和果果弟弟正玩得起劲儿，不知什么缘故，有个高年级的同学指着果果弟弟说："你姐姐都被抓起来了，进监狱了，你还在这里玩。"果果弟弟便急眼了，猛地就把那个同学推倒在地。那个同学更加大声说："你姐姐是女流氓，你是小流氓。"这还了得，果果弟弟瞪起了大眼，冲上去和那个同学打成了一团。我也没有袖手旁观，帮着果果弟弟揍那个胡说八道的同学。那个同学的同伴见我也上阵，便一起拥上来，把我们团团围住，用脚踹我们俩。幸亏我们班的班长从远处叫了一声："校长来了！"大家才一哄而散。

回到家，棉裤棉袄都是雪融化后留下的水渍。母亲责怪我和同学打架，我说出原委，母亲叹了口气，自言自语说道："果果这个孩子可惜了。"我更加迷惑了，再问，母亲便有些不耐烦："小孩子别瞎打听事，赶紧写作业去！"

让人意想不到的是，果果真的被抓了，据说是进了劳教所。从那些闲暇时凑在一起扯闲话的婆娘们的嘴里，我也大概探听到了事情的原委：果果陪着矿上一个采购员去海滨城市青岛出差，待了三天时间。采购员老婆知晓此事后，到矿上大闹了一场，还冲到矿灯房，在果果白嫩的脸颊上留下了一个"五指山"印记。采购员早已不见了人影，果果成了任人宰割的羔羊。

事情还有个版本，说矿区有个矿工每次领矿灯时，都喜欢借机摸摸果果的手。果果气不过，有一天便朝着矿工伸来的咸猪手吐了口水。这个矿工丢了面子，心生出怨恨。巧的是，那天果果和采购员在矿灯房讲话时，被矿工发现，矿工还知道了他们的出行计划，便等他俩外出后，立即将此事告诉了采购员的老婆。

事态很严重。作风问题，最是大逆不道，也是难以宽恕的行为，果果受到了严肃处理，因作风问题进了劳教所，在里面待了三个月。出来后，曾经让人羡慕的工作也丢了，她重新成了待业青年。

后来，经果果父母多方打点，果果进了矿上的服务社，成了一名缝纫工。再后来，她便嫁了人。那个男人死了妻子，有孩子，得有三十好几，身体健壮、魁梧，在矿上当矿工。结婚那天，那个男人推着一辆自行车到了果果家。随后，果果便坐在车子后面的座位上，和那个男人离开了十排房。

多年后，我们家搬离十排房，装载了家当的大卡车从一排排房屋前驶离时，我突然发现了抱着孩子站在远处的果果。她用头巾包着曾经乌黑的长发，脸上没有任何表情，眼睛里失去了活泼跳跃的光芒。

一瞬间，我脑海中浮现了当年的那一幕：在烤着地瓜的火炉旁，炉火映照着果果年轻的脸庞。她红润的嘴唇鲜艳欲滴，目光如星光璀璨。那是她最美的时刻，在我年少的记忆里，任凭风吹雨打，世事变更，都没有丝毫锈蚀和磨灭，永远固化成了一座雕塑，清晰如初。

少年心事

　　徐建设是我童年的玩伴，回想起他的模样，依旧很清晰。一双大眼睛，闪着狡黠的光芒。嘴角总是歪斜着，带着一股子邪气和叛逆。也许，他与常人不同的性情与他的出身有直接关系，他的生长环境有别于大多数同龄的孩子，从未享受过亲生爸妈的呵护疼爱。他是抱养的，在十排房这不是秘密，众所周知。

　　徐建设的家里还有个姐姐，相貌生得还算周正，可惜是个"罗锅儿"，成了嫁不出去的老姑娘，待字闺中，心情可想而知。暴躁、严厉，喜怒无常，动辄拿着弟弟徐建设撒气。徐建设除了逆来顺受，没有别的办法，因为他没法和姐姐相比，人家是亲生的。徐建设的养父母把更多的疼爱给了身残的女儿，过度偏袒和保护，总是看徐建设不顺眼，隔三岔五就会挑剔徐建设的不是，甚至对他拳脚相加。

　　从小，徐建设便学会了忍让，在家里不敢越雷池半步。生活在姐姐嚣张的气焰下，徐建设每天都像在走钢丝。我和他同龄，常在一起玩耍，但有个规矩，我们都了解，就是去他家找徐建设时，断不能在他姐在家的时候。无论她在做什么，都会严厉制止徐建设外出。甚至，她还会将怒火撒在我们这些小孩子身上。有一次，她甚至把一盆水朝着我们泼来，盆里还有浸泡的衣物，就那么扔在她家的门口。恰好徐建设的母亲外出回来，见此情景，顿时怒气冲天，不分青红皂白就开骂："都给我滚，以后少上我们家来，你个不长记性的讨债鬼，都是你招的，都滚！"

"讨债鬼"是徐建设在家里的称呼。面对这么暴怒的一家人，我们也有些害怕，立即一哄而散。我竟然不由自主地拉起徐建设的手一起跑，被他挣脱了。他的眼睛里写满了惊恐和无奈，我只好放手，边跑边回头看。徐建设的脸上挨了一巴掌，他母亲的咒骂还在继续："再和这群死孩子玩，我打死你。"

徐建设的父亲常年在福建工作，这也是十排房大多数家庭的现状。这个宿舍区最初建造时，就是为这些留守的家庭妇女准备的。至于她们为何没能跟随远方的丈夫，我一直没弄明白。是故土难离，还是为以后的回归保留一个去处？十排房里有许多夫妻常年两地分居，都已见怪不怪了。

我从未见过徐建设的父亲。一个中年妇女，带着身体有残疾的女儿，还有抱养的儿子，在那个生活困难的时期，承受的压力可想而知。几乎从未见过徐建设的母亲有过笑脸，整日都是气鼓鼓"战斗士"的样子。

小学四年级时，一个夏日午后，突然从五排房处传出凄厉的喊叫声，瞬间就响彻四周。家中正午睡的人们，揉搓着惺忪的双眼，走出家门，一探究竟。哭声从徐建设的家中传来，透过他们家开着的窗户，我看到赤身裸体的徐建设，正蜷缩在他们家那张陈旧的漆黑方桌的角落里，双手抱在胸前，大声号叫着。徐建设的母亲手里拿着笤帚，耀武扬威地比画着，咒骂着。徐建设的前胸、胳膊、大腿上被抽打的痕迹清晰可见。

邻居们开始劝说，徐建设哭声不止。他母亲对门外的人说："这个孩子我是管不了了，你们谁好心给我送人吧，我不能养了，不然日后成了小偷，我还得去监狱送饭，我活该呀……"

从她妈的话语中，大家了解到事情的缘由。徐建设偷了他母亲的钱。今天他母亲去市场买菜，发现少了五毛钱，回到家便严刑拷打他，徐建设只得说了实话。于是，他便被剥光衣服，遭受了一顿毒打。

殴打事件发生后，各种奇怪事情在十排房接二连三地开始出现：做烤鸡生意的张大爷，发现刚刚烤好的烤鸡少了一只；王婶收衣服时，发现外面晾晒的衣服少了一件；九排房新婚不久的林姓夫妻家，一块崭新的手表不翼而飞。大家人心惶惶，林家还到派出所报了警。

当众人把怀疑的目光投向徐建设时，他母亲在大庭广众之下直言："我没看到过什么烤鸡和手表，不信去我家里搜嘛，我们不干那些下三滥的事情。"言辞恳切，声声确凿。

夜晚临睡前，我去院落放杂物的库房拿东西，突然在屋内一堆杂物后面，隐约看到了一个脚尖。我慌忙逃窜回屋，和父母讲了这件事。我跟在爸爸后面，一起到库房查看，在昏黄的白炽灯照射下，搬开杂物，露出了徐建设熟睡的小脸。他还在睡梦中，长长的睫毛，紧闭的双眼，坐在地上，胸脯一起一伏。

徐建设必定又是被家里赶了出来，无处可去，把我家的杂物间，做他的安身之地。

我爸轻轻拍了拍徐建设的肩膀，叫醒了他。徐建设瞬间睁开漆黑的大眼睛，满脸犹疑和惊慌。一刹那，他从地上爬起，猛地蹿了出去。爸爸叫了一声："别跑了，回屋去！"可徐建设似乎没有听到这句话，瞬间消失在茫茫夜色中。

爸爸立即去了徐建设家里，我跟随身后。见到徐建设的母亲，我爸委婉地说了刚才的情况，特别叮嘱徐建设的母亲，等儿子回家来，千万别责怪孩子。徐建设的母亲并不在意徐建设在哪儿过夜，只是说："您别费心了，这个孩子皮实，不会有啥事的。"

一连几天，在学校没见到徐建设的身影。班主任问我，是否看到过徐建设，我摇了摇头，犹豫要不要说出那天晚上的情形。几天后，徐建设背着他破旧的黄书包来到了教室，乱糟糟的头发像一个鸟窝，大眼睛左顾右盼，嘴角紧绷，谁也不搭理。课间，我问他去哪儿了，怎么没来上课。他也不搭理我，只顾把脑袋埋在课桌上，不说话。

升初中时，徐建设彻底没了音讯。我去他家找过他，又被他姐姐恶言恶语给轰了出来。不过，街坊邻居都说："徐建设不好好读书，也不愿意回到学校，跟他一位亲戚学着做木工，去东北了。"

我们这几个玩伴中，徐建设胆子最大，能爬很高的大树摘下被枝条钩住的纸风筝，敢踩着摇摇晃晃的椅子在房檐下掏鸟窝，敢在还没竣工的大楼顶层滚铁环，敢和十排房里痞气十足已经工作了外号叫"大棒"的人撑"葫芦架"（方言，一种打架方式）。可是，每次当他母亲一出现，他姐姐一出声，他便立即泄了气，成了缩头乌龟，任凭打骂，不敢反抗。

徐建设什么时候离开的十排房，我们谁也不知道，他没来和我们告别。我一直挺愧疚，那天晚上，在我家库房，我要是不告诉父母发现了躲在杂物后面的他，也许他就不用逃走了，尽管那个库房夜晚会很冷，至少可以栖息一晚。是我，让他在夜色中潜逃，不知去向。

童年时光，在十排房里慢慢褪去了色彩，成了一张黑白相片。回想每一个瞬间，有无邪顽皮的天真烂漫，也有初谙世事的不解与困惑，一双双纯真的眼睛，在十排房的每个角落里停留，每个人都与我擦肩而过。我的手，终究无法抓住谁的衣袖，但他们的模样，即使事隔多年，却依然清晰可见。在共同的岁月里，我们遇到了彼此，却无法继续同行。

弃子

十排房的老胡大白天把孩子弄丢了。这可是个大事件，可惜那个年代没有微信朋友圈，有认识、熟悉的朋友可以转发扩散信息，一起帮忙寻找。老胡的老婆呼天抢地，和老胡大打出手，撕裂的哭喊咒骂声，从一排房传到最后一排，每家每户都听得清清楚楚、真真切切。

"你难道是个死人吗？连个孩子也看不住，你回来干吗！你说，你回来干吗……"上气不接下气的喘息声，在老胡老婆的喉腔里来回撞击。

"我的小三儿，妈妈对不起你。老胡，孩子找不回来，我也不和你过了！"

闹腾了半个月，也报了警，老胡非常积极地配合公安机关，到丢孩子的地方寻找，可一无所获。那是个临县的车站，每天客流量非常大，都是些做买卖、出公差的，或是探亲回家的，各色人等，熙熙攘攘，找一个孩子，真如大海捞针般困难。

老胡把对老婆讲的话重复给警察听："那天，我带三儿去他奶奶家，在车站等车时，我上了趟厕所，让孩子在厕所门前等一会儿，可就两分钟的时间，我出来，人就没了。"

老胡的老婆泣不成声地拿出小三满月的照片给警察看："就照了这么一张相片，都 2 岁半了，也没再留个影。"临走，老胡的老婆赶紧对警察说："我家小三屁股上有块痣，生下来就有。"

警察走了，一家人陷入了沉寂。老胡不敢言语，一声不吭在厨房择菜。老大、老二两个儿子缩在一旁的桌子上写作业，也是大气不敢出。老胡老婆躺在床上，不知是睡了，还是在默默流眼泪。

街坊邻居都在背后传言，却少有人前来安慰。遇到这样的事情，大家都不知如何劝慰，孩子是娘的心头肉，生生给剜掉了，那种痛，说什么话都无济于事。

老胡在矿区做瓦斯检查员，老婆没有正式工作，这几年也没出去找活儿干，待在家里照顾孩子。全家人的吃喝全都压在老胡一个人身上，家里不说吃肉，吃饭时就连一点儿油花都很难见到。吃的白菜是老婆自己种的、清水炖的，锅里的窝头也是用自己种的玉米磨面蒸的。养育三个孩子，常常捉襟见肘，日子过得很艰难。

老胡有些后悔生了小儿子，这个孩子从小体弱，也许与老胡老婆怀孕时营养不良有关。家里每月有点儿钱，都给小三看病吃药了。烦躁时，老胡会去打点廉价的散酒，晚上喝一杯。那天，看着小三嚷着要吃馒头，他的心仿佛被撕扯着，那一刻，他想，要是三儿生在有钱人家，不是比跟着自己挨饿更好吗？

晚饭时，老胡叫了老婆好几遍，她默不作声。盛上白菜，老胡从锅里舀了两勺玉米粥，让两个儿子先吃。孩子也饿了，没多会儿，连盛饭的碗都舔得干干净净。他又给孩子们续了半碗，很快也都喝完了。"作业写完了，就出去玩会儿吧。"孩子们答应着，一前一后出了门。

"喝点粥吧，不吃饭怎么行？"老胡央求老婆。

还没端起碗，老胡的老婆疯了似的，起身，冲到了饭桌前，抢过老胡的饭碗，放在了一边。"你还有心吃饭，赶紧出去找小三，天就要黑了，小三在哪儿过夜？他本来身子就弱，感冒了咋办？被人打咋办？他也没有钱，咋办？"

老胡忍不住流泪了，被老婆摇晃着身体，他感觉撑不下去了。

警察来过后，就没有了音讯。老胡总被老婆催着，要求去派出所问问，都无果。各种闲言碎语到处疯传。有一阵子都在传："小三找到了，是被人贩子拐走了，人家给他糖吃，他就跟人走了，据说给卖到了一户农村人家里。那户人家无儿无女，对小三还不错。警察抓到人贩子，才发现被拐孩子是老胡走丢的小儿子。老胡去接了，人家就是不给，非得让老胡拿钱，一开口就要 1000 块。你想，就老胡家那种状况，他上哪儿弄钱去。"也有人说："小三很快就会回来了，警察出面了，那家人家也不敢难为老胡，人家毕竟是亲生的。你说这人贩子，真该拿枪崩了。"

在街坊邻居善意的期待中，人们没能看到老胡阖家团圆的快乐与幸福。老胡的老婆，原来也是性情开朗的人，常和一帮婆姨们在水龙头前洗衣服，家长里短唠嗑。如今，她整日低着头，好像刚刚大病初愈。邻居们也不敢向她打听孩子的下落，小心谨慎地维护着表面的平静。

后来，有人释开了谜团：警察认错了人，那个被拐卖的孩子并不是小三。毕竟，老胡老婆给警察提供的是小三满月的照片，孩子长到快 3 岁，样子会有较大的差别。

日子还得过下去。丢失的小儿子成了压在夫妻心头沉甸甸的石头。每年到了小三的生日，老婆都要做一碗手擀面，压上一个圆滚滚的荷包蛋，碗边放着一双小三用过的筷子，摆在小三坐过的那个竹编椅子上。每一年，老胡的老婆都会看着那碗面，对着小三满月的照片，说上许多话，仿佛孩子真的坐在跟前一样。

　　有一次，不知何故，老胡家又发生了战争。邻居们隐隐约约听到了这样的对话："就是你故意把小三扔了，你还不承认？你说过没说过，你想给小三找个好人家？你就是杀人犯……"

　　听到的人都把这当成是老胡老婆的气话，气头上的话，怎么能当真？更何况，哪个亲生父亲舍得把自己的孩子扔了，不要了？那可是心头的肉啊！甚至，有的邻居开始对老胡老婆的言行看不惯："这都多少年了，就算是老胡当初有错，也不能一辈子不依不饶吧，家里还有俩儿子呢，把这两个孩子培养成人，不是也挺好吗？"

　　也许，谁都无法理解老胡老婆的心情，她与老胡磕磕绊绊了半辈子，都源于她无法释然的那个心结。她是否真的怀疑其中另有隐情？老胡是否真如他所讲，是疏忽而不是刻意、有意为之？

　　当然，这样的猜想只留在老胡老婆的心底，谁也无法觉察。时光荏苒，十排房的邻居陆续搬迁到了他处，有的住上了高楼。十排房也被列入拆迁地，所有的平房将被夷为平地，建造新的楼房。

　　从中年到老年，老胡 60 大寿时，全家人给他庆祝。此时，他已是儿孙满堂。老胡端起一杯酒，守着两个儿子、儿媳和孙儿，对老伴儿说："咱们都老了，当年我丢了小三，你恨了我半辈子。从今天起，我求你原谅我，我对不起小三，我也难受了半辈子，我不想以后的退休生活，你对我还像仇人一样。"

　　原本热闹的酒宴场面，因为老胡的这几句话瞬间安静下来。大家把期望的目光投向老胡的老伴儿。老伴儿面无表情的脸慢慢开始抽动，嘴角抖动着，泪花盈满了眼眶。她突然把老胡手里的酒杯推到一边，哆哆嗦嗦地说："我就是到死也不能原谅你，我之所以还和你过这么多年，我是为了两个孩子。这么多年，我也想明白是咋回事了，我不想再和你过了，咱们离婚吧。"

　　在场的人都睁大了眼睛，露出难以置信的表情。"我先回家了，老二,送我回家。"老伴儿起身,独自朝着门口走去。二儿子忙起身,紧赶两步,随她而去。老胡一屁股坐在座位上,低着头,看着一桌子的饭菜发愣。"你们吃吧,我也回去了……"老胡离座,大儿子忙起身,被老胡制止,"我自己走走,你们吃吧,小孙子都饿了。"他摸了摸孙子、孙女的头发,一个人,走了。

老胡失踪了,两个儿子发动了所有的朋友同学,帮他们寻找,几乎寻遍了半个城市。张贴广告、网上发布、各类媒体刊登寻人信息,朋友圈里转发寻找,积极配合警方,各路出击,全线寻找。48 小时后,消息传来,老胡在临县火车站被派出所工作人员发现。两天时间,老胡苍老了许多,满脸倦容,一个人,坐在装修豪华的车站候车厅内,眼睛直勾勾地盯着来来往往的旅客。

儿子、儿媳随着警务人员来到老胡身边,老胡望着又惊又喜的儿子,喃喃自语:"就是这个车站,我把你弟弟丢了,27 年了,他也快 30 岁了。我对不起三儿,对不起你妈。"说完,老泪纵横,泣不成声。

在儿子、儿媳的执意劝说下,老胡回到家中。这两天,老胡的老伴儿照常去跳广场舞,去菜市场买菜,每天中午定点去接孙子放学。老胡回家后,她又开始紧蹙眉头,面对全家的喜极而泣,她一个人躲进房间,任凭儿子怎么敲门也不出来。

那天,路过街市的十字路口,老胡看着红绿灯,一时有些心慌。他蹒跚走到路边,坐在马路牙子上,想休息一下再走。这当口,一个在路边骑着电动车等候的小伙子引起了他的注意,那眉眼和神情,怎么那么像一个人?

忽然,老胡感到胸口处热血沸腾,身边这个人,分明就是经常梦到的小儿子。此时,红灯变成绿灯,小伙子骑着电动车准备穿越马路。老胡发疯似的冲过了斑马线,追赶过去。一辆右转弯的车辆从他的左面驶过，一声刺耳的刹车声，老胡笨重的身体如一只鼓胀的气球，飞向了空中，随后，又重重摔到了地面上。

正是临近中午的拥挤时段，繁华、鼎沸的十字路口，这起交通事故让行人和车辆瞬间减缓了速度。阳光如此刺眼，周遭却变得异常冷静。

老胡是准备去学校接孙子放学的。那天，孙子在学校门口等候了许久，也没见到微笑的爷爷。最后，是班主任打了电话，老胡的小儿媳才赶了过来。那时，老胡已经在医院抢救，全家人成了热锅上的蚂蚁，如坐针毡，焦急等待。

此时，老胡的老伴儿也失去了往日的平静，她紧紧攥着大儿子的手，不停地发抖，嘴里一直在念叨："不会有事的，他命可大了，当年矿区塌方，他被埋在了井下，愣是被人救了出来。还有一回，井下坑道里拉煤的小货车朝着他就开了过来，那么窄的坑道，哪有躲的地方？你爸愣是拽住头顶的一根钢筋，打了个滴溜，躲过了。"

"别说了，妈，我爸没事的。"儿子拍了拍母亲的肩膀，安慰她。说话间，大夫走了出来，神色凝重："你们进去吧，老人家好像有话要说。"

老胡浑身插满了管子，老伴儿握住他的手时，他哆嗦了一下："在书柜底下，有一封信……"气若游丝，只有近旁的老伴儿听到了这句话。这是老胡留在这个世上最后的话。

　　老伴儿：
　　你怨恨了我一辈子，我不怪你，小三是你最疼爱的孩子，我把他丢了，我罪有应得。这段时间，我总感觉胸闷、气喘，头皮发麻，可能是原来做的搭桥手术出问题了，我担心万一哪天走了，带走这个秘密，我更对不起小三，也对不起你，所以还是告诉你吧。

我没有胆量当面和你讲，也怕你反应太大，弄出大动静。我会等哪天身体不行了，再让你看这封信，也许你就不会过分怨恨一个将死之人了。我瞒了你一辈子，我确实干了一件伤天理的事情。我知道，也许你有预感，有猜疑，才会一直不肯原谅我。我都明白。

是我亲自丢弃了小三。那个时候，家里穷得叮当响，我就想，还不如给小三找个好人家，让他过上好日子。和你商量过，你坚决不同意。我也不知为啥，就是犯了魔怔，总想着，把小三送人，寻个好人家，他好了，咱们的日子也轻松些，省得一起遭罪。那天，在车站，也不知怎么了，我脑子里总想着这个事。

我和小三说："你坐在椅子上等我，我上个厕所。"然后，我就偷偷跑掉了，坐上了回家的车。可是，车刚刚开出站台，我就后悔了，小三哇哇大哭的样子让我揪心。我赶紧下车，一路跑回了车站，孩子却不见了，问了很多人，都说没看见。

这是我这辈子最糊涂、最后悔的一件事，亲手把儿子扔了。我不是人，我也不配做人。我不求你的原谅，这一辈子就这样了，也没有后悔药吃。我走了，如果还有下辈子，不管怎么着，我也不会抛弃自己的孩子了。

老伴儿，你多保重吧。

老胡的老伴儿把信放到了抽屉里，拿出小三那张唯一的照片，端详着。一个满月的男孩虎头虎脑，瞪着一双明亮的大眼睛，看着这个世界。

两行老泪，缓缓地、无声地流过布满皱褶的皮肤。

生活启示录

"月嫂"是如今的一个称呼，作为一种职业，它主要是对新生儿给予科学专业的护理。在十排房那个年代，这却是一位中年妇女的名字。谁也不知道她的真实姓名，自从她一家四口搬来住到九排房最西头后，月嫂便成了邻居们对她的习惯称呼。

邻居们都说，月嫂翻脸的速度比翻书还快！有一次，大家都在传，面粉要涨价了。于是乎，在矿区那个唯一的小卖铺里，月嫂大方了一回，一下子买了两袋50斤的面粉。即便是她身形肥胖，膘肥体圆，也没有力气可以扛两袋面粉回家。她又担心被其他人抢购，就千叮咛万嘱咐商店的营业员小舟，一定给她看好了，自己回家推车子去。

等她回到家，乡下的婆婆正给孩子喂饭。她把饭菜嚼碎了，喂到孩子嘴里，这一幕让月嫂撞上，大发雷霆。这种情形有过几次，月嫂都明令禁止了，可这一次婆婆还是明知故犯，着实让月嫂忍无可忍，于是乎，从吵到闹，直到两人推搡起来。一气之下，婆婆背起包袱，推门就走："你这么不待见俺，俺走了，孩子你自己看吧。"婆婆撂下这句话，自己跑长途汽车站去了。

月嫂的男人在矿区工作，还在井下呢，也联系不上。月嫂一时间也傻了眼，把面粉的事情忘了个干净。

小卖铺里来买面粉的人络绎不绝，没多大工夫，库存就售罄了。这时，矿区卫生站的米大夫一路小跑，气喘吁吁地来了，进门就问："还有面粉吗？"小舟忙起身，笑着说："米大夫，都卖完了……"米大夫顿时一脸的失望，说："我兄弟一家人来看我，准备走了，想包顿水饺，唉……"小舟看了看柜台后面藏着的两袋面粉，对米大夫说："要不这样，月嫂买了两袋，还没拉走，你看，要不先给你一袋，明后天就进货，你还她一袋就是了。"米大夫特别高兴，谢过小舟，用小推车运走了一袋面粉。

傍晚时分，月嫂老公回到家，知道了月嫂气走母亲的事情，大发雷霆，一口一个臭婆娘地叫着，让月嫂也滚，把两个孩子吓得哇哇哭，家里乱作一团。

月嫂气鼓鼓摔门而出，去了小卖铺。还没等小舟把事情经过说清楚，月嫂一听说她把自己买好的面给了别人，气就不打一处来，就差上去撕拔（方言，撕扯）小舟了。那难听话说的，让小舟这个未婚女青年都羞红了脸，无言以对。

"你赶紧给我要回来，我现在就拉走！"月嫂丝毫不让。

无奈，小舟把月嫂从商店里推出去，关了门，气鼓鼓地去了米大夫家。巧的是，米大夫还没来得及和面，面粉还原封未动放在厨房里。听了小舟的来意，米大夫二话不说，直接让小舟把面粉拿走了。

两袋面粉的事情暂告一个段落。知晓的人都埋怨月嫂做事太过分，即便是面粉涨价了，米大夫事后还你一袋面粉，你也不吃亏！

婆婆走了，家里有些转不开磨。月嫂也有工作，在矿上配电间倒班。于是，两口子算计着各自上班的时间，能错开最好，万一撞在一起，就一方找同事换班。月嫂的老公提了好几次，回乡下给老人道个歉，把母亲再接来。月嫂把头摇成了拨浪鼓，就是不同意："让我儿子吃嚼过的饭，有传染病咋办？"

月嫂稍大的孩子是个女孩，刚上一年级。这天，两口子又重班了，是个周末，女儿在家写作业。月嫂就跟女儿说："梅梅，要不今天你看护弟弟，我和你爸都上班，就一个上午，中午我就回家了。"梅梅懂事地点点头，弟弟坐在那个木头做成的大马上，嘴里咿咿呀呀说个不停。

刚到班上也就个把小时，小舟就满头大汗跑到了配电间："月嫂，你赶紧回家看看，你家梅梅跑到小卖铺，说弟弟摔着了。我赶紧来告诉你。"

其实，梅梅哭着来找她，她原本是不想管的，想起那个面粉的事情就闹心，可毕竟孩子磕着了，万分火急，大人的事情就先顾不上了。原本她想直接去月嫂家里，又担心自己没经验，万一处理不妥事后让月嫂怪罪，便直接来传递消息了。

月嫂火急火燎回到家里，看到儿子的脸上满是血迹，一屁股坐在地上，抱着儿子号啕大哭。小舟赶紧说："送矿区卫生院吧，看病要紧。"于是，一路小跑，月嫂、小舟还有两个孩子，一起赶到了卫生院。

接诊的竟然是米大夫。简单检查了一下，米大夫面无表情地说："一根木屑扎在了眉骨旁，距离眼睛和太阳穴太近，我处置不了，赶紧送大医院吧。"随后，便准备洗手。这下子可把月嫂吓崩溃了，号啕声此起彼伏。倒是小舟冷静，她忙不迭地说："米大夫，您还是给看看吧，就算咱们大人有什么过节，孩子是无辜的，月嫂有对不住您的地方，咱不跟她计较。为了孩子，您帮帮忙吧。"随即，眼泪差点儿就流了下来。

看着小舟一脸的焦急，孩子不停歇地哭闹，米大夫什么话也没说，朝着一旁的护士点点头，对月嫂和小舟说："准备一下，去治疗室。"

一根细细的木屑被米大夫从眉骨旁的皮肤内取出。月嫂看得惊心动魄。原来，月嫂儿子骑的那个木马被家里的门槛绊倒了，马头摔断了，露出的木碴儿恰好撞到了儿子的脸上。也是万幸，万一伤到要害部位，后果不堪设想。

消毒、缝针、包扎，米大夫手法娴熟、处理冷静。一旁的月嫂始终满脸羞愧，什么话也没说。直到离开卫生站了，她才吞吞吐吐地说："真是对不起米大夫了，今天幸亏是您，不然就……"月嫂没了平日里的快言快语，神情局促、紧张。

为了孩子，月嫂请假照看了孩子几天后，就和老公一起回了乡下给婆婆赔礼道歉。这一次，月嫂跟个小媳妇似的，躲在老公的身后，羞羞答答地对婆婆说："都是儿媳的错，您大人有大量，您走了，孙子孙女晚上总哭着找您，都说想奶奶，让奶奶回家。"

听说孙子受伤了，婆婆就哭开了，边哭边说："你给我道歉，是为了你孩子；我去你们家，是为了我儿子，为了我孙子。"婆婆也是明事理之人，简单收拾了一下，就跟着儿子儿媳回了矿区。

据说，月嫂还给米大夫家送去了一袋面粉，感谢人家的帮忙。米大夫坚决没收。过了几日，不知是哪位高人指点，月嫂包了水饺，亲自给米大夫家送去，这一次人家收下了。经过小卖铺，拿着空盘子的月嫂看到了小舟，心想，怎么没想到给小舟送一盘呢？人家也帮了不少忙呢。

华丽家族

　　十排房里有个知名度很高的家族，据说，他们家三代都是当地高级官员。那个年代，能够拥有权力，自然成为众人艳羡的对象，他们的一举一动，总是与繁华和热闹、富贵和享乐息息相关。当寻常百姓尚且为温饱担忧思虑时，富人家的生活自然会成为众人日常的谈资。

　　华丽家族的当家人叫李坤，大家都喊坤叔，其官职究竟有多大，谁都不太清楚。最让人津津乐道的是他和两任老婆生出的众多儿女，是当年十排房远近皆知的一道风景。坤叔家里栽种的花卉，一年四季都有花儿盛开，成为了十排房名副其实的一道风景。都说养花人家，生女儿的可能性往往比较大。果然，坤叔和第二任妻子生了七个姑娘，最后收尾盼来了个男孩。

　　因为家庭的特殊性，他们不像平民百姓一般，习惯于街头巷尾的闲聊，两位当家人每日都是行色匆匆。坤叔有专车接送，在那条狭窄的巷道里缓缓驶过。车窗上总拉着窗帘，好事者谁都无法看清楚车内端坐的那张脸。因此，坤叔长相至今都是模糊一团，大概印象是粗壮的腰身、高挺的身材，习惯穿一件白色衬衫，扎到宽大的裤子里。女主人穿着朴素，总是灰白的套装，熨烫得笔挺、板正，透着干练精明。她讲话倒是比较和气，也会不时和碰到的邻居打声招呼。她长相清秀，大概 50 多岁的年纪，身材依然苗条，看不出生养了那么多孩子。

每逢节假日，他们家都会有热闹的聚会。据说，最大的女儿是坤叔和前妻生育的，几乎断了来往。第二任的七个女儿和一个儿子，成了这个家庭最主要的角色，邻居们也都习惯给这八个孩子排序。果真是各有各的色彩，如五颜六色的画卷，每个人涂抹一笔，都是琳琅满目的橱窗风景。七个女儿，都以花朵取名，个个芬芳、美丽，一片姹紫嫣红的景象。

老大取名玉梅，活脱脱是母亲的翻版，一样的眉眼和体型，瘦长、清秀。说话轻声细语，性格却刚直好强。嫁的男子是众人眼里的美男子，即便身着一身工装，也是玉树临风、帅气洒脱。

可惜般配的姻缘，却屡屡亮起红灯，原因便是帅老公的好色贪食。玉梅虽然相貌也好，却穿着朴素，热衷于官场仕途，凭借当官父亲的曲线关照，很快也在单位上拔尖亮相，成为小领导。她勤奋努力，工作认真，却疏于打扮，冷落了那个喜欢美女和激情生活的帅老公。

玉梅老公出轨的传闻，数次在坊间传开。因为居住得并不远，她经常回娘家，关于她的消息也会有声有色地在十排房里流传。真实程度不得而知，可帅老公和相好的在被窝里被捉奸的事实，却被描述得绘声绘色。众人奇怪的是，这般好强的女子，却没有因此和老公离婚。据说，小三都堂而皇之插足干涉，也未能拆散这个小家庭。

事业平步青云，后院却屡遭起火，可谓家庭事业难以两全。也许，好面子是唯一可以解释的缘由。越是地位显赫的家庭，越把面子放在最重要的位置。即便是每个女儿都生得笑靥如花，作为当家人的坤叔和妻子，也不愿让这等风流韵事将自己的门庭抹黑。

后来，玉梅老公出了车祸，她的婚姻也顺理成章地解体，她独自抚养了女儿很多年。其间也传闻，她看上的男子都是手里有权的中老男人，甚至有的已经知天命，该颐养天年了，她也不嫌弃。

果然，她一步步升到了单位的一把手，婚姻状况依然一片空白。

二女儿名芙蓉，多美的名字，人如其名。有一年的中秋节，我见到了他们家这位颜值最高的美女，一头蓬松飞扬的披肩鬈发，一身乳黄色带有大幅花纹的连衣裙，雪白的脖颈、纤细的腰身、修长的胳膊和双腿，蹬着一双时髦的高跟鞋，站立在他们家的房前，盈盈浅笑，和邻居打着招呼。

芙蓉很小便离家，去了省城的一家艺术团体，不知是演话剧，还是跳舞。不仅穿着和当地人拉开了极大差距，一口标准的普通话，轻柔温婉，也让她愈发显得与众不同。她站在那儿，暗灰的屋墙也瞬间明亮了许多。

她像一片浮云，偶尔在十排房飘过，转身便不见了踪影。在她站立的位置旁，还有她的老公，是个典型的南方人。中等身高，细嫩的皮肤，斯斯文文，也不讲话，只是站在一旁笑眯眯地看着美丽的妻子。

大家都说，两人一点儿都不般配，那个男人配不上芙蓉。婚姻原本也不是数学题，可以对等和验算，大家关注的只是外貌条件，而性格、家庭以及其他社会关系，却不是可以清楚了解掌握的。印象里，那是芙蓉唯一一次在娘家出现，不知为何，在十排房居住了好多年，竟然再也没有看到过她。她仿佛是留在童年记忆中的一道闪电，又仿若是雨后天边的一道彩虹，留下刹那的惊人之美，随后便烟消云散，像是一个梦，梦里开满了鲜花，馥郁芬芳，暗香涌动。

一个人的名字，冥冥中似乎与命运有着说不清的关联，坤叔家的孩子们，其后的人生道路，似乎都与各自的名字相吻合。三女儿岚菊，在众姐妹中相貌平平，虽然长相极其普通，却是最勤快、最务实、最肯干的。

岚菊是家里唯一下过乡、插过队的孩子，经历过农村的锤炼，越发地朴素，尽显劳动人民的本色，也算是坤叔家如花似玉女儿中的异类。吃过苦的人，可能对生活的期望值会降低，而个人的幸福指数却比一般人提升了一大截。

岚菊从农村进城，进了一家国有企业，想必也与坤叔的权势有直接关系。因为当时许多知青都被分配到了一些集体企业，餐饮业居多。她平平常常的外貌、木讷内向的性格，很难让人将她与高干子弟联系起来，进厂后她也一直在车间干活儿，是家里最缺乏光彩的一位。

多年以后，岚菊福气却大得很。她结婚嫁的对象是高干，订婚后没几天，她被调入了事业单位，后来还当上了科长。她最拿手的是操持家务，深得公婆欢喜，拿她当亲生女儿对待。坤叔这边，最出力的也是她。每逢家庭聚会，那个在厨房忙碌的人，必定是岚菊。酒足饭饱后，收拾残羹剩饭、清洗锅碗瓢盆的粗活，似乎都是她的分内之事。

坤叔两口子年纪大了，生病住院，都是岚菊跑前跑后，床前伺候，悉心照料。如花的女儿是用来观赏的，而这个最朴素、毫无姿色可言的女儿，却是最孝顺、最体己的。

雪莲是四女儿，十排房有名的暴脾气。

雪莲虽为女子，却可谓是称王称霸。小时候她体弱多病，父母自然多疼爱一分。姊妹们也多些体谅，凡事更忍让些，倒把这个女儿的脾气惯得不得了。

20 世纪 80 年代，女排精神辉映神州。观看世界杯比赛，中国女排主攻手一个扣杀，竟被对方队员拦网成功拦下。大多数人对这样的比赛状况大都发出一声叹息，而雪莲却不同，一时气急败坏，拿起水杯就摔向电视机。那个年代，电视可是家里最贵重的物件，都是托关系寻门路买来的，这样的举动着实让全家人惊吓不已。

雪莲就业去了一家普通工厂，从事办公室工作。后来，听闻去了当地的电视台，一个高中毕业生，转身便成了一名编导；据说，还干得有声有色，晋升到了主任级别。经常有邻居从电视机播放的节目中，看到她的名字。

电视台不是一般人可以进去的单位，于是乎，许多家庭的孩子大学毕业时，便有人寻到这层关系，找到她，委托帮忙，想给子女找份电视台的工作。街坊邻居是世上最脆弱的一层关系，共处时彼此相助、嘘寒问暖，倒也显得亲热无比，情同家人，一旦分开，也许就是数年的时间，彼此音讯全无。更何况，雪莲也不像一般女子喜欢与街坊邻居闲聊，一向我行我素，一脸的清高和冷漠。因此，大家都吃了闭门羹，免不了会有怨言和讥讽。

雪莲退休时，特意邀请了几位托她办事、给她送过礼的老街坊，一人一张礼品卡，很明显的意思，就是要还礼。不贪不占，符合她的性格。

五姑娘蔷薇，模样像极了当年红极一时的歌星程琳。星星般的黑眼睛、挺直的鼻梁、樱桃小口、典型的瓜子脸，娇俏可人，完全是蝴蝶结芙蓉的缩小版。

蔷薇的人生经历颇为传奇。那个年代的人，大都是进了工厂，便是一生的保障。唯独她，频频跳槽，更换各种工作，先是讲解员，摇身一变，成了电视台的播音员，随即又远嫁深圳，成了节目主持人。后来，据说自己组建了一个草台歌舞班子，到各个大城市巡演，一首歌的收入顶得上工人几个月的工资。

蔷薇的漂亮是公认的，还在校园时，便是大大小小联欢会上的主角。可她既没能接受到良好的专业训练，也没能遇到各种让人一举成名的比赛，一直沉浮在演艺圈的边缘，无奈，总进不了专业团体，只能从事些与艺术沾边的工作。

她还在当地电视台播音时，追求她的男孩子就有许多。无奈，蔷薇就是看不上当地男生，愣是和一个比自己小许多的外省大学的实习男孩一拍即合，双双离开。据说，当时台领导对她的辞职不同意，蔷薇快刀斩乱麻，直接跟着小男友跑到了改革开放的最前沿。

蔷薇的爱情和婚姻都是一个谜。关于她的事情，大都是猜测和推想。但有一件事情是真实发生的，就是当年，她挺着大肚子，登上了从深圳开往山东的火车，最后，竟然在火车上临盆，产下了一名女婴。

蔷薇以后的生活，谁也不知晓。如今，她估计成了南方某个小镇上的中年妇女了吧，不知是否还风采依旧。当年，她正值青春期，可惜的是，脸上总生出一些美丽青春痘，让大家好生遗憾。那么完美精致的一张脸，怎么会有这样的瑕疵呢？

六女儿芍药的性格，可谓是玉梅和岚菊的综合体，既有玉梅的刚直好胜，也有岚菊的平和委婉。总有些人，属于收放自如型，做事情从不显山露水，貌似与世无争，其实骨子里总充盈着不甘和自强。

归根到底，还是个度的问题，为人处世更是如此。几个女儿性格各异，优缺点也较为鲜明，唯独芍药，似乎总在模棱两可间盘旋挪移。上学时，她普通得如同邻家女孩，少有男生关注，属于那种即便是暗恋某个男生，也只会偷偷钻到被窝写日记的女孩儿。然而，参加工作后，她却表现得非同寻常。她的命运与岚菊惊人地相似，也是嫁到了干部家庭，受公婆喜爱，家庭和美，工作生活双丰收。

这样的女子才是真聪明，表面平和，从不与人争锋，而其选择的人生之路，却处处通畅，即便是身处暗流阴渠，也能凭借一颗平和、宽容之心巧妙化解，如溪流一般，绕过坚石锋利的棱角，平安抵达人生的幸福彼岸。

芍药初中毕业时，和几位女同学相约，一起报考了当地一所幼师学校。幼儿老师，对于女孩子来说是一个充满浪漫和温情的职业。几位女孩心怀梦想，走入了考场。结果，芍药和另外两个女孩都通过了专业课考试，只等着文化课的考试。其间，一位女孩进入父亲所在的企业机械厂，学习电焊技术，就此放弃了文化课的考试。芍药和另一女孩最终进入幼师学校学习。

人生皆如此，相同的历程，却会有不同的结果，就像花儿一般，历经了四季的风霜雨雪，花期、果实却各有不同。学成毕业后，芍药做幼师仅几年时光，就被公公调入政府机关，从文员做起，最后成为某科室负责人。而那位同期入校的女生，在幼师岗位上下岗，自谋出路。那位当了电焊工的女生，只得一辈子辛苦劳作。

上学时，芍药沉默寡言，总是一脸的淡定和平静，仿佛周遭的任何事情都与她无关。也许只有不急不躁、不争不抢的人，才会有好运气。有时，幸福需要沉得住气，才会不急不缓地悄悄来到，不偏不倚地将你包围。

小女儿名百合。照常理，这个孩子应该是失望之后的失望，叹息之后的叹息。她的父母只为了最后那个宝贝儿子，所有的期盼和渴求，让百合成为一个过渡。可事实上，她却着实是个幸运儿，终于把弟弟招来了。

作为坤叔的小女儿，百合长得如花似玉似乎是应当的事情，而她也算美女。只可惜，童年时为治病打了激素，身体迅速膨胀起来，如同一个热气球般，从一个清瘦的小女孩儿变成了一个臃肿、笨重而强壮的胖娃娃。

她尚在不太爱美的年纪，身体的变化丝毫没有影响她嘹亮的歌声。每到夏夜，在外乘凉的人们，都会或远或近听到优美、高昂、激荡的歌声，从《我的祖国》到《让我们荡起双桨》，从《边疆的泉水清又纯》到《妹妹找哥泪花流》，凡是那个年代流行的曲目，百合都是信手拈来、张口就唱。天赋使然，百合的嗓音如金属般富有质感，你可以清晰辨识出金属的亮色与坚硬，在优美的旋律间，获得音乐的美感与享受。

听说，她去参加歌舞团的考试，一亮嗓子，齐声喝彩；一看形象，扼腕叹息。可惜，她没能遇到慧眼识英才的伯乐，那还是个看脸的时代，没有让各类草根施展才华的舞台。

据坤叔家女儿们的成长轨迹，她们也不外乎通过婚嫁方式，寻觅到新的发展机会。几个女儿的人生，其实从内在归根溯源，都是同样的选择——找一家门当户对的人家。那时没有老板和企业家，只有高官的孩子，是结婚的首选对象。

只是，每次听到那些婉转悠长、韵味十足的歌声时，我就会想起夏夜里，曾有一个女孩儿在星空下自由歌唱，百灵鸟般的歌声，在十排房的每个角落回荡，为那时清贫、单调却朴素、温馨的岁月增添过情趣和浪漫。

李英俊是小儿子，女儿国的王子。坤叔老来得子，撞了大运，千载难逢得来了"大奖"。

小时候的英俊生得非常漂亮，眉宇间既有姐姐们的秀丽，也有男孩子的刚毅。柔美与倔强、妩媚与健壮，阴阳两种气质集于一身，使这个小儿子成为了全家的焦点。

英俊学习不刻苦，也许与养尊处优的生活有关。他异常贪玩，不喜读书，总爱跟着十排房里其他孩子屁股后面，跑来跑去。大家也喜欢逗弄他，谁都想掐掐他圆润的红脸蛋。

这样的家庭氛围，会让这个男孩成长为什么样的人，真是无法假设。生活并非总是按常理出牌，每个人的一生，充满了错综复杂的机缘巧合。"贾宝玉"式的英俊也是如此。成绩平平的他，按部就班，通过父母的关系，进了企业当工人。老丈人是有头有脸的人，足可以呼风唤雨。那时，英俊的父母也已年迈，可以帮衬的能力逐渐减退。而英俊的福气，则全部来自妻子，以及妻子家里那些权贵傍身的亲戚。

成人后的英俊，是典型的衣来伸手饭来张口的主儿。有心甘情愿深爱他的妻子，有喜欢他、疼爱他，把他视作儿子般的岳父母，生活的优越可见一斑。

据说，英俊是坤叔这么多孩子中，嘴巴最甜的那个。虽是男孩儿，却极善于揣摩他人的心思，从小会花言巧语巴结讨好姐姐们，以乖巧、听话的表现赢得父母浓得化不开的疼爱，恋爱、结婚，更是把老婆哄得爱到骨头里。这算不算一种天赋异禀？有的人靠实干、苦干，有的人却可以凭借能言的嘴巴、聪慧的脑瓜，照样赢得一生的富贵荣华。

一个家族的繁衍生息和一个家庭的兴旺发达，与时代有关，与当年所处的环境有关，也与家庭的教育有着紧密的关系。坤叔是十排房里最耀眼的大人物，他子女众多，拥有比其他人更多的财富和更优渥的生活。他的家庭也是十排房中最特殊的一个，懂得利用官场资源，通过强强联姻，拥有更多的资源和福利。

几个孩子中，唯有李蔷薇是破除陈规的，虽然她角色多次转变，也离不开某种权力的安排和布局，但关于恋爱和婚姻，她也算是一个叛逆者，直接的结果便是，她的生活没能像其他姐妹一样，风平浪静，安享富贵。在梦想的实现中，难免磕磕绊绊，而其自身的成长，却蕴含着太多值得思考和回味的东西。这是宿命，还是天性如此？

那时，我还是懵懂的少年，还无法用自己的眼睛透视一个大家庭的发展变迁，用理性的思维去推敲和揣摩那些未知的，没能给出故事的定论和结局。也许，生活原本就是一个过往，我们遇到了，见识了他人的风风雨雨、他人的富贵荣华，便可以想一想，所谓幸福和快乐都没有标准的公式，但总有规律可循，隐藏在被忽视的阶层背后，华丽的序幕开启，总会有更具戏剧性的情节上演。

时过境迁，我试图抛开人为的束缚和条条框框，还原故事的本真，单纯而直接地讲述一个大家庭的故事，还有那个家里的每个人，讲出与存储的记忆发生碰撞的那一段情节，尽可能真实而非虚构。

回到当下，机缘巧合，我从某视频平台上刷到了"华丽家族"的一段视频，是坤叔盛大而隆重的生日宴会，众儿女成群簇拥在这位老人身边，每人都送上了"寿比南山、福如东海"等响亮的祝福语。从模样看，当年魁梧强壮的坤叔，已经是一位年事已高的老人，坐在轮椅上，被两位保姆悉心照料，周围是变老的"花团锦簇"。老人笑弯了眉眼，笑弯了嘴。

无论是贫是富，是尊是卑，都是真实的人生。

第三辑
只道寻常

———————

用文字描摹的生活，已不完全是最初的模样。把时间线拉长，忧伤和欢乐，都留在了老地方。于氤氲红尘中看到那一束光，即便微弱、苍茫。时光不语，当时只道是寻常。

那个下午有风吹过

人生中常会有这样的际遇，在过程中相逢，偶然相聚，短暂分离，很快便不见了踪影。

冬日下午，时常有寒风袭来。大概是今年冬天最冷的一天吧，一向不太怕冷的我，也着实感到了严寒的逼近。

我和另一名记者来到老唐所在的生产厂，准备采访报道一项重点工程项目的进展情况。银白色的塔罐、游龙般的管廊，置身在现代化工业森林里，越发凸显出人的渺小。

避开寒风袭来的方向，在装置避风的一角支起了三脚架，采访工程项目组的一位技术员。年轻的他面对镜头面露羞涩，之前准备的话在镜头前开始磕绊起来。

这是电视采访中司空见惯的事情。同行记者有些着急，说不如写在纸上让他照着读。我否定了同事的想法。忽然，手机震动，是老唐的微信。我回复他一句：在吗？出来凉快凉快。他很快发来一个问号，问我是否在采访。我说就在装置区。

"我可以了。"技术员做了一个 OK 的手势，我们重新来过。

这一遍非常顺利。技术员脸庞越发红润，不知是为自己流畅的表达而激动，还是被寒风吹袭的结果。

准备收工时，远远地，我看到了老唐的身影。蓝色工装，脸上是灿烂的微笑，精气神很足。

两年前到山东临沂采访"第一书记"，我和老唐结识。那次对他的访问内容并不太多，但他总是帮助我们联系采访对象，给我们提供了极大便利。采访结束返程时，他给我发了微信，表达了谢意。本是职责所在，人家却如此谦逊，给我留下了深刻印象。

后来，他结束了"第一书记"的任职，我们相约聚了一次。事先说好，我给他接风，却没想吃饭时，他偷偷结了账。我埋怨他，他笑着说，当哥的请弟弟吃个饭，理所应当。

我们慢慢熟悉起来，空闲时，会一起去附近的太公湖健步走，权当减肥。他常说，只有快步走，才会起到健身的作用，于是乎，摆出一副雄赳赳气昂昂的姿势，阔步前行。我常常跟不上他的步伐。只有谈论起某个话题，两人据理力争时，才会不自觉放慢脚步。

从国际局势到国内经济，从公司未来发展到员工思想变化，无所不聊。他在单位担任党支部书记，更关心意识形态方面的动向，也会从智能化工厂建设方面，谈及他对信息技术发展的一些推断。我会从新闻工作者的角度，对社会热点以及工作生活中发生的事情，表达我的看法和见解。他常常直言不讳地提出他的观点，我无法苟同时，也会引发激烈的争论。

太公湖的小路上，留下了我们诸多话题。因为年龄缘故，按照之前的政策规定，他即将退出现职。我们谈论过关于他未来的去向，他表明，如果组织需要，肯定会选择留下来；如果不需要，他便申请离职，把岗位留给年轻同志。

我曾问过他："你会出国吗？"

他儿子已经拿到了国外博士学位，正在求职阶段。

对这个问题，他常常会陷入沉思，有时也会说，"大概不会"。

这毕竟是他个人的事情，我也不便多言，只是想，倘若出国，恐怕再难有机会见面了。

同行的记者去生产装置区拍一组空镜头，我和老唐来到他办公楼的一楼。门口有个厚重的布帘子，将寒风阻隔在了外面。偶然从一楼经过的同事，会和他打招呼。他都会点头，露出灿烂的笑容。他有极好的素养，对谁都彬彬有礼。从他同事的态度上，也可看出他的好人缘。

我说："这周末你回青州吗？周末请你吃火锅吧。"他说："再约吧，我可能会回青岛。"

在青岛，他有一套住房。那年他儿子在石油大学读本科，他和妻子便在学校附近买了一套住房，以便儿子可以天天回家。他说，儿子上了四年本科，他的大学同学都以为他是青岛本地人。

那些年，每逢周末，他都要开车回青岛，和妻儿团聚。后来，儿子去了美国读研、读博，他则报名申请去了农村，担任"第一书记"，把自己变成了一个农民，为乡村振兴做点实事。

在农村那些年，他吃了不少苦，但却实实在在改变了农村的面貌，并带领村民发家致富，许多致富的好点子都变成了现实。那次采访，就在他修整一新的村委会的小楼上，单位的企业文化也被他带到了乡村建设中，许多石化标语随处可见。

在农村时的他，瘦了 20 斤。

后来翻看电脑里拍摄的图片，我惊讶地发现，他奔赴乡村前，曾在临沂大学参加干部培训，我跟随单位领导前往大学驻地，拍摄过他们的学习情况。镜头里，他膘肥体胖，更像是发了财的小老板。

经过"第一书记"的角色历练，如今他变得体态轻盈，精神倍增。

犹如缕缕春风，吹遍了田野，吹进了乡村田舍。他们在泥土中辛勤耕耘，在广袤的田野上书写诗与远方。用真情和实干，描摹出新农村的崭新画卷，也在各自的人生履历上，写下了浓墨重彩的一笔。

如风般穿过松林，如阳光般温暖百姓的心田。

我曾跟老唐说："你最有光亮的就是在农村的时候，感觉你浑身有使不完的劲儿。"成为能够创造幸福，并且能够给别人带来幸福的人，是生而为人最有价值的目标和方向。

临近下班点，我和同事准备打道回府。我匆忙对他说："你准备下班吧，我先回单位了，晚上要加班写稿。"

我朝着车辆的方向跑去，他站在原地，仍在朝我张望。

我挥挥手，他也挥挥手。

人生中时常会有这样的际遇，只能在过程中相逢、偶然相聚、短暂分离，很快便不见了踪影。

那个下午有风吹过。寒风中，人散去，我们踏上归途。夜色袭来，坐在车内，暖风开始温暖了周身。

一日，他发来了微信，告诉我已经递交了退出现职的申请。

后来，便是微信里只言片语的聊天，彼时，他已在青岛的海边，吹着海风，远处是大海蓝天。

人海茫茫，彼此的缘分也许就这么长。说一声珍重，一瞬间，便是一次相遇和分离。

记得那个下午，有风吹过。

福将

咱们有多少本事，就享多大的福分，有很多东西，钱是买不来的。

世上真有福将吗？常听到"有福之人"的说法，似乎福气是与生俱来的，不需要多大的努力便可得到。一直以来，我对这种说法很不以为意，想来人家的福气，必定有着背后的功夫，有别人不曾看见的辛苦，这些是不为人知的。

某日，想起这个话题，是因为看到了身边的一位同事，他正在与别人开着玩笑，发出肆意的、没有丝毫掩饰的笑声，偌大的肚子即使隔着衣服也是上下晃动，好个大肚弥勒佛的气派。他叫李福，名字中的"福"字似乎注定了他的人生经历总与"福"结缘，我从此相信，世间真有那天生有福分的人，天生有能力、有本事享受福分的人。

李福，16 岁初中毕业成绩平平，待业家中无所事事。碰巧当地一所大型国有企业正在建设中，急需大批工人。因为工厂建设占地问题，李福所在地区被优先划拨招工名额，于是李福还在感慨没尽情要够的情况下，便轻而易举进了工厂。该工厂后来成为当地特大型石油化工企业，成了许多人削尖脑袋都想进的单位。他虽然是初中生，但做个工人也算力所能及，被分到了维修车间，专业是电焊。

这小子尚是贪玩的年纪，又生就张狂外向的个性，交的狐朋狗友一大群，三天两头集聚在单身宿舍内，麻将、扑克打了一圈又一圈、一场又一场，经常玩到三更半夜。他逐渐班懒得上了，开始泡病假，找各种理由搪塞班长，只要准假就成。后来，市面上兴起"老虎机"，喜好赌博的他，玩兴更浓，干脆直接不上班了，连假条也懒得送，跟他的哥们说，爱咋地就咋地！

玩得过猛，资金开始亏空，加上拿不到全额工资，李福便开始找家里救济。他母亲早年病故，父亲续娶另寻了住所，平日里来往不多，李福便一直跟爷爷奶奶过。李福的爷爷耳闻他不务正业忙于玩耍的"事迹"，便和他奶奶商量，给他娶亲。有了老婆的管教，他难道还这般放肆不成？

如意算盘没达成。相中李福的女子过于温柔贤淑，一味忍让他的胡作非为，甚至在他缺钱时，还拿出自己的钱补贴给他。李福也真是不争气，放着如此好的女子不管不顾，仍每日混迹于朋友中。他公然说："朋友如兄弟，老婆如衣服！"此言一出，传入女子母亲耳中。于是，就在两人打算领结婚证的前一天晚上，李福的准丈母娘气势汹汹前来兴师问罪，问他是不是说了这句话。众人面前，一向不会服软的李福，即使用苍蝇蚊子般的声音，还是勇敢承认了这句话是句玩笑话。准丈母娘却不依不饶，痛快淋漓地数落了他的众多罪证，举例说明了自己女儿的委屈和亏欠，说到兴头，还捎带上了他的爷爷奶奶，说其有教子无方的嫌疑。这一条，李福是断然不能忍受的，开始粗声粗气地争辩。于是，准丈母娘见其毫无悔过之意，不顾忌女儿的态度，成功把这场婚事搅黄了。

准丈母娘临走时，扯着女儿的衣襟，公然问李福："你碰没碰过我女儿？"

李福理直气壮地大声说："问你女儿好啦！""啪"一个耳光，李福的左边脸蛋红肿一片。准丈母娘收手："打你这个敢做不敢当的乌龟王八羔子！"

李福情场失意。随即，单位也找到他，按照规定，他旷工天数已经符合开除的条件，国企职工身份就要到头了。李福像那霜打了的茄子，一脸蔫相回到家，蒙头大睡，一言不发。

关键时候，李福那老当益壮的爷爷亲自出面，找到单位负责人，"扑通"一声常跪不起，先是痛骂李福，后又把家庭背景和盘托出，诉说孙子的可怜。老爷子豁出一张老脸，请单位领导高抬贵手，给孩子一个活下去的机会，不然他就真的毁了。

老人家的眼泪和痛说家史的悲凉，引发了负责人的恻隐之心，李福回到了原岗位。与此同时，一个姑娘再次走入他的生活。姑娘原是一家商场的营业员，下岗赋闲在家，找了几个对象都因工作问题告吹。她在遭受打击后，择偶目标逐渐现实起来。她之所以看中李福，也是因为他的稳定收入和国有企业的工人身份。

每个女孩子都是不同类型的花，有的娇弱，有的顽强，有的柔软，有的刚硬。这位姑娘属于后者。在耳闻李福曾经的事情后，她自信地对好意规劝她的亲戚朋友说："没听说过一个好女人就是一所学校的说法吗？"

李福"入学"后，接受了"正规"的"教育"。姑娘每天陪他上班，看着他坐上班车，防备他再无故旷工；下班时准时等候在车站，风雨无阻。而李福也逐渐收敛了性情，按时上下班。有一次他禁不住哥们的诱惑，竟然中途从班车上下来，打出租车去了朋友家，玩了一个白班的麻将，等到下班时间时又从中途上了班车。大家哄笑他，李福理直气壮地解释，是为了避免矛盾的发生，懒得理那婆娘的纠缠。后来，事情还是被姑娘发现了，姑娘不知怎么找到了他，一语不发，瞪着李福看了好几分钟，看得大家都发毛，大眼瞪小眼，面面相觑，不知如何解围。姑娘平静地对李福说："我怀孕了，是你的种！"

姑娘不再是姑娘，成了李福的媳妇，第二年给他生了个大胖小子。虽然同事们经常会看到李福脖颈上的抓痕，猜测又是家庭内部爆发战争所致，却并不说他媳妇的不是。就李福那个德行，没个厉害老婆，成吗？

单位人员重组，有个冠冕堂皇的理由：减员增效。似乎企业效益的下滑都是人员众多造成的。很多在维修车间的人员承受着下岗的危险，主动报名去了倒班岗位，只为保住自己的饭碗。那时，总公司整体出现效益滑坡，后来传出某某领导涉嫌经济案件被审查，此类传闻一时间成了街谈巷议的热点。很多人对明天不再抱有积极的幻想，吃饭、穿衣、住房成了困扰在每个人心头最大的忧患。

李福却不为所动，仿佛一切与他无关，依然整日磨磨蹭蹭忙他那点小活儿。单位上的维修力量已经非常薄弱，稍微有点儿规模的任务，都包给外委施工人员做，自己的员工只剩些边角料的活儿，处在还没完全失业的状态。李福倒是很喜欢这种状态，每日里无所事事，感觉也不错，犯不着考虑那些超前的问题。未来是什么？未来就是这家国有企业总不会让我吃不上饭的，倘若真有那么一天，我就上领导家里去，好赖我也不嫌，领导吃啥我吃啥，不就填饱肚皮吗？容易！

心宽了，身体噌噌开始长肉，李福肚皮的隆起高度完全可以与七八个月的孕妇相媲美。早晨上班，他拎的要么是豆浆油条，要么是肉夹馍、煎饼果子，天天不重样。肉夹馍刚时兴起来，他天天吃都不厌烦，后来有人干脆叫他"肉夹馍"。午饭自己常常开小灶，冒着违反纪律的危险，偷偷在屋内炖排骨吃。有一次碰巧中午吃了排骨，下午岗检时，检查团有一人使劲用鼻子嗅着屋内特殊的味道，问："这屋里怎么有股子怪味？"把李福急得心底直骂："还有这么笨的人，也配检查别人，连那么香的排骨味儿都猜不到！"

随着维修人员陆续被调离，最后只剩下李福一个人待在维修班。于是，顺理成章，这个曾经因旷工差点儿被开除的"老油条"，如今成了响当当的一班之长，管理着四个民工，日子过得逍遥自在。有任务，随意调遣民工，自己俨然成了调度，彻底开始了管理他人的工作。

后来，随着环保的日益重视，单位成立了污水站。李福的表现很讨新来主任的喜欢。有一次抢修设备，现场民工忙得热火朝天，李福却穿着比民工还破的工装，正笨拙地与另一位民工合抬一根钢管。主任看到，不由得感慨万千，当场说了一句："我们的工人是多么可敬可爱啊！"

不几日，李福便被抽调到了污水站，当上了第一任站长，相当于工段长的级别，工资提高了两档。随后，维修班被宣布撤销。

李福婚后一直和他的爷爷奶奶生活，后来为他们送终，代替他父亲尽到了养老送终的义务和责任。出于感激，还有亲情，父亲赠予他一套住房，加上他爷爷奶奶的住房，还有他赶上最后一班福利房的末班车，从单位分得一套住房，外加他老婆村里建房也分得一套，其名下总共有四套住房，其中有三套在繁华市区，市价已不可同日而语。

　　李福如今的生活，是真正的衣食无忧，过上了他曾经向往可以依靠房租过活的生活。随着年龄增长，他却不肯轻易舍弃工作，对待工作还愈发认真起来。有一次，大家喝酒，很多人谈论一个话题：假如我有一百万会怎样？有的说，立即辞职，回家休养；有的要拿着钱上大学，圆自己的一个梦；还有的说，先尝尝野花什么味道，成天守着一副面孔，严重的审美疲劳。最后，大家都说，李福是公认的"福将"，如此有福之人，家里的资产已远超百万，问他会拿钱来做什么。李福却回答："咱们有多少本事，就享多大的福分，有很多东西，钱是买不来的。"

　　李福的大肚子一起一伏，一杯白酒，混合着浓烈的味道，被他一饮而尽。他咂摸了下嘴，兜里的手机开始响起"你知道我在等你吗？"的音乐铃声，果然到了老婆规定的回家时间了。随后，他起身，向大家致歉，说："我得先回家了，各位对不住，改天我请大家到'福乐园'吃大闸蟹。"说完，不顾大家劝阻，一溜烟儿下楼去，绕过同事们的私家车，骑上自己的电动车，一路往家的方向飞奔而去。

青春悲歌

特立独行会让人生之路走得很艰难。撑得住，是你的造化，一旦无法咽下那些苦，一切只能徒留遗憾。

王宇技校毕业被分配到维修班的时候，不过 20 出头的年龄，瘦瘦高高的个子，细细的嗓门，戴着一副黑框眼镜，对谁都是一副笑模样，长得很斯文，模样很清秀。那一年，和他一同分到班组的还有一个女孩李晶，容貌秀丽，嘴巴很甜，见谁都叫师父，谈话间总要抿一下嘴巴，凸显出脸颊上的酒窝，带着点魅惑。

那个年代的工厂里年轻人居多，尤其我们车间又刚刚成立不久，好几批的技校生分配来之后，周围一下多了好多单身汉。李晶的到来，成了万绿丛中的一朵鲜花，一时间春光无限。许多年轻小伙子不管上夜班还是白班，都像那蜜蜂似的，瞅准了机会围着花朵转，纷纷跑到维修班，表面上是随便聊聊天，暗地里眼睛的余光总是瞥向李晶。

在维修班，我们的工种是电工，算是特种作业。班里男子汉多，活儿不算多，无须让女同志冲锋陷阵、独当一面。有维修任务时，女同志便在师父后面递递工具。李晶来了之后，凭借姣好的容貌，不仅吸引了车间那些荷尔蒙暴涨的年轻人，在班组里，因为嘴巴甜，也备受师父们的呵护。她经常不出工，待在办公室里，办公桌的左右两个抽屉里装满了零食，没事嘴巴便不停地蠕动。身边也经常会有小伙子陪着聊天，一个顾盼生巧，一个频频示好。

李晶的左右逢源，凸显出王宇的孤独落寞。起初，王宇偶尔也会和李晶开玩笑，但总会招来轻蔑的白眼。明显的是，李晶对他丝毫不感兴趣，甚至，言语间也会有一些嫌弃。

那是个大学生特别吃香的年代，李晶的择偶标准许多人都能猜得到——非大学生不嫁。王宇便没了近水楼台先得月的机会。我印象最深的是他俩刚来没几天，师父领着他们去装置上转转，熟悉一下各个配电室的位置和构造。进了配电室，站在黑色绝缘胶皮垫上，面对着一面面配电柜，听着电器元件启动后发出的嗡嗡声，一般人大都会有些紧张，毕竟"电老虎"的威力，从小就被家长灌输和渲染。

班长提醒两个年轻人，务必与配电柜保持安全距离。

王宇忍不住好奇，不自觉伸出手来指指点点。这个举动着实惹恼了班长，他丝毫不留情面，不顾我们在场，严厉训斥他："不想活了！"

新员工对工作充满好奇，会有不同的表现形式。有的人会敬而远之，小心翼翼面对陌生的设备，不敢轻易碰触；有的人却总想亲自动手，了解设备的工作原理和结构。王宇属于后者，总忍不住想去探究。比如他会频繁问班长许多问题：电气设备是怎么工作的？这些元件内部究竟是什么构造？为什么母线要这样拼接？为什么整个配电柜那些错综复杂的线路要这么布局？这些电线构建的系统如何真正实现自动化？对他而言，眼前的一切充满了未知，他抑制不住想要快速掌握技能的狂热与激情。

多年的工作经历，我们学会了按部就班，听从班长和师父的指挥，遵循严格的指令。只有在工作中小心翼翼，才能深得师父或者班长的信赖，让自己和同事都能处在一种安全的工作状态，这对于企业而言，尤为重要。每一名进厂的员工，第一课受到的教育便是如何规避风险，保护好自己。

王宇动辄伸手去触摸的习惯，让班长很恼火，也让班长对他失去了信任。班组出现任何安全问题，都是天大的事情，"电老虎"哪一天咬你一口，后果不堪设想。班长不允许有员工不听指挥，不严格按照工作流程做事。

他们来的那一年，适逢车间生产装置大检修，许多设备需要拆开清洗元件，更换损坏的轴承，然后再严格按照要求，重新组装、清洗、试运。王宇脑瓜很灵，许多事情一看就明白，工作中表现得很积极，总自觉跑在前头去做，与总是凡事慢腾腾跟在后面的李晶形成很大反差。

在班长看来，电气元器件的清洗和安装倒没有太大问题，王宇已经驾轻就熟，不成问题；可配电室里回路改造工作，密密麻麻的电线接头走向是否规则工整，很考验一名电工的技术水平。

虽然王宇多次申请参与配电室改造工作，可班长安排任务时，总是把室外作业安排给他。对此他颇为恼火，嚷嚷着跑到班长办公室，要求进配电室干配电接线的工作，被班长训斥了一顿。我们知道这件事后，都一笑了之，没人顾及王宇的感受。

大检修后，王宇的工作态度发生了180度的大转弯。他开始变得吊儿郎当，对班长安排的活儿也不愿意出头，一副勉为其难的架势；实在躲不过，就跟着师父脚后跟，趿拉着脚步走，亦步亦趋，没了往日的激情。

初入职场的年轻人，很容易因为外界的一些波折受到打击，但包括班长在内的所有人都没有当回事，大家都经历过青春期，理解特殊时期的敏感和逆反。后来，检修结束，维修班恢复了值班制度，一个班两个人，轮番夜班、白班交替。从此，我便很少有机会和王宇见面。

街上流行开了玩牌机，据说带点赌博的性质。许多同事迷上此物，有人上班时间也偷摸溜号，牌机的吸引力可见一斑。

这款游戏机让年轻人趋之若鹜。值夜班时，王宇经常一个人跑到游戏厅玩牌机。维修班的工作特性，是只要装置正常运行，便没有多少事情可做。值班的夜晚，大家聚在一起不过是闲聊天，晚上吃顿夜宵，各自睡觉。

有一天晚上，照旧偷跑出去的王宇，被查纪律的车间主任抓个正着，于是，王宇不得不在全车间大会上作深刻检讨，反思自己无组织、无纪律的行径，给工作带来的恶劣影响。

作检讨后，王宇并未有所收敛。因为玩牌机，他看上了一个女孩儿，甚至还和街面小混混儿争风吃醋，打了一架。也因为这场打架，王宇在医院里住了两个多月，曾经受过伤的脾被小混混儿踹了一脚。

王宇在技校时，有一天中午去食堂买饭，因为被怀疑加塞儿，遭到了校联防队员的当场呵斥，命令他排到队伍最后面。王宇不服气，强力争辩，否认加塞儿事实。联防队队长是有名的校园一霸，抬起无影腿就扫射过来，王宇情急之下，拿着手里滚烫的热粥朝对方泼去。随着撕心裂肺的惨叫声，大家乱作一团。突然，王宇腹部不知被谁狠狠踹了一脚，钻心地疼，瞬间失去了意识，倒在了洒满热粥的食堂水泥地上……

因为这次斗殴，王宇受到"记过，留校察看三个月"的处罚。他有个在中心医院第四分院当大夫的老爸，托了关系，才没被开除。王宇能够顺利毕业，拿到毕业文凭，被分配工作，也属幸事。

王宇小时候，听得最多的话，便是父母的吵架声。他的父亲曾是省医科大的高材生，书读得好，性格却有些偏执，在家里说一不二，典型大男子主义。偏偏王宇的母亲也是位一点就着的女人，夫妻俩时常为了鸡毛蒜皮的事上演全武行。

后来，两人都疲惫不堪，一拍即合，决定离婚。王宇和弟弟的人生突然发生了转变，他被判给了父亲，弟弟跟了母亲生活。

原生家庭的变化直接影响到了两个儿子，父子关系比较淡漠、冰冷，父母离婚后，哥儿俩也几乎少有来往。

王宇头脑聪明，高中时每年圣诞节、元旦等节日，他都要跑到批发市场买来一麻袋贺卡，在校园里兜售，引来同学们的围观和争抢，为此多次受到班主任的批评。学习不在状态，高考直接放弃，但因享受石化子弟照顾 60 分的优惠条件，王宇顺利考进企业属下的技校。

公开作检讨，成了王宇工作的分水岭。从此，他玩世不恭的个性逐渐显露，凡事毫不在乎，胆子却越来越大，班长分配任务时，以各种理由推脱，有些目无尊长、肆意妄为、胆大包天。时间一长，班长也不敢交付给他重要任务，因为王宇说，自己的一个膝在学校时被踢坏了，不能过于劳累，有医生证明的。

没人见过他所谓的医生证明，但大致可以猜到，或许是那次校园斗殴造成的后果。班长只得睁一只眼闭一只眼，不与他计较。

王宇后来迷上了气功，我亲眼看见他在一楼的休息间，盘腿而坐，双眼紧闭，双手合十，嘴里还念叨着什么。练上了气功，他不再偷摸着外出玩牌机，完全改换了生活方式。

以他的个性，一旦认真于某件事情，不会轻易调转方向。

车间效益滑坡，各级领导开始在大会小会上频频提及改革的必要性，各种优化措施也进入实施阶段。维修班不允许容纳那么多人，大部分人员必须转岗。我和另一位同事被班长留了下来，继续电气值班工作，而王宇，随着改革的洪流，先是去了操作一线，干了半年操作工，据说因为劳动强度大无法上夜班，主动要求去了门卫值班。

他成了单位年龄最小的看大门的人，刚过了本命年，还没有女朋友。年纪轻轻，却要天天坐镇单位门卫室，着实让人不能理解。每次上下班时，从门卫值班室的窗户，偶然会看到端坐在桌前的王宇，面前放着一个黑色笔记本电脑，正认真盯着屏幕。

同事说，王宇上班带着笔记本电脑，是因为迷上了炒股，据说还炒出了一定的名堂，发了点横财，进了大户室。我相信，以他的聪明才智，这种传言有极大的可信度。

有一次，我去门卫拿包裹，恰好王宇值班，就站住聊了会儿。说起刚刚新婚的李晶，王宇来了精神，说："她老公是我初中班主任的弟弟，瘦得跟麻秆似的。"

我问："她结婚时没见到你？"

"人家没请我啊，根本不把我当同学。"王宇不遮掩他的恼火，"就是一个破司机，我还以为找个大学生呢！仗着他姐夫的关系，当上了小车司机。"

我转移话题，问起他的情况。他用给我一句石破天惊的话："为什么要找女人结婚？婚姻就是牢笼，是地狱！"

如此言论，谈话无法继续。我借故离开。

王宇特立独行的言行成为大家的谈资和焦点。面对来自世俗观念的冲击，如何自圆其说，如何独善其身，必定要承受更多的风雨。在这条路上，他与我们渐行渐远。即便是门卫值班，他也经常被调换地方，不变的是，他总会背着那个硕大的挎包，装着用来炒股的笔记本电脑。

有时候想起他，有些为他惋惜。以他的聪明才智，倘若做一个听话懂事的员工，也许不至于年纪轻轻就沦落到看大门的地步，更不会因为特别的做事风格，而得不到大家的关心。

充满青春朝气的年轻人，困在那个斗室里，多少理想和希望不会被消磨掉呢？

维修班的同事们陆续谈恋爱、结婚、组建家庭，唯独没有王宇的消息。少有人会主动提及他的近况，此人慢慢变得音信全无。

直到有一天，我接到了一个电话。

电话是我一位朋友打来的，他问："你认识王宇吗？"我说："当然认识，曾经是维修班的同事。"他说："听说去世了。"

我有些发蒙，怎么会这样呢？

朋友说，应该是多年前打架伤到了内脏，出现了并发症。

我脑海里浮现出校园的那次打架，想起他为了一个女孩儿和小混混儿的斗殴，不知究竟是哪一次的创伤，为日后埋下了伏笔。

我始终难以相信这个消息的真实性，直到在维修班一位同事儿子的婚礼上，一旁的女同事证实了这件事。但具体情况谁也不知晓，不了解他经历过什么事情，不了解这么多年里他走过怎样的人生路程。但同事讲到的消息已足够确凿，可以确定他年轻的生命真的已经远去。

回想那段共事的时光，他是无法被忽视的一个人。参加工作时的朝气蓬勃、意气风发，充满好奇的目光、探究的神情，涉及技术方面的事情，一点就透的那份聪明，都淹没在了岁月尘埃中，取而代之的是对游戏的追逐、对财富的涉猎，可终究又得到了什么？

循规蹈矩，未尝不是一种自我保护。

过分的特立独行会让人生之路走得很艰难。能够撑得住，也许是你的造化，是你的宿命，而一旦无法咽下那些苦，可能一切便只能徒留遗憾了。

过去的同事都慢慢走散了。时代的变革、企业的变迁，总会让很多人只能聚首在某一个阶段。日后有机会重聚，说起往昔，大家会选择性遗忘，只追忆那些快乐的时光，很少会提及让人伤心的过往。

在同事儿子的婚礼上，我见到了李晶。当年转岗，她去了分析岗位，但很快倚仗老公家的关系，进了单位的机关科室。一脸的富态，见谁都是笑脸相迎。看得出来，她过得很幸福，从容貌、谈吐上，都清楚显现出一个养尊处优的女人的真实境况。

在维修班时，我曾经见过她的老公，如王宇所言，一个瘦瘦小小的男人，穿着笔挺的西装，因为家庭背景的缘故，一脸的孤傲。那是我们仅有的一次见面。李晶的婚礼，我有事没有去，让他人代我转交了份子钱。

据说，大她 7 岁的老公，把她宠成了小公主。她和王宇是同时被分配来的，却走了不同的人生之路。

昔日的维修班早已解散，因为所在的车间需要关停。当年一群青春烂漫的年轻人，有了不同的归宿。王宇犹如闪过的流星，很快便消失在茫茫天际。

每个人的生活境遇，是自己造就的，还是外界强加的？抑或是命运的安排，我们谁也躲不过。只有承担该承担的责任，时刻反省，不停梳理，不断完善，提升自我，才会使自己变得强大，变得有力量，能够温暖自己，也能温暖他人，也许这才是年轻人成长应遵循的原则和规律吧。

润滑油

每个人欣赏的对象不同，不是我欣赏的，只好敬而远之。

有人曾形容著名歌星刘欢的嗓子，就像是涂抹了润滑油，流畅、华美，尤其是高音，无丝毫的摩擦与阻碍，气冲丹田，气势如虹，高亢嘹亮。

每次见这个女子，我便想到刘欢的嗓音，想到润滑油的丝滑。看模样，40 多岁的年纪，却打扮俏丽，虽无婀娜的身姿，一袭华丽的衣裙总是极显体形，微凸的肚腩、翘起的屁股、粗短的小腿，显现出女性中年后的松弛与衰老，可她的表情却鲜活得似刚出水的鱼儿，活蹦乱跳，带着缺氧的窒息感，凭借石破天惊的神态和举止，瞬间便从众多乘客中脱颖而出，是极其扎眼般的存在。

"润滑油"是我悄悄给她起的名字。

每天乘坐班车，我常常与"润滑油"不期而遇。她不是我们单位的员工，在附近的企业上班，每次上车下车都与司机熟络地打招呼，是那类"自来熟"的人。这辆班车是中午往返的，这个时段乘坐班车的基本都是回家给孩子做饭的，女士居多。因为只有短暂的午休时间，许多员工便身着工装，唯独她是个例外。一度我怀疑她所在单位的性质，可能是后勤服务部门，总是违反总公司的统一规定，从不穿工装，在车厢内清一色的"石化蓝"里成了标准显眼包。

身居工厂久了，早已习惯这熟悉的色彩，石化蓝，淡雅、清新、洁净、清爽，远比她那花枝招展顺眼。但总有人，似乎享受某种特权一般，凸显个性，拒绝大众潮流，每次坐车都穿着自己的衣服我行我素。

我一次也没见过"润滑油"穿工装。从外形看，她不过是个其貌不扬的中年妇女，无奇特之处，但是等她落座后，仅仅三秒钟，她便会张开润滑油般的嗓子，彻底改变你对她的认知和想象。如同一块巨大的石头，投入了平静的湖心，激起千层浪、万缕波。绝不会是短暂的一小会儿，她口吐莲花、滔滔不绝，她坐多久的车，耳畔便是她不停的讲话声。

最真实、最直观的感受，便是吵闹，丝毫不顾及其他乘车的员工，她用那三寸不烂之舌，搅乱了车厢的安静。

她讲话，必定是眉飞色舞，眉毛会在布满皱纹的额头上跳动，两只大眼睛黑漆漆的，像是暗夜里闪动的亮光。她鼻翼喜欢抽动，与跳动的眉头一唱一和。最有特点的还是那张嘴，宽边嘴唇，上下唇薄片般一开一合，无穷无尽的话儿便像是周星驰喜剧片里的人物，似滔滔江水，一泻千里。

能说的人、话贫的人，一般都嘴大，她也是如此。

"王师傅，房价又涨了，你给儿子准备的婚房有谱了吗？可得抓紧。我们生活区附近刚开了个楼盘，你有兴趣没？改天我给你拍点照片看看。"她坐在距离司机最近的座位上，扭动屁股，躬身与司机唠嗑。

"小卞，你又漂亮了，是不是减肥了？有啥好办法吗？放了个国庆长假，一上称可不得了，我胖了一斤。昨晚就吃了个西红柿。"她转身又对身边的小卞说道。

"丽霞，中午给孩子做啥好吃的？我刚学会做比萨，假日里做了个海鲜味的，儿子可爱吃了，还夸我呢，妈妈真棒！"她一脸的自豪。

她儿子我见过，属于极其听话的那种，好像都上高中了，坐在她身边，乖巧、温顺，像是刚刚从幼儿园接回来的样子。这样嘴皮子的母亲，却生了一个如此安静少言的孩子。

车上有两位女工，利用午休时间去健身房。她知晓后，这一通刨根问底，让那个小姑娘露出了明显的不悦。

她总是精力充沛，对所有事充满兴致，任何的话题，都可以参与其中。熟知的，自然会口若悬河；一知半解的，也要穷尽自己的储备，立马亮出观点和看法；不懂的，会扮作虚心请教的模样，一问一答，话语也会如流水般肆意流淌。

总之，群体中那个寡言少语的人，绝对不是她。

这样的人，之前我也见识过几个。她好歹是位女士，婆婆妈妈些也正常。一个外形粗犷的大老爷们，倘若动不动也像抹了润滑油，还真不是一般人能忍受的。

曾经，我乘坐班车的站点，来了位中年男人，问询班车的时间和路线。一问，是刚搬来的新邻居，与我的单位相邻，乘坐同一辆班车。我给他介绍了班车乘坐的时间和其他注意事项，他见我很热心，也慢慢放松下来。这一放松不得了，大事小情便开始没完没了地讲，从对生活区的印象谈到公共设施的缺乏，再到对周边环境卫生的忧心忡忡。说完，他又问起我单位的情况，并与他的单位相比较，从工资收入谈到各类待遇差别，从工作环境优劣谈到工作餐的水准和卫生情况……直到班车缓缓驶来，我才从噩梦般的问询和倾听中解脱出来。好家伙,见过爱说话的,没见过这么能说的。

与这些抹了润滑油的人相比,我算是太缺乏润滑了。人群中,我习惯沉默。众人欢聚的场合,独领风骚的绝对是他人。遇到此类人,我也仿佛看到了另一番世界,花草鱼虫,每个人欣赏的对象都不同,不是我欣赏的,只好敬而远之。

有的人善于表述与分享,有的人宁愿沉浸在安静的氛围中。只是那些润滑油般的人物,应该多一点儿学识和修养,多一份换位思考的宽容与格局,不能只沉浸于自我快乐和陶醉中,扰乱了别人的清梦,打搅了别人的沉思。

再遇到"润滑油"般的人,最好擦肩而过,各自欢喜。

这么深的夜

这么深的夜，还剩半块锅饼，倘若不发生这个事情，她早该和孩子一起回家了。

夜色中，她紧皱着眉头，扯着嗓子喊："人呢，去哪儿了？怎么就不见了呢？"

许是整日在日头下暴晒，她面庞黝黑，路灯下，一双眼睛却分外明亮。

此时，正值下班的高峰期，街道上的人熙熙攘攘，从她的摊位前穿梭而过。她的喊叫声轻易被淹没，像是投进湖水中的一粒石子，瞬间便无影无踪。她还是没有放弃，依然不停地高喊，还转身对着躺在身后那个破旧沙发中的孩子说："赶紧去追，就刚刚买饼的那个人，兴许没走远，快点啊。"

她催促的那个孩子大约十一二岁，兴许是陪着母亲卖饼时间太久了，一时间愣怔在那里。母亲不得不推了推他的肩膀，他才清醒过来，忙不迭起身，支支吾吾回应："在哪儿？"他顺着母亲手指的方向，立即化身一只野兔，冲了出去。

冬日里的傍晚，寒风凛冽。她本来想收拾一下摊位，望了望远处，还是把剩余的一个饼用棉布包裹了起来。她售卖的是一种用面粉做成的锅饼，直径足有半米长，炉火烤制，表面是金黄色，口感非常筋道。许多当地人爱吃这种饼，她每天大概能卖二十多张饼。

我站在她的摊位前，说"给我称半张饼吧"。她麻利地拿起一把小刀，将一张完整的饼笔直切割成两半，随即又分割成几小块，装到了塑料袋里，放在了电子秤盘上，数字显示：5.6 元。

她自言自语道："刚才我犯了一个错，有个顾客买饼，我把上个顾客买饼的钱数，当成了饼的单价，多收了人家好几块钱……"

她又一次给我称量，嘴里嘟囔着："可不敢再称错了。"

这等习以为常的事情，怎会如此大惊小怪？她却特别激动，不停絮叨："我真是老糊涂了，怎么就忘了呢？"我劝她："没什么大不了的,不就是块八毛的事嘛！"她给我称饼的手哆嗦着："今晚人家吃的这锅饼太贵了！"说完，她连忙低头仔细看看秤，又重复道："可别给你也称错了。"

这倒是很少会有的事。"你真是个有良心的人！"这是我的真心话。她被风吹乱的头发露出些许花白，衣裳也是极其普通的质地和样式，是最常见的小商小贩的样子。

这么深的夜，还剩半块锅饼，倘若不发生这个事情，她早该和孩子一起回家了。

"都是亏了钱着急,你多收了这点钱也这么着急。"我调侃她，她却说："多收了也难受，不得劲儿，让人家吃那么贵的饼。"她把装在塑料袋里的锅饼递给我时，手还在轻轻颤抖。

孩子气喘吁吁地跑回："妈，没找着人。"她一脸的失望，忍不住责怪喘着粗气的儿子："你回来干吗，继续追啊，这孩子。"

我真的觉得她有些过分了，这么轴的一个人。"追什么啊，人都走掉了，街上人这么多，你不怕孩子走丢了？！"我对她的执拗生出几分反感。

"快收摊吧，带孩子早点儿回家，原本就不是什么大不了的事。"我准备离开时，一旁的夫妇看到了刚刚发生的事情，也忍不住说道："就是呢，等他回家发现了肯定会来找你，你这是着哪门子急？"

她听了，连忙说："我真是盼着他回来呢，哪怕我多给他点儿，我心里舒坦啊！"接着是一声叹息。

街上霓虹闪烁，路边的商户一家接一家，来往的人流进进出出。回头望，女人正收拾摊位，将箩筐搬到一辆三轮车上，一旁的儿子搬着那个电子秤，小心翼翼将它递到了母亲的手里。我心一热，转身，朝着回家的方向走去。

路上还有未融化的积雪，默默心底祈愿，这世上的善良之人都能一路平安。冬日的风，不再冰冷，如温暖的手，轻抚心田。

菜市场的男人

男人的厚道与善良，让我想起父亲对我的关照和疼爱，如暖流温暖心怀。

清晨的菜市场，部分店铺早已开张营业，仍有部分商铺还紧紧关闭着大门，熙熙攘攘的景象还没显现。半透明的塑料薄膜覆盖在大棚的顶端，阳光乖巧地躲在大棚的外面，半明半暗的光亮散射到市场的四面八方。

因为上班赶时间，我急匆匆进入这熟悉的菜市场。清晨，儿子说想吃鱼，可冰箱里已经没有了冻鱼，我便骑单车来到了菜市场。在那家卖冷冻产品的小店前面，一米多长的冰柜已经摆放整齐，里面排列着罗非鱼、大小黄花鱼、章鱼等诸多品种。我选了一条体型适中的黄花鱼，称量付款，待离去时，看到了对面卖菜的那个男人。

对面地段很是简陋，地面还是泥土路，这一块是市场延伸出来的区域，没有正规的售货柜台，那些贴着讲究瓷砖、有宽大台面的，都是常驻的商贩，常年租了这固定的摊位。那些没有固定摊位的人，就在土路上摆摊售货。他们的青菜大都是自家种植的，甚至是昨晚或者清晨刚刚从菜地里挖来的，带着泥土，叶片便格外地鲜亮清脆。

我看中了那个男人摆在前面的几棵莴苣。粗大的茎、蓬勃的叶，修长挺直，泛着油绿的光。我上前询价，发现这个商贩竟然穿着和我一样的工装，但衣襟上沾满了泥点子。他头发已经花白，脸色是古铜色，刀刻般的皱纹，从额头到眼角，逐步延伸到下巴。他说，一块钱。与他对视，目光平和，一抹微笑好像是荡漾开的水，让那张脸变得明亮起来。

这是张似曾相识的脸，突然触动了我内心某个部位，父亲生前的脸清晰浮现，片刻间，眼眶便有水样浮现。人海中，我经常会因为一个背影、一个侧身，哪怕是一个动作，便想起离去了的父亲，这种牵念时时刻刻陪在身边。我开始细细打量他，灰白的裤子，沾满泥泞的黄球鞋。这种鞋子如今已经很少见。这身装扮明显是踏着菜园的泥地，一早将自己种植的青菜拿到市场来卖。

如今很多人喜欢去生态园采摘，体会将果实直接送入口中的自在。妻子有亲戚以种菜为生，他们整日侍弄自己的蔬菜大棚，潮热的大棚，瞬间就会让人汗流浃背。耕种农田的人还有个间隔休息，而菜农却要承受很大的风险。有些蔬菜的成长期很短暂，一旦在哪个环节上有所延误，很可能就会白辛苦一场。都说，种菜的汗水换不来几个钱，倒是那些倒卖青菜的商贩，收入会好一些。

想起父亲的模样，我对眼前这个男人心生好感。我无法确定他的实际年龄，常年劳作的人，往往比实际年龄显老。我轻声问道："能不能给我削皮？"莴苣这种蔬菜，表皮不好清理，常有商贩会主动拿起锋利的刀片，三下五除二帮你削皮。他看了看手中那把过于短小的刀子，回答："我不削皮的。"即便如此，我也并不想离开，直接说："给我称一根吧。"他拿了根粗点的。出乎我意料的是，他竟然开始用手中的刀子削起了皮。他说的是实话，刀具并不适用，他小心翼翼地操作，还是有几处削掉了几大块。我既担心他的安全，害怕他割伤了手，也不想为此影响了他的收益，毕竟他还没有称量。他真是个老实人，他完全可以给我称量之后再削皮，我相信，其他的商贩大都是如此。

他再一次让我深感意外。把根茎上的表皮清除后，他顺势把头部一大捧的菜叶全都清除了，只剩余了一根绿色鲜嫩的根茎。他把它放到了电子秤上。我忙说："按你削皮后的单价称吧。"我不想让他吃亏。

他面前的电子秤并不好用，使劲用指头戳了好几下，终于对我说出了一个价格。这个价格太低了，肯定是按照带着表皮和菜叶的单价称量的。我让他收双倍的价格："不能让你吃亏啊。"我的声音不大，他也没有太大反应，按照我的要求找回了零钱。

我推车离开，眼泪不停在眼眶里打转。我突然特别想念父亲，他虽然没有像这个男人因为生活所迫辛苦卖菜，但在他晚年时，我大都以忙工作、忙自己的小家为借口减少回家的次数，更没能在父亲最需要我们的时段里，给予他最周全的照料。

过去的那些年里，只有父母彼此的陪伴。父亲骑着那辆电动自行车，自己去菜市场买菜，买回了许多新鲜的青菜和水果。每逢周末，全家人聚在一起享用父母准备的丰盛午餐。

菜市场这个男人的厚道与善良，让我想起父亲曾给予我的关照和疼爱，如暖流温暖心怀。市场开始了一天的热闹，我匆匆驶离，奔向回家的路。

路口卖菜的阿婆

我想起安徒生童话里卖火柴的小女孩，从火柴燃起的火焰中，看到人世间美好的一切。

从单位食堂吃完午饭返回的路上，是一天工作之余最放松的时候。和同事说说笑笑，穿过十字路口时，一位同事突然指着前边一个卖菜的摊点说，走，过去看看。那是一个颇为繁华的地段，每天的车子来来往往、川流不息。我随他来到路口拐角处，一位阿婆坐在马扎上，面前的地上放着几样简单的青菜。

有四个胖大的丝瓜，还有三四捆老芸豆。阿婆穿着很是俭朴，略显肥大的粗布衣裳，包裹着她瘦小的身体。最明显的是她花白的头发，凌乱地在头顶分散着，在路口的风中微微抖动。她看到我们三四个人凑上前来，很是欣喜，忙不迭抓起一把青菜，说都是自己种的。我经常会遇到在路边卖菜的农民，但不知什么缘故，看到这位阿婆，内心忽然波动起来。倘若不是生活所困，这么大年纪的老人，难道不该在家享清福吗？

同事摸了摸丝瓜，说有些老，说那些老芸豆，炖菜应该很好吃。阿婆哆嗦着双手，拿起了秤杆。老人应该没有手机，在这个谁的口袋里都不见现金的年代，该怎么把菜钱给老人，成了一个难题。瞬间，我担心同事万一没带钱，不买了，老人岂不是空欢喜一场？好在同事翻了翻衣兜，里面还有一些零钱，凑了15块钱，买下了两大捆老芸豆和那四个丝瓜。

不知什么缘故，我特别心疼这位老人。临走的时候，我把午餐发的苹果放在阿婆的手里。生活不易，这在老百姓身上表现得尤为突出，而被她攥在手心里的15块钱，却几乎是她一半的青菜换来的。一个老人，辛辛苦苦在地里刨食，种下的那点蔬菜又能卖几个钱？

走在回单位的路上，内心波澜起伏，总想着该为阿婆做点什么。我突然想起给她送两瓶水，因为我没有看到她身边有盛水的杯子。回到单位，我拿了两瓶矿泉水，忽然看到单位刚刚发的一大包糕点，便一股脑儿地装在了一个袋子里，一路奔向阿婆所在的地方。我担心她会走掉，但一想也许不会，果然远远看着她还坐在那里。我便径直走过去，把点心和水放到了她面前，说："您吃点东西吧。"

这个举动出乎阿婆的意料。她慌忙抓起一捆蔬菜要递给我，并且晃晃悠悠地站了起来。我拼命扶着她，恰巧这时有一个人过来问蔬菜的价格，我忙对那位顾客说："菜很新鲜，我们刚买了。"说完，我扶着她小心翼翼坐在那个马扎上，对她说："快点卖菜吧，人家来买菜了。"

我不敢回头看她，内心激荡不已。只可惜我能做的太少，无法帮助她更多。这一点儿微薄之力，让我的心稍稍安顿了一点儿。对抗人世间的寒冷与孤苦，源自一种生命的本能，哪怕无关紧要，也不肯袖手旁观。

有些年幼的孩子，因为家庭经济条件不好，不得不过早背负生活的重压。有一次，晚上十点多，我经过一个十字路口，看到了一对父子，他们还在摆摊，农用车上堆满了西瓜。我本没有打算买水果，那一刻还是让他挑选了一个西瓜。孩子看着我，一双清澈的眸子，在路灯的映照下，泛起笑意。

前阵子网上有部热议的电影，拍出了一对中年夫妻苦涩而艰难的真实生活境遇，后来据说下架了，只因将人生苦难毫无遮掩地呈现在众人面前，让许多在温室里成长的人见识到了这个世界的冷漠和凄凉。那部电影带给人的不是感动，而是内心的郁闷与不解，为什么如此老实勤劳的一对夫妻，拼却了辛劳，耗费了精力，却换不来一份安定和自足？一部好电影的魅力，往往在剧情的背后，在你走出了影院后，依然牵肠挂肚，依然无法释怀。

老人兜售自己种植蔬菜的理由比较好笑，她说，卖点菜，可以换点钱，买烟抽。我沿路返回时，果然远远看着她，正在吸烟，佝偻的后背，花白的头发，和丝丝缕缕的青烟。

那一刻，我想起了安徒生童话里卖火柴的小女孩，从火柴燃起的火焰中，看到了人世间美好的一切。

后来经过那个路口，我再也没有看到过那位阿婆，其实我很害怕再见到她。我想让她能够和许多老人一样，坐在家里，不为生计愁苦，更无须为了一根烟在风中售卖自己的辛劳。

生活的味道

生活的滋味就是在平淡无奇的坚守后，所感受到的收获、改变和成长。

偶然，我和妻子坐在了自家生活区东面一家饭馆里，进门的牌子上写着"山西特产"，是家面馆，墙上张贴着关于山西面食的一些宣传画。室内没有其他食客，我俩寻了临窗幽静之处落座。我点了一份重庆小面，妻子点的是酸汤水饺。老板是一位中年男人，后来听他讲才知道是八零后。

在七零后的我们眼中，他还算是年轻人。点餐后，他便开始在厨房里忙碌，很快，便将一碗面和一碗酸汤水饺放在了桌台上的木质托盘里。他招呼了我们一声，说："你们自己过来端吧，我这几天腰不舒服，不好意思。"此时，我才发现他站立的姿势果然有些奇怪，前胸略有低垂，后腰呈轻微弯曲状。

几天前，我因为骑自行车摔了一跤，导致右胳膊骨折。妻子忙上前去端。老板见我胳膊上吊着绷带，便问起我的情况，我如实相告，由此展开了话题。他说他的腰病也很厉害，疼的时候只能靠在灶台上坚持一会儿。也许因为常年站立的缘故，他年纪轻轻地便腰间盘突出了。

他说了自己的年龄，有些出乎我的意料。与单位那些和他同龄的年轻人相比，他更显苍老些。不过衣着打扮还算新潮，有明显的生意人气质。职业缘故，常年和顾客打交道，观念和处事态度上会有一些不同。

在外吃饭时，少有和老板交流的习惯，总是静静地享受一顿美食，享受夜晚的宁静与平和。倘若总忙于你一言我一语的交谈，美食也失去了味道。

个性率直的妻子，忍不住夸赞起酸汤水饺的可口和美味，让老板喜笑颜开。我盯着"山西特产"几个大字，问他是否是山西人。

他直言不讳，说自己是本地人，但他媳妇是山西人，所以带了这个手艺过来，两人结婚后，便慢慢做了起来。当然，这两年生意特别不好，因为众所周知的特殊原因，他会每天坚持到很晚才回家，哪怕只有一个客人，也能有点儿微薄的收入。

我说现在情况好转了，都会慢慢好起来的。他点了点头，表示同意。他坐在了炉台前，找了一个适合他的坐姿。

"家里还有小孩子和老人，媳妇得在家照料，所以我必须得留在店里。"他说，有顾客上门，就是生意开张，就会有钱入账。留在店里便有一份希望，总比坐在家里强。

他或许是一个人在这店里憋闷久了，终于有人肯听他讲话。总之，他心情开始大好，有点滔滔不绝的势头。

他说，年轻的时候，自己是个特别能玩的人。不考虑前途，也不考虑未来，一味地和狐朋狗友们混在一起，各种年轻人喜欢的东西，他通通是积极的拥护者、追随者和参与者。直到有一天，他的母亲跳完广场舞回到家，突然中风了。为了给母亲治病，家中的钱财耗费得很厉害。同时，为了照顾病人，全家人都必须全力以赴，每个人的生活都必须改变。他不得不收起他的玩性来，开始考虑养家糊口的人生大事。

一贫如洗时，他遇到了现在的爱人，女方没要一分钱彩礼，因为他家里也确实拿不出多余的钱。他结婚时，同村的人都不忍心去吃他们家的酒席，好心的街坊邻居随了礼却不去赴宴，只想着给他省下办酒席的钱。哪怕他家家户户登门邀请，人家还是不到场。乡亲们的善良在他心里烙下了印，所以他不敢懈怠，唯有努力。如今，他的岳父母给他看着孩子，白天是他夫妻两人经营这家小店。

"孩子还小，花钱的事情还在以后。"他轻轻叹了口气。

他的老父亲在老家陪伴着他的母亲，与病魔抗争。即便有这个小吃店，一家人过得依然很艰难。

这就是普通老百姓最真实的生活，无奈、辛酸和苦楚，但不能放弃，只要有一线希望、一丝生机，都要去努力，去坚守。

他说完这些话后，我看到他脸上亮起了笑容，即使在说那些苦难的事情时，他也没有一味沉沦和悲伤。这个分外宁静的夜晚，他似乎压抑了许久，终于有个机会可以倾诉了。

整个过程，他好像在讲别人的故事，没有哀叹悲怜，也没有自哀自怨。许是被苦难压制了太久，时间已冲淡了经受的那些苦、受过的那些累。眼下，赖以生存的谋生手段便是他眼下经营的小饭馆。

听了他的故事，我和妻子心情都不太好。我们久久坐着，没有说一句话，只有那灯光淡淡地在室内散发着柔和的光芒。

我把目光移到了墙上，发现张贴的一些漫画让人忍俊不禁。生活需要一点儿甜料，而生活的滋味就是在平淡无奇的坚守后，所能感受到的收获、改变和成长。这个过程很难，并非轻易几句话便可以释怀。

这个看起来好像 40 多岁的男人，脸庞上已经浸染了岁月的风霜，但他的生理年龄却依然年轻。我忽然想，年轻正是他最大的资本。继续努力打拼，给亲人一份保障，也给自己的未来提供新的可能。这是每个人都需要完成的人生课题，也是成长中必须接纳和承受的代价。

祝福平凡世界里默默努力的每个人，看成败，人生豪迈，不过是从头再来。

校花还好吗?

暗恋大都会无疾而终,但终有烟消云散的时刻。

在拥挤的车厢内,我不敢确定——她,就是曾经的校花?

国庆长假,我乘坐公交车回父母家,就在车辆即将启动的一刹那,一个身影裹挟着一股风儿,从车门冲到了车厢内。一位中年妇人紧紧拉着一个女孩,匆忙从靠近车厢门的位置寻到了一处空座,迅速搂着孩子坐了下来,相互依偎着坐在并不宽敞的座位上。

熟悉的面孔、清瘦的身材,我可以确定,很多年前,我们曾坐在同一间教室,听着同一个老师在黑板前侃侃而谈。在校园操场上,她穿着红色的运动衣,袖口处有白色的条纹,高挑的个头儿,秀美的容颜,高高束起的马尾,奔跑时似一头活泼的小鹿。我曾经对美丽女孩的完美印象就是她的样子。

没错,她是我高中时代的校花。

她怀里的女孩应该是上小学的年龄,母女俩不停地说笑着,看着窗外一闪而过的景致,时而会忍不住发出开心的笑声。许多名乘客的后脑勺,将她和她女儿的影像进行了片段式分割,我只能借助窗外闪过的街灯,从间隙里观察这对母女。

　　我犹豫着，是否打个招呼，和我的校花同学，这个近在咫尺的人，说一声"好久不见"。

　　记忆穿越回高中时代。那时的她，每天安静地坐在教室里，总是一副两耳不闻窗外事的样子。她喜欢穿一件白色夹克、一条黑色长裤，这副中性化的打扮，似乎遮掩不住她散发出的青春气息，像是那不食人间烟火的仙女，下凡到了人间。

　　她成绩一般，每天骑自行车上学，大概居住在城区附近。平时她从不和同学嬉闹，整日隐藏在寂寞的角落里。我们班的同学，有城区的，也有家在农村的；有一门心思学习准备考大学的，也有一部分体育生和文艺生，可以通过特长弥补文化课的不足，也能在高考中发挥一定的优势。

　　班里的女生要么是运动健将，要么是厌恶学习的，无所事事时便寻开心、逗乐子。她不是这样的女孩，她总是沉静安然，似夜晚独自绽放的花朵，低首、蹙眉，含着化不开的情意。当然，她的心事我无法猜透，可她时常心事重重的神态总会不经意地被我捕捉到，让我暗自在心底揣摩好一会儿。

　　高中阶段的学习沉重而烦闷，人人背负着高考的重压，难得有轻松快乐的时刻。一天中最放松的时刻是午休。我们在教室外的走廊里撑起板凳，随意拿一本根本读不进去的课本，和同学插科打诨逗乐子。有时，她会早到教室，便犹如远处的风景忽然移动到身旁，我们手里的书便完全成了摆设。她不声不响地坐在自己的座位上，做出一副刻苦读书的范儿。

　　那时的夜晚，班里那些优等生们在学校统一熄灯后，都会点上蜡烛苦读。有一晚我没有回家，偷偷借住在要好的同学宿舍，其实就是想参与一次这样的真实生活。事实上，看着身边同学聚精会神背诵、默读或者刷题的忘我境况，我完全融不到其中，进入不到"寒窗苦读"的人设中。

在浓厚的学习氛围中，校花的身影便成了寂寞年代闪过的一抹光华。

准确地说，她只是我心目中的校花，并没有得到所有同学的公认。后来，在我们毕业十周年的同学会上，我和她重逢。那次聚会气氛十分热烈，完全是爆棚效果。十年后，同学们务工务农做买卖当老板，各自走上了不同的人生之路。此刻相逢，青春时代的火热和激情，加上酒精的特殊功效，我们这些还未完全被社会同化的性情中人，纵情说笑，瞬间回到了十八九岁。

校花也表现出了少有的张扬和狂热。在同学们的鼓动下，背负着"暗恋"之名的我，有幸得到了校花众目睽睽下的拥抱。她小鸟依人般紧紧靠在我的胸前，班长用刚刚兴起的数码相机留下了这次拥抱的影像。

在这次聚会上，我得知校花生活得并不幸福，婚姻面临解体。毕业后，她嫁给了我们的同班同学，那个学习一塌糊涂但家庭有背景的公子哥儿。据说，他们的工作单位都在这个城市的中心，日子过得却不顺心。果然，我没有看到她老公的身影。

我悄悄告诉她："毕业时你送我的照片，至今我还保存着。冬季的雪后，你在一株冬青树前，略微弯着腰，低着头，额头似乎有头发散落。你的目光带着笑意，面庞明亮如一轮满月。你的嘴角翘起，仿佛嗅到了雪花的芬芳。"

我热衷于往昔的回忆，她却收敛了表情，说："已经不记得还有这样的事了。"

她说自己高中毕业没考上大学，就读了一所成人电大，认识了一个男生。她说出了男生的名字，巧合的是，那个男生是我的小学同学，也是发小儿，小时候常在一起玩耍。她喜欢他，却不敢表白，只能偷偷放在心底。后来，男生离开了本地，去了杭州创业。这段感情尚未开花便枯萎了。

暗恋大都会无疾而终，但终有烟消云散的时刻。说起昨日的那份深情，校花脸上是无怨无悔的表情。我不由得为我的发小儿惋惜，失去了这么纯净的感情，人世间还找得到吗？

在一场大雪之后，在那株冬青树前的留影，是她让我怀念至今的影像。她微微浅笑，唇边隐藏不住内心的欢颜，如同干净纯洁的雪花，那么纯情动人，令人念念不忘。

后来的同学会，便没有了她的身影。历经世事沧桑后，昔日同学的聚会也有了无趣的感觉。大家变得世故，有些社会地位的同学开始抑制不住地狂傲，多年来原地踏步的人也变得尖酸刻薄。总之，大家都带着目的而来，搭设人脉，形成关系网，为日后借势铺好路。我开始选择远离。最后一次相聚，我只给班主任敬了一杯酒，没和任何人打招呼，独自一人离开了喧闹的酒店。

想不到的是，和校花的再次重逢，竟然在拥挤嘈杂的车厢内。从她的衣着和神态看，想必也不是养尊处优的生活，而是独自带着女儿颠簸。

随着车子走走停停，我忽然紧张起来，我担心她会突然下车，有时候，一旦错过，便是再也不见。

我们的方向一致，原本就是同学，居住地也离得不是太远，至少在一个区县，但我们都失去了联系，有了各自的生活。人生的选择就是这样，没有更多的机会让你回头，走对了，走错了，有时候只能硬着头皮走下去，任何的左顾右盼，反而更容易迷失方向。

我犹疑着，要不要和她打个招呼。因为有乘客的遮挡，她断然想不到在同一个车厢内，还有一个老同学在一旁看着她，回忆着那些旧日的时光。她一路上和女儿相谈甚欢，很放松的模样，而我，却一直在迟疑，要以怎样的方式开口讲话，讲什么，如何讲。我像个坐在观众席上的看客，而她，在舞台上表演着新的故事情节，而这样的故事已然引发不了我的兴趣，毕竟，我们已经多年不见。我甚至想，她是不是已经将我遗忘，认不得我是谁了？

倘若遮挡我的那个乘客走开，我会鼓足勇气和她打个招呼，可是自始至终，乘客一直遮挡着我的视线，直到她中途下车。

也许这便是最好的结果，我们成了永远不相交的平行线。生活里，常常会出现这样的人，你懂得欣赏她的美，却不会碰触，只会在背后投射关注的目光。她曾经心仪的那个男孩儿，如今在杭州成了当地有名的企业家，据说资产上亿。有一年回到故乡给他老爷子庆生，完全是省亲阵仗，数辆名车开道，当地电视台著名主持人亲临现场主持生日宴会，数额巨大的红包人人有份，一时间风光无限。

我那位发小儿，一直是个不安分的人，演绎出这般的精彩人生，一点儿也不奇怪，只可惜他的人生里没有我心目中的校花。

我是希望校花幸福的。在上班的清晨，我坐在班车上，耳边是庞龙演唱的《校花》："无情的似水年华／书本里慢慢的画／问流逝的云霞／我们的校花还好吗／弹吉他想校花／校花落谁家／原来那爱情啊／就像黑板擦……"

记起了年少的那些往事，想起了和校花再一次失之交臂的情形，是因为她的美丽搅乱了心绪，还是不敢正视各自的变化，岁月这把刀，已然将每个人刻画出不同以往的模样。

她站在冬青树前的那张照片，只有那一眼，就再也无法从记忆里抹去。

我还想说，不曾中意她，因为她是我心目中的校花。

穿越时光想起你

在那间阳光普照的办公室里，窗外绿影婆娑，年轻的我们笑意盈盈，那清脆的音乐声，穿越时光，叮叮当当地响起。

裴老师的死因，至今是个谜。是醉酒失足落水，还是被人暗中动了手脚？这些传闻经过许多张嘴的传播，或许成了一个永远无法被揭开的谜团。没有人见证那个夜晚究竟发生过什么，在一个正在建设中的新楼盘旁边的深坑里，他溺水而亡。

当年，他刚过 40 岁，正是官运亨通有望平步青云的黄金年龄。据传闻讲，他跳槽离开国企，担任一家民营企业的办公室主任后，时常要参加各种社会活动，忙得像旋转不止的陀螺，每天都困扰于各类事务性工作。他本不是那种善于迎来送往、练达油滑之人，可身在其位，各色人等需要接待和打点，融合关系，构建人脉，作为办公室的头儿，他身先士卒，也是迫不得已。

那一年，我们同时进入当地的一家国企，不同的是，我是毕业被分配至此，他是调离了原来的学校，从一名教书匠转身成了企业行政人员。报到那天，在机关大楼那条长长的楼道里，我们不期而遇。走廊里光线很不明朗，我却清楚地看到他明亮的额头上闪着光泽。他是大脑门儿，已经显现出中年人发际线后移的症状，露出了光洁的前额。他穿了一身鹅黄色休闲西服，儒雅、得体。我喊他："裴老师。"他话音轻柔，说道："我们又遇到了，没想到成了同事。"

办完手续，我去了车间班组，他留在了机关部门。很多年，他一直在企业所办的技校里任职，担任教学工作。不知什么缘故，他选择离开技校到了这家单位。从校园到企业，从教导学生到机关政务，其中差别自然可以推想得到。

不久，有成人高考的消息传来。我们新分来的这批员工都跃跃欲试，跑到各自车间找负责培训的人打听消息。很快，车间的张技术员慢条斯理地说："报名的太多了，厂里要先选拔一下，你们准备考试吧，下周三去厂部。"

考什么？张技术员也不知。也没做太多准备，我如期参加了考试。等待结果那几天，心底纠结，据说只给两个名额，参加选拔的有几十人。班长就提醒我说："不如打听一下，别干等，万一有走后门的，就没戏了。"我初来乍到，也不认识什么人，正犯难，突然就想到了裴老师，他不是在厂机关吗？

我不好意思当面找他，只给他打了一个电话，羞羞答答地说了我的想法。"我现在就去问问人事科，看看有没有结果。"说完，他就挂了电话。

我心里越发忐忑，不知会等来什么消息。不过几分钟，却无比漫长。电话来了，裴老师话音里有了欢喜："考得不错，排名第二，选上了，好好准备考试吧。"我连忙表示感谢，他突然问："还唱歌吗？应该找机会深造一下，你乐感和声音很不错的，形象也好。"

就在裴老师教书的那所学校，我们因为音乐而结识。那天下晚自习时，班主任说："今年校庆，邀请了总公司的文工团来校慰问演出。"听到这个消息，大家都挺兴奋，都想一睹演员们的风采。

校方委托学生会筹备参演节目。当时校学生会主席是我舍友，便自作主张推荐了我。第一次集体审查节目时，我准备的一首歌赢得了不少掌声。作为审查节目组成员的裴老师特别开心，当着众人就对我说："你的节目可以上，唱得不错！"其他几位评委听后也随声附和，表示赞许。

裴老师擅长弹电子琴，他经常为我伴奏练歌。每天下午放学后，我便到他的办公室一起排练。我准备的是苏芮演唱的《风就是我的朋友》，旋律有些凄婉，充满了淡淡的忧伤。"忘了什么是伤痛，什么叫做寂寞，当爱情走过以后，不再模糊难懂，忘了泪该怎么流，心事该怎么说？"年少时，特别容易沉醉于浓烈的情感奔放的表达，带着不顾一切的执念和虔诚，追寻生命的真爱。

裴老师富有变幻的弹奏，把歌曲营造的意境充分呈现出来。我也用自己的理解和自身的声音条件，与他默契配合。这首歌的排练非常顺利，和唱过几次后，便基本没什么问题了。裴老师便常常弹些其他曲子，给我伴奏，让我放开了唱。常常有其他班级的同学寻了歌声来，胆大些的就敲门入室，小小的房间内便被音乐和笑声充满了。

正式演出那一天，我整个人紧张得不行。临时舞台搭建在校园篮球场处，全校师生搬了椅子坐在下面观看。那个夜晚，灯光迷离，我也第一次见识了华丽夺目的舞台。不愧是专业文艺团体，文工团演员们穿着漂亮、歌声嘹亮，气场强大、收放自如，让我更加不自信起来。裴老师显得非常镇定，悄悄对我说："这就是一个联欢会，那些文工团的演员好多也是从这所学校毕业的，没啥紧张的，平日里不是练得很好吗？咱怎么练的就怎么唱！"

等报幕员下了舞台，我站在了舞台中央，电子琴那清脆悠扬的旋律响起，一切安静下来，裴老师的伴奏引领着我，顺利完成了演出，掌声雷动。第二天，有几位其他班级的人陆陆续续来我们班找我，要那首歌的歌词。同学们开玩笑说："要歌词是假，看人是真。"后来，每逢元旦、国庆等重大节日，但凡校方有演出安排，我都会和裴老师合作。后来，卡拉OK风潮般涌现，我开始使用伴奏带，也就不再找裴老师排练了。

裴老师良好的音乐素养，给了我很多滋养。虽然后来与音乐渐行渐远，但最初的启蒙和引领，都与他有很大的关系。

说回成人高考的事情。得到被选上的消息后，备考之前，我总觉得有个心事未了，就想对裴老师表示感谢，可用什么方式呢？我也不懂请客吃饭那一套，便琢磨买点东西送给他。为此，我把当地大小商店转个了遍，终于看中了一套陶瓷，茶壶、茶杯，整套齐全。白净光滑的外表，流畅美观的线条，价格也适中，便毫不犹豫买下。如何送，又成了问题。思前想后，却终因好面子，没有勇气送出，最后只好放弃，把礼物放在了床底下。

此事暂且放下，我全力以赴投入备考中，最后以优异成绩被录取。后来，便是三年的电大学习。虽在同一单位，我与裴老师却没有往来，更谈不上交集。

那时的企业，机关和车间班组少有往来，甚至数年都难得有机会进到机关大楼内。在基层待久了的人，愈发对机关充满了一种特殊的敬畏，加上机关人员"门难进、脸难看"的传言，双方更是几乎没有了见面的机会。

后来听说，裴老师被当地一家颇有名望的企业高薪聘用，迅速办理了离职，从此更是没有机会再见他。

直到突然听到了他去世的消息。

　　据说，那天晚上，他确实喝高了，喝到了话语卷舌、口齿不清的地步。自然，此种状况下，走路亦是东倒西歪。酒场散后，同席的人陆续回了家，他经过居住的那栋楼时，夏夜里还有邻居在乘凉，好像还打了声招呼。因为尿急，他便找地方，于是就走到了另一栋尚未建好的住宅楼前，那儿有一个刚刚挖出的水坑……

　　出事后，他的家人没少和单位交涉，公安局也进行了侦查，给出了"失足落水溺死"的结论。他的家人并不认可，提出是陪领导喝酒过量所致，领导也应该负有责任，提出赔偿要求。为了息事宁人，那家企业最终做了让步，双方达成了协议，这桩闹得沸沸扬扬的突发事件才慢慢平息。

　　企业里的领导换了一拨又一拨，有谁还记得离世的裴老师？唯有他的亲人。据说，后来几年内，他年迈的老父亲就补偿事宜又提出过要求。现职的人，也不过是推脱了事，谁还肯接下前任留下的烫手山芋？

　　我们最初相识的那所学校如今早已封门，曾经最多容纳过数千名师生的职业学校，最终淹没在尘埃里。从这所学校走出了许多人，也都融入到了企业的每个角落，青丝变白发，走过岁岁年年。

　　每次，看到有人弹奏电子琴，还是会想起裴老师。在他那间阳光普照的办公室里，窗外绿影婆娑，年轻的我们笑意盈盈，那清脆的音乐声，穿越时光，叮叮当当地响起。

那天晚上

人的一生如同这天气一般，有晴有阴，阳光灿烂或者风雨交加，都需要坚持，鼓足勇气、心怀希望往前走。

　　我想记录下他的故事，可是不知如何开头，关于他的记忆带着悲伤的情绪，让我不忍碰触。直到那个夏日的黄昏，妻子要宴请他们夫妻俩吃个饭。我原本不打算参加，后来又改了主意。于是，按照约定地点，下班后，在生活区某个商店的门前，我看到了妻子正和一对中年夫妻交谈，满脸微笑。我认出了那对夫妻，就是我们晚上的宴请对象，男人穿着一件很随意的 T 恤，女人穿着一件粗布裙子，身体倾斜在丈夫身边。妻子说："我们走吧。"我和那对夫妻打了一声招呼，打开车门，让他们上车，朝着目的地驶去。

　　在距离中心城区几千米处，有一处休闲避暑的地方。虽没有特别奇特的风景，但毕竟远离了城区，经过多年修缮，也是树木林立，道路平坦，尤其新修缮的木质栈道在丛林间穿梭，宛如一条长龙。在山野的僻静处，会闪现几家酒馆，都是方便游客就餐的地方。随处搭建的草棚子，是纯粹的乡野特色。

　　我们在山坳的最里面寻找到一个酒家，环境非常幽静。这样的一次聚会，带着复杂的情绪，每个人都不太敢肆意说笑，尽力营造一份轻松，可每一句话都是经过了掂量和思考。

　　选择了一个室外单间，对面是蓬勃的竹林。一个敞开式的水龙头孤独地立在门口。女人走路不稳，男人寸步不离守在身边，像是在和一个未成年的孩子对话，开着玩笑，嘻嘻哈哈。女人讲话含糊不清，却努力用不太清楚的话语回应他，甚至还会挑剔点意见。老公心知肚明，配合默契，两人便开心地笑。

　　他们已经不在原来的生活区居住，如今搬到了距离不太远的另一个生活区，租了一个很小的房子。"不想回那个房子，反正人不多，花费也不大。"男人说完，在场人都心知肚明，睹物思人，更是痛苦与折磨。

　　人生这个阶段，中年夫妻，似乎更需要相互依存，相互取暖，尤其是一方身体有恙，更加珍惜另一个人守在身旁。

　　妻子点了几样菜。女人吃得很开心，仿佛品尝到美味佳肴一般，大口地咀嚼，甚至主动提出要喝点啤酒。我们都迎合着她，妻子帮着给她卷了肉饼，她吃得更加香甜，满脸都是尽兴和欢乐。其间，妻子提出可以陪她去厕所，她立即答应了。于是，妻子颇为费力地紧紧扶着她的胳膊，亦步亦趋往门外走，感觉两人随时会跌倒。男人想跟着去，终究还是站在了室内。隔着珠帘，两人消失在门外。

　　对待有需求的人，妻子总能表现出超乎寻常的耐心和韧性，这是她的闪光点，我自愧不如。我不自觉保持着一个安全的距离，似乎保持一种边界，才能获得更大的轻松和自由。于对方而言，也许就显得不够热情。这是我的性格使然，有时也很无奈。

　　这样的夜晚，说实在的，我没有一点儿食欲。刚才门外有个游客，已经大声吐槽过，这种地方是再也不会来的。她嫌弃厕所不方便，嫌弃卫生条件。她说自己是城市长大的，真心受不了乡村的生活。

有时你看别人的表演，特别有意思，就像观看一名演员在舞台上自顾自说着台词，全然不顾及别人的感受。

席间，男人还是没忍住，说起了自己的儿子。嗓音暗哑，只有只言片语，仿佛在说久远的一件事情。他回忆曾经和儿子的对话，自然是句句清晰，语气里却少了许多哀伤。或许内心的伤痛只有在无人的时候，在深夜里独自忍受吧。于旁人而言，几滴清泪，已能感知他的心情。

两个女人脚步声渐近，隔着珠帘，妻子鼓励的话语已经传入室内。

重新落座，举杯，却不知说什么。倒是刚刚回来的女人，总在催促着丈夫旅游，依然满眼的兴致。明明是行动受限，那种强烈外出的渴望却异常分明。她勉强说了几个地方，男人都点头答应。有个期盼，总是好的，哪怕有时很难实现。

回程的路上，夜色已深。男人不停说着回请的话，甚至要定日子，都被我们拒绝了。看到他俩的样子，脑海里还是会闪现那些揪心的情景。

几年前，他们唯一的儿子在阳台上自缢。那个傍晚，残阳如血。我们两家的孩子是高中同学，平日里也一起打游戏。我和妻子去了他家，不忍心看那个场面。心很痛，一个花季少年突然就走了，我们都不解，都困惑。

我们一家曾经和那个男孩儿一起旅游过，男孩儿很腼腆，一路上很少讲话，只保留基本的礼貌，性格很是内向。高考时他上了天津一所很好的大学。不知是否是性格所致，据说和室友关系不太好，其他就一无所知了。

出殡那天，我和妻子去了殡仪馆，送男孩儿最后一程。男人极力保持着表面的平静，与前来的同事朋友握手。

很艰难的回忆，此刻想起依然难过。人的一生如同这天气一般，有晴有阴，阳光灿烂或者风雨交加，都需要坚持，需要鼓足勇气、心怀希望往前走，哪怕路途坎坷，哪怕荆棘遍布。

在他们租住的那个生活区里，目送这对夫妻相互搀扶着，走向他们的家。夏日的夜色中，一轮明月澄明清亮，辉映人间。

永不再来

少年的时光永不再来，一起走过青春岁月的伙伴再也寻他不着，再也不会相见。

冷得刺骨的冬夜，我独自踯躅在清冷的车站，任凭寒风刀割般在脸上划过，我无处可躲，尽管沿街小卖部内隐隐有欢声笑语传出。一种无法说清的孤苦如潮水般在周身洋溢，冷空气愈发肆虐而猖狂地拼了命往心底猛窜。我不停地盯着缓行的手表，一次次焦灼地张望公交车驶来的方向。

一瞬间，有一个名字在脑海里闪现出来，思绪如千万条在风中缠绕的飘带，让我想起往昔岁月中曾历经过的一幕幕。我防备似的安抚激动的心灵，久远得仿佛隔了一个世纪的人和事，似块状、碎点般的模样开始了拼凑、衔接而逐渐清晰。

李翔的出现与寒冷的冬夜究竟有着怎样的关联？如同人世间万事万物似乎总被某种神秘的力量在操纵编排，看似无牵连的两件事，可能在某时某地因了某个意想不到的情况便构筑了一个因果。脑海里闪现了"李翔"这个名字，他的形象随即呼之欲出：眯缝的双眼，似总有灼热的阳光照耀在他那张缺少营养而略显枯黄的脸上，蓬松的头发有些放肆地张扬，宣泄着莫名的情绪；他的嘴唇很是鲜艳，像是涂了口红一样，给他添了几分妩媚，这也给他带来了"奶油小生"的绰号。每当听到同学怪声喊叫"红嘴唇"时，他不但无所谓，还会咧开他美丽的红唇淡然一笑，丝毫不在意。

若此时，李翔能与我同在该是一件多么美妙的事。眼前浮现出与他同行在铁道双轨上上学的情形，他一边大声唱歌，一边张扬着双臂，沉重的书包压在他瘦弱的肩头。他总爱唱一首叫《竹子开花》的歌，声音清澈响亮，如欢快流淌的山泉，在那条必经的铁道上留下一路的欢歌笑语。对于面临毕业会考和升学双重压力的初中生来说，清晨伴着依稀的白雾，呼吸着露水青草香味的空气，在上学路上的这段时光才是最美妙的。它成了毕业后最为留恋的一段记忆，我觉得这与李翔那美妙而动人的歌声是分不开的。

李翔的歌声依稀在耳边回响，我想起他趴在我肩上失声痛哭的情景。那是毕业会考后，他在教室门外与我核对完试卷答案时，不顾拥挤的考生和家长的注目，做出令我惊异不已的举动。我说着劝慰的话，他却拼命地摇头，那一刻，他那无助悲伤的双眸让我不知所措，我只能用一个初中生所拥有的见识开导他，可他依旧哭声不止。他绝望地对我说，他不想活了。我认为那近似一个可笑的笨拙的戏言，这种话电视剧里经常有。

我们学校是一所企业的子弟中学，李翔转学到我所在的班级已是初二的下学期。他的作文《我可爱的家乡》在班上引起老师和同学们的注意，让一向苛刻的语文老师在作文课上朗读和点评，并且毫不吝啬地使用了大量的溢美之词。"清新自然的文笔""细腻生动地刻画""情真意切地抒发"等等，让一向独霸全班作文水平最高点的我颇不服气。语文老师非但没对我的同题作文说出半句赞赏的话，还以"辞藻过于华丽，有华而不实之嫌"的评语反衬李翔作文的厉害。我瞥了一眼坐在同排的李翔，他脸上有难以抑制的喜悦。

从李翔的到来直到我们毕业分开，我俩一直在作文课上展开了暗中较量，但这并未影响我们成为一对好朋友。我们共同负责校刊的编辑刻版油印工作，配合默契，赢得了语文老师的信赖。李翔的作文水平非常突出，其余功课却让各任课老师无奈和叹息，"他的底子太薄"成了老师们众口一词的评价。李翔在别人玩闹的时间刻苦用功，却没有明显的起色。有一次在物理课上，连一向喜欢他的任课老师也气急败坏地大嚷："李翔，这次测验又是你拖了全班后腿！"

我看到了希望的灯光，公交车如一头缓行的巨兽，闪着光亮的眼睛从黑暗中气喘吁吁爬行而来。"咣当"的开门声打破了夜的静寂，我终于躲避了风的侵袭，临窗而坐，听车窗外风的低吼。此时我极担忧刚才的记忆会中断，突然被窗外的风拽走，我觉得还有许多话没有和李翔讲，还有许多故事没有来得及细细还原……

临近毕业季，每次晚自习时，李翔都会想办法换位与我同桌，我总是耐着性子帮他解答那些我认为简单至极的题目，甚至认为，即便我什么也不做，全天给他辅导，他的功课也不会有所提升。就像老师们给出的评价：李翔的基础没打好，成绩只会越来越糟糕。我记不起曾怎样面对李翔真诚的询问却含糊其词敷衍了事，是否已因李翔的打扰把厌烦表露在了脸上？

往事终究不能重来，我无力去弥补因我的狭隘伤害过最亲爱的同学，那曾是多么宝贵的一段情谊啊，纯得似水晶，晶莹得似满天的雪花。我忘不了临中考前午休时，我俩中午在教室吃饭休息的情形，他常常会纵情高歌，唱许许多多的歌，直听得我心旷神怡。毕业前的联欢会上，李翔以一曲当年最为流行的电影《少年犯》主题歌《心声》，打动了全班同学的心，他声泪俱下的演唱，让他成为校园内最令人瞩目的歌星。同学们在毕业留言簿上都写上了祝愿他有一天成为歌唱家的话，但他的歌唱水平未能给他一点儿成绩上的帮助，他最终在中考时失利了。那一年，他在语文试卷上的作文却入选了市教委编发的《中考优秀作文选》一书中。

车内漆黑，我如生了双翅穿行于夜的隧道中，寻求着光明的出口。我只想漫无目的地穿行游荡，独享过程中的苦辣酸甜。人无论沉睡得多久，终会有醒来的一天；梦做得再瑰丽多彩、缤纷绚烂，不过为梦醒增添更多的怅惘与悲凉。

我决定不再将那些琐碎如落叶般四处飘散的往事作过多的追述，毕竟早已七零八落，或许已无再拾起的价值，毕竟已枯黄萎缩没了曾经鲜活的模样，再不能耀目于枝头再次生根发芽。我不得不对这个并非故事的故事作个仓促的结尾，那就是李翔在知道自己的中考成绩之后，在家中留下一张便条便失踪了。

这一事件成为我们那一届学生中爆炸性的新闻，各种传言在耳朵与嘴巴间做着无休止的跋涉。我难以置信李翔这近似荒唐的举动，却在心底又确信它的真实性。李翔的脑子里有许多幻想，有一次，他对我说他想浪迹天涯，巴不得有一天离家出走。说这话时，他用忧伤的眸子看着窗外那一树蓬勃的白杨树叶，而我正因一道数学题百思不得其解而暗自懊恼。

我曾与另一位同学千辛万苦寻到他的家（上学时都是他到我家叫我），是一处极其简陋的房屋。说起离家的儿子，他的母亲老泪纵横、凄楚哽咽，让人动容。他的家人给我看了李翔留下的一封信：我无路可走了，没脸见人了，我不得不离开你们，我走了，别找我了！

当入学通知书开始飘入同学们的手中，大家因兴奋、欣喜、激动淡忘了李翔的遗憾与离开。同学聚会时也不再提及。面对新的生活，关于李翔出走的理由，关于他的故事，就这样轻而易举地如橡皮擦一样，被大家从心中轻轻抹去。而我也打起背包，步入人生又一个崭新的旅程。至此，初中生活如一个七彩的肥皂泡倏地消失了影迹。

今夜，窗外有车灯驶过，我猜想着李翔的结局，如同构思一部小说，为李翔出走后的际遇做着戏剧性地编排，却又一次次自我否定。潜意识里，李翔还在明媚宽敞的教室里纵情高歌，还在用笔写就人间最美最动人的文章，而不是去历经任何的磨难和坎坷。

终于明了，少年的时光今生今世永不再来，那个一起走过青春岁月的伙伴再也寻他不着，再也不会相见，如这夜行的车辆，转瞬即逝。该下车了，家的位置已清晰可辨，我感谢李翔一直陪伴在我的身旁，只可惜夜色太浓、冬日尚寒，我未能辨清他的模样，只有一些模糊的记忆牵扯着我潮湿冰凉的身体。

永不再来！我那春日般风光无限、生机盎然的少年时光，和那一份清纯似朝露、明媚如春阳的友情。那个叫李翔的男孩，可否在今夜走入我的梦，再为我唱起那首《竹子开花》的歌谣？

> 只要你来帮助我，就像帮助我自己；
> 只要你来关心我，就像关心我们自己；
> 这世界会变得更美丽！

夜晚的小屋

勇敢的人儿，才有获得幸福的权利，不管年轻还是年老。

这是稷下市场一栋沿街居民楼的一楼，这里许多人把沿街的一楼住房加以改造，弄出一间沿街房，要么出租，要么自用。上下班，步行的话，我偶尔会从这栋楼前经过。这条街原来是个热闹的市场，后来市场整顿，小商贩们被统一安置到了刚刚新建的闻韶市场，这里开始慢慢变得冷清。

妻子学习古琴的地方便是一楼沿街房中的一间，大概有八九平方米的面积。推门进入时，一股淡淡的香气扑面而来。我看到室内西侧的桌上，摆放着一张古琴，周围的墙上，则全是悬挂着的古琴。琴课老师是一位年轻小伙儿，发型很特别，头顶绾着一个髻，类似影视剧中道士的装扮。服饰倒是年轻人的穿着。白净的脸庞上，露出淡淡的微笑。室内响起银铃般的笑声，来自一位披散着长发的年轻女孩儿，头发卷曲着，脸庞有点儿婴儿肥。

我递上刚刚为他们买的一盒新鲜草莓，他们客气地说，以后再来就别买东西了。很快，妻子在那张古琴前落座，老师端坐在对面的一把藤椅上，口气温婉，开始了教学。

室内响起了手指拨弄琴弦的声音，虽是单调的音符，却传递出些许暖意，在室内徐徐蔓延。我坐到了房间东侧的木凳上，这是个长条凳，面前的桌上摆放着茶道所用的瓶瓶罐罐。我不懂茶艺的精妙，心底却满是欣赏。如今很多人精于茶道，乐此不疲。茶道，并非只有文人墨客喜好，而是早已走入了寻常百姓家。曾经结识了一位从警察岗位退休的男人，外表粗犷、精干，一开口却都是喝茶的常识和感悟，对茶文化深究细耕到让人惊讶的地步。多元化的时代，更多人开始寻求喜欢的生活方式，享受人生。

我和年轻的女孩儿喝茶聊天，她还特意更换了新的普洱。小小的茶杯，轻轻握在手中，轻盈灵动，茶水泯入口中，一股清香的味道触发味蕾。果然，饮茶是关乎环境的，置身在这随意、自在的氛围里，哪怕是一滴茶液，都有了某种无法言说的别样味道。

女孩儿很是健谈，近乎口若悬河。虽然潜意识里觉得，在这样的环境下，我更喜欢捧一本书，在光晕里，心情随着文字的律动散步起舞。面前的她，却是神采飞扬、落落大方，和我这个初见面的中年人，娓娓述说自己的故事。

她讲述如何遇到了这位教琴的李老师，两人如何爱慕彼此走到了一起，又是如何通过音乐救赎了自己，拥有了当下这每日可以生活在音乐、香茶的日子。

她突然严肃起来，说自己曾经是重度抑郁症患者，这让我吃惊不小。眼前的她如此健谈开朗，怎会和抑郁沾边儿？她说，每个人的童年都是父母做的一张饼，自己长大的过程，便是这张饼慢慢烙熟的过程。但属于她的那张饼天生有缺口，后来也没有被修补上。她童年时父母都忙，缺失了父母的陪伴。也许在父母眼里，身为姐姐的她，无须过多的关照和疼爱，而有的人天生是渴望爱和被保护的。

她讲了那段时期的焦虑。那时，大多数人都会因为疫情封控而陷入困境，尤其是给收入带来的影响。她无法看书，半天看不了一页纸。她对自己最喜欢的硬笔书法也失去了兴趣。"总算解放了，一切正常了。"她长舒一口气，说道，"李老师是从国企辞职的，当年他辞职时，单位都感到很惊讶。"

李老师辞职的单位，和我的单位同属一个系统，特殊期间，收入未受到太大影响。

总有人会看重自己的兴趣和理想，并愿意为此而努力，哪怕要付出常人难以想象的代价，即便需要破釜沉舟般的决绝和勇敢。我认识几位科班出身学美术的，参加企业的画展，功力明显，但其主业都不是画画，不知天分是否会随着日复一日的常规工作消失殆尽。

正在不停指点妻子弹琴的李老师，无疑是位勇敢追寻梦想的人。

"我正是看到了李老师的勇敢，才义无反顾嫁给他的。"女孩儿丝毫不掩饰自己的幸福。我相信，这是一段美好的爱情故事。

或许爱情只能发生在年轻的时候，当经历了岁月风霜，感受了生活的百般滋味后，再谈爱情，便成了水中月、镜中花。东北有档综艺节目，是关于中老年征婚相亲的，男女因红娘结缘，坐下来谈及的无非就是金钱收入，以及各自家庭的状况。彼此是算计，是计较，感情完全成了附属品、奢侈品。

我重新定位自己的身份，不是陪同妻子前来学琴的中年男人，而是一位倾听者，坐在这间小小的屋内，在古琴悠扬、舒缓的旋律里，在面前这位年轻女子不间断的讲述中，回味冬日里夜晚的宁静与美好。听一听别人的故事，感受一段远离的爱情，如那琴弦声，时而激扬，时而舒缓，令人沉醉。

学习结束，约定好一周两次的学琴时间。妻子也走到木桌前，坐下喝了一杯茶。她的心境全然被音乐所装满，红扑扑的脸庞上是学习后的充实与快乐。女孩儿还在滔滔不绝地讲话，似乎并不想结束这样的叙说。妻子穿上了大衣，我也起身，寒暄几句，离开了这间小屋。

室外是降温后的冬夜。连日来，天气回暖，似春意扑面，便大意了穿着，没有穿棉衣。我裹紧了衣领，两人快速走向停车场。稷下街道冷冷清清，白日热闹的市场没有了人影。

开车回家，远离了那间小屋。回想这个夜晚，为和他们相识感到开心。年轻人追逐梦想，勇敢地在红尘中寻找自己最想过的生活，这是一种醒悟，也是一种悟道，勇敢的人儿才有获得幸福的权利，不管年轻还是年老。尊崇内心的声音，在生活的河流中才能自由泛舟而行。

牌坊

嫁鸡随鸡嫁狗随狗，这是命。哪里黄土不埋人，老天爷安排了，咱得听不是？

红蕾的奶奶生下红蕾的爸爸那天，接到了丈夫阵亡的消息。

那场解放石家庄的战役打得如火如荼，异常惨烈。红蕾的爷爷二十几岁，被敌人打红了眼，拼死作战。国民党守在城中，许多战士以血肉之躯奋勇攻城，都惨死在机枪扫射中。红蕾的爷爷在第三次攻城中被敌人击中了胸膛，瞬间倒下。战火硝烟，在石家庄到处弥漫。

红蕾的奶奶成了烈属。那一年，她刚刚 24 岁，本命年。村里为她立起了贞节牌坊，就在村头最显眼的地方，每天庄稼人都从牌坊下进进出出。牌坊足有 3 米多高，宽 3 米，上面布满了石刻的图案，线条流畅，横纹竖条，礼教、宿命，掩埋其中。每天夕阳下，牌坊恍若一扇门，在黄土地上投下浓重的影子。

20 世纪 50 年代，村里兴办了识字班，红蕾奶奶第一个被选中。她执意不肯，压低了声音对村长说："家里有两个娃，要吃要喝的，我走不开。"村长就让红蕾奶奶的公婆帮忙照看："这是革命需要，必须去！我们正考虑让你入党呢，不识字哪成？怎么干革命工作？"村长的话掷地有声，红蕾奶奶虽然一知半解，却不敢多问。公家人，又是当官的，说话自然得听。

红蕾奶奶就这样进了识字班。白天，红蕾的姑姑、爸爸都在学堂上课，红蕾奶奶晚上把家里收拾妥当，也背着书包去村里那栋泥坯垒砌成的茅草屋里，听文化人教识字。

村长没有说瞎话，不多时，红蕾奶奶就入了党。她只知道，死去的丈夫就是共产党员，这个党解放了旧社会的苦命人，这个党就是毛主席。她愿意入党，她觉得很光荣。

除了按时参加村里的支委会，红蕾奶奶有忙不完的农活儿。庄稼地里刨食吃，一个女人带着俩孩子，日子难。好心的街坊邻居胆大的就劝她，不如找个男人帮一把，不然一年下来拼死拼活的，也填不饱肚子。红蕾奶奶便赶紧摆手，让人家别再往下说。"我孩子还小呢，不能嫁。那个贞节牌坊还立在那儿，这不是自己打自己脸吗？"见她每次都这样，压根儿没那心思，也没人再劝她。

两个孩子争气，双双考上了大学。这可是当地的大新闻。一个寡妇，养了两个大学生，不简单呢。红蕾姑姑在"文革"前，考上了南方一所师范学校，毕业后留校任教；红蕾爸爸是"文革"后第一批大学生，在天津上的大学。

鸟儿飞走了，红蕾奶奶便独自守在农村，陪伴她的还是那些熟悉的乡里乡亲，还有那一直不倒的牌坊。

两个孩子一直想把母亲接出来，老人却执意不肯。村里人也纳闷儿：这老太太不会享福，儿女都成了城里人，还死守在这里干吗？每次，红蕾奶奶都不语，只是抿着嘴笑。被问多了，就干脆说："南方太热，北方太冷，就咱这里舒服，我不去。"

红蕾姑姑40多岁时，丈夫得了急症去世。听了消息后，红蕾奶奶一个人摸索着去了重庆。那个闷热的夏天，母女俩重逢后抱在一起。趴在母亲肩头的红蕾姑姑泣不成声，红蕾奶奶说："霞儿，没事，娘陪你，别怕。"

山东建起了国有大型化工企业，在全国各地招兵买马。因为所学专业对口，红蕾爸爸被组织安排去山东工作。全家人都不同意，特别是红蕾妈妈，因为娘家就在天津，自然不愿离开。"这是政治任务，不去不行。"不管红蕾爸爸怎么劝说，红蕾妈妈就是哭，哭完了就找组织诉委屈。恰好，红蕾姑姑陪着母亲来弟弟家探亲，听说了这件事，红蕾奶奶就对儿媳说："嫁鸡随鸡，嫁狗随狗，这是命。哪里黄土不埋人，老天爷安排了，咱得听不是？"

来到了石化城，红蕾成了第一代石化子弟。生活从开始时的贫寒窘迫到越来越富足，物资丰富，供应齐全，石化城各类设施应有尽有。红蕾上了职高，还能包分配，被分到了一家石化厂，这是对石化子弟的特殊照顾。那年，红蕾爸爸把母亲接来，红蕾暑假在家等待分配，闲来无事，就经常和男同学一起外出。红蕾奶奶就看不过，总在红蕾爸爸面前告状。红蕾爸爸就训斥红蕾让她收敛点。红蕾记恨奶奶，对她爱搭不理。

一天，奶奶买菜回家，放下菜篮子，就兴冲冲地对红蕾说："妮子，电视台要招人，你咋不去试试？"一家人听了就笑。红蕾妈妈就对一脸认真严肃的婆婆说："咱家哪有搞文艺的，谁懂那个？而且，电视台要人都得走关系，你儿子老实巴交的，送礼都找不着门。"

"我觉得妮儿行，嗓子好，模样俊，不试咋知道行不行？"奶奶给红蕾鼓劲儿。

红蕾最后还是大胆报了名。考试那天，红蕾穿上奶奶给她赶制的一条红裙子，漂漂亮亮出了门。考试内容出奇简单：朗诵一段诗歌，唱一首歌，也可以用舞蹈代替。没几天，红蕾就收到去电视台的报到通知。

转眼，红蕾在电视台也快干满 20 年了。她自己负责一档人物访谈栏目，名为《石化人》，专门拍摄企业里各专业人员的工作和生活状况，也关注一些才艺技能超群的人。红蕾总想拍一拍奶奶，她觉得奶奶的一生很传奇，也很不容易。可奶奶就是不愿意，即便红蕾爸爸劝说，也是如此。见她这般，红蕾便放弃了这个想法。

春天来了，到处莺歌燕舞，花红柳绿。红蕾奶奶就对红蕾爸爸说："我想回老家看看。"也不说原因，末了她还补充一句："你要没空，我就让红蕾姑姑带我回去。"

红蕾开着车，一家人回到了家乡。一进庄口，看见原来的贞节牌坊竟然倒了，地上只剩下了残石碎片、破瓦石子。向村里人打听才知，牌坊是自己倒的，现在是当地的名胜古迹，属于非物质文化遗产。"没人修缮，光领着人参观，不倒才怪。"村里人禁不住一声叹息。

那天，大家怕红蕾奶奶难过，都故意不提牌坊的事。可红蕾奶奶却异常高兴，看着倒下的牌坊，还有远处的山林树木，长舒了一口气。

那一年，红蕾奶奶离世，享年 94 岁。

似水流年

犹如当年的初见，她一袭卡其色风衣，从舞台上风风火火走来，目不转睛，注视着前方。

阿简小声说："明天中午，一起吃饭呀。"这个"呀"是她的习惯用词，在朋友圈里，每次回复都会带着这个语气词。我没确认过这个语气词的特殊用意，只是随意猜测，应该是带点儿俏皮的调侃，也含有一点儿娇羞。

原本打算赴约，可想到中午要回家准备儿子的午餐，不得不婉言谢绝。潜意识里，认定这只是阿简的一次平常邀请。她露出惯有的微笑，平和、安静、温婉，不语，只是看着我，嘴角的笑意像漾开的一汪清泉，在她白皙明净的脸庞上泛起涟漪。许久，她说了一句："明天尽量去吧。"

儿子高三，中午回家准备一顿午餐，被我看作是眼下非常重要的事情。那天，除了我，全科室的人都去了，是一家吃炖鱼的店。小林吃完后赞不绝口，一直夸赞味道真好。

这些日子，阿简一直忙着加油站工作人员来单位统一办理加油卡的事情，科技情报室的图书阅览室内，人流不断。三位身着深蓝色加油站工装的女士，有登录信息的，有充值收费的，还有发放卡片的，忙得不亦乐乎。阿简坐在一旁核对办理加油卡的明细。那天，她没有穿我们统一的工装，而是穿了一件草绿色的棉袄，映衬着她的皮肤越发得白净，像大地上的一捧湿漉漉的青草，质朴、清新、得体。

没想到，这是她职业生涯中完成的最后一项工作。忘了那天是星期几，她拿着一个大优盘，兴冲冲进了我们的办公室，往工会负责人的电脑前一站，把优盘啪地放在了黑漆漆的油光发亮的桌面上。"全在这里了，拷贝吧，都给你。"她一直喜欢和这位负责人开玩笑，我也照样忙自己的事。可是，负责人插了半天，电脑就是不识别，反复拔插了几次，还是不行。"这什么破优盘？可别有病毒。"负责人和她逗趣。"是你人品不行，电脑也不行，拿来，我试试别的机器。"她把优盘插到了一旁的小林电脑上，读取正常，"看吧，说你人品不好还不承认，哈哈！"

今天的阿简开玩笑没了底线，负责人好歹也是个科级干部，虽说平日里喜欢逗个乐，可是尺度把握得一向恰到好处，这是什么情况？我正费解时，就听阿简感慨道："如释重负，这感觉太好了！"我越发莫名其妙，问道："阿简咋这般高兴？"她得意扬扬地说："终于解脱了，能不高兴吗？"说完，她用眼睛剜了一下负责人："终于摆脱魔掌了。"听完这句话，连那位负责人也忍不住扑哧笑出了声："别高兴得太早，班上有啥事必须保证随叫随到！"阿简白了他一眼："在辛店那是没问题，要是我在美国，只要你报销机票，我准会随叫随到。"

1

作为石化子弟，阿简毕业于石化企业技工学校。那年她只有 17 岁，被分配到这家科研单位，进了化验室成了一名分析工。她下面还有一个弟弟，正是调皮捣蛋的年龄。自然，家里事她分担了许多，比起同龄的人便显得更成熟些。青春少女，身材高挑、端庄秀丽，惹来许多年轻小伙的瞩目。20 世纪 90 年代，谁最吃香？大学生。自然，阿简也是奔着大学生的身份而去。和前来打听的热心人开出的首要条件，就是要有大学文凭。

冯斌就是以这样的硬件走入了阿简的视线。介绍人是阿简的师父老白——一位干了二十多年化验工作的中年妇女——她喜欢阿简的灵巧、懂事。每次上夜班，阿简都会把自己包的饺子带一些给师父；休班了，也常常去师父家帮忙打扫卫生，这样的丫头谁不喜欢？那年，冯斌大学毕业被分到了这家单位，一脸的沧桑模样。农家娃，进了大学门，便是鲤鱼跳龙门，典型的知识改变命运的宠儿。村子 10 年间只出了他这一个本科生，他老爸光请村里人喝酒吃饭就杀了两头猪。

老白之所以把冯斌介绍给阿简，有自己的一份私心。老白的丈夫是个技术工人，就在冯斌的课题组里当操作工。在科研单位，文凭是划分员工等级的直接标准：大学毕业生，进了单位便是干部编制，有悟性、肯钻研的便可以带课题搞研究；招工和技校毕业的，只能属于工人序列，干的也都是维修设备和值夜班操作工的工作。这一点倒和医院有些类似，医生和护士便是划分非常清晰的两类人，地位和收入差距也非常明显。

不过才来了不到两年，冯斌便成了组里的副组长。倒不是他业务能力有多突出，只是那个正组长科研水平太高，被邀请到处讲学，或者去全国各地的生产厂提供技术服务，帮助人家解决一些专业方面的问题，收费自然也是暗箱操作。组里的人都心知肚明，却不敢说破，只等着组长每次回来，分点残羹剩汤也是好的。

给公司生产提供技术服务的工作，就得有人顶起来带着干。冯斌老实、听话，组长便向领导建议，让他当上了副组长。偶尔，老白的老公会请住在单身宿舍的冯斌来家里吃饭，一来二去，关系便融洽起来。毕竟是大学生，还是副组长，日后升迁的空间大得很，给这样的人帮个忙，日后还能沾点光呢。抱着这样的想法，冯斌就和阿简见了面。

老白撮合着两人看了一场电影，阿简倒是落落大方，显得冯斌特别木讷，连正眼都不敢瞧阿简。阿简第一时间就告知了老白，不合适。说这话时，老白正吃着阿简包的韭菜水饺，一口差点儿噎着。老白明白，阿简的俊俏模样，定然是嫌弃冯斌的土气了。"阿简，我可是过来人，女人嫁人，一辈子的头等大事。嫁好了，幸福一辈子；嫁给下三滥，也是倒霉一辈子。你的家庭那个样子，必须找个可靠老实的男人帮你撑起那个家。模样不能当饭吃，你好好想想吧。"老白边吃着水饺，边语重心长地开导阿简。

就在犹豫不决时，冯斌负责的某项课题拿了个科技进步奖，还是省部级的，一时间从众多科研人员中脱颖而出，冯斌的名字也在企业的报纸和电视上被传来传去。恰好此时正组长辞职下海，课题组交到了冯斌的手中，他被重用，半年后，又被提拔成了副主任。

男人地位的扶摇直上，带来的是价值的提升和各类福利待遇的如期而至。一年后，阿简便成了冯夫人，成了化验室众多"官太太"中的一员。职务有高低，但既然是官太太，便有了资格混迹到一个崭新的交际圈子中，见识更多身居高位的人和他们的夫人们。自然，阿简是热衷并擅长这个的。

"旺夫"的提法究竟有多少依据，很难讲得清楚，但冯斌娶了阿简，人生确实发生了一个大转弯。当然，阿简也从中受益，进了单位机关科室，身份从一名普通化验员，成了一名工会干事。企业里，三班倒的人渴望常白班，不用头顶星星彻夜不敢入眠；常白班的进机关，坐办公室，便成了向往之事。

　　我第一次见到阿简，是在单位举办的模特大赛上。20世纪90年代，新生事物层出不穷，最火的是卡拉OK比赛。各单位工会鼓足了热情创新文体活动，就像当下国内各家电视台纷纷模仿国外综艺节目，选秀节目火过了，接下来便是真人秀，秀生活，秀隐私，秀各种可秀之事。模特大赛当年弄得挺火，影响传播很久、很远，惹得公司其他兄弟单位也纷纷效仿，吸引眼球。

　　阿简在那次比赛中穿了一件卡其色的长风衣，敞怀式，里面是白色半裙。惹眼的是她修长的双腿，踩着高跟鞋在舞台上扭来扭去。强烈节奏的配乐，搭配她高冷的表情，现代白领的气质被她演绎得挺到位，有点儿歌手王菲的感觉。很多人连连夸赞："这冯斌交了狗屎运了，老婆这么漂亮！"

　　单位兴起了出国热。一位长相极其普通的人，瘦小得像根火柴棍，却事业有成，不仅有多项科研成果在身，省部级以上科技进步奖的名单中也经常出现他的名字。原本是不起眼的人物，愣是把东北的老婆调到了同一个单位，还进了机关财务科。男的木讷，女的活泼，生了一个儿子，刚上小学。这一年，全家突然就移民到了澳大利亚。

　　阿简也动了心，为了日后的教育环境和成长空间，打算让儿子出国留学。无奈，冯斌就是不为她所劝，坚定得很。让他放弃这安安稳稳的工作和生活，阿简自觉难度太大。那时，他已是某车间的党支部书记兼副主任。

2

眼看老公安于现状，随着经商热的兴起，阿简不再指望他，自己做了回弄潮儿，下海了。

彼时，她姨家的大姐赋闲在家，从企业买断工龄，孩子上大学了，也没事可做。阿简和大表姐关系一直要好，两人一合计，开了家粥店，位置就在城区的黄金地带。每天吃饭的人多，生意做得风生水起。

自己当老板是第一次，但阿简的经验却不缺。冯斌的父亲在老家开了个烧鸡店，每次回农村老家，阿简都会去店里帮忙，不过是招呼客人、端茶送水的活路。她天生人缘好，爱招呼人，虽然每次待的时间都不长，一来二往，也结识了远近不少的熟客。阿简公公有三个儿子，就阿简这个儿媳最体面，模样俊，也懂老人的心思。她陪冯斌回家，在店里待的时间比家里都多，弄得婆婆总爱在外人面前夸这个儿媳，有勤快劲儿，让人心疼。

阿简的粥店刚开张时，品种少，光顾的客人不太多。她关停了几天，和表姐去了一趟南方，寻着名气大的粥店，天天喝粥，把表姐喝胖了好几圈，不仅见识了许多闻所未闻的品种花样，关键还拉拢到了一位专门做粥的师父老金。

老金家是山东的，在外打拼快十年了，总想回家乡，这不，看阿简人温柔，话也说得体贴，就动了返乡的心思。阿简开心得不得了，信誓旦旦地对老金说："你现在的老板给你开多少钱，我一分不少你的。甜不甜还是咱家乡水，亲不亲也是故乡人。咱们在南方这大城市能遇到，不是缘分是啥？其实人活一辈子，挣钱是重要，和家人待在一起享受天伦之乐更重要不是？"

老金的加盟，果然助阿简一臂之力。可生意红火了，问题也来了。让阿简犯难的是，外面打点各路神仙她搞得来，店里有大姐和老金撑着，自己理好经济账也凑合，关键是单位有了变化，和另一单位开始进行合并，机关人员大调整，机构精简，许多原来的同事不得不去了车间和实验室。不知是否是靠了冯斌的面子，好在自己没挪窝，可这人浮于事的问题成为机关整顿改革的重点。新来的党委书记马书记作风干练，大刀阔斧，将党委工作与群众工作做了合并，工会这边少了两人。阿简过去只管女工方面的事情，每个月制作一期电子刊物，内容主要从媒体上摘抄关于女工维权方面的文章；其他工作就是按照公司疗养相关规定，每年带队去国内风景秀美的景区参观旅游。

　　之前因为工作轻松，才有时间开了这个粥店；因为同事关系处理得好，大家自然也都睁一只眼闭一只眼，没人去计较她是否坐班。我就曾经和大家伙儿一起去阿简的粥店喝过粥，她大大方方上了好几样拿得出手的品种，有肉粥，也有水果粥。有一款榴莲粥让大家开了眼界，那奇怪的味道，闻着不忍下口，一旦用调羹舀一口入了嘴，温软的味道抚慰着舌苔，细细滑滑的触感从喉咙顺流而下，一股子奇香迅速在口腔里蔓延。

　　这种感觉着实让人惊艳，也让我明白了阿简店里的粥和老百姓餐桌上的粥的大不同。好几种口味的粥，或黏稠，或清爽，进入口腔，突如其来的滋味，瞬间迷了方向，寻不到出口，正焦急万分、惶恐不安时，忽然柳暗花明，一片美景显现眼前。

　　这个粥店成了科室聚会的首选地点。后来名声慢慢传开，先是机关科室，继而是基层单位的课题组，都有人给阿简打电话。父母寿宴、朋友聚会，或者其他事宜，大家都乐意去粥店。买卖好了，传闻也多了起来。自然，马书记就有些坐不住了。有人出主意，不如找个名头宴请一下马书记，拉拢人心嘛！阿简却下不了决心，公职人员忌讳这个。原本开这个粥店，打的旗号就是自已属帮帮忙的性质，是表姐在开店，可粥店影响大了，再一味地辩解，便有些此地无银三百两的意思。阿简也明白，自己的粥店快开不下去了。

这一年的"职代会"，没有按照以往的规矩，现场使用的鲜花、大型植被、公文包等由阿简负责采买。公司实行货比三家的销售商竞标方式，公文包一类用品不能随意购买。诸如鲜花等装饰用品，皆被马书记一口回绝。马书记说："上边都搞'过紧日子'，咱们小单位应该效仿，不买了，以后开会水果也不能买，简朴办会。"

此时，阿简表姐的女儿生了孩子，表姐便提出想撤出。机关人员整合后，工作量明显增多，店里一直靠表姐在管理，阿简也只能下班后和周末去打理。冯斌就劝她："赶紧关了吧，你开个店，马书记能高兴吗？明摆着不安心工作嘛！"

关了店，阿简没亏待老金和三位服务员。尤其是老金，50岁的汉子，止不住地抽泣："大妹子，我挺舍不得走啊，以后你如果再开店，我随叫随到。"阿简把一杯酒端在老金面前，说："金大哥，这几年也多亏你的手艺，店里所有粥的秘方你都有，不如自己开个店吧。有需要我帮忙的时候吱一声，店没了，咱的情意还在。"

开了3年的店，阿简挣了多少钱只有她清楚。几年后，她在市区买了一套150平方米的新房，装修也是超豪华。她感慨道："这是我开店全部的收入，就这一套房子。"

3

改制作为经济体制改革的新生产物，一问世便掀起一股风潮，开始越刮越烈。特别是亏损企业，仿佛找到了救命稻草，笃定地提出"轻装上阵"的策略，让自身附带性的小企业、小机构，尤其是长久亏损部分，从母体剥离，好似割掉毒瘤一般，彻底清除，以保留本体的活力。老企业借势开始大刀阔斧，一时间，"减员增效"成为媒体传播中的高频词。

企业的亏损被归因于人多，表面看好像颇有道理，拿工资的多了，这项支出必然会影响到利润增收。日后看来，这套理论不过是避开了管理的失策和眼界的短浅，更像是企业不负责任的"甩锅"行为———一味使用这种简单粗暴，且只能短时间见效的举措，大规模推行起改制分流、买断工龄的举措。

买断工龄，用一笔钱就把人打发了。实权在握的人，貌似把选择权交到了自主选择命运的普通职工手上，加上舆论造势和宣传，营造企业入不敷出、濒临倒闭的生存困境，使胆子小的员工不敢逗留，怕连这笔单位承诺的买断钱都成空头支票。于是乎，陆续有人做出了买断的选择。

冯斌参与了改制，进入了新成立的改制企业的股东队伍中，并负责物资采购工作。人生有限的几次选择，把握对了，从此顺风顺水，一马平川；走偏离了，也许就处处碰壁，举步维艰。被机会关照的次数非常有限，冯斌把握住了这一次机会，得益于阿简的远见。按理说，冯斌待在原单位，对阿简也是一种照应，毕竟身处中层管理层。阿简却说，当年没听我的，失去了出国机会，如今不能再让他的小农意识作怪，必须离开。

这个过程费了不少周折。听闻生产催化剂的车间准备改制的消息，阿简激动不已，忙不迭给老公做工作。冯斌坚决不从。脱离国企母体，前程全然未知，来自农村借助高考实现命运转折的人，焉能轻易放弃这多少人艳羡的"铁饭碗"？

阿简坚持让老公冯斌参与改制，这一次，她表现得异常果断。

因为这份坚持,让一度彷徨迷惘的冯斌在改制合同上签下了名字。也因此, 他收获了改革的红利, 脱离了国企每个月固定的工资奖金, 一跃成了拥有股份的人, 仅仅凭借分红便可以衣食无忧, 率先与依然在国企谋职的同事们拉大了收入差距, 一夜之间, 实现了人生的财务自由。

<h2 style="text-align:center">4</h2>

那一年, 阿简上高二的儿子转学去了新疆, 就读于当地一所中学。

临近高考前, 阿简去了新疆, 照料即将参加高考的儿子。后来, 她儿子顺利考入国内一所电力大学。收到录取通知书后, 阿简请科里全体同事去了市区一家高档自助餐厅, 吃牛排、喝红酒, 享受了一顿美味佳肴, 而且还给每人准备了一份礼物。她送我的是从新疆带回来的毛绒地毯, 放在茶几旁的那种, 尺寸较短, 非常绵软。

身为女性, 阿简算是比较完美的, 女性角色被她演绎到这般程度, 除了聪明和智慧, 她的大气和从容、沉稳和干练也是性格中的绝对亮点。生活中, 她对患有痴呆症的老母亲悉心照料, 到了无微不至的程度, 即便有保姆陪护, 自己也会亲力亲为。

今年, 她儿子去美国的行程已定, 高额的学费对她来说不是问题, 提前离职便可以随意陪读, 像当年去新疆一样。有钱, 也有时间, 人生两大珍宝, 她都已经拥有。

她悄然转身, 成功丢下那么多杂七杂八的琐碎事宜, 以轻松的姿态, 留下一个洒脱背影, 告别青春和梦想开始的地方, 走得义无反顾, 走得潇洒从容。

再高的官位, 也是身在职场时的一个标识, 有企业做后盾,支撑起你所有的荣耀和地位；再多的钱财，也需要一个温暖的家庭，亲情是心的属地，走得再远，家还是归程的目的地。阿简是明白此道理的。这几年，她几乎总在旅游的路上，要么是欧洲的豪华建筑，要么是遥远的大沙漠，从她的朋友圈，你会看到她的行踪，永远在路上，永远在镜头里露出淡淡的笑颜，如一朵美丽的花，随处绽放，吐露着芬芳……

还有她不曾留下足迹的地方吗？这等女子，生活这张答卷，她没有辜负自己，也把一份念想留给了我们这些昔日的同事。

点点滴滴，无法拼凑成一个完整的、立体的人物，剖开某个侧面，看到的也是一瞬间的喜怒哀乐。我看到的是美好，笔下的阿简也是用蘸满了美好的情意写就的，或许并不是真实的那一个，但赋予想象，也是文字的一种魅力。犹如当年的初见，她一袭卡其色风衣，从舞台上风风火火地走来，看不清她的表情是紧张还是高兴，就是目不转睛，一直注视前方。

梦回工厂

青春年华里，有装置的轰鸣声，有偌大的厂房内林林总总的储罐和管廊，有无数盏防爆灯在夜色中闪着亮光。

高耸的银塔仿佛穿入了云层，我仰望碧蓝的天空，阳光从塔顶直射下来，成了一幅剪影。我看到当年的同事小陈站在上面，如年轻时的样子，朝气蓬勃，斗志昂扬。他站在聚合釜的电机旁，正在拆接电源线。我也曾和他一样，在装置上，重复着数不清多少遍的动作，成为装置的一部分。

我拿出手机，对着那一片光芒拍摄，多么壮观而又动人的画面，为什么从未发现它的美？那是我青春年代的一幅日常工作场景，而如今，当我拍摄完毕从手机上浏览图片时，瞬间发现，那已不是当年的自己。生活、工作都变了，我怎么就突然置身在这个车间里？熟悉的一切，仿佛从未离开过，站在厂房前那坚硬的水泥路面上，所有建筑物的布局和安排，都和昨日一模一样。

清晨，尚有几分寒意。我看到熟悉的同事，和他打了声招呼。我想找一个地方把自己的摩托车停好，恰好办公楼前有一片空地，有两位女工正在欢喜雀跃地操练着她们为即将到来的三八节准备的趣味运动。

走入车间办公楼，看到那些熟悉的房间，却不知道房间里的人还在不在。我不想打扰到任何人，这是我真实的心态。我朝着自己工作过的那栋小楼走去，小楼依旧矗立在那里。我发现了一个熟悉的身影，是曾经在计算机组的若曦，她正坐着一个游轮般的交通工具一路驶来。对于站立在那里的我，她浑然不觉，和我擦身而过。

我只好轻声喊她的名字，若曦，她回头看了我一眼，有一丝惊喜，却没有问我为何而来。她熟练地收拾起"游轮"，回到了她的班组。我继续往前走，忽然看到很多人在我们曾经熟悉的维修小楼的北面聚集着。那片空地上至少有 20 多人，他们正在嬉笑着谈论，似乎在安排当天的工作任务。

我不由得感叹，怎么会有这么多的人？在我的记忆中，那时我们只有 8 个人待在这栋两层小楼里。耳边传来了我最熟悉的那个声音，我曾经的班长，我习惯称呼他为王师父，他也是我刚入职时，我们的老调度为我指定的师父。我和他共事了 16 年，他是个我永远忘不掉的人。此时，他正拿着钥匙在开一个仓库的门锁，他身边站着当年的袁师父，还有其他几位同事。

王师父发现了我，停下了动作。我问："王师父，你怎么又回来了？"他说他是刚刚回来。我知道当年我们所在的车间解散的时候，他去了另外一个生产厂的电气车间。不久前，因为维修班的一位同事家里的事，我们还曾经见过面。当年在车间工作的时候，他是大家的"头儿"、一班之长，带领我们几个人，除了保证装置正常的维护外，还一起扛麻袋做过装卸工，到污水池里清理过污泥。这些并不是我们的本职，但为了响应车间节约生产成本的号召，我们转换过多种角色，一起流过汗，吃过苦，一起奋斗过。

　　他终于打开了仓库的门锁，然后指着一个配电线路板，对着他周围的人说"你们看看是否是这个原因"，像是在破解一个设备故障。他说完后，扭头看到了另外一个人，那个人是同事小刘。他曾经是我的师弟，技术颇为高超，后来去了另外一家企业，成为了技术大拿，还获得过技术方面的大奖。

　　班长说过很多次，小刘是能干大事情的。当时他并不在意我的特长，估计也想不到我有一天可以成为专业写字的人。

　　王师父对我和小刘说："中午咱们一起聚聚，吃个饭，祝贺你们回来。"我笑而不答。我想象着那该是一幅多么热闹的场面，那么多过去的同事都会向我齐声敬酒，说一些欢迎的话，那该是多么温暖的场景。但对于社恐的我来说，又心生几分畏惧，那些好听的语言，我在公众场合却难以说出口。不仅心怀着美好的愿望，也渴望见到他们。

　　我还是不由自主地想随意走走，我想去看当年待过的那个午休的小屋。那是一个配电机房，就在这个维修楼的一楼东头，我四处寻找，却寻不见，我走入了一个又一个刚刚搭建起的工作间，处处凌乱地堆放着一些杂物。原来的小楼，忽然成了一个巨大的工厂，而且尚在建设中，不过是一个建筑物的雏形。

　　我走过一个又一个陌生的房间，小心地跨过地面上的杂物。四周没有人，我却再也找不到那个小屋，仿佛置身茫茫的旷野，四周全都是变得越来越陌生的景象。这不是我熟悉的场景，我想离开，我内心产生了几分畏惧。我为什么要回来？这里已不是当年的样子，已和我的想象截然不同，可我还在执着地穿过一个又一个房间，内心笃定，想达到自己的目的。

　　曾经每天下午洗澡的那个水房，还有电工班、仪表班、机械班的那些房间都变了模样。我来到这栋楼的中央，有几个人正在订午餐，旁边的同事跟我说："你喜欢吃什么，赶紧订吧。"可是他们却不教会我订餐的方法。我看着这陌生的一切，不知道该如何操作，只见他们娴熟地用一支笔在不停地勾画。

另一位同事问我："你想见到的人都回来了吗？"我说："我看到了小常，他不是已经调走了吗？并且已经去干操作工了，怎么又回来了呢？"他欲言又止，开始沉默。在我的追问下，他告诉我，这些年，小常经历了很多事情。

我转过身，发现说这话的人是他的师父袁师父。他说小常被一个类似于黑社会的组织威胁，动用了各种手法逼迫他就范，为他们做事。他想尽办法逃离，历经千辛万苦，最终又回到了这个车间，继续干他的电工。我面露惊异，因为这些事情我一点儿都不知道，我只知道当年我们那一群人按部就班听从组织的安排，重新找到了自己的岗位，离开了这个车间，离开了这栋维修楼。却不知道，日后各自的生活成了一条又一条渐行渐远的路，而我们曾经待过的地方，那不过是一个起点。每一个人的人生都在朝着不同的方向而行，但是最初在这里工作时的记忆，却很难被轻易抹去。

每天中午，我都会一个人跑到那个配电间里，唱自己特别喜欢的歌，尽情地唱。中午大家都在午休，抑或是有人在打牌，没有人理睬你，这恰好是我徜徉在音乐里自由释放的时刻。配电室里，只有微弱的电流声音，我站在黑漆漆的绝缘地板上，仿佛整个世界都属于我自己。

来到维修楼的东边，这里是一块平地，只有一个大铁桶安放在高处，那是我们每天洗澡用到的蓄水桶。工作一天，临下班前，大家挤在只有三个喷头的房间里，一起洗个热水澡，清清爽爽地换上下班的衣服，等待着班车，踏上回家的路。不用像如今的我，每天顶着一轮月色晚归，每天为了报纸、微信、手机报能否准确及时发布而没日没夜忙碌，直到夜色正浓，方才结束一天的工作。

此时，我仰望天空，看到一幅动人的劳动场景，有一面红旗在云里飘扬。我忽然想，这才是我想看到的画面。忽然，我从梦中醒来，意识到那个热闹的劳动场景原来是一场梦。我竟然在梦里重游了一遍车间，重游了那曾经熟悉的地方。

我的青春年华里，有装置的轰鸣声，有偌大的厂房内林林总总的储罐和管廊，有无数盏防爆灯在夜色中闪着亮光，灯火通明，照亮生产的每一道工序。我和工友们与装置、设备为伴，用年轻的双手，维护着它们正常的运转。

偶尔，从原来的车间门口经过时，总想往里多看两眼，门口一片落寞和冷清。据说车间里还有一套装置在运行着，但工作人员已然不是原单位的人了。我想象着曾经也有过计划，想再回去看一看，但终没有成行。而此刻，在梦里，我回到了那个地方，看到了阳光下那曾经熟悉的人和周遭的一切。

有时候，梦境会带来无限的想象。而梦里的那些场景之所以如此真实，不过是心底心心念念的时光，以这样一种方式走入梦乡，在你的梦里，与你相见。

人生富足　丰盈充沛

岁月凝练出的深情，源自内心的眷顾与惦念。

欣闻"孟庆宾美术书法展"在齐国古城临淄举行，孟老师的书画作品集《齐风鲁韵　岁月留痕》同步发行，收录了他近年来倾力创作的佳作。该书既是他书画创作历程的一次总结，也是艺术探索的新起点。

石化书画家孟庆宾是我的老师，这个"老师"具有多重含义：我们曾是工作中的上下级关系，亦有师生情义，多年时光浸染，已成无话不谈、充满默契的知己，亦师亦友是最准确的界定。春日里，他告诉我，准备将他多年的书画印刷出版，我由衷为他感到高兴。他有诸多爱好，尤其擅长书画，且造诣颇高；多年来勤勉练习，不曾懈怠，技艺逐年见长。

在孟庆宾的国画作品中，我最喜欢他笔下的荷。观赏《清远》《荷香》等作品，片片荷叶，自由舒展，无不灵秀纯美，而那娇蕊初放的枝头，更是难得一见的惊艳，在纸上似有清风拂来，摇曳生姿。这种熏染式的美，不声张，不造作，似薄雾散去的仙境，近了，便可碰触到清凉的荷叶，在微波上随风浮荡，而那大大小小、高低不等的荷花，便如精灵般，或奔放，或羞涩，在荷叶间俏皮地躲藏，让你在方寸之间沉醉，醉在这人间美景中，与那画画的人儿一起，共享花之美、景之魅。

画品亦如人品，孟庆宾的荷花，清丽柔婉、端正优雅，却不失刚直风骨，其隐喻的风格与格调，合乎他本人的性情，带着天然的气息和不受羁绊的自由，探索艺术的真谛，挥洒生命的活力与生机。

除了荷花，清脆的墨竹、怒放的菊花、华贵雍容的牡丹、依依萦绕的紫藤、报春的梅花，在他的笔下，时而轻柔淡雅，时而刚劲挺拔，形态各异，却一样地静默芬芳，竞相争艳。《梅兰竹菊》《紫气东来》《春暖花开》等作品，大自然的芳香馥郁、浓墨重彩跃然纸上。"清风也有轻狂意，经过莲花亦自香"，观者也如亲临了那万紫千红的美妙世界，醉然其中，流连忘返。

孟庆宾的书法与国画的含蓄内敛不同，完全是释放的、宽阔的、奔放的、肆意的，如大江大河般汹涌而至，势不可挡。草书笔式狂放，自在风流；隶书轻重顿挫，张弛有度；小楷生动精巧，神采飞扬。"问君何能尔？心远地自偏。"他的字里行间，可见他宠辱不惊、气定神闲的品行，如那"出淤泥而不染"的莲花，于纷繁中留一份纯净和力量。

书画集中收录的作品，是他精选后的佳作，我知道，还有许多幅书画作品，静静安放在他的书房里。那是六楼之上的一间阁楼，往窗外看，视野开阔，临淄城区部分景色尽收眼底。劳作一天后，他夜晚的时光大都在这里度过，嗅着书卷的香气，在各色颜料涂抹的五彩世界里，将白日的辛劳一扫而光，只剩满心的欢喜。那种追逐艺术的坚定与快乐，那种对心爱之物的把玩与迷醉，都充盈在心底，这难道不是最大的幸福吗？远离了酒肉，无须客套迎合，只面对真实的内心，听闻自己的心语，和心灵对话，和人生对话。

我没有高超的鉴赏技艺，可以描述出孟庆宾的书画之美，但对他的为人的评价，我是有一份自信的。之前他在学校教书育人时，只是远观他，总是一脸的肃穆和严谨，略显威严。等有机缘，他成了我所在部门的负责人后，我倍感亲切，有了相见恨晚的感觉。他是我从事新闻宣传工作的领路人，我们一起外出拍摄，一起探讨文字的魅力。我在新闻宣传上的点滴进步，得益于他的无私帮助和指点。他正直、真诚，我们彼此关爱。不知是因为兴趣相投，还是能够一起共事的缘分，想起那些时日，我心底充满了温馨和惬意。

岁月凝练出的深情，源自内心的眷顾与惦念。他退出现职后，终于可以放下那么多事务性工作，把更多的时间投入到艺术创作中，回归最爱的兴趣爱好中，在尚未苍老的年纪，旅游、写生、摄影、写随笔、挥毫泼墨，延续多年的习惯和兴趣，更为彻底、纯粹地体验生活的美好。

所幸，有他的朋友圈，可以随时看到他日后的精彩，还有他的书画。想念老友时，便可细细端详，看清水荡漾，看荷花初放，看碧叶连天，看"出淤泥而不染"的莲藕丝丝连连……

与孟老师的相识相知，是我人生中的一大幸事，我唯有把最好的祝福送予他，祝愿他在依然神采焕发的年纪，描绘更美的画卷，书写更刚劲有力的墨宝，祝愿他的人生富足，丰盈充沛。

深邃的思想和宁静的力量

对文学艺术的追求，就像天上的明月一般，永远在那里亮着，闪耀着，经数年不曾改变。

故乡或许是一个人内心最难以忘怀的地方，它是你生命的起源之地，无论走得多远，它永远是回家的方向。

知名作家周蓬桦散文新作《山河远　故乡近》的扉页上，有竖排的两行字："给每一个漂泊者的故乡之书，一代人不可忘却的故乡记忆。"它瞬间触动了我的心弦，如游子寻觅到了归途。作家用心书写的文字，如同一把钥匙，打开了记忆的门锁，指引我回望那片模糊了许久的景致，清晰得忍不住泪流满面。

故乡是永远的牵念，那里有我们一生割舍不掉的时光。周蓬桦追忆故乡，故乡是他出发的起点，他犹如高飞的风筝，领略了山河的壮美与辽阔，见识了各地风土人情、人间百态后，依然被那个叫作"沙河镇"的地方拽着长线。从一篇篇富有诗意和动人情节的散文中，我与作家纯净的心灵一起共鸣，一起高歌。

长白山的森林、河流、林中小屋都仿若梦境，白桦皮灯罩充满大自然的空灵与神性，作家记录下每一株树木与植物的名字，观察过一枚松塔上的雨滴，他被这片神奇的土地深深吸引，松花酿酒，春水煎茶，从自然中汲取滋养生命的清泉，在对万事万物的敬畏中体味生命真正的美。书中既有对故乡梦境般的回忆，也有远涉他乡的体味与感受。

清香如花瓣上的露珠，纯净似长流不止的河流。作家笔下的故乡，终究成为他足迹遍布山河后最难以忘却的所在，一生不会远离的生命之舟。它与地域的远近无关，它存于记忆里，潜伏于心灵深处，它是温暖的一团，贴着我们的心，给予抚慰和体贴。不管在哪里，总寄托着梦想，怀揣着希望，留恋、期待、追逐的所在，才是真正意义上的故乡。

我读过周蓬桦的诸多作品，散文随笔集《干草垛》《告别坏心情》、长篇小说《野草莓》《木纽扣》等，从早期的诗歌、散文诗、小说，到名声大噪获得"中华铁人文学奖"的散文集《风吹树响》，以及刚刚获得"泰山文艺奖"（文学创作奖）的《浆果的语言》，我清晰地感受到他文字和思想的变迁发展。我喜欢他行云流水、自然流畅的表现手法，更心动他字里行间蕴含的悲天悯人、善良宽阔的情怀。

作品的真正魅力是字里行间的德行与人品。周蓬桦在文章中隐含的思想和情感，潜移默化地化作心灵间的交融与碰撞，浅吟低语，却是满满的真情融入。他的文字如细雨，似微风，浸润着情与理，使读者在作者构建的全新世界里，感悟、思考和提升。

读他的文字，我的眼前总浮现这般的印象：幽静的山林、层叠的山峦、参差不齐的坚硬石块，阳光从郁郁葱葱的绿叶间投射下来，在碎石间留下斑斑光影。此时，潺潺溪水蜿蜒流淌，任凭土壤和石块形成的逆势阻挡，澄清透底的清水，便百转千回顺势流过，山涧里响起银铃般的声响，是山的无言与水的起伏跌宕，成就了一幅诗情画意的美丽景象。

散文创作是周蓬桦多年坚持的一种创作形式。他认为，相比其他文学表现手法，散文则要自由得多，灵活得多，它可以把故事讲到一半就戛然而止，或者只讲一个片段，而且作者可以随时站出来议论评判一番，既有一定的叙事功能，又可以浪漫抒怀。

针对散文写作中"抒情的泛滥化、题材的撞车化、写作的同质化"现象大面积出现，周蓬桦始终保持足够的清醒。他说，当下的创作缺乏表达人类复杂情感深度的优质文本。何谓好的散文？好的散文需要具备以下元素：思想、语言表达、整体信息量、气韵、情绪、氛围、感觉，等等。创作者应力求写出小说的可读性、哲学的通透性，以及语言的诗性和奇绝的想象力，让作品呈现独特的视角、非凡的叙述、细腻的感受、开阔的眼界、温润的灵魂。

故乡、泥土、童年的记忆，一直是周蓬桦早期作品的首选主题。多年来，他总是不停探索更加触动人类灵魂的主题，敢于跳出对熟悉领域的写作。如同他所说："试图走出故乡的怪圈，而走向大地、森林、河流和草原。"

他更像一个玩耍的孩子，醉心于大自然的怀抱，用清澈明亮的眼睛，看到最纯粹的生活影像，用朴实、自然的笔法写就绚烂而美好的篇章。

多年来，他笔耕不辍，自喻是"像蜗牛那样在幽暗的隧道爬行"。他确实属于厚积薄发的作家，从他身上感受不到任何急功近利的表象和特征，他总是急缓有度、不紧不慢地谈论文学，谈论他每天新鲜的感受或者是一段时期的见闻。遇到有趣的事情，他也乐于与朋友们分享。他总能用超强的模仿能力，从语言和形体，去还原他遇到的某个有趣的人，其神态都可以模仿得惟妙惟肖。他达观而风趣，有一个宽阔的胸襟，在谈论任何事情时，都可以跳跃而出，以局外人的视角和身份谈及自己的观点和看法。他的言论既有文人的感性和认真，也有阅尽千帆后的明理和冷静。

周蓬桦的散文，总有自然的气息和意想不到的惊喜，在看似平实的描述中隐含着某种深意，让人不由自主地反复咀嚼，进而在看似不经意的叙述中找到精彩的瞬间。

他写文章讲究内容的新鲜，用散发着气味的语言写人记事。你很难采用快餐式的阅读方法去浏览他的每一篇文章，于我最佳的环境，是夜深人静的时候捧读他的新书，此时万籁俱寂，唯有哲理的光芒慢慢从自然的万事万物中闪烁而来，内心充溢着海浪般的欣喜，阅读的兴奋常常让欢笑与眼泪同时迸发。

与周蓬桦交往多年，所谓文如其人，他俨然是一篇耐读的散文，富有想象力，时而沉静如湖水，时而热烈如火焰，但总有诗意的探寻与渗透，率真的表达与倾诉。他的散文充满了诗意的句子，总是不着痕迹地自然流露，从不会刻意为之。

一直很羡慕周蓬桦的生活状态，不为写作所累，不做超然离群的那类人。他乐于和朋友相聚，乐于在热闹的场合开怀大笑，从不拘谨与刻意地伪装，像个孩子般爽朗与率真。他说，让他忘不了的都是美好的细节和艺术交流达成沟通共鸣的快乐。所以他的文章总充满了美好的遐想，记录的都是扑面而来的春天印象。

写作与生活，已成为无法分割的一个整体，周蓬桦用优美的文字不断拓展人生新的精彩。他将自己的写作版图朝着黑土地的地界延伸，深入到大兴安岭、长白山、呼伦贝尔草原、乌拉盖草原，以及额尔古纳河一带。以长白山为营地，观察、记录、采访和写作，与山中的采药人、捕鱼人、猎人的后代成为朋友。

"在深深的夜晚，我时常沿着长白山脚下的河流散步徜徉，望着山顶的一缕拖着尾巴的星光，觉得自己就像一盏微弱的油灯，随时会被山风吹灭，许多新的想法就这样破茧而出。面对时空，你的心会产生顿悟，进而你的心变得很大。"此等境界，唯有一颗安静从容、静谧安详的心可以体味。

周蓬桦曾在朋友圈写下这样一句话："今晚除了月亮，关掉所有的光亮。"对文学艺术的追求，就像天上的明月一般，永远在那里亮着，闪耀着，经数年也不曾改变。那是夜行路上的指明灯，是漫漫前行时的方向标，更是不可或缺的理想和希望，就在前方，我们只管迎上去！

"愿你内心山河远阔，隔着光阴的墙，怀揣那个永不消失的故乡。"在往事的回忆中体会成长的温暖和怀念，何处是故乡，故乡总在身旁。

第四辑
人间山海

————————

久远的人和事，犹如中国的水墨画，勾勒出一幅幅人间山海图。人海中，无一是你，无一不是你。雪窗萤火，不负走过这一程，含蓄内敛、淳厚脱俗。

曾经的爱情

小如大学毕业后，遭遇到人生第一次重创，不是择业的艰难，而是相处三年的男友无情地抛弃了她，背信弃义，另觅新欢。

事情来得太突然，就连吵架的过程都没有经历，男友异常平静地说出了郁积心底的话："我不爱你了，我们分手吧。"

三年的大学时光，小如把自己的全部都给了她的男友，她进了两次医院，把眼泪留在了手术室里。

当幸福突然消逝后，留给小如的是无法解脱的苦。她朝男友声嘶力竭地喊叫，男友面无表情，默默离开。

小如无法面对生活突如其来的改变，决定当一回纯情电视剧里的女主角——选择跳海，为爱殉葬。她既认为这是一种解脱，也想用这种极端的方式，报复男友的绝情，让他为自己的移情别恋付出沉重代价。

当年香港的翁美玲，不正是用自己的死，让男友汤镇业背负了千夫所指的骂名吗？

之前，小如被男友拥入怀中，在沙滩上漫步、礁石上拍照的情景历历在目。这一次，当她把目光投向辽阔无边的大海时，她忽然特别渴望去拥抱海浪，让自己融入大海的怀抱。于是，她没有任何迟疑便纵身一跳，决绝地以此结束了自己刻骨铭心的爱情。

小如在昏迷中被三个飞奔而来的男人救起，以最快速度被送往当地医院，得到了及时救治。

小如没有死。她体会到了肉体的痛苦滋味。其实当她在海水中因窒息而挣扎时，有一瞬间的意念，让她把手死死抓住了某个人的身体，再也不肯放开。

不是每个人都如此幸运，小如获得了重生的机会。那个叫东方的男子日夜陪护着她，轻声细语地告诉她，自杀是多么愚蠢的举动，为了一个不爱自己的男人，太不值了。

那两天，男人都守护在小如身边，悉心照料，时常向医生打探她的身体状况。男人给小如买来了鸡汤，亲自喂她喝。小如清秀的脸庞上终于有了笑容，她发现自己爱上了这个挽救自己生命的男人。

小如知道还有两个男人参与了救助。三个男人全都是海员。身体痊愈后，她登上他们工作的轮船，在东方的陪伴下，向那两位海员道谢。那个叫海的男人热情地伸出粗糙的大手，紧紧握了下小如柔软的小手。而另一位叫涛的男子则站在阳光下，平静地看着完全康复的小如。

海员的工作特殊，长年漂泊在大海上。每停靠在一个地方，东方都会给小如写一封热情洋溢的情书，诉说心底的思念。而小如也在东方真诚和痴心的表白中，彻底走出了失恋的阴影，把情感投入到对东方的思念中。鸿雁传书，彼此的感情随着信件的增多而日益深厚。

小如在外企找到了待遇优厚的工作，认识她的人都对她的选择投反对票。一个正值青春、才貌兼备的女孩儿，何苦找一个长期四处漂泊的船员做丈夫？

　　小如决定立刻跟东方结婚，以此摆脱来自父母的压力，也算是让自己的爱情有个结果。她害怕有什么变故，她不想再次体会失去的滋味。

　　当东方停靠在一个风景优美的海滨城市时，他接到了小如的电话，小如恰好也在这个城市。于是，小如来到了东方的轮船上，异地相逢，两人都激动不已。

　　此次见面，小如发现东方特别不愿提及救助自己的经历，甚至有一次粗暴地打断了小如的回忆，认为小如很无聊，总在反反复复说起这件事。小如在与海见面后，感觉与海特别谈得来。小如直截了当地问海，三个人中，究竟是不是东方亲自把自己抱上了岸？她感觉自己像那个被美人鱼从大海中救出的王子，把怀抱着自己的女人当成了救命恩人，而真正的恩人却躲在了自己背后。

　　海否认了小如的猜疑。趁着海外出，小如到海和涛共同居住的宿舍内，从抽屉内翻出了东方写给自己的情书，内容分毫不差，笔迹却完全不同。

　　小如有了自己的判断，东方给自己的情书是请人代笔的，而代笔的人，肯定就是海。因为信件中提到了一些救护细节，写信人完全清楚，而当面问东方，东方总是含糊其词，说不清楚。

　　小如跟东方吵了一架。东方认为是小如喜欢上了海，借故找个分手的理由。而小如认定是东方欺骗了自己，骗取了自己的爱情。

　　小如大胆向海表白，她一定要嫁给自己的救命恩人，而这个人，一定是海。

　　海坚决地拒绝了她。

　　海说："当时救你的人就是东方。"

　　小如说："我从昏迷中醒来，身上披的大衣为什么不是东方的，而是你的？"

海说:"在赶往医院的路上,我看你冻得发抖,才给你披上的。"

小如说:"这更证明了你是个心地善良的人。"

海说:"我有女朋友,即便没有,也不能和东方抢女朋友。"

小如便默默流泪。

东方不忍心看小如的痛苦模样,主动招供,说:"你就当是我们三人一起救的你吧。是我骗了你,真正代笔的人是涛,他文笔好,我才找他帮忙的。你如果执意分手的话,我同意。"

小如看着东方离去的背影,一个人面朝着波涛汹涌的大海,哭了。

小如离开轮船的时候,只有涛前来给她送行。

涛说:"东方对你是真心的,虽然是我写的情书,可对你的那份感情完全是东方的,谁也不能代替。"

小如说:"我只想知道你们三个人中,究竟是谁救了我。"

涛默默无语,转身离去。

海风吹拂着长发,远方有海鸥在鸣叫,小如独自站在岸上,望着轮船逐渐远去,模糊成了星星点点,心底似有浪花浮现,汇聚成一片汪洋。

我爱北京天安门

成人世界里的许多秘密，是无法探访和了解的，在风平浪静的生活表象下，是惊涛骇浪般的跌宕起伏。

卫华端正了身子，绑在手腕上的一段麻绳被她猛地拽开，这是假想将她捆绑的铁索手铐。她身着蓝色棉布上衣，从狭窄的领口里，伸出她修长的脖子，雪白的一段，她高昂着的头颅，似钢铁打造而成，容不得弯曲和低下。她的目光必定是无所畏惧的，闪烁着光芒，可惜是在白天，倘若是在夜里，定会如铁臂阿童木一般，具有神奇的魔力。我为突然开的小差汗颜，面前的邻居大姐卫华，正化作即将慷慨就义的韩英，大义凛然地走向刑场，视死如归，气势如虹。

自从电影《洪湖赤卫队》上映后，我们这些追随着卫华的小屁孩儿，就在她的领导下，心潮澎湃地准备排演这出戏。15 岁的卫华对演戏充满了浓厚兴趣，每每露天电影上映后，第一个模仿剧中女主角的总是她。她还极有演唱的天赋。20 世纪 70 年代流行的歌曲，大都是充满豪情壮志的革命歌曲，她都是张口就来。她尤其擅长样板戏，那段《杜鹃山》中杨春霞的唱段，更是唱得气壮山河。夏夜里，街坊邻居都在外乘凉，只要卫华一露面，必定会被邻居们起哄："来一段，柯湘唱段。"卫华从不忸怩，都是痛快答应。有一次，她妈支使她去买盐，早早吃了饭的邻居张棉花闲着无聊，正在门口坐着马扎织毛衣，见了卫华，执意让她唱一段。卫华就说："张婶子，我妈正做饭呢，等我买盐回来就唱。"这张棉花甩着她那稀溜溜的腔调说："唱完了，从我家拿，我刚买了一大袋呢。"卫华便信了实，立马开了腔。围拢的邻居们正拍手叫好时，卫华妈在自家院里喊："你个死妮子，饭都煳了，买盐了吗？"卫华立即收了声，看着张棉花。张棉花摆摆手，说："快去买盐吧，你妈等着急了。"卫华也不好意思问她：你刚才不是答应给俺盐吗？张棉花却不再吱声，立即收拾了马扎，把针往毛衣里一插，扭着屁股跟没事人似的回家了。

即使碰到张棉花这样说话不算数的邻居，卫华也不会真生气，她喜欢那种被大家围在中间的感觉。身着藏蓝色衣裳的卫华，也许裤腿上还打着补丁，可有了观众，就好似变成了郭兰英，嗓音嘹亮，穿透云霄。

《我爱北京天安门》这首歌，是卫华跳皮筋时经常唱的，作为舞蹈与运动相结合的伴奏音乐，有节奏地融合在一起。

那时，天安门是所有孩子最向往的地方，那是国家的象征，是伟大领袖毛主席居住的地方，是亿万人民心中的神圣之地。北京是遥远的，天安门是至高无上的。虽然这首歌被人人传唱，但去北京看看天安门，谁也不敢想。在排演《洪湖赤卫队》时，扮演韩英的卫华在演唱完监狱里与母亲话别的唱段后，泪眼涔涔地说："我如果有一天走向刑场，一定要去北京看看天安门，看看毛主席居住的地方。"

她给我安排的角色是鲁莽执拗的大刀王五。韩英被捕后，革命群众在商议要不要去强行解救韩英时出现了分歧。王五是行动派，在自己的主张得不到支持后，气愤地把大刀狠狠插到了泥土中。关于这一段的表演，卫华给我示范了好多遍，还动情地启发我："大军，假如我被抓了，你会不会来救我？"我点点头。她又说："如果你力量不够，年龄又小，来了等于送死，你还来吗？"我还是点点头。卫华好似真的成了韩英，眼里含着热泪，看看我，又看看其他的小伙伴，郑重地说："咱们不能这般莽撞，大家要保留实力，不能逞一时之勇，要留着宝贵的生命，日后去北京，去天安门看毛主席。"

15岁的卫华比我们大五六岁，名副其实的孩子王，大家都喜欢簇拥着她，跟着她唱歌、演戏。当然，条件所限，拍戏的道具都是临时拼凑的各类家用物品，服装也是日常的，都是"本色"出演。那时的表演，算是真正的无实物演出，倒是挺锻炼人。按照戏曲中的行话，我们排演的都是折子戏，取戏中的一个片段，那些只需几人参演的情节，方便组织和排练。虽然只是自娱自乐，却是最初的艺术启蒙。每次排演，卫华都是响当当的女主角，和她搭戏的是生得眉清目秀的张小道。张小道不是我们本地人，跟着他爸搬到了这个宿舍区。大家都传闻小道的妈妈几年前上吊死了，就爷儿俩相依为命。小道模样生得很好看，按如今的话说，绝对是小鲜肉级别的。除了《洪湖赤卫队》，我们还排演了《白毛女》，卫华从家里找了些毛线，用墨汁染了，做成了假辫子，找了个盖茶盘的红布披在了肩上，就唱起了"北风那个吹啊，雪花那个飘"。小道扮演杨白劳，大年三十卖完豆腐和女儿一起过年，唱起了"我给喜儿扎起来"。我原本想扮演杨白劳，无奈卫华不同意，就想，大春也凑合，可这段又没有大春的戏份，最后，不得不演了黄世仁。这个角色像个臭狗屎，谁沾上都恶心。我执意不从，卫华就苦口婆心地劝，说这是扮演角色，是假的。可是我就是不听。后来，卫华从家里偷了一块山楂糕，独一份儿，偷偷给了我，我才勉强同意。我被她在鼻子下面用毛笔画了两道胡子，说让我找感觉。后来演完了，光清洗就费了半天劲儿。回到家，母亲生气地盯着我嘴唇上面黑乎乎的一片，说："又跟着卫华唱戏了，这丫头整天不爱学习，也不知道愁得慌。"

起初，卫华带着我们玩，家长们睁一只眼闭一只眼，权当是领着玩耍，总比孩子们在一起瞎跑打架强。卫华初中毕业后，原本是要插队当知青，但因为是家里老大，下面还有两个弟弟，就按当时的政策，去附近一家化工厂当了工人。上了班，就没有那么多的闲暇时光，每天都是一身青黑色的工作服，还戴着一顶同样颜色的帽子，头发全都塞在帽子里，骑着一辆浑身叮当作响的自行车，在平房狭窄的过道里穿过。都是土路，坑坑洼洼，就听到卫华拼命地摁着铃铛，一帮在自来水管旁洗衣服的女人们就大老远地招呼卫华："大工人下班了。"等卫华从身边经过，她们对着她的背影又开始说三道四："瞧那样儿，骑个自行车臭美啥？这铃铛摁的，就显摆她家有自行车吗？"说完，其他人就咯咯笑，点头赞同。

我和小道是同班同学，卫华当了工人，我们照旧满世界疯跑，只是不排演文艺节目了。没有了卫华，我们都成了一群游兵散将，即便是学校里"六一"雷打不动的文艺会演，都懒得参加。小道学习成绩优异，却不太合群，每天都是独来独往。有一次，我们三五成群地经过他家，碰巧他刚刚推开门，我招呼他："一起走吧？"小道身后就响起了他爸威严的呵斥声："张小道，早点儿回家，还磨蹭啥？"我知道，小道他爸一向不喜欢我们，好像他儿子要是跟我们一起玩耍，就会被带坏。有一回我去叫小道上学，他一边剥蒜一边说："小道从小没娘，不像你们有爸疼有妈爱，小道可怜，又没啥心眼，你们可别欺负他！"最后一句，就带着一点儿威胁恐吓的口气。我没等小道收拾完书包，就借口说要做值日，不等他了。出了门，我还听到了小道他爸在阴暗的屋里说："你看这孩子，一定是撒谎，故意不等你吧。以后别跟大军玩，这孩子调皮，成绩差，还撒谎。"这句话我听得非常清晰，就暗暗发誓，今后不再找小道上学了。

有一次卫华来我家，问起小道的学习。我知道卫华一直关心着小道，就实话实说："小道学习成绩在班里名列前茅，老师喜欢，班里的女生也喜欢。有个叫小巧的女孩，也就是他的同桌，动不动就从家里拿好吃的送给小道。"这些话后来被卫华说给了小道听，有意还是无意我不得而知，反正是彻底惹恼了小道，他竟然把我和他排演《白毛女》时说过的话在班内公开了。那段戏，我演的是黄世仁，卫华扮演的是喜儿，我指着卫华对扮演杨白劳的小道说："我不会放过这个黄花大闺女的，早晚要霸占了她。"一个 11 岁的孩子，也许有剧情台词的影响，也许有情窦初开的瞬间醒悟，也没去多想正在大声唱着"北风吹"的那个女孩儿究竟是卫华还是喜儿，就俨然以黄世仁不可一世的做派说出了那些话。日后，小道就对着全班同学说："大军喜欢我们邻居一位上了班的大姐姐，说早晚要霸占人家，要人家给他当媳妇。"这番言论，把我打入了十八层地狱，那个年代，谈性色变，更何况还是个孩子，竟然如此流氓，够得上去劳教的程度了。我陷入了万劫不复的境地，同学们在背后对我议论纷纷，都在打听那个大姐姐是谁，好奇大军究竟要怎样去霸占人家一个黄花大闺女。

我看到了许多鄙夷的目光，也听到了一些添油加醋的议论，却找不到罪魁祸首。我不知这个说法从何而来，同学们都避而不谈，总是轻蔑地笑。后来，小巧告诉了我，是小道告诉她的。我不知道一直对小道特别好的小巧，为何要出卖小道，仅仅是为了我？小巧告诉了我，却让我答应她，不能去和小道打架，因为小道体格弱，打架肯定吃亏。临走她又转过身来，用一双水汪汪的大眼睛看着我，嘱咐我："不许告诉小道是我说的。"

小巧的好心和温柔消除了我的怒火，连日内心的愤愤不平也似有了释放的出口。一天下午放学，我把小道堵在了教室里。他那天做值日，我就故意在放学时写作业，拖延回家的时间。他扫地时，我故意在座位上没有挪动，他就象征性在我课桌下面划拉了一下。我本来想以弄脏了我的球鞋为由跟小道打一架，至少骂几句解解气，可想到了小巧，就有些不忍。扫完了地，他背起书包就离开了教室。我一路跟随，路过校外一个矿区的煤渣堆时，他知道了我的意图，开始小跑。我也开始小跑。就在山一般堆积的煤渣堆最背人的角落，我抓住了他的书包带子，使劲往前推，他很容易就趴到了煤渣上。赤色的煤渣沾到了他的上衣和裤子。那是一条军裤，男孩子都喜欢，他更是宝贝一般总是洗得干干净净。那一刻，他涨红了脸，一言不发，眼里是仇视的目光，像一把刀子，使劲扎向我的脸。

"你干吗造我的谣！"他确实是个漂亮的男孩子，扑扇着长长的睫毛，努力从煤渣堆上站立起来。其实，我有意想再踢他一脚，却不想违背许给小巧的承诺。"你说，为什么？"我越是喋喋不休，他越是不吱声，后来便吞吞吐吐地说："你说过了就忘了，那次咱们演白毛女，你就是对着卫华这么说的。"

我知道这小子还在故意扯谎，一时却没有办法。放他走，不甘心；打一顿，又不忍下手。突然我看到了一个熟悉的身影，一双大长腿蹬着车越来越近，又逐渐看清楚了脸，是卫华。她看到了我们，车铃铛摁得特别响。真是巧，刚提到卫华，人就来了。

我不想让卫华知道谣言的事情，事关我和她，感到特别丢人。我急中生智，拉起小道就走，想躲开逼近的尴尬。卫华还是三步两步赶了过来，跳下了车，问我们怎么还不回家，天快黑了。小道一副做贼心虚的样子，越发让我发狠，却不能揍他。卫华帮小道拍打胸前的煤渣，一脸的慈爱。我心底酸酸的，便想：他俩是一伙儿的，我真不该去演那个黄世仁。

路上，卫华开心地大笑，我就问她啥事这么高兴。卫华神秘兮兮地说："如果有一天你们从银幕上看到了我可别晕过去。""你是要当演员吗？"小道轻声问道。"嘘……"卫华脸上瞬间就绽开了花，"还没定，也许吧。"说完就笑，声音比车铃铛还响。我俩再追问扮演啥角色，卫华就啥也不说了，到了宿舍区，丢下一句："保密噢，不许给我传出去。"我和小道都纷纷点头。

过了两天，关于我的谣言就被卫华要当演员的消息给完全遮盖了，我还没彻底释然，同桌已经提醒我："你们宿舍区要出个刘晓庆了，改天领我去看看？"幸亏小道散布谣言时没提到卫华的姓名，一旦被大家获知那个我想要"霸占"的大姐姐就是要当演员的卫华，我真有可能去跳淄河了。淄河是我们临近的大河，贯通好几个区县，因为淹死过人，家家户户都叮嘱自己小孩不许去那儿游泳。夏日里，总有胆大些的，遇到酷暑，就偷偷去玩水。我和小道也一起去过，回来被小道老爸给骂到了我家里，说是我挑唆他儿子，如果出了事，让我们全家吃不了兜着走。

不知为啥，我特别担心卫华真拍了电影，从此就只能在幕布上看到她了，一想到这个，心底就猫抓挠似的不得劲。那时反特片很流行，我就总想着卫华扮演女特务是个什么样子。她自己拍的那些戏，不是女英雄、女烈士就是女干部，总之全都是正面角色，她要是扮演《孤胆英雄》里的阿兰，或许也不输给王晓棠吧。

　　下午写完了作业，我就喜欢跑到卫华家那条胡同去溜达，有时走运能碰到她上夜班。卫华在厂里是三八班，夜班时间是下午四点半离家。这个时间我一般刚刚放学，后来摸清了时间点，就顾不得写作业，回家撂下书包就直奔卫华家，不敢进门，就藏在老槐树旁。大家都说，那是棵百年洋槐，德国人在这里修铁路时就有了，都百年历史了。我倒没想什么历史，就觉得这棵树种的真是地方，恰好可以挡住卫华家大门口的视线，她爸妈和小妹进出都想不到还有双眼睛在盯梢。每次我都暗暗得意，为自己的机灵高兴，也为这棵树高兴。

　　那天我正在槐树下待着，天飘起了小雨。没有伞，但有树冠遮挡，地面仍是干的。要是有人来，我会爬到树上，用树叶把自己藏起来，万无一失。今天胡同里没什么动静，我就靠在树身上，呼吸着湿润的空气，有些犯困。突然，我感到一双手拍在我肩膀上，瞬间就清醒过来，吓得我差点儿叫出来。竟然是卫华，她正一脸困惑看着我："待这儿干吗，下雨不回家？"我当然不能实话实说，说"怕你当了演员以后就看不见了，趁早赶紧多看两眼"，这样的理由会让卫华笑话我，我都能想得到她会讥讽地笑："小屁孩儿，想得还挺多。"我最怕她说出这样的话，就故意说："老师让我们观察下雨天蚂蚁上树，好写作文。"卫华还信了，也往树干上看："哪有蚂蚁，我咋没看到？"我便和她打哈哈："雨太小，等会儿大了就出来了。"卫华转身要走，看着她的背影，即便是粗布工装，她苗条的身姿也能够若隐若现，腰肢如柳枝摇摆，略微宽大的臀部越发显现出腰的纤细。她的腿很长，走路外八字，步子似踩着鼓点，在这幽暗宁静的巷子里，她在画中越走越远，直到成了一个圆点。

我和小道又玩到了一起。小道诋毁我的传闻时日一长，班里也没人再拿我说事。在物资匮乏、信息闭塞的年代，倒也不缺新鲜事成为人们新的谈资。一个下午，小道在那堆燃烧后显出橙黄色的煤渣堆旁，送给了我一盒玻璃球，一共十枚。美丽透明的水晶玻璃球，在傍晚阳光的余晖萦绕中，显得五彩的内嵌花朵分外妖娆。我喜欢得不行，不敢相信地一再追问："是给我的吗？"之前对他的懊恼此刻全消，满心都是欢喜。他信誓旦旦地说："送你了，我小姑从上海来看我，给了我两盒，一盒送你。"那个邪恶得让人恨之入骨的小道消失了，眼前的他模样俊秀，黑眼珠倒像是手中的玻璃球一般，散发着光芒。他神秘兮兮地对着我的耳朵说："你长大了不能娶卫华当老婆，她出名了，就会像鸟儿一样飞走的。"我推了他一把说："滚！"看在玻璃球的分儿上，我没真生气。他又说："我看到卫华和一个男人'压马路'了。"我不信，他就用肯定的目光看着我："真的，我还问卫华了，她说那是个导演，来咱们这里挑选演员的。"我问那个男人长啥样，小道就双手比画着："这么高。"他把手指向空中，那是个比我们的身高都要高大的位置："他挺像个老师，不像导演。导演都留着胡子，他没有胡子。"

为了验证小道的话，那天晚上我和小道跟踪了卫华。晚饭后，卫华就穿着那件连衣裙迈着舞蹈演员的步伐离开了家。躲在老槐树后面的我们，就像是反特片中抓特务的公安干警，心怀激荡，左躲右藏。卫华一直哼着《我们的明天比蜜甜》的电影插曲，像只鸟儿，随时会飞起来。

北山后坡是一片茂密的松树林。卫华一头就钻进了松树林，我和小道也毫不犹疑地跟进去。一个男子，果然像小道描述的那样，穿着白衬衫，笔挺的长裤顺溜挺括。他戴着不是常见的那种黑框眼镜，而是金丝眼镜，看模样，谁都会认为他是位老师。小道紧张地抓住了我的后衣角，嘴里哼唧着："小心点，别让他们发现咱们。"此时，天渐渐黑下来，树林里有丝丝缕缕的风儿；某处微弱的灯火，透过树梢斜射进来；抬头是夜空中的繁星，密密麻麻，像无数的眼睛。我们保持着同一个姿势，心仿佛跳到了嗓子眼儿。

卫华和那个男人，起初还坐在一块铺好了手绢的石凳上，两个人有说有笑，后来，就看到卫华站了起来，而且还是站在"金丝眼镜"的面前。月亮升到了空中，明晃晃的光，照在卫华的一头黑发上。她是低着头的，头发就从肩两旁滑落。我和小道艰难地屏住呼吸，猜测着接下来会发生什么。"金丝眼镜"说了些什么，我俩都没能听清楚，下意识支棱起了耳朵。卫华还是低着头，却慢慢开始解连衣裙的腰带。那是条淡蓝色的裙子，打着花结，被卫华轻轻一扯，裙子便解脱了束缚，荷叶边的裙摆变得宽松起来。

我听到咚咚的声音，胸前的某个部位，有东西在强烈地撞击，连呼吸都变得异常困难。我的胳膊碰到了小道的肩膀，明显感到他在发抖。卫华，我们的女英雄、女战士，是正义的化身，怎么能够不知羞耻，在一个男人面前脱衣服？这倘若让大家伙儿知道，日后她咋见人呢？我眼前浮现出那种充满鄙夷、轻视的目光，就在前阵子，不就有许多同学朝我投过这样的目光吗？

小道突然说："我回家了。"这是我没想到的，他的这一举动，一时间让我不知所措。我本能地拽住了他的胳膊，我太想知道接下来会发生什么事情，就这么离开，多不甘心。可是小道很坚决，拼了力气挣脱我，想一跑了之，他衣裳的衣角被我死死抓着，结果便是衣服撕裂的声音。

这边突然发出的动静，中止了那边的行动。那个男人可以说是抱头鼠窜，瞬间消失。我怀疑他必定是长跑冠军，不然不会有这么迅速的反应能力和爆发力。

卫华发现了我们，我也松开了手，和小道一起抱头鼠窜。

我们呼呼喘着粗气，耳畔的风也呼呼作响，像是农村大姨家灶台旁的风箱，生火时一抽一拉，风儿就呼呼作响。其实，我们并没有跑太远，看到一棵粗大的松树就躲在了后面。卫华重新把自己漂亮的连衣裙整理好，朝着"金丝眼镜"离开的地方走去。我们都明白，她肯定还是去找那个臭流氓了。我和小道一阵伤心，继而非常气愤。小道就说："卫华肯定是上当受骗了，那个人竟然让卫华脱衣服，能是好人吗？"小道哭丧着脸，直勾勾地看着我。"那怎么办？"我问自己，也是问小道，"卫华真的被那个流氓骗了咋办？她还是个黄花大闺女呢！"

第二天上课，我没有完成昨天的作业，被老师罚站。在教室门口，望着空荡荡的操场，孤单的双杠、堆满了沙粒的沙坑，泪水就在眼眶里打转。我为想不出一个解救卫华的办法而懊恼、伤心。我如果是个18岁的男子汉，就可以阻止卫华继续受骗，可以想办法找到那个流氓戳穿他的骗局，可眼下我一点儿办法都没有。我偷偷从窗户里瞅小道，他正聚精会神盯着黑板听老师讲课。他成绩一向都好，在老师眼里也是标准的三好生。如果让他去跟踪卫华，不知他能否答应？卫华一向很喜欢他，让他劝说一下卫华，也许会有效果。

小道被班里选中参加市里小学生知识竞赛，当我提出再次跟踪卫华这个想法时，他直接回绝了。他说："我问过卫华了，卫华说那个男人不是流氓，是导演，正准备拍摄一部抗日战争的电影，正四处挑选演员，相中了卫华，那天在松树林里正在试戏呢，不是要流氓。卫华肯定地说，是咱们误会了。她让咱们以后别管她的事情了，好好学习吧。等她当了演员，就可以离开这里，离开工厂。她还说，等咱们长大了，也可以去演电影。"

卫华被选中参加电影拍摄的消息越传越逼真时，一个更惊人的消息传遍了街头巷尾。暑假里，家长们都午睡了，我偷偷从床上爬起，一个人就窜到了街道上。杨树叶随风摇动，树影婆娑，街上行人稀少，蝉鸣声此起彼伏，像是集体大合唱，鼓噪得正欢。在这大自然的和鸣中，突然就响起了大喇叭的声响，宏大、高亢、辽远，是播报犯人罪行的声音。我明白，"游街"的来了。每次罪犯"游街"，老百姓都会前去观看。胸前挂着木牌子的罪犯，罪行被粗重的毛笔写在牌子上；被剃了光头的罪犯，大都低着头，脖子因木牌的垂挂而不得不伸长；他们还穿着自己的衣服，却已经成为了另一个群体的一员。他们和我们，和街上站着的围观群众是如此的不同。陆续有人争着抢着前来观看，大家指指点点，表情各异，有同情，也有嫌恶，有愤恨，也有冷漠，流露如同看怪物一般的眼神。孩子眼中的这一幕，就好像涂抹了异样的颜色，任凭你用尽了手中的蜡笔，也描画不出眼睛看到的真实。他们那么遥远，可是又在身边，内心是充满了惊惧的。

突然，人群里我看到了小道他爸。我正想躲开他，就听到他指着军用卡车上的一个男子说："李家栋，这个臭流氓，终于被抓起来了。"循着他的手指，我看到了那个悬挂木牌的罪犯，牌子上果然写着"李家栋"三个字，下面是更可怕的三个字，"流氓犯"。有人就问小道他爸："你认识？"小道他爸有些得意地说："咱们市医院的外科大夫，当然认识！他老婆还是医院的护士长，长得很漂亮。这个流氓，冒充导演骗小姑娘，我们宿舍区有位小姑娘，就被他骗了，说可以让她演电影，当女明星。"

车队驶离，街面上扬起一阵尘土。大喇叭的声音依然在响，我的耳朵却全都是小道他爸的话。我很感激他没有指名道姓说出那个受骗的小姑娘就是卫华，也猜想可能还有其他的小姑娘和卫华一样倒霉，上了那个流氓的当。成人世界里有许多的秘密，是我们无法探访和了解的，在生活平静、纷杂、琐碎的表面下，在风平浪静的表象里，却是惊涛骇浪般的跌宕起伏。

1978 年国家恢复高考。一直在工厂上班的卫华，决定报名考试。一个初中毕业生，准备考大学，真就是天方夜谭。卫华的歌唱得好，代表厂里参加了许多次演出，渐渐也小有名气。在市里举办的职工文艺会演中，她独唱电影《黑三角》的插曲《边疆的泉水清又纯》，得到了众多评委的认可。市文化宫的胡老师称赞她："清水出芙蓉，天然去雕琢。"邻居都向卫华妈祝贺，卫华妈却只有苦笑的份儿。因为女儿想当演员，被人家骗，每次介绍对象一听是卫华，别人都绕着道儿走。这卫华妈不过四十几岁的人，头发却白了一半；卫华爸更是坚决阻止她参加文艺表演。

卫华在市里拿了演唱一等奖，胡老师就劝她考艺术院校。胡老师曾经是北京某艺术院校的毕业生，"文革"被下放到来我们这里。卫华再一次心动了，于是便开始偷偷摸摸地复习。她遇到了真正的伯乐，胡老师从专业和文化上给她指教。每天下了夜班，忍着困倦，卫华也骑车找胡老师辅导。胡老师三十六七岁的年纪，一直未婚，自然也有些风言风语。

小道获得了市小学生竞赛二等奖，得了一个崭新的书包，喜不自禁。那天，他爸买了猪头肉，捣了蒜泥，拍了黄瓜，拌在一起，香味飘了好远。

邻居家张大爷买了个 14 英寸的大电视，屋里小，大家就隔着窗户看。虽然是黑白的，但尺寸大啊，人就在里面晃悠，仿佛要跳出来。邻居们兴冲冲地聚在一起看个新鲜，都啧啧称赞："还是大电视看着过瘾，就是价格有些贵。"有人就对也站在人群中的卫华妈说："等你家卫华考上了大学，去了北京，兴许也能在电视里唱歌了。"大家都笑，只有卫华妈悄悄叹了口气，啥话也不说。

胡老师落实了政策，卫华把要嫁人的消息告诉了父母，不过是通知一声，她主意打定——不参加高考了，随胡老师回北京。她已经有了身孕，一切都木已成舟。卫华父母也巴不得女儿赶紧嫁人离开这里，开始备嫁妆，打发女儿出嫁。

我和小道小学毕业那年，我爸在单位分了新房，全家搬离了宿舍区。小道他爸又结婚了，小道的后妈很年轻，齐耳的短发，干净利落，说话也是大嗓门儿。许是一物降一物，小道他爸不再像过去动不动就发脾气，路上遇见了，我一般都躲着他走，他竟然态度和蔼地跟我说："有时间去家里玩，你和小道是一起长大的同学，更要成为好朋友才对。"

那天，装满家当的大卡车从卫华家对面的大槐树经过时，我想起偷偷摸摸藏在这里只为了看看卫华的时光，恍如隔世。古槐依然葱郁茂盛，不久就会缀满白色的槐花，香气会充溢在巷道里。

去了北京的卫华应该是心满意足了吧。后来，很少有人再唱起那首《我爱北京天安门》，女孩子依旧喜欢跳皮筋，却不再以这首歌作为背景音乐。后来，我有了机会去北京，站在天安门广场上，我想起了卫华，耳边响起她那高亢嘹亮的歌声，想象她如今在干吗，还继续唱歌吗？还会唱那首《我爱北京天安门》吗？

十年

那碗方便面，袅袅余香，弥漫在小屋内，久久不曾消散。

清明来到杭州打工时，只有二十出头，还是个乳臭未干的小伙子，对眼前这个花花绿绿的世界充满了新奇和惊喜。他是北方人，之所以千里迢迢来到温热的南方，是因为这里有个远房亲戚。

清明是山里娃，父母没文化，在棍棒下长大。单一的教育方式，让他从小便渴望远走高飞，最好永远离开这片贫瘠闭塞的山区。终于中专毕业后，求父母给自己牵线，毅然离开养大自己的爹娘，离开了自己的故乡。

异地人海茫茫，亲戚帮忙给找了个单位，在仓库负责货物的搬运。总算安顿下来，清明不好意思再麻烦亲戚，谢绝了人家要他到家里住的好意，自己租了个不足 10 平方米的民房。其实不过是人家的储物间。自己一个人，有一张床足矣。

清明算是眉清目秀的那类男孩，在单位有很多中年妇女喜欢他，特别是仓库岗位，女人扎堆的地方。他人实在，干活儿不惜力，又聪明，活儿干得利落，嘴巴也好使，女人们都很照顾他。日久天长，只要他在的场合，往往是欢声笑语不断。

逐渐，清明被单位的主管吸引，主管是位年近三十的未婚女性，因为工作需要，彼此间有了许多接触。清明喜欢她的善解人意、知书达理，似乎能够体谅、理解他的一切，尤其说起各自的家境，丝毫没有看轻他这个外乡人和贫穷的出身。清明被深深感动，在与她相处的分分秒秒中，一股暖流时时在心中流淌。

她还利用自己的社会关系，帮清明找了一个不用流汗的岗位，在单位属下的通讯器材商店当上了小头目，开始学着管理和经营。

清明灵活的头脑和朴实的性格，让他在新岗位上如鱼得水，营业额月月攀升。他们的爱情也日益浓厚和甜蜜，终于，他们不顾年龄相差悬殊，组建了幸福的家庭。

事业红火，家庭美满，对于身在异乡打拼的清明来讲，犹如天上掉下了大馅饼。夜晚望着灯火通明的宽敞住房，看着妻子甜美的笑脸，想起贫困的过去，他知足了。

随着手机的日益普及，通讯器材商店被清明以极低的价格买下，独自经营。岳父出面，与单位交涉周旋，帮他顺利办妥了一切手续。从 BP 机到大哥大，直至后来遍地开花各式各样的手机，移动通信技术的发展给了他施展聪明才智的机遇。清明的商店规模逐步扩大，连锁店不断增加，他由一个身无分文的打工者，一跃成了当地有名的企业家。他的生活也随之发生了改变。

妻子早已辞职在家，给了清明一个宁静温暖的港湾。清明说："家就是我的加油站，当我累了，家可以给我补充能量，让我以充沛的精力再战商场。"

夫妻俩参加各种酒会，与社会上流人士谈笑风生。清明凭借成熟稳重不乏幽默的谈吐和做派，总能成为聚会的焦点，赢得周围关注和倾慕的目光。

看着跟自己年龄相仿的人，大都有儿女在身旁嬉戏，想到自己事业发展顺利，清明觉得唯一的缺憾就是至今无子。刚结婚时，妻子曾极力想要孩子，她的年龄也不适宜再往后拖，可是被清明拒绝。那时生活相对拮据，清明劝说妻子把要孩子的事情放一放。如今当清明提出要孩子时，妻子面对自己年近四十的岁数，担心一旦怀孕，自己的身体承受不了，便干脆拒绝了。于是阴影在两人之间开始弥漫。

再出席社交活动，清明便不愿再携妻前往。两个原因：一是初次认识的人，总会惊讶两人的年龄差距；二是总被人问及孩子的事情，无法说出其中缘由。至于后者，清明觉得妻子真是太自私了，那时王菲刚刚和李亚鹏结婚生女，那么大的明星都肯生，妻子整日闲在家，有什么理由不为自己生个孩子呢？

有一天，妻子开口要钱。清明一向满足妻子的物质需求，毕竟她独自在家太寂寞了，自己也没有太多时间陪她，便乐得妻子花钱做做美容、健身和逛街买衣服。女人外表美一些，自己脸上肯定也是有光的，毕竟随着年龄增长，两人外表的差距越来越大，好几次客户把妻子误认为是清明的姐姐。可这一次，妻子要 5 万块钱，说要跟小姐妹去韩国整容，被清明断然拒绝。

上周六，朋友在家中开派对，清明原本不打算带妻子去。妻子一个电话打给了清明的秘书，知晓了晚上的活动，便死缠烂打要一同前往。最后两人只好一起去。可妻子当晚的表现不仅让清明大失所望，而且在同事朋友面前丢尽了脸。妻子竟然跟某位男士拼上了酒，不顾阻拦喝了个酩酊大醉，还为了别人的一句玩笑话和人发生争执，把满满一杯红酒倒在了人家的西装上。原本欢庆的场面顿时冷了场，最后弄了个不欢而散。

两人陷入了冷战。清明冰冷的态度更加助长了妻子整容的决心，她担心人老珠黄后，再难以拴住丈夫的心。

她选择了一家美容机构，在对方信誓旦旦的承诺下，躺在了手术台上。而那个所谓在韩国实习过的主治医生，愣是把超标的药水注入进了她的脸颊内，而且注射时间、药剂量都不合乎标准。几天后，她割的双眼皮红肿不退，去皱的眼角出现了脓泡，而且面积逐渐扩大。她无法接受整容失败的现实，一气之下，把家里所有的镜子打了个粉碎。

她的心态逐渐变得扭曲，在多次跟整容机构协商未果后，把一腔怒火朝着清明喷射，她认为都是丈夫的小气坑害了她，倘若当初清明同意给钱，让她去韩国，便不会有今天的结果。她那些去韩国整容的闺密，效果都非常好。

她跟踪清明，学会了盯梢。她留意他身边停留过的每个女人，将她们视作天敌，每次看见了都是一腔怒火，恨不得把人家一个个消灭掉。

她把目光停留在公司新来的一位女大学生身上。

有一次，清明把手机落在了家中，她如获至宝，仔细翻看丈夫的通话记录和微信内容，把所有明显是女性名字的人，列了长长一个名单，又把无法辨别是男是女的人名，又列了一个名单，然后用清明的名义，编写了微信，发给了那些让她怀疑与丈夫有染的女人们。

她写道："亲爱的，我想你了，今晚在华美大酒店见面，好吗？12点，不见不散。"她想，这个时间段能够来赴约的人，还会是好人吗？

她叫上自己的闺密，上演了一出"捉奸"闹剧。

半夜12点，透过酒店的落地玻璃窗，她仔细辨别那些有可能是丈夫姘头的女人。她发现了碰巧来此办业务的丈夫公司的女大学生，不分青红皂白就上前辱骂。最后在酒店保安的帮助下，大学生离开了现场。

第二天，女大学生便向清明提出辞职，清明也大概了解了事情的经过，向她真诚道歉。清明喜欢大学生的学识和聪明勤奋，特别像他当年的模样，全力以赴为美好的生活打拼，而现在，却因为子虚乌有的事情，让清明失去了一个可以协助他工作的优秀人才，也对无辜的女大学生感到十分抱歉。

整容失败后的妻子，整日里除了抱怨就是责怪别人，口口声声骂清明是"负心汉"，说清明嫌弃她年老，只要看着年轻漂亮的女孩，眼睛眨都不眨一下。

清明实在想不出还有什么办法解决家庭问题，事业上可以叱咤风云，周旋于各色人等之间，为什么就是安抚不了自己的妻子？在一次争吵后，"离婚"二字脱口而出，妻子的反应近乎疯狂。清明明白，她把自己的人生完全托付给了他，当他离开她后，她要怎样继续以后的生活？

清明是个重感情的人，数十年的光阴，把他从年轻小伙儿变成了如今的成功人士，而他的婚姻，却成了一个沉重的难题。每次远远望着从家里透出的灯光，心底五味杂陈，清明期待久违的温暖，在家门开启的瞬间，扑面而来，犹如当年在那狭小的出租房内，两人共同吃过的那碗方便面，袅袅余香，弥漫在小屋内，久久不曾消散。

移情别恋

幸与不幸从旁观者口中说出是一种多余，像一则笑话，经过一张又一张嘴淘汰过滤后再听，便会让人蹙眉反胃，直至难以忍受了。

林是个现代女孩，之所以冠以"现代女孩"的称号，源于她不仅敢于冲破爱情的桎梏，而且能够在一段感情终结后迅速抽离，在所有人都预言一个悲伤的结局时，林已经实现了涅槃重生。

刚下厂实习时的林，总爱瞪圆她那双明亮而清澈的眸子，盯着周围每一个人的脸看，纯洁得肆无忌惮。初见时，知其年龄尚小，同事们将其视为"小朋友"，她便抿起鲜红的小嘴假装不满状，用手抚弄着披肩长发，故意装出成熟女人的模样，浑身洋溢着青春女子的活泼可爱。

没几天的工夫，林便与同车间的一位现代派小伙儿季风双双坠入情网，速度如那神来之助，一切水到渠成。那个男孩儿个性大大咧咧，原本稚嫩的脸却总装成熟，举手投足总喜欢扮酷，带着刻意的潇洒。即使在阴天下雨，他也喜欢戴着黑漆漆的墨镜，胯下骑着一辆红色摩托车风驰电掣，迷倒女孩子应是易如反掌。

夏夜的八九点钟，下了白班的同事一起乘坐当时的"大通道"

回家。"大通道"是 20 世纪 90 年代常见的一类交通工具，由两节车厢串接而成，车身有十几米长，行驶在马路上如游龙一般。其最大优势便是载客量是普通公交车的双倍，那个年代，它在石化企业里尤为盛行。

在我们候车的站点，林和季风常常不顾众人在场，亲密地相偎。倘若季风站在前面，林便会趴在他后背上，贴在他身上。此时，季风就弯腰背起身后的林，林故作惊吓状，周围人便随之起哄，热闹声此起彼伏。

夜色中，充满暧昧的戏码经常在车站上演。

可是，一场突如其来的车祸改写了林的命运——她热恋中的男友季风，在一个漆黑的夜晚酒后驾驶摩托车载人兜风，与一个骑自行车的人相撞，因伤势过重去世了。

消息长了翅膀般疯传。一时间，林成为众人目光的焦点。沉浸在甜蜜爱情中的男女，从此阴阳两隔，是一件多么令人心痛的事。他俩的浓情蜜意早已成为大家习以为常的一道风景，如今，物是人非，女孩儿该如何承受这样的打击呢？

出乎所有人意料，林一如既往地出现在单位，举止正常，面色平静。周围的热心人想象的感人故事，却未能在当事人身上有丝毫的显现。在车间控制室内，林依然和大家开着玩笑，俨然一切不曾发生过。

像是无法破解的谜团，林不按常理出牌，没有常规的戏路上演，不知她的眼泪流向了何方。

林的男友，那个充满阳光的帅气青年，迅速地从人们的记忆中消逝。当树叶在枝间开始打卷儿，逐渐泛出黄晕，那场生命的变故已随着炎热的气温在人们心头消解，融化得无影无踪，现代女孩儿林在秋日艳阳中沐浴着金色的光芒。

她依旧是红艳的嘴唇，涂抹了夕阳般的色彩；依然是长发飘飞，在秋风中散发着芬芳的气味。不经意间，拥有青春姿色的林身边又有了一位潇洒的男士，依然是如影相随，在大庭广众之下延续昨日的恩爱。

上夜班时，林只需静候美味佳肴的降临，辛苦的自然是那位骑士，从食堂买回丰盛的宵夜，端到林的面前，尽其享用。新男友做着那个已化为尘埃的前任男友做过的事，一副极为自豪满足的样子。

林是我身边一个真实的存在，她的一番超乎人们想象的作为曾让人褒贬不一。我也处于一种困惑状态，作为旁观者，也依然难做到清楚可辨。我明白探究别人的一段私情显得不太正大光明，尤其是一位现代派的女孩儿，可我还是忍不住记下这个女孩真实的一段人生经历，努力提升自己的认知，触摸现代爱情的新模式，让情感的风潮贯通起过去、现在与未来，在时空的交会点作一种也许会有些价值的表述。

现代女孩林再次陶醉于爱情的柔情蜜意，她不动声色地迅速移情别恋，这应该算作她的幸运。幸与不幸从旁观者口中说出简直是一种多余，像一则笑话，经过一张又一张嘴淘汰过滤后再听，便会让人反胃蹙眉，直至难以忍受了。

故事总会有个结局。多年后，在菜市场，我遇到了林。之前已经听说她早已辞职，因为她的老公从单位买断工龄后，做买卖发了财，她便选择做了全职太太。

她看到了我，流露出非常惊奇又开心的表情。她的表情语言一贯丰富。当然，她早已青春不在，有些凌乱的头发，不再是飘飘长发；有些苍白的嘴唇，也不见了烈焰红唇；只有眼睛里还有微微的光芒，轻声对我说，好久不见。

你走了，茶凉了

人一走，茶就凉，不仅是指人情世故，用来形容爱情，也是一样的道理。

春天来了，枝头的绿叶在风中摇曳，街边的花圃鲜艳夺目。大自然萌生的生命气息扑面而来，大宽的心却似结了冰，拔凉拔凉的。他没有心情观赏春色，握着女友的手，不再是熟悉的温度。

女友下了最后通牒："我妈只给你半年期限，一个是准备好8万8千元的彩礼，一个是月工资涨到1万元。两个条件，缺一不可。"说话时，女友的目光像一把刀子，狠狠剜在大宽的心窝。

大宽沉默，不言语，女友甩头便走。

大宽明白，这与其说是准岳母的通牒，不如说是女友的主意。看来，女友决心已下。都说，人一走，茶就凉，不仅是指人情世故，用来形容爱情，也是一样的道理。

大宽是离异家庭的孩子，15岁的时候，他俩——也就是大宽的爸爸妈妈——用一张协议离婚的纸，解散了一个完整的家庭。当时，他俩问过大宽，日后想跟着谁，大宽直截了当地说，谁也不跟！他们后来就直接在协议中写到了大宽的归属——跟着爸爸生活。

但是，大宽说过，谁也不跟。一个 15 岁的男孩，即便是说得斩钉截铁，也被他们当成是未成年人的意气用事。大宽却信守自己的承诺。于是乎，在跟着老爸度过了三个月的父子生活后，在一个面目可憎的女人进门后，他一声不吭地离家出走了。那是他初中生涯临近结束的时光，也是他与父亲共同待过的最后时光。

大宽去了一家网吧做服务生。他以前是那家网吧的常客，和老板也混得很熟，清楚他需要雇人打理。耳濡目染，大宽学习了一些网管知识，白天给老板看店，夜晚就睡在网吧。许多同龄的人也是如此，不过大宽还有微薄的收入，好像还比他们强一点儿。至少，脱离了父母，并没有饿死。

大宽不知道父亲在他走后是怎样的心情，只知道，后来那个女人生了一个女孩儿。大宽是偶然发现了这个事情，在街市上，父亲正给那个还抱在怀里的女孩儿吃冰淇淋。父亲的目光温暖慈祥、和蔼可亲，可大宽没享受过这样的目光。记得有一次因为去网吧回家太晚，他一脚就把大宽踹出了门外，书包都被扔出去好远，重重地砸在地上。

在网吧上班时，有一天有位西装革履的客人，一脸的焦躁和不安，进门就嚷嚷："我需要发个邮件，给我找台速度快的电脑，快！"见他有要紧事，大宽没坚持先让他办手续，直接安排了一台电脑给他使用。见他顺利打开了邮箱页面，大宽刚要离开，他却突然捂着胸口说："坏了，坏了。"他的样子把大宽吓坏了，赶紧问他怎么了。他指着自己的手提包："药，药……"大宽明白或许是急症，没有丝毫迟疑，从他包里果然发现了一个白色药瓶。他点头，大宽拧开了瓶盖，拿了药放在他手心，又立即去给他倒了杯水，看他服下，并问他要不要去医院。他明显有所好转，说：

"你帮我把这个邮件发了，我自己去医院。"

因为这件突发事件，大宽结识了这位命中贵人，杨哥。他40多岁，是一家软件公司的主管，那天是因为笔记本电脑被偷，公司有加急事情要处理，急火攻心犯了病。后来，他专门来店里感谢大宽，了解了大宽的身世后，掏出一张名片，是本市一家培训学校校长的名片，让大宽去找他，参加计算机专业的学习。

这些年，大宽几乎中断了和父母的任何联系。记得去参加培训学习时，大宽找父亲要过钱，3000块钱的培训费，他确实拿不出。虽然除了网吧外，他还时常去餐馆端盘子、清理卫生，也做过酒店门童和浴池的搓澡工，勉强维持生计还可，少年也不懂得存钱打理，都是今朝有酒今朝醉，所以也没有余钱。大宽不得不开口向父亲求助。

他支支吾吾，涨红了脸。在他家的门外，他时不时隔着窗户玻璃观察室内的情形，仿佛做贼一般。"现在，钱全都在你后妈手里，我也拿不出来。添了你妹妹后，家里也不富裕，这3000块钱不好办呢。"大宽低着头，不语。他突然说："要不你去问问你妈？学习总归是好事，她应该支持，对不？"

大宽找到母亲时，她正哄着一个婴儿睡觉。问明缘由，她立即开骂："什么东西，让儿子管我要钱，我现在都不工作了，哪儿来的钱？真不是东西！你这个老爸，一辈子就这德行，到死改不了。你去管他要，他是你的监护人，这钱他必须给！不给到法院告他去！"

后来，是杨哥掏的钱，大宽答应以后还他。后来，大宽凭借从培训班考取的资格证书，去了杨哥的公司，从最底层职员干起，陆续也有了起色。现在，已经是一名技术主管，月薪6000块钱。

大宽和女朋友认识挺偶然。那天下班和同事们去唱歌，在

KTV 的厕所里，一个女孩儿吐得一塌糊涂，洗手盆里都是她的呕吐物，连一旁走廊站立的服务生都掩鼻佯装不见。大宽从厕所出来，见此情形，就上前问她要不要紧。面对大宽的好意，她不仅没领情，还一把推开了大宽伸出的手，大骂："你们男人没一个好东西！"

她又对着洗手池狂吐。大宽就对一个服务生说："这位女士是从哪个房间出来的，你去打个招呼，让她朋友过来帮帮忙，看来喝了不少。"

后来，在 KTV 大门口，他们又遇到了，夜晚清风习习，清爽了很多。她径直朝大宽走过来，竟然是道谢，还主动提出加了微信。

那年，大宽已经 20 岁，她 22 岁。

他们恋爱了四年，同居了一年，开始谈婚论嫁。

起初，她妈妈反对他们在一起，理由就是大宽家庭背景太复杂，还有就是学历太低。"什么样的父母养什么样的儿女"，这是她母亲的判断。女友坚持说，他和他的父母不一样，这些年全靠自己打拼，有了稳定的工作和收入。总之，也说过大宽许多的好话。

女友的信任，源自大宽对她的过去既往不咎。他们认识之前，她经历过失恋和流产，这些她都丝毫不隐瞒。她是大宽唯一的女人，他们在一起后，大宽把全部精力投入工作，公司新来的小女孩儿蓝妮暗送秋波，他都装作视而不见。

原本以为只要坚持，任何问题都能迎刃而解。其间发生的一件事情，让女友跟大宽翻了脸。父亲突发脑血栓，住进了医院，病情稳定后，给大宽打电话，希望给他点钱，说家里经济很困难。父亲的声音很虚弱，甚至一度在电话里痛哭流涕："什么时候你也是我的儿子，现在老爸日子不好过，你得帮帮我。"

那时，大宽刚刚办理了一套住房的按揭，手头已是空空如也。大宽不得不把自己的车卖掉，给了他5万块钱。女友听闻此事后，情绪异常激动，跟大宽嚷嚷道："你咋一点儿记性都不长呢？当年他怎么对待你的，怎么好意思管你要钱？！"

大宽也不清楚自己为什么会那么做，真的是血浓于水的感情吗？他似乎压根儿都没有纠结过，心底有怨恨，却不想在他急需帮助的时候置之不理。

可是，当大宽为了8万多块彩礼钱，去找他的父亲时，父亲的态度完全出乎了他的意料。

原以为这次他会帮忙，毕竟婚姻大事，是一辈子的大事，他不能置若罔闻。他恢复得很好，面色红润。在他单位的门口，他顾左右而言他，一会儿说考虑考虑，一会儿又指责大宽，在他生病期间都没去医院照顾过他。现在要他出这彩礼钱，他说："治病花光了家里所有的钱，拿不出。"

这个场景是如此的熟悉。他再次提醒大宽："儿子结婚了，当妈的不能当铁公鸡，至少得拿4万块钱。"

大宽没有去找母亲，他可以预见到她推诿的神态和表情。大宽实在不愿再去经历一次被当作皮球踢来踢去的尴尬和难堪，他自觉已经长大成人，无须再去乞求他们的施舍和救济。

夜晚去酒吧散心，巧遇同事蓝妮。同事都说她背后有大树，有金主依靠，不然也不会以火箭般的速度，晋升到主管位置，这着实出乎意料。

她见大宽愁容惨淡，直言不讳问他："是不是缺钱？我可以借给你。"掌心酒杯里的红酒开始晃动，两人的目光对视，平静得似一潭湖水，没有一丝波澜。

大宽拒绝了她的好意。用这个女人的钱，娶另外一个女人，荒唐透顶。

在女友家，大宽明确表示，彩礼钱拿不出。未来岳母大人彻底翻了脸，自然，女友也是同样的反应。

从女友口中获知，他的原生家庭、他的父亲母亲，被未来岳母视为"奇葩"，是少有的、近乎不会有的特例。哪家的父母在儿子面临婚姻大事的关口，可以如此冷漠无情，如此不管不问，天底下怎么会有这样的父母？

面对未来岳母的指责，大宽近乎麻木。一件事情，当你早已预见到它的结果，你便有了足够的心理承受能力面对。大宽并没有对父母的冷漠义愤填膺，从他15岁到24岁，这些年他们都没有管过他，他像一株野草，自生自灭，倔强顽强地生长。庆幸的是，有杨哥的扶持，有女友的陪伴，大宽没有长歪，没有枯萎湮灭。

大宽任何的解释，都无济于事。女友提出了分手。后来，她又在微信中留言："给你我半年时间，如果我能忘了你，我们好聚好散；如果我忘不了你，我还会再找你。"

间或，她会给大宽发信息，一起喝杯咖啡，或者吃顿饭、看场电影，保持着若即若离的关系。但有一点，坚决不再上床。女友说："这是底线，原则性问题。"

大宽按揭的新房竣工了，拿了钥匙，开始装修。这个消息大宽没有和女友讲，这是三个月后的事情了，他们之间越来越冷淡，所谓的六个月，不过成了一个符号，变得毫无意义。

女友开始了相亲，这是杨哥告诉大宽的，他说，他亲眼所见。大宽没有一探真伪，心底有些半信半疑。女友开始在朋友圈晒收到的玫瑰花和各种小礼物，还有许多的景点随拍。大宽没有问她和新男友的进展情况，只是从她写在朋友圈里的一句话看出了端倪："新生活，我来了。"

　　大宽答应了蓝妮的邀请，参加了她的生日派对。那晚，蓝妮向大宽表白，大宽同意了。这一次，就在还未装修完毕的新房内，他们情不自禁地在一起。事后，蓝妮紧紧地抱着大宽，说："你终于是我的了。"

　　六个月后，大宽和蓝妮在一家酒店里举办了订婚仪式。除了蓝妮的家人，杨哥代表大宽的家人到场，上台讲话。大宽的父母都没有来，女友却不请自来。

　　女友，应该是前女友，守着所有在座的人，宣布大宽不守信用，背叛了她。她才是正牌的女友，是未婚妻。

　　这个局面让大宽特别尴尬。杨哥安抚众人，对大家说："大宽和蓝妮是正常恋爱，即将步入婚姻殿堂。这位女士所说的都是过去式，请这位女士自重，既然当初放弃了，就不要再穷追不舍。你不是有新男友了吗，怎么还来搅局？难道还真是吃着碗里的，看着锅里的吗？"

　　前女友难掩尴尬，愤然离座，带着一脸的悲愤，离开了酒店。

　　整个过程，蓝妮一言不发。她轻轻端起了一杯茶，品了一口，对服务生说："茶凉了，换一壶热的吧。"

女人何苦为难女人

1

蝴蝶结又在微信给青萍留言了："小凤仙，昨晚和老公在一起时，大姨妈突然来了，你说晦气不晦气？"

"小凤仙"是青萍的网名，蝴蝶结是她的微信好友，她俩十分聊得来，闺房中所有隐秘的事都可以讲。三个月前，网友"蝴蝶结"主动加青萍好友，起初青萍没理睬她，她就锲而不舍地发申请，青萍有些好奇，便加上了好友。聊天后发现彼此很是投缘，许多话青萍说半句，蝴蝶结就仿佛能知晓青萍的心思，尤其会开导人。那段时间，青萍和老公景文闹矛盾，都是她疏导青萍的愤懑和沮丧，规劝青萍想开点。青萍从心底感激她，慢慢与她便到了无话不谈的地步。

从此，许多隐私不再藏着掖着，毕竟是网友，谁也不认识谁，话题便越来越大胆和随意。蝴蝶结常把夫妻间的事描述给青萍听，每次都让青萍脸红脖子粗，她却毫不顾忌，肆无忌惮地点评她那位的床上功夫。慢慢，她便问起青萍和老公的性事，青萍也直言不讳地说："很少，少到了没有的地步。"她便发来同情的表情，青萍说，自从有了闺女，老公就很少碰她了，自己也不知为啥，现在是分床睡。青萍说："我现在对这种事没什么兴趣，享受的都是他们男人。"蝴蝶结发过来一个抱抱的表情，青萍也回她一个抱抱。

2

这么晚了，黄克强竟然没回家，在这个黑漆的大楼里，青萍以为就她一个人废寝忘食忙工作呢。

他拎着盒饭，轻轻将它放在了青萍的桌上。"快吃吧，都这么晚了。"他的声音很温柔，中年男性的声音，沙哑、浑厚，还有点儿磁性。青萍回报他感激的笑，他趁势伸出了一双大手，放在青萍的后背上。

没等青萍起身，他已经把青萍从座位上拉起，立即把青萍抱在了怀里。青萍闻到了他身上那种特殊的味道，瞬间有些迷离。他胆子大了起来，一只长满粗黑汗毛的大手伸到了青萍胸前，另一只手快速环过她的腰际，从裙子下摆处伸入，像一条游动的蛇，在青萍隔着丝袜的大腿上摩挲。此时，他臃肿肥胖的身躯完全贴在了青萍身上。

青萍用力推开他，他气喘吁吁到近乎缺氧，青萍担心他会窒息和昏厥。他松开抱着青萍的手，突然摸出了手机，对着贴在一起的两张脸拍了一张照片。青萍惊慌失色，迅速扭过了脸，看到他的大门牙在灯光下反射着寒光。

他是青萍所在单位部门的副部长，有家室，却总爱撩拨她。青萍对他也谈不上厌烦，当然也不能轻易让他得逞，两人停留在暧昧阶段，保持着若即若离的关系。

3

孩子一岁半时，青萍把孩子送回了老家。景文说："在大城市里打拼，压力太大，再带个孩子，各种开销能把咱们压垮，不如把孩子送回去，多给老人点钱帮忙带带，这边挣钱回家花，更合算。"

在家里，总是他说了算。虽然不舍得孩子，却没有更好的办法。老公挣的钱少，青萍如果在家做全职太太，生活也难以为继。青萍忍痛顺从了他的意见。孩子回老家的第二天，青萍就去黄克强的公司上班了。毕竟青萍有大专学历，面试时恰好是黄克强在选人，从他的眼神里青萍明白，他很是中意她。青萍离开面试房间时，也故意瞥了一眼他，嘴角上翘，微微扭动了一下腰肢。

进公司后，许多同事在背后嘀咕青萍，说她是黄克强的亲戚，不然一个大专生，怎么就这么顺利进了公司，还直接干上了销售？"哪个新人不是从端茶送水干起？就她那样，就是专门给老黄一人服务的。"

这背后的话，不知怎么，传到了景文耳朵里。有天晚上，景文喝了点酒，回到家都后半夜了，他醉醺醺地上了床，嘴里嘟嘟囔囔地解青萍的睡衣。青萍正迷糊，也没拒绝他。可他丝毫没有任何前戏，朝着手掌吐了口水抹了抹，就直接进入了，疼得青萍浑身战栗，本能地想推开他，他却紧紧把青萍压在身下，拼了命地横冲直撞。半夜里，青萍也不敢太大声，就盼着他快点结束。终于，他低吼一声，重重瘫软在青萍身上。青萍正准备起身擦洗一下，他闷声闷气地问："你和那老黄是怎么回事，是不是勾搭成奸了？"青萍说："你胡说什么，没有的事！"青萍还没说完，景文赤裸着全身，把刚刚坐起的青萍一把推到了地上，嘴里骂道："臭婊子，别以为我啥都不知道，要是真的给我戴绿帽子，看我不杀了你们这对狗男女。"

景文早年干过包工头，因为涉及债务纠纷上过法庭，虽然后来花钱消灾，也算平安躲过一劫，却不愿再耗费精力拉队伍搞工程了，现在一家工程队干监理。平日景文嘴巴里少不了一些下流词汇，青萍一般也不和他计较，现在他这样污蔑青萍，青萍必须辩驳，就和他撕扯到了一起。青萍歇斯底里地发狂，也不顾惊扰了楼上邻居，拼命敲击地板。青萍要他把话说明白："我哪里偷人了？你倒是拿出证据！"被青萍这一闹，景文也败下阵来，或许是累了，就转换了一副嘴脸，往床上一倒，说："我这是提醒你，做女人就该本本分分的，要是自轻自贱，没有好下场。"

4

青萍把昨晚和老公大闹的事儿告诉了蝴蝶结，她不停地安慰青萍，让青萍想开点，像个知心姐姐。青萍每次把心底淤积的烦恼向蝴蝶结倾诉后，她只需只言片语，青萍的心情就可以由阴转晴。青萍对她说："你不会是个心理咨询师吧？总能说到我心里去，幸亏认识了你，不然我早得抑郁症了！"

蝴蝶结说："你老公太不懂女人了，还不如离开他。"青萍说："孩子太小了，我们两人又都在异地，离了婚，我只能滚回老家去了。"蝴蝶结说："也是。男人再坏，好歹也是个依靠，没了还真不行。"青萍说："蝴蝶结，真羡慕你们夫妻，应该都是知书达理的人吧，对，肯定都是知识分子。不像我老公，那就是典型的糙老爷们儿，在他眼里，女人就是泄欲的工具、生孩子的机器。"

青萍没具体问过蝴蝶结两口子的事，总有些羞于说出口，倒是蝴蝶结，总会主动秀恩爱，玫瑰花、吃大餐，甚至水乳交融的体验，即使看不到她，青萍也能感受到心底的激荡，如潮水般一浪高过一浪。

"你没想过找个情人？"蝴蝶结突然这样问青萍，"咱女人也不能太亏欠自己，都什么年代了，不能一棵树上吊死。"

青萍不知该说啥，黄克强的影子在眼前晃来晃去。

"倒是有个人追我，可惜是个老头儿。"青萍发了个大笑的表情，"他是我上司，时不时就骚扰我，不过我没让他得逞过。"

"大叔很时髦呢，你看张嘉译，火得一塌糊涂。年龄大的更知道疼人！"蝴蝶结发了颗红心，"小凤仙，要不给我张照片看看，帮你参谋参谋！"

蝴蝶结的话让青萍想起了那个加班的夜晚。恰好，青萍手机里还有老黄第二天发给青萍的那张合影，就在微信里，还没来得及删。没多想，她就把照片发给了蝴蝶结。

很快，蝴蝶结就回复：你俩还挺亲密的，看着还行，挺有魅力的。

她还以为蝴蝶结会讥讽黄克强几句，什么老牛吃嫩草啥的，竟然说看着还行。"我可没相中他，太老了，我喜欢小鲜肉，呵呵。"青萍和蝴蝶结开起了玩笑。

5

青萍从景文手机里发现了一个秘密——他出轨了。

那天他依然回家很晚，青萍早早睡下了，他开门开灯，青萍佯装睡着。自从上次吵架后，他们之间像是隔着一堵坚硬的墙，虽然共处一室，却好似熟悉的陌生人。

青萍听到他脱衣服窸窸窣窣的声响，很快，浴室里便传来花洒喷水的声音。黑暗中，从卧室敞开的门口，可以看到客厅电视柜上传来嗡嗡震动的响动，在寂静的夜里，那手机似蜂群起舞，铺天盖地而来。这么晚了，还有信息？青萍起身，穿着睡衣悄悄去了客厅，打开了他的手机，竟然没有密码。青萍想起了，这是他新换的手机，或许还没来得及设密码。

"到家了吗，老公？"青萍猜测可能是发错了。下面还有："你走了，把我的心也带走了，现在我还是睡不着，都怪你。"后面是一个愤怒的表情，然后又是一颗红心。这是一个微信名叫"杨柳风"的人发来的。

青萍把手机举起，重重摔在地上，然后用脚踹开浴室的门，把浑身涂抹了肥皂泡的这个流氓拽出来，问他，还要不要脸，有老婆，有孩子，还到外面偷情？

这个画面只是在脑海里一闪而过，周遭依然是老公在浴室冲洗的声响。哗哗的水流，冲洗着那个也许刚刚和情人亲热过的躯体，上面有那个女人的口水，有令人恶心的污物……

青萍一时没了主意，这个时间，问问蝴蝶结也不合适，对方肯定睡下了，怎么办？摊牌吗？老公会承认吗？也许就是坚决否认。可是，承认了又能怎样？离婚吗？以后的日子又该怎么过？

各种念头乱麻一般，把青萍困在了中间。青萍发现，浴室里没了水流的声音，青萍慌忙逃回了卧室，钻进了已经冰冷的被窝。青萍浑身发抖，使劲忍着没有哭出声来，用手抹了一把脸，手心全都是湿的。

6

接连几天，青萍神思恍惚，在填写出货单时，竟然把日期写错了，要不是黄克强发现，及时提醒她，不知会出现多大的麻烦。

"今晚我自己在家，来吧。"快下班时，黄克强来到青萍办公桌前，低低的声音像一只苍蝇在耳边打转。"我感冒了，不舒服，想回家好好睡一觉。"青萍继续低头做事。他挺识趣，默默走开了。

回到家，景文坐在客厅沙发上。青萍刚想问他怎么回来这么早，就看到从他那儿飞来一个物体，躲闪不及，打在了自己肩膀上。竟然是他的拖鞋。

"你疯了！"青萍大叫一声，还没反应过来，他先发制人，光着脚，一个箭步冲上来，扯着青萍的头发就往墙上磕。青萍拼了命地叫，伸出双手想推开他，却被他紧紧箍在了手里，脑袋撞到冰冷生硬的墙壁后，瞬间大脑充血，完全失去了理智，那一刻，青萍感觉不反抗就会有被打死的危险。本能地，青萍伸出一只腿，弯起了膝盖，冲着他的身体顶撞，几下后，就听到哇哇大叫的声音。他松开了青萍，青萍立即挣脱了他的束缚，冲着门口就跑。

青萍鼻涕横流，眼泪模糊了双眼。该去哪儿？这个城市到处是高楼大厦、车水马龙，租住的生活区里，常年有绿色的植被，可是这里却不是她的家，她的家在黄土高原，那里有高亢嘹亮的信天游，有她常年劳作的父母，有需要照看的孩子，为什么要待在这里，还要陪着那个男人一起生活？刚刚，要不是她跑得快，他分明要置青萍于死地。

青萍坐在租住地旁街心公园的石凳上，行色匆匆的人们陆续从青萍眼前经过，没人关注一个刚刚被老公暴打的女人的惨状。青萍从刚才的情绪中慢慢平复下来，手机响了，竟然是景文打来的。

青萍接了，对着听筒大骂："你个挨千刀的，我咋惹你了，往死里打我！你个臭不要脸的，你以为我不知道你干的那些事，下三滥的事，还有脸打我？你倒是说说，我咋了，犯啥大罪了？今天你不说清楚，现在我就报警，我告你家庭暴力。"

或许是青萍声音太大了，面部狰狞，有人朝着青萍议论起来。对方说话了："你给我戴绿帽子，还说我不要脸？""我没有。"

青萍回答得很坚定。"那你回家，看看你和男人鬼混的照片。"

7

景文的手机屏幕上，是青萍和黄克强头碰头、脸贴着脸的照片。

青萍问他："照片从哪里来的？"景文坐着，青萍站着，青萍像个犯人，在听候他的审讯。

"你先别管照片从哪里来，这是不是事实？"他把手机屏幕伸到青萍眼前，他的手在抖，目光里闪着火焰。

青萍首先想到是黄克强所为。可他怎么会有她老公的微信？青萍从没有让他和老公见过面，即便是公司有任何的集体活动，别人都拖家带口，青萍也一律是自己前往，许多不熟悉的同事还以为青萍是单身。可是，青萍又想不出老黄给老公发照片的目的何在。是想曝光这件事，好让青萍离婚，嫁给他？可是他有家庭，儿女双全啊。

"照片上的男人是我的同事，他喜欢和同事玩自拍，那天就随意和我拍了一张，不是你想的那样。我们是清白的，你可以去公司打听，他都五十好几了，我怎么会和他有关系？"青萍说的都是事实，却那么像是给自己洗白，有图有真相，普通男女，同事关系，怎么能做出那么亲昵的举动？尤其那个男人，龇牙咧嘴的，恨不能把女人给生吞了。

青萍应该找黄克强问一问到底是咋回事，可面对着怒气冲冲的老公，她却没有勇气拨打老黄的电话。从内心而言，青萍并不相信，也认为没有可能是老黄干的，哪有这样的人，把狗屎往自己脸上抹？

"是照片上的那个人发给你的？"青萍试探性地问他。"不是。"

他回答得很快，不假思索，"从哪里来的你不要管，这是你出轨的把柄，也是证据。是你先对不起我的，今后我做了啥事，你也别怨我。"

青萍似乎明白了些，那晚他手机上的秘密，青萍还没来得及问他，反而被他倒打一耙。"你找女人的事别以为我不知道，我还没问你呢，手机上给你发短信的女人是谁？"

青萍这一问，倒弄得他毫无防备。青萍让他把手机拿出来，他不给，青萍只好把那晚手机发来的微信内容背给他听。他不承认，青萍说："我有截图，这也是你出轨的证据。"青萍把手机在他面前晃了一晃。

他怒气冲冲，摔门而去。

8

从黄克强那儿青萍证实，他没干这件事。他很慌张，语气不再有挑逗的意味。他甚至说："要不要跟你老公解释一下？"青萍笑答："解释什么？你不想和我上床？"

青萍给蝴蝶结发微信，除了她，不会再有第二个人。她开始坚决否认，后来就百般推诿，推想各种照片被无端泄露的可能性，比如被她的好友发到了朋友圈，而青萍老公，刚好是她好友的好友，从朋友圈里看到了青萍出轨的照片……

青萍说："我没有出轨，顶多算是精神出轨。"

蝴蝶结语音中夹杂着忍不住的嘲笑："算了吧，小凤仙，咱还是不要既当婊子又立牌坊了，不就男女间那点事吗？"

青萍可以断定，这照片就是蝴蝶结亲手发给她老公的，青萍甚至冥冥之中感觉到，那个夜晚给老公发微信的女人，或许就是蝴蝶结！杨柳风、蝴蝶结，两个微信账号，应该是同一个女人的。

青萍问她:"你在哪里? 我想见你! "她停顿了好久,回复说:"迟早会见面的,但不是现在。"

青萍问她为什么这么做,她没有回答青萍。青萍再问,发现她已经把青萍删除了。青萍被她耍了,自己玩火自焚,罪有应得。

9

景文好几个晚上都没回家,打手机也不接。

等他们再见面,他给青萍提供了两个方案,看来也是经过了深思熟虑:一是去民政局离婚,青萍净身出户,孩子继续让他父母抚养;二是三个人一起过,和他的情人一起生活,前提是青萍必须断掉和那个男人的一切关系。

青萍问他:"你是事实出轨,好像理所当然似的;我就是和同事有些暧昧,你就斩尽杀绝,不顾多年夫妻的情分。"

景文耍无赖道:"男人和女人不一样。男人出轨,总会有出轨的理由;女人出轨,就是放荡、不自重,不要脸,就是婊子、浪货。"

青萍懒得和他再做任何的争辩,她只想查明那个女人到底是谁,就说:"我想见见你的情人,看咱三个人合不合适在一起生活,过一夫二妻的日子。我是原配,杨柳风是小三,她得听我使唤吧? "青萍故意把"杨柳风"三个字说得真真切切。"杨柳风能同意吗? "青萍反问道。

青萍不清楚那个杨柳风,或者就是那个蝴蝶结到底是个什么样的女人,作为人家老公的姘妇,可以心甘情愿和人家夫妻两人一起生活,这闻所未闻的事情,难道真的会发生在自己家里吗?

青萍答应了景文,按照第二种方案进行。青萍丝毫没有犹疑,也看不出任何的难过,青萍说:"小三都不怕了,我还怕什么!

不就是同寝共被吗？哪怕是独守空房，看你俩在床上卿卿我我，我也认了，我就想看看这出戏，我们三个人能唱成什么样子！"

10

青萍定了一个日期，对景文说："我们三人，一个原配、一个老公、一个小三，一起吃个饭吧。既然日后就是一家人了，吃吃饭，增进一下感情也是必需的。"

青萍鼓动老公找个豪华点的酒店，既然是迎接新人入门，理应重视些。老公一脸的疑惑，他看青萍颇有些兴奋的表情，拧着八字眉，撇着嘴角，看着青萍，问："你葫芦里卖的是什么药？"青萍笑着说："老鼠药，敢吃吗？"

青萍的建议没有被采纳，老公坚持在家里吃："她不愿意去酒店，喜欢在家里吃。"青萍也没有再坚持。现在，她需要学着包容、忍耐和冷静。小老婆即将登门，青萍得向王熙凤学习，热情款待，嘘寒问暖，展现出大家闺秀的风范。当然，青萍没有王熙凤的智谋和狠毒，小三也不像尤二姐般的软弱好欺。

那天，青萍特意早早请了假，买了许多青菜和水果。景文说，她爱吃菠萝。青萍就大大方方让那个卖菠萝的商贩现削了两个，他说："这菠萝汁水多，甜得要命。"青萍说："那吃了会死吗？"这话把他吓住了，直勾勾看了青萍一会儿，慌忙收了钱，低着头继续给其他客人削菠萝。

晚饭青萍准备了四菜一汤：鱼香肉丝、小鸡炖蘑菇、干煸芸豆、清蒸鱼，外加丸子汤。等到了七点钟，夜色已浓，秋日夜晚，冷风从窗户吹进来，窗帘摆动起来。青萍关了窗，望着那桌菜发呆。她突然想起忘记准备酒了，家里好像有白酒，女士应该喝红酒吧，青萍便下楼去那家东北人开的小超市去买。东北人总是热情豪爽，青萍用手机付了款，他竟然问："可以加个微信吗？"

八点，九点，一直到十点，始终没见到两人的踪影。景文说过，他会去她的单位接她，一起回家，青萍只负责准备好晚饭就好。景文还叮嘱青萍，尽量丰盛些，花样多一些，别让人家吃不惯，人家可是第一次上门，不能慢待她。

青萍都按照老公说的做了，可是他们却不回来了。十一点钟，青萍还是望着一桌子菜发呆，她不敢给老公打电话，担心如果此刻他们这对狗男女一时兴起，在车里忍不住行苟且之事，青萍怕听到他俩做爱时的喘息声，可是青萍也不想等了，也许他们今晚不会回来了。

肚里开始咕咕叫起来，时而又感到瞌睡虫爬满了脑袋，青萍不知不觉开始混沌起来。望着那盆丸子汤，青萍再也忍不住了，不由分说就喝了起来，味道真好啊，这是她这辈子喝过的最好喝的丸子汤。那圆滚滚的丸子，肉乎乎、脆生生的，嚼在嘴里，汁水横流，流入了肺腑，流入了全身。

吃了很多的饭，不想给那对狗男女留着，青萍全吃光了，饱了，困了，眼睛睁不开了。眼前隔着雾气，浑身开始酸痛，肚里像是进了异物，开始撕扯五脏六腑，青萍重重地从椅子上滑到了地上，地上很凉，冰一般的凉。

11

青萍醒来了，整个抢救的过程，她大致记得，是老公景文把她弄到医院的，看来他不想青萍死。他可以不管青萍的，那么不就一了百了了吗？

青萍被灌肠了，她明明喝了那么多的丸子汤，这原本是他们三个人的晚宴，青萍自己独享了，怎么还能被救过来呢？在医院里，青萍被迫服用了那些看起来恶心至极的药水，然后便是干呕，很快就大量呕吐。身边那位护士一直用轻蔑的眼光看青萍，肯定是恶心到她了，或许她想，这种人还救什么救，喝了敌敌畏不就是想死吗？费这个劲干吗，还是深更半夜的，多讨厌！

青萍醒来了，老公坐在床边，他一脸憔悴和不安。青萍浑身没劲，像一片落入了沟渠里的叶子，水面很脏，她却只能漂在上面，然后等待慢慢沉下去。

"你们去哪儿了，我等了你们一个晚上，干吗说话不算话，你不是要过妻妾成双的日子吗？我这大老婆够贤惠吧，说好了，却不来了。"青萍努了一把力，仿佛用光了全身的力气，把一直在心底打转的这些话说了出来。

"你把敌敌畏加到菜里了，是吗？"他眼圈完全是红肿的，黑青的脸，乌云密布。他们结婚至今，这张脸经常是乌云密布的，很少有晴天。

"本来，我想咱们三个一起吃顿饭，然后就一起上路了。可是你俩是胆小鬼，没敢来。"青萍开始气喘吁吁。

"她改变主意了，退出了，让咱们好好过。"青萍疑惑地看着他，他又说，"她不想当小老婆，她说这是违法的事。"

青萍想起了那盆丸子汤，肚子又开始难受了，可是什么也吐不出来，那里成了一个黑洞，全都空了，什么都没有了。

猫薄荷

前世，我就是一只猫。

嫁给海安，曾经是林沛最大的人生梦想，可是当他们大学毕业时，还是因为理想的不同而选择忍痛分手。

林沛出国，海安留在了本市，成为了一名国家公务员。

那时，改革的浪潮席卷着这个昔日的小渔村，周遭的一切都在发生着天翻地覆的变化，昨日破旧的渔船停泊的地方，几天工夫便面貌全改，日后就是一片高耸入云的商住楼拔地而起。

林沛在美国开始为学业和生活打拼时，海安的生活日渐稳定下来。他把对林沛的思念悄悄掩埋在心底，在大学同学毕业五周年的聚会上，遇到了林沛曾经最好的朋友，李晓晓。

1

虽然毕业只有五年的时间，大家仿佛有太多的话语需要倾诉，尤其是各自的近况，成为共同的话题。所谓人生的感慨，虽尚显稚嫩，却源自真实的体验，说起来也不免意味深长。

仿佛事先有约定似的，两人都不提林沛，好像从未有过这个人。在浪漫的大学时代，林沛曾经是他们之间交往的纽带。每次聚会，虽然李晓晓都以"不做电灯泡"为由推脱，但她的心底，是隐含着痛楚的，因为在大二的一次全校篮球赛中，海安矫健灵活的身姿，赛场上拼杀时挂满汗珠的脸庞，都让李晓晓真切感受到"白马王子"的魅力。坐在看台上，耳边是林沛疯狂的呼喊声，她只能把这份小小的情愫放在心底。

在赛后的庆功会上，海安被大家轮番敬酒，林沛骄傲的笑容深深刻在了李晓晓的脑海中。她觉得自己什么都不如林沛，家境和外貌，成为决定她自信心的两个最大的砝码。她虽然总能拿到学校的奖学金，可这是无法打动男孩儿的心的，尤其是海安，这位担任校学生会副主席的年轻男孩儿，与林沛的恋爱已日渐浮出水面。

往事如风！当年班内的几对有情有义之人，都遭遇了同一个结果，没有一对开花结果。自然，海安和林沛的往事也被大家调侃了几句。晓晓发现了海安唇边尴尬的笑容。因为两人离得不远，海安担负起护送晓晓回家的任务。

在悠然的月光映照下，晓晓问起了林沛的情况。海安说："我们已经分手，五年来音信全无。美国太遥远了，我们没有机会了！"说完，轻轻地一声叹息。晓晓岔开话题，谈起了各自的工作。晓晓已是当地一所大型医院的财务主管，而海安也正面临着企业改制的人生选择。他说，自己厌倦了朝九晚五的办公室工作，他想趁着年轻闯一闯，看看自己的"水性"！说这些时，海安脸上重现在校篮球场上赢球时自信的表情，在晓晓眼中，或许这就是人生最美的风景了。她的心怦怦乱跳。

她继续聆听海安的创业规划。他决定出任公司旗下的一家医疗器械厂的总经理，器械厂因为经营不善已负债累累，公司决定进行股份制经营，这块难啃的硬骨头，却让海安看到了人生崭新的希望，他准备一试身手。

业务的缘故，海安与晓晓见面的次数多了起来，而晓晓在医院的人脉也为海安的创业起到了极大的助推作用。随着公司逐步迈上正轨，海安对晓晓的感激也日益浓重。在中秋节的夜晚，晓晓收到了海安送的鲜艳欲滴的红玫瑰。这个象征团圆的日子里，他们的心也团圆在了一起。

2

身在异国他乡，林沛在姨妈的帮助下，顺利完成学业，拿到了硕士学位，并受聘于一家医疗机构。穿梭在不同肤色的人群中，她一直怀有遐想，那就是突然发现海安朝自己走来。甚至，有几次，她仿佛真的看到了海安，就那么带着自信的微笑，在远处站着，等待着她快步向前，就像是在大学时的每次见面一样，林沛投入到海安的怀中。每次，海安手中都会拿着一个小玩意儿，一个钥匙链、一束鲜花，或者就是一块热气腾腾的烤地瓜。

可这个期望一直没能实现！因为工作的挑战性带来的压力，在林沛的印象中，海安越来越像天上的月亮，只在某个闲暇的夜晚，才在脑海中清晰地浮现。她经常会独自倚靠在窗前，品着红酒，想象海安的脸。终于，因为某项跨国业务在国内的代理出现问题，林沛争取到了回国的机会。"不为什么，就是想回国看看爸爸妈妈。"林沛兴奋地告诉自己的姨妈，自己可以回家了。

"祖国"是个让林沛流泪的字眼。在国外，每次听到这个名词，她都忍不住要落泪。就像一只单飞的孤雁，祖国是自己的方向。在曼哈顿，她有过一个情人，金发碧眼的帅小伙儿，杰克，他的绅士风度曾经让她坠入了爱河。就在她做出步入婚姻殿堂的决定后，因为一次外出提前回家，她竟然发现自己的未婚夫与自己的表妹正搂抱在一起。虽然，表妹还只是一个高中生。

林沛吞咽下这个苦果，选择分手。杰克解释是因为喝醉了酒才失态，希望求得她的谅解。她没有说话，流着眼泪把自己的东西搬离了杰克的住所，然后，把房门钥匙丢给了杰克。那一刻，她特别后悔自己当初的选择，她把国外的生活想象成瑰丽的美梦，忽略了海安对自己的真爱。她想念海安，还有大学时的每个日日夜夜。

在机场告别了姨妈，那个蜷缩在姨妈身后的小表妹，正用惧怕的目光看着林沛。林沛主动张开双臂，拥抱了这个青春懵懂的小女孩儿。她亲吻表妹光滑的脸蛋，说："宝贝儿，要保护好自己。"她经过检验口，回望宽敞明亮的大厅，在心底默默问自己："我还回来吗？"

3

海安与李晓晓的婚礼仪式，选在了市内最豪华的一家五星级酒店——天琪大酒店。新郎帅气洒脱，新娘娇羞可人，太多的祝福像漫天洒下的彩花，太多的微笑像秋日里点点斑斓的阳光，把仪式现场辉映成了一个金色的世界、喜庆的世界。

林沛一踏上家乡的这片土地，顾不上浏览街边的风景，便让弟弟林宇想办法让自己与海安见面。虽然事先已经从家人的口中断断续续了解了部分关于海安的近况，还是无法听从家人的劝说选择放弃。时间可以让许多事情淡忘，而唯独这个海安，林沛无法忘怀。她做好了与他见面的一切准备，丝毫不再犹豫，一分一秒都不想再浪费。

鲜花、微笑，浓郁得化不开的祝福，海安和晓晓这一对新人，步入了婚姻的殿堂。司仪是市里最著名的综艺节目主持人，嘉宾也都是当地有名望的人。晓晓觉得眼前的海安那么完美，自己就是童话里的公主，和心爱的王子将从此过上幸福的生活。

婚礼的仪式进行中。当海安与晓晓共饮浓酽、醇厚的交杯酒时，林沛正站在人群中，她绝望地想大哭一场，可四周全是轰鸣般的掌声、笑声、口哨声。她想冲上前去，在众目睽睽下问一问那对新人，海安究竟是谁的男朋友，自己那么要好的女友竟然抢走了自己的男友？她感觉到抖动的手被弟弟宽大的手掌紧紧握住，她开始变得绵软，身体的晃动让弟弟及时发现，弟弟立即把她带出了会场。

九月的阳光如此灿烂，林沛却感到脊背一阵阵发冷。她回想五年前踏上飞机时，还期待海安会突然出现在机场，只要他对她说一句话："留下来！"或许她会义无反顾地听他的话，从此改变以后的人生之路。事实上，只有自己的家人和晓晓前来送行。晓晓与她相拥落泪，满脸的不舍。

自己怎么会那么傻呀！为了自己的出国梦，就那么主动放弃了自己的爱情，白白给了晓晓机会。

林宇不忍看姐姐悲伤的模样，先把姐姐安排到了酒店的一处私密会所，径直找到正忙于和客人寒暄的海安。海安对林宇有印象，虽然和林沛热恋时，他还是一个稚气未脱的中学生，而现在已长成了一个大小伙儿。

海安与晓晓耳语了几句，借口有个客户来访，便跟随林宇从大厅某过道来到了林沛面前。

五年，改变了许多，又似乎还是昨天的模样。林沛淡淡的妆容，依然清纯、迷人；而海安，历经商场的历练，越发显得成熟、得体。

私密的会所，有宽大的屏风阻隔，外面的喧哗与热闹消失得无影无踪。一瞬间，他们都有了些恍如隔世的感觉。

"我是不是来晚了？"这是林沛说的第一句话。

"你为什么娶的是晓晓？"这是第二句话。

海安无语。

林沛的眼泪如雨般落下，海安脑子里乱成一锅粥，他被眼前突然出现的这个人弄蒙了。许多次梦境中，他都梦到过林沛突然出现在眼前，却没想到，在自己大婚的日子里，这个神仙般的人儿，从天而降，从梦中走到了现实。

他张开了手臂，自然而然地，两人相拥到了一起。

4

海安在新婚的第一天，就陷入了一个尴尬的境地。

洞房花烛夜，他用刚刚亲吻过林沛的嘴唇轻吻晓晓。在他的怀中，晓晓轻盈似一只鸟儿，那么怯懦，那么乖顺，是完全不一样的体验和感觉。激情时刻，海安都有些担心身下的这个女人会被自己揉成碎末。

他越来越心不在焉。当他像完成任务般从晓晓身上翻下来时，他没有凯旋的战士般的骄傲。

听着海安粗重的呼吸声，晓晓贴近海安的身体，依偎着。

他脑海中闪现林沛哭泣的模样，从未有过这样的时候，哪怕就是在分手的时候,林沛都保持着一贯的洒脱。在海安的心目中，林沛永远是一轮明月，神秘而圣洁。

海安也知道，身旁这个已成为妻子的女人，自己是没办法轻易放弃的，毕竟是新婚，自己多年打拼积攒的名誉还是在乎的，事关自己的事业发展，事关多少人情和亲情的牵绊。

而林沛，曾经的明月一旦降临人间，幻化成了一团火。她总爱穿一袭火红的长裙，浑身洋溢着高贵、典雅的气质。

　　他们幽会的地方，是田园小区里的一套三居室，是海安结婚前以父母名义买下的，当时因为远离闹市区价位相对便宜，如今，它的幽静、安宁倒契合了海安的需求。海安乡下的父母需要照顾海安九十岁的爷爷，一时还无法居住。特别让海安满意的是，这所房子购买时，还未与晓晓确定恋爱关系，所以他一直说，房子是自己父母交的全款。

　　海安真正过上了"一半是海水、一半是火焰"的生活。而林沛，在把身心完全交付给海安后，才发现这样的生活有多么糟糕。她只能在有限的时间内，尽力摆脱掉各种条件的束缚，说各种各样的谎话，躲避那么多双关注的眼睛，才能与海安尽情地亲热一次。她越来越无法忍受在柔情蜜意之后，海安离去的背影，自己像一个被他人享用后随意丢弃的物件，赤裸着，被众人歧视的目光追随。

　　在国内完成公司委派的任务后，林沛犹豫再三，还是选择再次回到美国，再次忍痛与海安分手。

　　帮助她做出这个选择的，是她曾经最好的女友，而今已成为她情敌的李晓晓。

　　在路边的咖啡屋里，晓晓佯装什么都不知情的样子，与林沛一如既往地谈笑。她已经听到了许多的风言风语，但她明白，林沛终究是要走的，这个地方，不是林沛的天堂。自己的老公，只是林沛生活中的一段插曲，唱过了，就结束了，自己才是海安永远的归宿。

　　"我怀孕了，祝福我吧！"晓晓用特别幸福的语气说出这句话。

　　这句话让林沛犹如五雷轰顶，欲哭无泪。

　　她搅拌咖啡的手指有些抖动，逃避似的把目光投向落地窗外。

马路上人流如织，一切稍纵即逝。

她伸出一只手，轻轻摸了摸晓晓的手背，轻声说："祝福你。"

这次分手，海安送给林沛一大束火红的玫瑰花，并亲自送她到机场。似乎在举行一个告别仪式般，他们握紧彼此的双手，又突然松开，林沛穿越检验口，没有回头。飞机在上空划过，海安与林沛的家人告别。林沛的父母、弟弟始终带着微笑，态度谦和。

在公司静寂的办公室内，海安点起一支烟，让烟雾沸腾，如一首无声的歌，在空气中消散得无影无踪。

5

在午后温暖阳光的照耀下，李晓晓悠然自得地靠在躺椅上晒太阳。从自家宽大的阳台远望，周遭都是郁郁葱葱的景色。

因为海安父母一直不肯来住，田园小区里的这套房子，成了晓晓时常光顾的世外桃源。她喜欢这里田园般的景色，有泥土的芬芳、潺潺的溪水，还有黄雀的鸣叫，完全是小时候梦想中的童话世界。

为了让海安放心，晓晓还把母亲接到这里陪伴自己。母亲每日变着花样给晓晓补充营养，晓晓则每日对着镜子长吁短叹，抗议自己体形的逐渐丰满。这个时候，海安都会俯身把脸贴到晓晓隆起的腹部，听孩子的动静。他已经明显感受到小家伙的顽皮和好动，经常性的，一个二踢脚，让海安激动半天。

"儿子，我的儿子！"海安在心底默念。此时，距离林沛离开，已过去了半年时间。

因为晓晓母亲这段时间血压有些高，晓晓便回到与海安的家，母亲也暂时回老家休息。离开的那天，海安亲自开车来接，车上还坐着海安的外甥女仙蒂。让晓晓大惊失色的是，仙蒂怀里竟然有一只小猫,把晓晓吓得迅速躲在了母亲背后,直着嗓子叫喊:"救命呀……"海安被惊得慌忙把晓晓抱在了怀里。

晓晓怕猫!看着惊慌失色的妻子,海安先扶她回了卧房,躺下休息后,听晓晓母亲讲清了事情原委。原来,晓晓小时候被邻居家的一只猫抓伤过。他们几个小伙伴商量着把一只流浪猫放到村边的小河里洗澡,猫的利爪在晓晓的手臂上划了深深一道血印。本来没当回事,一天后,晓晓浑身泛红,开始发高烧,出现胡言乱语的症状。一家人病急乱投医,先是村里的老人说是"犯了忌讳",大做法事驱除"妖气",还是没有半点儿好转,最后还是教书的舅舅把晓晓送到了县城医院,又到市级医院,被断定为病毒感染,对症下药后才彻底医好。后来,病好了,晓晓却落下了心病,惧怕猫,大猫、小猫、白猫、黑猫,统统敬而远之。

海安疼爱地看着晓晓因惊吓苍白的脸。晓晓情绪稳定后,说:"上大学时,有一次,和林沛去郊游,正在野炊时,突然有只黑色的猫蹿了过来,要不是林沛抱住我,我差点儿被吓晕过去呢……"海安目光中飘过一丝异样,还是被晓晓捕捉到了。

"我没事了,可以回家了,不过得让仙蒂把猫装在箱子里,我还是害怕。"她露出一个灿烂的笑容。

晓晓害怕猫,此刻,却露出了猫一样乖巧的眼神。

6

晓晓肚里的孩子已经七个多月了,她做好了临产前的充分准备。在两家父母的帮忙下,各种物品准备妥当,就等着可爱的小宝贝降临了。

这几日,晓晓胃口大开,一顿开始吃两碗米饭,已全然不顾体形。母亲常对她说:"还是孩子重要,你得吃得饱饱的,好有力气把小家伙生出来。"

天气进入十一月份，开始转冷。晓晓建议和妈妈再到田园小区住一阵子，那儿的地上肯定堆积了厚厚的落叶，踩在上面，不定多舒服呢！恰好，海安这段时间外出谈一笔生意，便默许了晓晓的建议。

秋色迷人。每天，当晓晓的母亲去附近市场买新鲜的蔬菜和海鲜时，她都会挺着夸张的大肚子，像一个高傲的将军，在小区附近散步。那天午后，她突然在家里梳妆台的抽屉里发现了一根项链，圆滚滚的珠子串在一起，光滑透亮，虽然是木质的，手感却非常舒适。让她惊奇的是，项链连接口处有微小的两个字母，她仔细辨认后终于看清楚，是"L.P"。

晓晓竭力按捺住内心的波动，在这所房子里，原来林沛早已捷足先登了。她轻轻摸了摸自己的肚子，又感受到了孩子的"举动"，瞬间，她流泪了。她坐下来，把那串项链紧紧握在手心里，想从窗户里扔出去，却终究放弃了这个念头，把它放回了兜里。

隔壁的母亲正在午睡，晓晓没打扰她，独自推开门，她想，不如找个地方埋了吧，如同埋葬一段感情。想起林沛，她的心情非常复杂。许多大学时代美好的情感都会留在记忆深处，尤其当她独自一人回味时，一切都仿佛是一场梦。大洋彼岸的林沛，终究是离自己越来越远了。

她一个人来到远处的街边公园，停下来，找了个座椅坐下来。手里的项链已是微热，散发出一种奇怪的气味。她来回抚摸着那一个个串起来的珠子，想象着林沛、海安，还有自己的未来。

公园里人烟稀少，因为是午睡时间，几乎一个人都没有。

突然，远处隐约有东西过来，甚至是奔跑着的，发出怪异的声响。晓晓还没来得及四处巡视，她的面前已经赫然出现了一只黑色的大猫，蓝莹莹的目光，像剑一样，刺穿了晓晓的心脏。她大声惊叫，站起来逃离。她忽然发现，身后出现了一群猫，黑的、白的、大的、小的。她绝望地快步疾走，猫兴奋的叫声此起彼伏，包裹着她。她跟跟跄跄地想逃离，却再也支撑不住，一个趔趄，从公园倾斜的草坪上滚落到一旁。

7

晓晓昏迷了两天两夜，当她恢复意识后，母亲的眼泪，还有海安的阴郁，都让她预感到了什么，她绝望地闭上了双眼。

晓晓被发现时，身下已是血流如注，蔓延了一大片草坪。是个遛鸟的老人，在下午三点多钟，发现了横卧在草坪中的晓晓。当时，还有几只猫，正围拢在她的身旁，嗅着她，用舌尖舔着她的手，不停发出声响。

孩子没了。

一切都让海安悔恨不已。他后悔在这个时候还谈什么生意，这个时候怎么能够放心让晓晓远离自己的视线，这究竟是怎么一回事？

晓晓在昏迷时，口中不停地呓语："猫！猫！猫！"

在家人的精心照料下，晓晓出院回到了家里。整日里，她沉默寡言，不作声响。她常常对着提前给孩子准备的小房间发呆，有时甚至就在那个房间里不出来。晓晓的母亲隐约听得到传出来的哭声，有时还能听到晓晓在自言自语地讲些什么。

她担心晓晓的精神会出问题，便常常借故与晓晓聊天，说些小时候有趣的事情。而海安也减少了外出应酬的次数，花费心思陪着晓晓。此时，海安忽然有了种"相依为命"的感觉，把悲悲戚戚的晓晓当成了自己的亲人，这是从未有过的感受。

看到晓晓默默地流泪，他也止不住流泪。

一天深夜，当晓晓再次从梦中惊醒过来后，她对海安说："我们的孩子是被人杀死的。"

海安大惑不解，刹那间，他担心晓晓是否真的情绪失控了……

"为什么会出现那么多的猫，为什么？"晓晓一遍遍回想起当时的情景。她忍住眼泪，想把事实全都告诉海安，让海安帮助自己。她渴望揭开困扰自己许久的那个谜团。

当晓晓把梦魇般的经历详细说给海安听时，她不得不说起了那串项链的事情。原本，她想永远忘掉这件事情的。

海安陷入了深思。他不记得有过什么项链，关于林沛的东西，在分手后，他全都做了处理，应该不会遗漏下什么，梳妆台的抽屉里怎么可能会出现刻有林沛字眼的项链呢？

思前想后，惊恐的晓晓紧紧抱着海安，用乞求的语气说："咱们报警吧！有人想害我！"

8

警察介入这个离奇的事件后，一个被称作"猫薄荷"的东西浮出了水面。

据说，这种东西产自欧洲、西南亚、中亚，花为淡蓝色，齿状叶，是一种草本植物，闻上去有股清凉的气味。猫对该草叶的气味特别感兴趣，闻到味道后喜欢抓咬，会犹如吃了兴奋剂般聚拢而来。猫友们把猫薄荷戏称为"猫毒品"。

晓晓提供的那串项链，警察进行分析后从木珠子里提取到了猫薄荷的碎末，用事实验证了晓晓突然被猫围攻的缘由。

只是，这猫薄荷为什么会出现在项链中，而林沛的项链又为什么会留在田园小区呢？

在刑讯室里，一脸憔悴的林沛在灯光下，显得异常平静。

面对警察的质询，她娓娓道来，全盘供出，没有丝毫保留。

她原以为，这件事情会圆满收场，她和海安会重续前缘。毕竟，海安真正爱的女人是自己，而她，今生也只爱海安一个男人。

她本不想伤害晓晓，只是，晓晓伤她在先，她才狠心做了这件事情。

被警察拘捕前，在她的家中，林宇把海安带到了她的面前。她把事情的全过程都告诉了海安。

她直言不讳地说，之所以悄然回国，是事先做了计划的，她接受不了自己最爱的男人就此被孩子束缚住。"我知道，晓晓一旦生下这个孩子，你就再也不属于我了。"林沛目不转睛地看着海安。

"晓晓是无辜的，孩子也是无辜的，你是个杀人犯！"海安从嘴里挤出了这句话。他狠狠地看着林沛，这个曾经风情万种的女人，自己深爱过的女人，想一生拥有的女人，此刻，在他眼中，变成了恶魔。他要为自己的孩子复仇，为可怜的晓晓复仇。

"是晓晓欺骗了我！"林沛说。

当年，她出国前，写过一封长信，委托晓晓转交给海安。那时，他们都固守着所谓的自尊，谁也不肯为对方做出让步。纵然彼此深爱，却都希望妥协的是对方。

信里有这样一句话："如果你真的爱我，请到机场拦截我，我会为你留下来的。"

"可是，晓晓没把信件转交给你！"林沛幽幽地说。

海安不想理会林沛的任何托词。他不管什么信件，那些陈谷子烂芝麻的东西，再大的事情，终究是无法与自己孩子的性命相提并论的。

"你等着坐牢吧！"海安甩下这句话，扬长而去。林沛含着眼泪，目送他而去。

林沛的美国好友，为她推荐了猫薄荷这种奇特的东西，可以把所有嗅觉范围内的猫吸引过来。林沛最清楚晓晓害怕的是什么。

她悄然回国，没有惊动任何人，甚至没有告诉海安。她想等事情完结后，在他们真正可以结合的时候，再把事情全都告诉他。只是她没想到，海安从美国公司的同事那里，得知她已回国的消息。

用原先保留的田园小区住房的钥匙，林沛打开了房间，把填塞了猫薄荷的珠子项链放在了梳妆台的抽屉里。

9

美丽的异域国度。

一次出国的机会，让海安来到了林沛的身旁。

火热的天气，火热的激情，他们缠绵得天昏地暗。林沛特意请了假，陪海安到处游览。没有人会打扰他们，他们尽情地在这个陌生的国度里，吃着西餐，喝着洋酒，恨不得融进彼此的身体里面。

一次缠绵之后，林沛问起晓晓的近况，海安说："已经怀孕五个月了，肚子越来越大。"

他还开玩笑地问林沛，什么时候也为自己生个孩子。林沛说："我可不想做单身母亲，我要和你结婚后，才考虑生孩子的事情。"

海安也没太在意，就说："除非晓晓流产了，不然，我可做不出抛弃妻儿的事情。"

这句话启发了林沛。海安的温情和体贴，让林沛愈发后悔当年的选择，她不愿再次错过与海安的缘分。在送他回国时，她与他拥抱在一起，用牙齿狠狠咬了海安的耳垂。她希望海安记得这种痛。为了完成对青春的追悔，林沛义无反顾投身到火焰中。

林沛曾经在 QQ 上给海安留言：前世，我就是一只猫，一只会杀人的猫！

人间山海

亏欠一个人，要比爱一个人难受得多。

春玲嫁给山壮时，一万个不情愿，可年迈的老母亲就是要包办，执意安排小女儿的婚事。山壮是外村青年，长年跑运输，家庭条件不错，身体和名字差不多，很是壮实。

少女青春的梦里，满是风花雪月。春玲早就心仪镇上中学教课的李宽老师，他说话斯斯文文，经常穿一件白衬衫，怎么看怎么顺眼。可人家大女儿都到了打酱油的年龄，春玲只好把怀春的心思埋在心底。这边，老母亲催得急，彩礼也送到了家里。和山壮见了几次面，山壮总是灰头土脸的，像是刚刚跑完运输还没来得及洗干净脸。

春玲想出门打工，和在外工作的哥哥一样，见识外面的繁华。逢年过节去哥哥家，城市灯红酒绿的背后，生活的压力也是显而易见的。嫂子处处算计，春玲不敢久留。"嫁了吧，有啥可挑的，这么老实的男人，肯定幸福。"同样在农村生活的大姐劝她，"咱村的女子，不都这么活吗？嫁个男人，生几个娃，一辈子有吃有穿！"

结婚那天，鞭炮声震得春玲总想哭。大人孩子都没了正形，肆意开玩笑。春玲看着镜子里刚刚被化妆师精心盘好的头发，真想一把扯乱了。"一辈子就这样被捆住了，再也没有机会出去了，一辈子跟着这个木讷的男人一起吃一起睡了……""一辈子"这三个字，钢针一般，扎在了春玲的心口窝上。

宾客散去，浑身酒气的新郎官，醉醺醺地把春玲搂在了怀里。之前两人独处时，山壮总是规规矩矩的，这时却像变了个人，一双大手使劲揉搓春玲丰满的胸。春玲忍了会儿，干脆脱了艳红的旗袍，直挺挺地躺在婚床上，一副任人宰割的架势。白花花的身体，光洁匀称，凹凸有致，山壮的热血在头顶涌动，他手忙脚乱地把自己剥得精光，上来就横冲直撞。那粗硬的物件让春玲"嗷嗷"地叫，山壮也不理睬。第一次没有感受到任何的愉悦，就像是案板上的猪肉，被凶残的屠夫剁来剁去。

婚后，春玲开始跟着山壮出车，去许多陌生的地方送货。看着外面姑娘们穿得五颜六色，春玲也总想，要是穿在自己身上，也不会差到哪里去。山壮很心疼媳妇，给春玲买好吃的，把挣来的钱悉数交给她。虽然不爱说话，春玲在慢慢熟络后，也主动和他交流。每次，山壮总是嘿嘿傻笑，不爱吱声。

怀孕后，春玲不再外出，在家安心养胎。每次回村，她还是不由自主地去小河边溜达，便会碰到李宽媳妇和一帮娘们在老槐树下聊天。"春玲，几个月了，肚子显怀了，你们看看，是小子还是丫头？"大老远，李宽媳妇就直嚷嚷，大家把目光都齐刷刷聚焦在春玲的肚子上。"肚皮尖，准是男孩。"人群中一位老婆婆扫了一眼，下了定论。随即，附和者众多。

在嘻嘻哈哈的笑声中，李宽骑着自行车回家来，春玲的心便开始小鹿乱蹦，忙转开慌乱的眼神。"玲儿，回娘家了？"李宽竟然主动搭茬，春玲只好笑脸相迎："李老师，从学校回来了？"李宽不是每天都回村，他在学校里有一间单人宿舍。李宽媳妇上前，说道："你还知道回来呀，都几天没回家了？"一脸的嗔怪。一旁的大嫂便打趣道："李老师呀，你媳妇恨不得把你拴在裤腰带上呀！"大家便忍不住嬉笑起来。

望着李宽和他媳妇回家的背影，春玲心底生出落寞，一个人往母亲家走去。母亲住的那个大瓦房，是姐夫帮忙翻盖的，当时有言在先，等母亲百年后，房子就归大姐两口子。几个兄弟姊妹算同意了。顺理成章，房子落成后，母亲入住，只享有居住权，所有权归姐姐姐夫所有。

瓜熟蒂落，转眼，春玲的女儿落地了。出乎所有亲戚们的意料，大家都以为春玲怀的是男娃，却生了个丫头。公公婆婆的眼神便有些不自然，春玲的火便开始燃烧，执意要回娘家坐月子。这可完全背离农村的风俗习惯。春玲不顾产后身子的虚弱，朝着山壮大吵大闹，发泄着心底的郁闷。山壮依旧一声不吭，却还是执意不肯送春玲回娘家。

在婆婆家刚刚满月，春玲便催促丈夫送她回娘家。婆婆也乐得清闲，并不阻拦。孩子还不满周岁，春玲就眼热上了驾校里教课的教练工作。其实，是李宽的媳妇去镇上驾校学习考证，回来便鼓吹教练的厉害，开车技术顶呱呱，学员们都巴结教练，买烟抽，买酒喝，漂亮些的女学员还使出美人计，就是想让教练多教教，多给些时间练练车。

春玲心动了，不顾母亲反对，去了趟驾校，没多久，便和一个年轻教练熟悉起来。学员们都叫他"蔡教练"，长得帅，模样周正，尤其嘴皮子会哄人。春玲长得如何，自己最清楚，一个媚眼，一声甜甜的"蔡教练"，小伙子便有些发晕，眼神不由自主地迷离起来。

在蔡教练的帮助指导下，春玲顺利通过了教练资格的考试，这着实让小伙子刮目相看。许多女孩就连最普通的 C 证都三番五次闯红灯，而春玲，成为驾校里为数不多的女教练之一。

白天带学生，回家又晚，春玲干脆常住在娘家。山壮有些不快，便总往春玲家跑。有一次，蔡教练开着车送春玲回来，在村头被山壮撞见。山壮早有耳闻，两人在驾校有些不干净，便直接上前把蔡教练从驾驶座上拽出来，把一旁劝阻的春玲推到一边，将粗壮的大手卡在了蔡教练白净细嫩的脖颈上，从喉咙里狠狠地挤出一句话："以后离春玲远点！"春玲用力撕扯山壮的衣服，蔡教练才得以抽身。见山壮狰狞的面孔，他不敢恋战，仓皇钻进了车厢内，打火发动，火速离开。

这等情景发生在村头，自然瞒不过村民们的眼睛。第二天，此事便成了村里的头号新闻。春玲被老母亲锁在了家里，愣是不让去驾校。山壮也没有出车，傻愣愣地陪在家里，抱着孩子在天井里玩。

几天后，春玲偷偷回到驾校，发现蔡教练竟然辞职了。学员们说："我们也不知他去哪儿了。你没来的那几天，有个男人天天来找蔡教练，有时吵几句，有时就直接动手了，有一次，蔡教练直接被打趴在训练场上。"

春玲想离婚，和蔡教练好，可母亲以死相逼，抱着外孙女骂春玲："你出门，我就抱着孩子跳颍河去！"颍河是村里最大的一条河流，谁也不晓得流淌了多少年，也不知有多少人想不开在那里了却了生命。

离婚的事情压在了心里，关键是从此蔡教练杳无音讯。想起两人背着学员在练车场北侧的小树林里，夜晚摸黑在教练车里搂抱接吻的举动，春玲心猿意马，却不得不硬压着，开始了和山壮一起跑长途的生活。

当春玲的女儿到上小学的年龄时，春玲又怀孕了，这是拿到二胎指标后出乎意料的一次孕育。就在外地的一次运输中，因为下雪，高速封路，两人只得在县城一家小旅馆住宿。

夜里，春玲有些感冒发烧，冻得哆嗦，山壮便把春玲整夜抱在怀里，用身体的热量给她取暖。后来，他又忍不住赤身和春玲贴在了一起。两口子好久没有这样的亲热举动了，春玲也感到了身体的激荡，似有一股暖流在周身蔓延。厚厚的棉被下，两人忘乎所以地冲撞交会，像偷情的恋人，新鲜刺激，后半夜全都缠绵在一起，如同齿轮咬合，不停歇地转动，转动。

这一夜，他们的儿子"强壮"以人类最初孕育的形态生成。因为怀孕，春玲再次回到家里休息，没事时，便陪着女儿上学放学。在镇小学长满青草的校园门口，她遇到了开车送小儿子上学的李宽。

李宽已是镇中学的教导主任，负责学校的教务管理工作，家里刚刚买了辆新车，让许多村民羡慕眼热。这些年，外出打工的人数猛增，青壮年劳力只有逢年过节时能看到，平日里都是老人和孩子，就连村里的小媳妇大姑娘，也没有在家闲着的，都忙着在外挣钱养家。李宽算是文化人，举手投足也与那些农民身份的男人们不同，常常是媳妇们口中热议的对象。李宽的媳妇不甘寂寞，和自己的兄弟在镇上开了家饭馆，平日里也很少在村里露面了。每天接送孩子上学放学，就成了李宽的一项任务。

下午放学时间，小学门口围满了接孩子的家长。春玲几乎天天和李宽同一时间来接孩子，两人是认识多年的街坊邻居，自然也有话聊。李宽都是开车来，漂亮、气派的轿车停在那儿，车的主人脸上便倍感光彩。天气冷时，春玲还被邀请到车里坐着，顺道儿，也坐过好几次李宽的车。李宽的父母心疼孙子，每天要求李宽把孩子送回村里。李宽媳妇有时忙到很晚，便在镇上饭馆里睡觉，李宽便常常陪孩子住在父母家。

坐了几次车，春玲对李宽的好感如枯草遇到了火苗，开始燃烧起来。春玲还是少女时，李宽便是她梦寐以求的理想型丈夫，如今，这个人到中年却保养甚好的男人，坐在自己身旁，潇洒地转动着方向盘，轻松地说着学校里有趣的事情，让春玲不由自主地心旌摇荡。

微微隆起的腹部、日益圆润的身体、含羞温婉的语调、白里透红的脸庞，春玲不复少女时的清秀和苗条，却增添了许多成熟风韵。在李宽顺道送了春玲和女儿几次后，春玲再也抑制不住内心的汹涌澎湃，在李宽 37 岁生日那天，偷偷用山壮给她的一笔钱买了一块男士手表，在学校大门打开之前，悄悄放在了李宽车内副驾驶的座位上。

起初，李宽执意不收，春玲便轻松说道："你也当过我的老师，学生给老师送个生日礼物，不过分嘛，而且，咱俩又是同村的，我整天白坐你的车，我也过意不去呀，你要是不收，今后我也不坐你的车了……"

一番道理说得是理直气壮，让李宽没了拒绝的理由，只好连连表示谢意。那块名牌手表，李宽是清楚的，得值几千块钱，在村里男人们的手腕上，也算是高档货了。李宽就说："那我请你们娘儿俩吃顿饭吧。"春玲也没点头，也不拒绝，只是一抹红晕在脸上悄悄浮现出来。

李宽明白，春玲是对自己有好感呢，她不满意山壮，也不是村里的秘密。自从媳妇住在了镇上，两口子也是聚少离多，一个月也难得有次夫妻生活。眼见着媳妇的腰包鼓了，脾气也见长，不像过去那么依恋自己，有时为点鸡毛蒜皮的事情也会扯着嗓子朝他喊叫。其至，婆婆来劝架，她也不懂得尊重老人，嫌老人拉偏架，偏袒李宽。时间一久，两口子也有了些嫌隙。

春玲看李宽的眼神，每次都让李宽心花怒放，虽然人近中年，心思却还像小兔子乱撞。他也知道，自己的这种心思在出轨的边缘，每次就严厉警告自己，和春玲保持距离，双方都拖家带口的，不能乱了性。

那天下午，一场大雨突如其来。守候在镇小学门口的家长们措手不及，纷纷四处躲避。春玲顶着一头湿乱的头发打开了李宽的车门。"到你车里躲躲雨，预告今天没有雨呀！"气喘吁吁的春玲，匆忙间坐在副驾驶座位上，胸脯起伏不停，雨滴从裸露的雪白脖颈上淌下。春玲忍不住哆嗦起来："冻死了，穿少了……"随手，便从车内台面上拿了几张面巾纸，擦拭起头发来。

窗外大雨迷离了外面的世界，刚才还围拢在校园门口的家长们，都不见了踪影。李宽看看表，离放学还有一段时间，直接发动了车子，右打方向，转了个圈，朝着东侧马路驶去。春玲顿时迷惑不解，忙问："李老师，这要去哪儿？"李宽面无表情，注视前方，刮雨器不停地左右摇摆。"回学校拿雨衣雨伞，不然孩子会被淋感冒的。"

李宽说的学校，是他所在的中学，距离小学也就五分钟车程。到了李宽宿舍门口，春玲想待在车里，没想到，李宽让她跟他上楼，说有件礼物要送给她。两人进了房间，是个单间，整齐干净的床铺，满满一个书架的书。李宽从床头柜拿出一个红色长条盒子，里面是一条白珍珠项链。"同事老家盛产珍珠，我委托他买的，应该是真货，看看喜欢吗？"

春玲又惊又喜，也没有故作矜持，连忙说："喜欢，就是让您破费，怎么好意思？"

"你不是也送我礼物了吗？礼尚往来嘛！"李宽说得很轻松。

春玲忍住抖动的手，把项链拿到脖子前比画，李宽慢慢从背后伸出手，把她搂在了怀里。一切水到渠成，没有抗拒，两人也不说话，像是小别胜新婚的夫妻，熟练地给对方褪尽身上的衣物，彼此坦诚面对。整个过程，春玲忘记了时间，李宽是她少女时代爱过的男人，她从不敢奢望像此刻这般，触摸着他真实温暖的躯体。而李宽，却不时看一眼墙上的表，算计着，不能耽误了接孩子的时间。

那天，他俩在学校放学前五分钟，赶到了校园门口，大雨减弱了好多。两个孩子上了车，叽叽喳喳地说着老师同学的事情。李宽开着车，春玲不做声，却陷入无边的幸福遐想。倘若有一天，车里的人成为了一家人，该是多么奇妙快乐的事情呀。

春玲想打掉肚里的孩子，她担心生下这个孩子，自己和李宽的爱情可能会有更多的麻烦，像是初春的幼苗，一旦春寒料峭，一场风雨袭来，便没有了成活的希望。她偷偷去了趟医院，但让她失望的是，大夫说，孩子已经成形，做手术太危险了。

她和李宽的暧昧，在暗暗进行着，即便大腹便便，李宽也没有嫌弃过她。哪怕只是搂搂抱抱，李宽也是一脸的满足。这让春玲更加感受到李宽的人格魅力，不像山壮，每次出车回家，总强硬地让她尽妻子的义务，她肚子大了，行动不方便后，他才收敛了许多。

春玲终于生了个儿子。喝满月酒那天，李宽和媳妇带着俩孩子一起到场祝贺，春玲和山壮接受着众人对孩子的赞美。山壮喜得乐上了天，在众人祝福声中，一杯杯白酒下肚，最后是醉得不省人事，还是李宽帮忙送回了家。春玲抱着儿子，身边站着女儿，看着李宽忙前忙后，便幻想着，倘若怀里的这个孩子是李宽的该多好……

儿女双全了，山壮的货车跑得是越来越远，常常几天都在外面奔波。春玲的老母亲劝他："不要太累了。"山壮回答："我得给儿子挣下个楼钱！"说完，便是哈哈大笑。

有了儿子后，山壮的性情开朗了很多。而春玲，在与李宽若即若离的关系中，越发感受到了李宽的好，总在盘算，今后的路该怎么走。

春玲儿子快满1岁时，老母亲突然病了，检查结果让全家人傻了眼，竟然是癌。因为是晚期，医生也建议，保守治疗。哥哥姐姐都没有意见，唯独春玲，可着劲儿大哭，甚至朝着哥哥姐姐嚷嚷："就是倾家荡产也得做手术，不能眼睁睁看着咱妈走！"为此，哥哥姐姐们挺有意见，一向不主事的大哥嗫嚅着说："先不说能不能治好，光大笔的手术费也会压死人。"姐夫在村里是个有头有脸的人，就对春玲说："咱家里就我和你的光景好些，你两个哥哥在外工作，按月拿死工资，还欠着房贷，他们能拿多少钱治病？咱俩算一算，你能掏多少，我就能掏多少，看看够不够给妈治病。"

姐夫有个小化工厂，前几年生意兴隆，自从上级部门重视环保后，来检查要求整顿的人络绎不绝，而且标准越来越高，加上市场低迷，利润受到很大影响，如今也有些入不敷出。看姐夫这个态度，春玲在心底盘算了一下，便没再吱声。

春玲和李宽商量，不免为老母亲的病情伤心不已。李宽说："咱们应该听大夫的，那个岳大夫在咱们这儿也算是权威，外地很多人都慕名前来找他看病。孝顺老人是应该的，但也要量力而行，全家人砸锅卖铁，最后病没瞧好，往后的日子还过不过了？"

李宽的话，说到了春玲的心里，她只是默默流泪。想到母亲走后，李宽就是自己最亲近的人了，要是李宽同意，她恨不得立即离婚，嫁给他。

母亲走了，她的儿女没有把真实的病情告诉她。很快，春玲就向山壮提出了离婚。母亲在世时，自己没有勇气和胆量，如今，自己彻底自由了，一分钟也不想再等了。李宽曾经和她说过，在40岁前，争取获得自由。

山壮第一次动手打了春玲。一个耳光，惊天霹雳，把春玲打蒙了，眼前火星直冒，天旋地转。一向木讷老实甚至怯懦的山壮，竟然也敢打媳妇。春玲似泼妇般，眼泪鼻涕往山壮身上蹭，双手紧紧抓住他的衣领，不管不顾地喊道："你打死我吧，打死我也要离婚！"

心意已决，任凭哥哥姐姐劝说，谁的话都不听，春玲就是一个主意："我什么都不要，净身出户也要离婚。"闹了几个月后，山壮彻底死了心，在离婚协议书上签了字。春玲收拾了自己的家当，全都是衣服，把它们装进了塑料旅行包，打了个车，独自回了娘家。她也没和孩子们告别，女儿在学校里上课，儿子在爷爷奶奶家由老人照看。

母亲留下的这套房子，当年是姐夫出钱翻盖的，按照当初约定，应该属于姐夫了。当姐夫提出收房时，春玲第一个跳了起来："这是咱妈的房子，凭什么归你们？"春玲顾不得对姐姐姐夫起码的尊重，直接开腔应战。

"当初，你们谁也不肯出钱翻盖，是你姐夫出了钱，给妈的房子重新修好，等于重新盖了一座新的，花了几万块钱。当初说好的，这套房子你们谁也别要，咱妈百年后归我们，咋还变卦了？"

一向轻声细语的大姐也按捺不住了。

"怎么着也是咱妈留下的东西，姐夫是外姓人，怎么能给他呢？如今，我也没地方去，我需要这套房子，要不，你们开个价，我把你们花的钱补上，行不？"春玲死盯着姐夫气急败坏的脸。

双方争执不下，从城里叫回了两个哥哥，却都没有主意，争做和事佬，"好好商量，别为了套房子让街坊邻居笑话"，关于解决方案，却只字不提。这可急坏了春玲，原指望哥哥们前来给自己撑腰，没承想是这副态度，也就破罐子破摔，不顾及脸面，与姐夫针锋相对开始了拉锯战。

不管谁说，春玲就是赖在房子里不肯搬。鉴于她的实际情况，姐夫也不好强逼她——刚刚离婚，万一有个想不开，自己不是得担罪责吗？最后，姐夫让了步，提出只要把当初建房时花的钱补齐了，就不再管家里任何闲事了。

春玲聪明，也不肯自己全部掏这部分钱，便游说两个哥哥，以兄妹三人合伙购买的方式，先买下这套房子，自己先住着，日后涉及拆迁补偿款等事情，三家平分就是。此举得到了哥哥们的响应，钱一凑，春玲便彻底有了住的着落了。只是，因为此事，春玲和姐姐家彻底断了来往，虽然一个村住着，也是低着头，见了面谁也不搭理谁。

春玲刚刚安顿好，李宽的日子变得艰难起来。总有好事者传播这些男男女女的风流逸事，春玲和李宽的私情还是传到了李宽媳妇的耳朵里。

那天，说好留在镇上饭馆过夜的李宽媳妇，杀了个回马枪，提前从娘家找了几个大汉，半夜三更偷袭了春玲家。李宽的小舅子一脚踹开了春玲家院落的大铁门，把李宽和春玲堵在了房间内。等他们破门而入时，李宽已经从后窗逃走，据说是李宽媳妇的娘舅在此把门，还是没忍心难为他，放跑了他。而春玲，便成了瓮中鳖、网中鱼，被生擒了。

春玲起初也着实受了惊吓，但是很快就让情绪平稳下来，一副任你打任你骂的姿态，完全是视死如归，嘴角被李宽媳妇扇出了血，也一声不吭。她死死盯着李宽媳妇狰狞变形的脸，说："嫂子，是我对不起你。今天你就是把我打死，我也不怪你。但是我这贱命不值得你一命抵一命，你是富贵命，在城里有饭馆，每天挣大把的钱，不像我，离婚净身出户，我也觉得活得没意思，今天你就成全我，让我去找我妈吧。"

说完，眼眶里全是泪水。这番话，让大家都难以下手。李宽媳妇哆嗦着，回应说："再怎么着，你也不应该偷人！我们也是十几年的夫妻，你非得把人家拆得妻离子散才甘心？我们是一个庄的，你怎么能干这种丢人现眼的事情？今天，我也不打你了，但是今后，你必须和李宽一刀两断，要是再干这种不要脸的事情，就别怪我了。"

轰隆隆的阵势，如同刮起的一股旋风，来得快，去得也快。整晚上，春玲默默地流眼泪，看着空荡荡的房间，从未有过的孤独和寂寞揪着她的心。她突然特别思念母亲，想念两个孩子，原本自己也有一个家，虽算不得恩爱和温暖，却是有儿有女，而现在，自己愣是过成了众叛亲离的样子！

春玲先是闭门不出，几日后便似乎调整好了情绪，仿佛什么都没有发生。她找到李宽，问他是否还信守诺言。李宽一脸憔悴，支支吾吾半天，就是不给个态度。春玲已经预感到会是如此，总觉得或许会有奇迹发生。她明白，李宽和她不一样，他有公职，怎么能够说走就走？而她像一片叶子，随处飘落，或许落到哪儿，哪儿就会有新的生活。

她开始每天去镇上的驾校当教练，很晚回家，骑着一辆电动车，在村里那条蜿蜒的小路上风驰电掣。路边的麦苗青了又黄，转眼季节更换。其间，春玲抽空便去女儿住校的中学探望，送些好吃的饭菜。时间久了，公婆也不再冷眼相待，让她前来看看儿子。

山壮相亲数次，总是成不了。条件好些的，嫌弃他带着一双儿女，过门就当后妈。高低不就，他也是单了好多年。孩子成了两人间的纽带，探望次数多了，儿女便自己跑到妈妈家里，吃春玲做的饭，让春玲洗弄脏的衣物。偶尔，山壮来接孩子，春玲就招呼他一起吃顿饭。除了孩子说些学校里的事情，春玲和山壮都很少讲话，总是低着头吃饭，吃完饭山壮带着孩子离开。

春节临近，家家户户忙过年，集市上也是热闹非凡，各种农贸产品应有尽有。这个时节，驾校没有学员上课，春玲就每天去自家地里忙活。虽然是家里的小女儿，春玲对农活儿也不陌生，从小就跟在母亲身后，干些力所能及的农活儿。父亲走的那一年，春玲只有 4 岁，煤矿塌方，父亲被埋在了下面。春玲的小哥就是因此事被照顾去了那家企业，离开了家乡。

冬日的田间地头，也没有什么需要干的，春玲喜欢每天到地里走走，亲近泥土，闻庄稼地里特有的气味。想到今年春节，春玲的心情变得沉重。孩子们肯定要跟着爷爷奶奶过年，难不成自己还要过一个人的春节？

沿着村路回家，穿过那片宛如士兵列阵的杨树林，春玲的手机响了，是姐姐的声音："山壮出车祸了，在医院，好歹也是你俩孩子的爸，得去看看。""车祸？人咋样？"春玲的声音抖得厉害。"刚才在集市上听马大婶说的，具体情况她也不清楚，你还是去医院看看吧。"

来不及换衣服，春玲骑着电动车就往镇上医院赶。半路上，车子竟然没电了，把春玲懊恼得不行。把车停在路边，一路小跑，村里跑"黑车"出租的二狗子摇摇晃晃从身边经过，春玲赶紧吆喝，声音大得惊人。

二狗让春玲上车，直奔医院。"春玲，你们夫妻虽说离了婚，看来还是很有感情的，你急成这样，看来我山壮哥没白对你好。唉，这个山壮，挣钱不要命，听说是拉的货超载太多，车拐弯时侧翻了，也不知人咋样。"二狗自顾自感慨着，春玲不由自主地流着眼泪，视线一阵清楚一阵模糊。

急救室内，大门紧闭，山壮的父母和大姐都在，还有一位陌生的姑娘。谁也没说话，都是眼圈发红。有护士推开门出来，大家便齐刷刷围拢过去。"大夫，我儿子咋样？"山壮妈凄惨的哀求声，在空荡的楼道里显得特别刺耳。"再等会儿吧……"身着护士服的年轻女孩面无表情，看不出任何状况。

那个年轻姑娘，和山壮的大姐坐在一起。大姐起身，把春玲叫到了一旁，轻声说："那是山壮新交的女朋友，姓杜，是山壮干活儿的那家运输公司老板的小姨子，不知怎的，就是喜欢山壮，非得嫁给他。"春玲听得出弦外之音。和山壮结婚起初，这位大姐就对春玲不冷不热，她曾经对山壮说过："你那媳妇，太精明，眼里有桃花，你得当心点。"

等待，度日如年，时光仿佛静止。山壮高高大大的傻样，如此清晰地在春玲脑海里浮现。她突然有了深深的负罪感，感到自己对不起正在抢救的那个男人。那个男人长年在外奔波，和家人待在一起的时间一年也没有几个月，就是一种可有可无的存在。离婚前，每次回家来，平淡如水；外出离家后，也没有多少思念和挂牵，就像是个摆设。看到了，没有欣喜；丢弃了，也不会失落。可眼下，她害怕起来，真的担心万一山壮就这样走了，自己也没了活下去的勇气。即使，他们已经没有了任何关系。

手术室的门被推开了，一位戴眼镜的中年大夫从门里走出来。"你们放心吧，没有生命危险，就是多处骨折，需要时间慢慢恢复。""谢谢大夫！"山壮的家人如释重负，春玲慢慢坐在了走廊边的长椅上。

春玲见到了浑身缠满绷带的山壮。躺着的山壮，好像比站立的他矮小了很多，点滴在静静注射，他还在昏睡中。她打算看一眼就走，而那位打扮时髦的姑娘却一直守在一旁。山壮从抢救室出来，再被转移到病房，她一直不离左右。

山壮已完全是中年男人的模样，春玲记不得他年轻时长什么样了。她扭转头，推开了病房门，一个人下楼梯，在人群来来往往穿梭不停的嘈杂中，走出了医院。头顶，乌云密布，空气中弥漫着雨丝的味道，不易觉察，却分明有清凉在脸庞上流淌。

亏欠一个人，要比爱一个人难受得多。村里老话常说："嫁汉嫁汉，穿衣吃饭；娶妻娶妻，烧饭洗衣。"春玲打小就记得母亲经常在耳边絮叨："男人是山，是家里的顶梁柱，女人是水，要知道疼男人，男人才会对你好。"

每次和山壮耳鬓厮磨，都像是尽义务；和蔡教练、李宽在一起时，虽不敢正大光明，却迷恋那种偷来的刺激和愉悦。那时，春玲不敢想象要跟山壮过一辈子，即便接连有了两个孩子，在春玲的心底，一直是有动荡不已的激情冲撞的，那是山壮无法给予的。

这些日子，山壮却让春玲牵肠挂肚。趁着姐夫不在家，她厚着脸皮去找好久不来往的姐姐，打听山壮的消息。毕竟是同胞姐妹，姐姐也不忍看春玲落寞憔悴的神情，便把山壮已经出院、在父母家养伤的消息告诉了春玲。

除夕的下午，春玲买了壮骨补钙的营养品，在山壮家的门口转来转去，就是不敢进门。大老远，杜姑娘穿着一身火红的羽绒服，一摇一摆朝着春玲走来。

"你们不是离婚了吗，怎么还有脸来？今天除夕，来吃团圆饭吗？还是识趣点吧，等山壮身体恢复了，我们年后就结婚。你还是赶紧走吧，山壮说了，你这女人伤人太厉害了……"

杜姑娘平静地说完，平静地看着春玲，目光却似匕首，剜进了春玲的骨头。

这个年轻的姑娘，日后将成为山壮的媳妇，那么自己的孩子呢，难不成要管她叫妈？一股锥心的疼痛在胸口蔓延。自己忍着十月的蠢笨与不便，忍着分娩时的艰难与辛苦生下的孩子，儿子、女儿，以后将和那个女人成为一家人，而自己倒成了外人。春玲把东西放在地上，说不出一句话。她只觉得嗓子被什么东西堵住了，发不出声。她不想在杜姑娘面前流泪，她只能选择逃离。

她跌跌撞撞地走在大街上，看着手牵着手逛街的年轻恋人，他们光鲜的模样、无遮掩的亲昵，都正在变得模糊。恍惚之间，她来到了驾校的门口。

临近春节，空旷的练车场上空无一人。门卫大爷认识春玲，叨唠了一句："今天还来干什么？"春玲也没吱声，自顾自去了停车场。她负责的那辆车静静待在一个角落里，上面覆盖了一层薄薄的雪花。春玲望向天空，雪花如万千精灵飞舞着，寂静无声地飘落，有一丝清凉落入口中，瞬间便消失在了温热中。

她掏出车钥匙，发动了汽车。这把车钥匙按规定是要上交的，放假前，队长提前回老家了，春玲就没有交还。汽车发出沉稳的响动，春玲熟练地挂倒挡，打方向，穿过那条曾经走过无数遍的上坡路，驶离了驾校。门卫大爷直嚷嚷："还回来吗？"

到哪里去，开向何方？春玲不知道，她喜欢这样的驾驶，自由自在，无拘无束，仿佛可以去任何想去的地方。街边行人大都匆匆忙忙，雪花让世界变成了银白色，愈发美丽异常。她开回了村里，经过曾经和山壮生活过多年的家，经过老母亲居住过的、如今属于自己的那个家，还经过了老母亲在后山坡的墓地。她把想看的都看到了，似乎了无遗憾了，虽然穿的这身衣服不是最新的，她也不想再去换了，不如就这么上路吧，去自己想去的地方。

除夕夜，家家户户鞭炮齐鸣，"春晚"的歌声在山村里回荡。春玲感觉自己成了一只鸟儿，从林中穿过，从群山的沟壑间穿过。在广博辽阔的颍河湖畔，她缓缓将车子停了下来。透过车灯的光线，万千精灵在飞舞、雀跃。湖面漆黑一片，春玲多想变成一条鱼儿，鸟儿飞得太辛苦，还是做一条鱼吧，潜入水底，再也没有烦恼，没有冷眼和唾弃。

她神思恍惚，感觉一会儿冷，一会儿又炙热难受。她朝着河水走去，冰冷的水浸没了脚踝，刺骨的寒气瞬间蔓延到周身。她开始发抖，尝试着把身子浸入到水下。突然，一阵电话铃声划破了夜的宁静，她晃了晃神，努力回想着这声音的来源。她哆哆嗦嗦爬出了水面，又重新回到了车内，极力控制着身体的抖动，把山壮给她买的手机从驾驶座上拿起，来电显示正是山壮的号码。

"妈妈，你在哪儿？爸爸让我们去接你来爷爷奶奶家过年。你在哪儿，姥姥家的房子锁门了。"稚嫩的童声，从电话里传出。春玲想忍住泪水，却终究没能成功，她对着电话号啕大哭："儿子，妈妈对不起你们，对不起爸爸，妈妈没脸见你们呀！"这一刻，她不再隐忍，濒临崩溃。

"春玲，回来吧，我和孩子们都需要你。我有伤，孩子还没长大，你舍得离开我们吗？"山壮的声音微弱，却字字如钢针般，刺进了春玲的心底。她握着那个电话，断断续续地说："山壮，我最对不起的人就是你，我走了，你和杜姑娘就可以生活在一起，我只有一个要求，对咱们两个孩子好一些，行吗？"

"你要走可以，你把两个孩子带走吧，我现在身体垮了，照顾不过来！"山壮瓮声瓮气地说。春玲竟一时没了主意，刚刚心怀抛舍一切的决绝之心，此时却不知如何回答山壮了。她感受到两只脚钻心地疼，寒意包裹着皮肤。穿着湿漉漉的衣服，春玲重新发动了汽车，朝着家的方向驶去……

正月十五元宵节。春玲早早包好了饺子，煮熟后，儿子、女儿边看电视边吃水饺。春玲把水饺装入保温桶内，对着两个孩子吆喝："给爷爷奶奶、爸爸送去。"话音刚落，春玲听到了汽车进院的声音。她忙推开门，只见山壮挂着双拐，在他大姐的搀扶下，朝着家门口走来。"闻到饺子香了，还有不？"山壮笑着问。

见爸爸来了，两个孩子把保温桶往他怀里一递，说："这不，刚煮好的，妈给你留的。"春玲低下了头。大姐把春玲叫到一边，低声说："权当为了孩子吧，山壮和杜姑娘掰了，杜姑娘提出来，让两个孩子跟你，她不想一进门就当后妈。山壮和人家吵翻了，就分了……"

山壮的左腿还打着夹板，一只胳膊也绑着绷带，像是从前线回来的伤病员。他正喜滋滋地吃着女儿喂到嘴里的水饺，少有的一脸笑模样。春玲看着眼前的一幕，视线开始模糊起来。她盛了一小碗水饺，放在了母亲的相框前。热气袅袅升腾，她想起母亲在她执意要离婚时说过的话："闺女，女人一辈子，找个真心疼你的男人不容易。山壮是个好孩子，实心眼，老实可靠，你不能对不起人家。"

春玲把包好的饺子放在了热锅里，水沸腾着，雾气弥漫，外面寒冷，屋内却温暖如春。

清洁

像是这个城市里的蚂蚁，总在匍匐前进，使出浑身解数，不过是有限的几步。

1

朱永福从三宝家喝完喜酒，已是下午半晌儿。喝了酒，按理是不能再摸车了，可是和乡亲们喝得正酣时，接到了一个电话，是侄子小虎打来的，说刚刚接到通知，下午有检查团要到宾馆来，大概没啥好事！朱永福的儿子开了家宾馆，正在试营业，这段时间经常有各路"神仙"光顾，这儿看看，那儿摸摸，几条意见慢条斯理一讲，就得大把票子往外掏。朱永福就在电话里对小虎说："吃完了饭就回去，耽搁不了。"

前几年朱永福在家乡开了个石料厂，就地取材，挨着大山的优势，雇人挖石头，碎成石子往外卖，没几年就发了家。家里就一个儿子，取名金宝，是个不爱念书的主儿，朱永福早早就张罗着给他娶了本庄媳妇李艳梅，头胎生了个丫头。家里有万贯家财，女孩自然难以应景，接着生，二胎还是丫头。朱永福老婆脸色就变了，去医院送饭就不爱搭理儿媳。李艳梅也是辣眼儿（方言，个性泼辣的人），看得出来婆婆的心思，就有些委屈，明里不敢挑明，暗里朝着朱金宝发火。金宝就叹口气，瓮声瓮气地说："接着生，我还不信了我！"

朱永福起初想把石料厂交给儿子，儿子却不感兴趣，动员老爹把石料厂卖了，全家搬到县城住。朱永福一直没下决心，一则这石料厂是自己一点一滴建起来的，虽然工作环境差，爆破打石头危险也挺大，可成本低、利润高，也算是一块大肥肉，村里多少人眼红啊，为了能到石料厂当个小工，村民都得给他送礼。金宝拗不过老爹，就动员老妈做工作，以方便孩子日后上学为名，在县城买了房，五楼六楼上下两层，爷儿俩各一套。带着电梯，摁个电钮，人就升到了楼顶。

金宝大女儿3岁时，李艳梅动员金宝，一家四口进了城。金宝就琢磨创业的事儿。因为当初南方一家建材厂亏损倒闭，欠了朱永福家30万的石料钱，无力偿还，不得不就把位于城郊一套两层小楼抵账给了朱永福。市面价差不多100多万，朱永福喜出望外，就想着出租。金宝建议不如开一家旅馆，虽然是城郊，来往的人也不少，少不了得住店，咱自己的房子，价格上可以活泛点，不就有客源了吗？有了客源，这旅馆也是一本万利，还愁挣不到钱？！金宝说完，李艳梅接上话："我觉得金宝这想法挺好，我们也不能总指望着爹妈，都三十好几了，该锻炼锻炼自己了。"

朱金宝有个朋友陈友利，干石料厂结交的客户，一天打来电话，说："北京某高校要办一个MBA经理班，有没有兴趣去镀镀金？"金宝就说："又不是出国，镀啥金？何况，自己满打满算，初中毕业，还MBA，ABC还弄不明白呢。"说完就哈哈大笑。陈友利说："你真是目光短浅，那个班里是些什么人？全都是有权有势的主儿，多认识几个没坏处。人脉你懂不懂？有了关系，日后可以把买卖干到北京去，你信不信？！"

　　金宝动了心，回家和媳妇商量。李艳梅倒是一口答应，自己拿钱让金宝去上学。5 万块钱，六个月时间，金宝不再犹豫，简单收拾点衣物，就坐上了去北京的动车。临走时，他去和父母打了个招呼。朱永福也赞成，说："这是个好事，学点做生意的知识，日后有用。"金宝妈就担心两个孩子，怕李艳梅照顾不过来。朱永福就说："干脆接一个过来咱们照顾。"吃午饭时，金宝又劝说朱永福卖厂子，说："你们待在村里，咱们隔着这么远也不方便，买的房子一直空着也不是个事儿，进了城，什么都方便，不比这一下雨就全是泥汤的地儿好。"

　　金宝学习期间，朱永福的石料厂出了一起事故。邻村老范家的独苗儿、外号叫"饭桶"的大小子，还不满 20 岁，在用雷管炸石时被炸死了，还没送到医院就断了气。因为雷管爆炸出事这不是头一遭，却也没有安全的办法，都沿袭这个方法，一旦碰到哑雷，没有经验的人往往就会吃亏。等你靠近想探个究竟，突然就爆了，那个冲击力，肉体凡胎，只有倒霉的份儿。这回，"饭桶"出事大概也是这个缘由。那可是老范家的独苗儿，人家能善罢甘休，好话说尽，连村里主事的干部都出了面，赔偿金额就是商定不下来。老范家在区里有个当干部的老舅，全家人说话就气粗。

　　朱永福没辙，眼看着老范家的老婆子寻死觅活，干脆夸下海口："你出个数吧，我倾家荡产赔给你。厂子我也不干了，大不了卖了厂子赔你。"此时，金宝还在北京学习。虽然是农村人进了大都市，金宝却不怯场，从小就口齿伶俐，人情往来早已熟稔在心。遇到一大帮社会名流商圈精英，金宝自来熟的个性便有了施展的舞台。原本，朱永福还想着给儿子打个电话，毕竟出了这么大的事情，可李艳梅死活不同意。她对自己的公公说："金宝学费贵着呢，这一来二去的，少说也得一个星期，耽误学习不说，这不浪费钱吗？何况，把他叫回来能怎样，老范家就能少要点吗？"

最后，老范家在区里工作的老舅出面，事情才算完结——朱永福赔了 40 万。虽说家里有这个储蓄，毕竟也是十来年辛辛苦苦开山采石的回报，在银行窗口前，在老舅的监督下，朱永福和老范完成了金钱交易。看着银行存折上的数字，一划拨，像是割肉一般，朱永福顿觉一把刀子在心口上剜了一下，忙不迭抚摸了一下胸口。一旁的金宝妈斜着眼睛，一脸的苦相。

40 万不是个小数目。此事一出，朱永福就像是泄了气的皮球，没了经营石料厂的动力，整日待在家里唉声叹气。老婆支使他干家务活，地里还种了一畦玉米，陇上还有些蔬菜，辣椒茄子啥的，平日里都是金宝妈打理。朱永福一直在厂里忙，也无暇顾及这些家务事。这几天被金宝妈支使，他就愈发地烦躁不堪，终于下了决心，卖厂子。

消息一传出，就成了村里的热门新闻。这是块肥肉，谁不眼馋？一问价格，朱永福就不打弯地直言："40 万，不讲价。"厂里有设备，有正常销售渠道，一接手就能看到效益，可谁也没能力拿出这些钱来。分期付款，朱永福坚决不同意，就是一句话："一次性交清，不留尾巴。"厂子也停了工，十几个工人都歇了，回家等新老板上任。

一天，老范家的老舅找上门来，老范在身后跟着。听说来意后，朱永福赶紧端茶倒水。老范有意盘下这石料厂，这消息倒是让朱永福怎么也没想到。毕竟是一条人命，自己也是对不住人家，便一口答应；何况又有老舅在中间说和，话说的是知书达理，朱永福也没有不满意的。关键是那 40 万，兜了一个圈圈，又回到了朱永福的腰包。

等金宝听说了这起事故，打了电话回家，朱永福这边已经全都处理完了厂里的事情。过户、公证，一系列手续办完，朱永福长叹一声离开了石料厂。从 30 多岁起，这个厂就是他的命，全家老小所有的开支，乡里乡亲各种打点应酬，都离不开这个厂。这是他的摇钱树，也是他在村里获得一定地位的法宝。他兄弟四人，因为这工厂，他成了说话最硬气的那个，家里大事小事，兄弟们也习惯先看他的脸色，他也习惯了扮演"拍板"的角色，虽然并非是家中长子，说话却比老实巴交的大哥有用。

转眼半年过去，金宝结束了北京的学习，那些工商管理类的知识弄得他头大。他也自知自己的水平，静不下来钻研什么学问，最大收获是认识了一帮所谓经济界的精英，大大小小都是老总级别，遍布在各行各业。金宝酒量大，从小就不怕喝酒，从会走路起，家里有场合，朱永福总是用筷子蘸一点儿杯中酒让金宝品，把金宝辣得龇牙咧嘴，大家就哄堂大笑。这个情形成为习惯性的一幕，在一点一滴的酒精浸润中，金宝的酒量就越发大了起来。这不，在京城的培训班上，金宝的大酒量有了实战的舞台。酒场多，沾不得酒精的人就怵头，这个时候，他就毫不犹豫替他人挡酒，慷慨仗义。此举赢得了大家赞赏，大家都被这个山东小伙儿的豪义所感动，金宝逐渐结交了许多谈得来的朋友。在培训班结束的宴席上，许多人都拍着金宝的肩膀说："日后有用得着哥的地方，一个电话。"

回到家，金宝就对朱永福说："我准备开个珠宝店，但手头没有资金，需要你支持，你可以以参股的形式入伙，那你就是董事长，我是总经理，如何？"朱永福开石料厂 15 年，也没给自己封个职务官衔，眼下儿子这一趟学习回来，一出口就拽词儿，弄得朱永福挺不舒服，心想：你少拿这一套忽悠我，说到底，还不是让我掏钱！

他心里再不情愿，自家儿子有需求，也不能不答应。他郑重其事地和金宝说："石料厂出这个事，咱家赔了40万，连厂子都卖了，虽然不至于亏空吧，家里这些年挣下的钱也是只出不进。你开店自食其力，是好事，但也得量力而行。城郊那套两层楼开宾馆倒是可以，就是位置差了些。你打算开珠宝店，我不赞成，那玩意儿可不是闹着玩的，那成本咱们可负担不起。"

金宝说："宾馆我考察过了，那儿算是城乡接合部，过往的人比较多，有住店的需求。价格如果比市区便宜些，不愁没有客源。至于开珠宝店，我有个学习班的同学，在南方经营珠宝加工，答应成本价给我，他门路挺广，国外的廉价珠宝也可以进货转给我。爹，珠宝这一行投入大，利润也是暴利。"

金宝满怀创业激情，听不进朱永福的提醒，爷儿俩有些僵持，但金宝也不敢得罪他爹，没他的资金支持，自己所有的想法都是空想。不得已，他就先做起了宾馆。装修期间，为了节省材料，朱永福总联系一些廉价的厂家，惹得金宝很不满意。他要的效果是富丽堂皇，而朱永福是想建成一个家庭式的宾馆模样。光这一点，爷儿俩就没少吵。后来，金宝一见朱永福来店里，就冷着一张脸，金宝妈明白啥意思，拉着朱永福就走。后来，朱永福就很少去店里，全凭这小子张罗。没了他的管束，金宝倒也乐意，找的服务员都是自己亲自面试的，大堂经理想请自己的老姑美云。这美云不简单，退休前在市区著名的明星大酒店干过经理，要不是金宝一口一个老姑叫着，并以高薪诱惑，美云也不打算再出山了。

2

今天是孙美丽第一天上班。能当上这个街区的清洁工，也是靠老邻居美云的帮忙。美云见多识广，当年在酒店里认识了市环卫局的一位副局长，看着孙美丽下岗在家，老伴儿身体有病，家里唯一的儿子又不务正业，就想帮帮孙美丽。毕竟，她俩还是初中时的同学。

当年，孙美丽家境就不好，初中毕业就去了临县万水泉公社插队，后来回城被分配进了一家纺织厂成了挡车工。而美云则不然，家里的长女，被照顾进了当地一家国营饭店。最初她也是专门给客人下面条，为此，还回家哭过鼻子，后来一步步从小工到营业厅的收费员，再到餐饮部经理，饭店后来改制，当上了酒店经理。美云容貌俏丽，懂得揣摩客人心理，性格又泼辣，工作干得有声有色。美云到了退休年龄，原单位执意挽留，又多干了两年才真正赋闲在家。

美云在酒店当经理时，孙美丽在她的酒店里干服务员，却总因为家里事情太多，一会儿送老伴去医院，一会儿去派出所接儿子，经常迟到早退的，大家意见就挺大。美云找她谈过多次，最后也只好委婉地劝退了她。每次看到孙美丽的生活，美云心底还是不好受，左思右想，就问孙美丽，愿不愿意去做清洁工，一个月 2000 块钱，每天一早一晚扫扫马路，空闲时间有的是。孙美丽自然是一口答应，并千恩万谢。

孙美丽的老伴儿三年前突然中风，半身不遂躺在床上，因为还没到退休年龄，只好办了病退手续。每月的药费报销也是让孙美丽犯愁的事情。昨晚儿子小磊一夜未归，想必又是去网吧过夜了。孙美丽省吃俭用供小磊读完了大学，他毕业后却总是挑三拣四，工作累了，老板凶几句，说辞职就辞职，还美滋滋地说："是我炒了老板鱿鱼。"转眼小磊25岁了，也没个正经工作，整日就喜欢泡在网吧打游戏。饿了就回家吃饭，没钱了就找孙美丽要。有一次，孙美丽执意不给，小磊就顺手从餐桌上拿起一把刀，指着孙美丽说："给不给？"孙美丽也吓坏了，哭着说："我把你养这么大，你就这么回报我，你杀吧，我也不想活了。"说完，就把身体对着小磊手里明晃晃的刀口。小磊的手哆嗦了几下，突然就把刀刃对着自己的手臂划，鲜血瞬间就顺着胳膊流了出来。孙美丽也不敢再唠叨，赶紧从木头柜子里找出纱布，给小磊包扎。

孙美丽当上环卫工的第一天，早上做了些面条跟老伴儿一起吃了，又热了两个自己包的茴香蒸包，对老伴儿说："小磊回来后你记得让他吃锅里的蒸包。"老伴儿就说："你快走吧，第一天上班，去晚了不好。"孙美丽还是担心老伴儿一会儿睡着了，小磊饿肚子，就写了一张纸条，放在了小磊的床头柜上：磊磊，蒸包在锅里，茴香馅儿的，别光出去玩，在家照顾爸爸，我去上班了。

出了门，阳光有些刺眼。这栋家属楼还是当年纺织厂的宿舍区，空间狭窄，老旧阴暗，仿佛阳光都不愿在这里逗留。孙美丽住的是四楼西户，顶楼，还西晒，夏天是最难熬的季节。好在楼西头有棵梧桐树，缓解了阳光的直射，带来一片阴凉。

秋季的风已经带了些寒意。走出楼前那条胡同，来到了热闹的大街，孙美丽还想回头看看自己的家，却什么都看不到了，到处是熙熙攘攘的人群，连一片清净地都找不到。这份热闹与她无关，此刻，她必须在八点前赶到环卫局。乘坐21路环城车，四站路的距离，下车后她没费多少力气，很容易就看到了环卫局的大门，门口有明显的标识，白底儿黑字清清楚楚写着单位的名称。

环卫科在办公楼的二楼。她轻轻敲了门，一个戴眼镜的中年男人接待了她。他说了许多的注意事项，她便不住地点头称是。

能当个环卫工，也是美云的关系，自己哪有什么不满意呢？"这是合同，你看一下，没什么意见就签了吧。"眼镜男拿了一个纸杯，从饮水机里倒了一杯热水递给她，孙美丽忙不迭连声说着谢谢。这等待遇，也是不常有的，孙美丽就想，可得好好干，不然真对不起人家，这么好的领导。

领取了工装，鲜艳的橙黄色马甲，还有一顶红色帽子。这套衣服有点儿像马戏团小丑的戏装。这个念头刚一冒出来，孙美丽立即打消了这个想法。她一直保持着由衷的微笑，即便是在会议室里和几位日后的同事观看安全警示片，看着一起起交通事故中清洁工遭遇车祸的凄惨景象，她也没有像坐在旁边那位大嫂一样唏嘘不已。她瞪着大眼睛，看着幻灯片上令人心悸的一幕幕，她手心里开始冒汗，脸上却依然保持着平和的微笑。

中午回家，老伴儿拄着拐杖，竟然炖了一锅白菜。孙美丽看着锅里冒着的蒸汽，闻着蔬菜的清香，就觉得今天真是一个好日子。从今天开始，自己有了一份新工作，每个月可以有 2000 块钱的收入，对于这个家庭来说，意味着生活可以得到一些改善，不再每个月都捉襟见肘。可惜儿子小磊没回来，不然一家三口可以一起吃顿饭，哪怕是粗茶淡饭，只要全家人都在一起，就会有生活的希望。她把饭菜盛好，对老伴儿说："以后我就有空闲了，午饭等我回来做，万一你磕着碰着的，咱就麻烦大了。"

下午出门时，孙美丽看了看表，两点钟。儿子的房间依然是空的，原本午饭时想打电话叫儿子回家吃饭，可看着饭桌上的白菜，没有一样是荤菜，就打消了这个念头。她想，等月底有了收入，先去买一只老母鸡炖一炖。小磊最爱吃她炖的鸡肉，他说过，鸡肉酥软，鸡汤浓香，喝一口能记着一辈子。孙美丽就揣摩起这一辈子的含义，从当年的插队准备扎根农村的知青，到现今为了生活温饱艰难挣扎的下岗工人，虽说眼下有了工作，但儿子小磊的就业和日后结婚买房还都是遥不可及的。"小磊遇到我们这样的父母，也真是不走运。"孙美丽暗自想，像人家美云的儿子，高中时是这一带有名的混世魔王，打架斗殴，调戏女同学，现在还不是可以出国去镀金，就因为人家父母有大把的钞票嘛，就可以去见识外面的世界，坐飞机就像打的一般，来回方便得很。人和人没法比啊。

　　分派给孙美丽的区域位于滨海路的西侧，大约 3 千米长。这一带有许多做烧烤生意的个体户，把街道弄得乌烟瘴气的。之前在纺织厂当工人时，她也经常从这里经过，那时这里还比较荒凉，经常有小猫小狗乱窜。如今"幸福家园"的所在地，过去是一片垃圾处理场，夏天里味道熏得人不敢大口呼吸，如今倒是街道整齐，马路干净，来往的行人和车辆也都井然有序。可她的身份却成了一名清洁工，需要每天对这条街道进行清理，那些烧烤后留在地面上的灰烬和油垢，那些客人就餐后丢弃的杂物用品，诸如此类吧，都需要清扫，然后将垃圾统一分类，分别放入不同的处理箱，再由专人统一送往垃圾处理场。

　　这个时段，烧烤摊还未开张，沿街那一片热闹区域已经有人开始安放一些桌椅板凳。夜色还尚早，孙美丽穿上了统一的工装，没有人在乎一个中年妇女的存在，在这条繁华的街道的某个角落里，孙美丽挥起了扫把，轻轻从地面上拂过，些许微尘如羽毛般腾空而起，在空气中随意地散落。阳光明媚，孙美丽眯起了双眼。她远远看见一辆车，像是一辆吉普车，摇摇晃晃地朝她驶来。

3

　　朱永福的越野车突然就失去了控制，对着一辆停在路边的小推车撞去。接着，就听到咣当一声，一个人影在前面闪了一下。车轮撞到了某个物体上，车身骤然停下，朱永福刹那被惊出了一身冷汗。老伴儿被吓得都变了声："咋了？是不是撞了人了？"朱永福没答话，手哆嗦着想打开车门，可拉车里的那个门把，车门就是打不开。倒是老伴儿一下从车上跳下来，一会儿就传来连哭带叫的声音："你快醒醒，别吓俺啊，不行咱们上医院啊，行不？"

朱永福终于打开了车门，眼前是令人心悸的一幕。地上躺着一位身着橙黄色工作服的清洁工，是位大嫂，已经昏迷不醒。老伴儿摇晃着她，嘴里不停地叫着，喊着："快醒醒……"

此刻，朱永福完全清醒过来。中午喝了几杯酒，按理是不应该再开车的，可侄子小虎的一个电话让他心怀侥幸，就想着距离也不是太远，半个小时的车程，很快就回去了。驶入滨海路时，朱永福松了一口气，过了眼前这条马路，前方右转，200米就是他和儿子居住的小区了。也不知咋回事，就在刚才，大脑突然就短路了，瞬间一片空白。车子撞到了前方的障碍物，身子突然前倾碰到了方向盘，胸部一阵生疼，他才清醒过来。他踩住了刹车，完全是下意识的行为，像是发了疯的庞然大物被打了镇静剂，车辆突然静止了下来。

世界安静了下来，一切悄无声息。朱永福日后常常回想这起事故，倘若可以像电脑的删除键一样，有了误操作，一摁就能让一切恢复到最初多好。他没有酒驾，没有犯困，那么就不会发生眼前的这一切。可现实是，他撞到了人，而这个人，是个女人，还是一个第一天刚上班的清洁工。

随车的三宝也帮着金宝妈，想唤醒那个倒地的女人，可于事无补。朱永福此刻是从未有过的清醒状态，他明白，自己闯大祸了。酒驾醉驾是犯罪，这个人躺在地上，是那么地瘦弱，脸色苍白，四肢瘦小，只是那身橙黄色的衣服，在阳光下折射着刺眼的光芒。她死了吗？死了就可以一了百了，不过就是赔钱的事情，赔偿多少的事情。死不了，成了残疾人，看病吃药，也许就成了一个无底洞，你永远不知道会有怎样的状况发生。或许就瘫痪了，需要请保姆照料，你需要掏保姆费；或者成了植物人，更甩不掉了，家属会赖上你，你的一辈子就过不了安静日子了，为了一杯酒，你把自己的余生彻底葬送了……

这些念头像蚂蚁一般啃噬着朱永福的大脑，他想起听到老范家儿子被雷管炸到的消息时，是心存侥幸的，并没有万念俱灰的感觉，而现在，他是无望的，眼前是老婆撕心裂肺的号叫，他却发不出丝毫的声音。他不知如何处理眼前的事故。三宝从身后走到了跟前："叔，我打 120 了，看来那个人不行了。"朱永福指着地上的女人说，"三宝，我喝酒了，怎么办？这是犯法的事情。"他自言自语，同时也闻到了三宝嘴里散发出的酒气，从未如此地刺鼻，像是一股子硫黄燃烧的味道，让人想呕吐。

他给金宝打了电话，第一句话就问他喝没喝酒。金宝听出了朱永福心急如焚的声音，问他发生啥事情了。朱永福说："我撞人了，中午喝了酒，你来海滨路拐弯处，对，就是幸福家园旁边那条海滨路，我还没报警，你赶快过来。"听到金宝肯定的回答，朱永福的心逐渐开始放平。

还没等到金宝，120 一路呼啸着来到现场，两位白大褂医生几乎是从车上飞了下来，来到金宝妈身旁，金宝妈还在边哭边对着地上的女人喊。一个年轻的医生把金宝妈扒拉到一边，对她说："别喊了，我们检查一下。"接着便是翻看女人的眼皮，掏出听诊器对准女人的胸口，几秒钟后，便摇了摇头，对另一位医生说，也是对一旁的朱永福、金宝妈说道："没有生命体征了。"

话刚说完，警车赶到，车上跳下两个身穿警服的交警，听了医生的话，一位大声问："肇事者在哪儿？"朱永福忙点头，说："是我。"金宝妈已经呆若木鸡，站在一旁，不停地抽泣。问话的警察白白净净，左脸颊上还有一个大大的酒窝，应该是和金宝差不多的年纪。酒窝警察并没有太多的激动，扫了一眼正拉起警戒线的那位胖胖的警察，说："我怀疑肇事者酒驾，赶紧测试一下酒精度。""120！"酒窝警察报出了酒精含量。听到这个数字，朱永福成了霜打的茄子，彻底蔫了。

接到老爹的电话时，金宝正在老姑美云家里喝茶。他事先和老爹商量过了，想请美云姑姑来宾馆帮忙，至少当个大堂经理，帮着打理店里的事务。他有许多宏伟计划，不想被这个小小的宾馆困住。经过北京的学习，他与很多生意人建立了关系，他觉得那些关系全都是发财的机会，就看能不能充分利用好。比如南方那个做珠宝的胡老板，既可以自己生产，也能从国外进口便宜的珠宝，为人还实在，答应给自己最优惠的价格。那位做汽车生意的，门路也很广，对于他的生意经，金宝佩服得五体投地，也想日后和他合作一把。这些利润高的买卖，都像是一块块的肥肉，金宝恨不能一口全吞进去。

美云一直推诿，她不太愿意掺和这种家族企业，打断骨头连着筋，七大姑八大姨的，管理起来特别麻烦；不同于企业，严抓善管，有制度做保障。可这叔伯侄子天生一张哄死人不偿命的嘴巴，说起那话来含着蜜，让在餐饮业混了多年的美云都有些抵挡不住。这不，借来姑姑家喝茶的机会，金宝又送了几大盒燕窝、茶叶、海参。两人正热乎乎地拉呱（方言，聊天），朱永福的电话差点儿让金宝跳起来。

"啥事？"美云一口茶还没入口，见金宝火急火燎地把手机装到办公包里，就明白出事了。金宝说："我爸撞人了，还喝了酒，我得赶快去现场。有事回头再说，姑。"说完，防盗门"咣当"一响，人就消失了。美云只觉胸口怦怦直跳，想打电话给朱永福，又觉不妥，便坐下来端起了茶杯，想着等会儿再问金宝吧。

这边，金宝赶到事故现场，人已经被医院拉走，朱永福、金宝妈和三宝全都进了警车，正准备离开。金宝上前搭话，酒窝警察没给他说话的机会，警笛长鸣，一路卷土而去。朱永福临走时甩下一句话："把车修好。"酒窝警察立马说："不能动，这是事故车，由我们来处理。"

4

美云得知了事情的全部后，不由得哀叹道："怎么就这么巧？被撞死的竟然是孙美丽。"她感到了内疚，明明想帮帮美丽，却害了她。她一时也有些纠结，肇事者竟然是自己的叔伯大哥，自己这个角色就变得尴尬起来。站在孙美丽这边，可以和她的家人一起使劲儿，让肇事者付出代价，酒驾，绝对理亏，法律不容，没啥说的，倾家荡产也得赔偿。更何况有车险，索赔没啥问题。朱永福这边，是自家的亲戚，应该想办法减少些损失，至少不能让对方狮子大开口，索赔无边。想来想去，矛盾的双方，都和自己有着关联，孰重孰轻，这天平还真不好掌控。

既然不好掌控，不如不管吧，当甩手掌柜，谁都不帮总可以吧？可是金宝上门来求救了："老姑，咱得先想办法把我爹保出来。"金宝妈和三宝已经被警局放出，朱永福被关押。金宝探听回来的消息是，先双方调解，调解不成，就按刑事案件处理；到了那个地步，朱永福就有坐牢的可能。"不管咋样，也不能让我爹坐牢，花多少钱也成。"金宝的态度让美云挺欣慰，就觉得大哥没白养这个儿子，关键时刻还是能顶事的。她对金宝说："这个时候千万别主动去和孙美丽家人接触，她那儿子小磊是个混不吝，万一情绪冲动，做出啥事情来都不好收场。"金宝忙点头称是。

警方出面，没想到协调工作出奇地顺利。孙美丽虽说是第一天上班，好在环保局正式给员工购买了人身意外伤害保险，将会有一笔可观的赔偿。"孙美丽的家人提出的赔偿数额是 40 万，你们能接受吗？"谈话的是位严肃的警官，长得一双牛样的大眼睛，在例行公事的同时，偶尔也会有温情的目光，在事故双方每一位在场的人脸上停留。

昨晚，美云去了朱永福家，看见室内的衣物凌乱不堪，沙发上孩子的玩具随处丢放。农村人进城，住的是高楼大厦，但往往还是保持着住在农村时的习惯，不太爱收拾家，地上的水渍、污痕随处可见。家里出了这样的事，大家心情自然也都郁闷。美云就对金宝妈说："想开点，我大哥没事的，金宝不是也去了陈队长家里送了重礼吗？"金宝妈指了指沙发边几个塑料袋说："人家没收啊，好话说尽，人家就一句话，该怎么办就怎么办。把金宝和李艳梅直接给撵出了家门，你说这可怎么办？你大哥那身子骨，看着挺硬朗，可也是浑身的毛病，高血脂、高血压的，这一折腾，要是真进了监狱，还不把这老骨头给扔到里面啊。"说完，就嘤嘤地哭。李艳梅在一旁说："我妈心思小，就爱胡思乱想。交警队的那人不是说了吗？只要双方能达成协议，不用追究刑事责任嘛。""可你爹多是喝了酒的，又撞死了人，还能轻饶？"

美云跟着叹了口气。巧的是，朱永福家这辆车两个月前保险就到期了，因为忙宾馆的事，一则没时间，二则就不想去买，觉得外出可以开金宝的车，自己这辆一般都是回老家开一开，也没交警查，能省几千块保险费呢。结果，眼下却撞了人，不仅没有任何保险索赔，也许还得重罚一笔，得不偿失。

金宝妈哭了一会儿，突然就抓住了美云的手："他姑，你不是和那个，叫什么来着，美丽，对，孙美丽是老邻居吗？"这是金宝告诉他妈的，从金宝拍回的现场照片上，美云一眼就认出了那个可怜的人，就是孙美丽。美云点了点头。"你能不能去说和说和？听听人家的意见，咱们也好有个心理准备。"这话说得挺有道理，按理说，美云是不能拒绝的，毕竟是亲戚里道的，也不用你出钱，不过是跑一趟腿而已。可是，一想起孙美丽那苦兮兮的脸，美云心里就难过得要命，自己好心好意却帮了倒忙，这会儿再去人家家里去做说客，自己良心上有些过不去。何况，看着那瘫痪在床的小磊他爸，自己该说什么呢？

正说着话，金宝推门进来，一脸的兴奋，叫了声"妈、姑"就一屁股坐在了沙发上。"我爸有救了！"一听这话，三个女人齐刷刷把脑袋凑到了金宝的脑袋旁，就怕动作一慢，金宝就没了似的。

5

自从结束了北京的培训，陈友利和金宝就没怎么联系了，偶尔在微信上打个招呼，吃饭、洗脚，约一约，也没定下具体时间。谁知，正当金宝为老爹的事思前想后、绞尽脑汁的时候，他竟然在建材城碰到了陈友利。金宝正和卖石材的老板核对装修费用时，陈友利的身影从门口一晃，金宝就迅速冲出门去。陈友利刚刚钻入轿车，就被金宝从开着的窗户里伸手一把抓住了脖子。

"大白天的，我以为遇到抢劫了呢！"陈友利顿时喜笑颜开，立即停车，开门从车里出来。今天因为见客户，西装笔挺，也是帅哥一枚。后座还有位女孩儿，没有下车，从窗户看，是个浓妆艳抹的女孩儿。

"这又是谁啊？你小子，老风流了。"金宝捶了他胸脯一下。两人心照不宣，大声笑起来。问起近况，金宝开始唉声叹气，在陈友利追问下，他就把父亲撞人的事情前前后后交代了个彻底。这陈友利倒也不惊慌，说："关键是你爹喝了酒，不然没啥麻烦的。人死了比活着好，你小子偷着乐吧。"这话金宝不爱听，又是一捶："你他妈缺德不缺德，不想想怎么帮我，还拿这话安慰我，小心我把你在北京干的风流韵事告诉你老婆。"这一招还挺管用，陈友利立马正经了起来，斜眼瞥了一眼车厢后座，放低了声音："今天你撞上我算你运气，我后座这女孩儿她爸就是交警，我托托她爸，也许有好的解决办法。"这话一说出口，金宝就激动地一把把陈友利抱在了怀里，恨不得咬他一口："你要给我解决了这一难题，我新开的宾馆以后你随便住，我收拾一间最豪华的给你当行宫！"

金宝把陈友利的这层关系说出后，金宝妈并没有像他所想的那么乐观。那陈友利一向风流，这妹子她爸能真心给帮忙吗？美云就说："也不一定，咱金宝结交的朋友，也许就使得上劲呢。"美云心想：要是能帮上忙，我也不用在中间作难，欠下良心债了。金宝妈还是对美云说："他姑，你还是辛苦去一趟，打听打听也是好的，你说呢？"

虽然金宝妈催得紧，美云还是过了两天才去的孙美丽家。她推算，按照风俗习惯，这天应该是孙美丽出殡的日子。果然，家里大门紧锁，邻居告知去了殡仪馆。其实，作为老邻居，美云应该早到的，碍于朱永福这一层亲戚关系，一向伶牙俐齿的她，总感觉没脸见孙美丽一家人。到了殡仪馆，美云见到了坐在轮椅上的小磊他爸。他病退前是纺织厂的维修工，年轻时也是高大帅气，这几年被疾病折磨得已经老态龙钟。美云上前看着那张苍老皱纹横生的脸，眼泪就控制不住地流下来了，忍不住抽泣起来："大哥，我不应该给美丽介绍这个工作，害得你们全家这样，我有罪啊。"孙美丽的丈夫李树全却丝毫没有责怪她的意思，从喉咙里呼出了一口气，声音沙哑："不能怪你啊，妹子，你是想帮我们家啊，这是谁也料想不到的啊……"

小磊抱着妈妈的照片，走过来就要下跪，被美云一把扶了起来："磊啊，今后你就得顶起来了，咱可不能总想玩了。妈妈走了，爸爸需要照顾，咱得找个像样的工作了，妈妈在天上看着呢，行吗？"说得小磊频频点头。

哀乐肃穆，像催泪弹一般，前来送孙美丽的人并不多，却都眼含热泪。知根知底的人都清楚，这个女人操劳了一辈子：当知青时，整天下地干农活；当了工人，白班夜班地轮番倒，站在机床前不停歇，如同一架机器一般；下岗了，自己摆个小摊卖儿童玩具，被城管撵得东奔西跑。她像是这个城市里的蚂蚁，总在匍匐前进，使出浑身解数，不过是有限的几步。而比她富有、比她滋润的人比比皆是。每次见到美云身着华服，孙美丽都是羡慕的份儿，啧啧称赞。美云就说："等你儿子结婚，我送你一套旗袍。"她就瞪大了眼睛，连忙摆手说："可别，我这身子骨，哪配穿旗袍啊，糟蹋了好衣服。"说完，就笑。美云就说："你结婚时也没捞着穿婚纱，要不，小磊结婚时你也和老李去拍一套婚纱照，费用我给报销，如何？"孙美丽就开心地笑，眼睛里有光闪动："我们家都没有一张像样的照片，要真去拍了，我就放大挂在客厅里天天看。"

此刻，孙美丽真的变成了一张相片，却是她年轻时的一张工作照。美云记得，那是她入厂时要求拍摄的，还是美云陪她去当地的人民照相馆拍摄的。照片上，孙美丽紧张得像是一个刚入学的小学生，头发都没顾得上梳理一下，几绺刘海有些凌乱，眉头紧锁，嘴巴撇着像是挂了一个铃铛。美云说："瞧你苦大仇深的，当了工人了，开心点嘛！"孙美丽就说："有啥开心的，挡车工，三班倒，不比农活儿轻快多少。"此时，看着小磊怀里的这张照片，美云再也控制不住，低声呼喊着"美丽，美丽"，跟随着人群，最后看一眼躺在棺木中的美丽。一会儿，逝者就会被推入焚烧炉，化作青烟。

6

三天后，朱永福回到了家。美云接到金宝打来的电话："老姑，今晚来我家吃饭吧，我爹回来了。"兴奋得像是中了头彩一般。美云却还沉浸在送别孙美丽的伤感中，这个消息像是一闷棍，把美云打醒了。她在想：一条人命，就这么去了；一件看似棘手的车祸，也这么平息了？好像是做了一场梦，现实还是一切照旧，孙美丽还是一名清洁工，还在为第一天上班认真打扫着街道；朱永福还在忙着他的宾馆开业，一切按部就班，还是原来的样子。

坐在餐桌上座的朱永福，明显苍老了许多。金宝妈和李艳梅在客厅和厨房之间进进出出，油锅爆香的味道四处弥漫；金宝的大女儿在安静地看电视，仿佛周遭的一切都与她无关；小女儿不过才两岁，已经拿着李艳梅的手机玩一种积木游戏，时而开心地咯咯笑着。李艳梅便偶尔训斥她几句："别玩了，眼睛还要不要了？"金宝一直在接听电话，声音很大，满嘴的玛瑙、玉石等名词，大概还在筹划他的珠宝店，朱永福说过他贼心不死。而此刻，在这哄闹的环境中，朱永福像是一座泥尊，安静的、沉默的，眼睛里有痴痴的光，紧盯着面前的那杯茶，也不喝，就只是看，好像看一件失而复得的宝物，稀罕不够，爱不释手，就连美云进门和他打招呼都没反应。金宝妈一脸的无奈，先把美云让到了沙发上，大声对朱永福说："你看谁来了？傻了？"

美云想安抚他几句，就说："福哥，咱得想开点，只要人平平安安的就好。赔点钱就赔点钱，钱没了咱还能挣，命没了就啥也不行了。"美云突然意识到，在这个时候，自己的这番话并不太适合。朱永福好像听进去了，缓慢地点头："唉，当时我也不知咋了，就啥都不知道了，开车犯困真是要命啊。"美云心想：你还不只是犯困的事儿，你还喝了酒呢。这是美云心底的话，却不能说出。

酒菜上桌，金宝从酒柜里拿出了一瓶黄河龙，正准备打开，朱永福摆了摆手，呵斥道："还喝！今天咱们都不喝酒了，吃了这次大亏咱得长点记性不是？！"众人就附和道："不喝。"金宝妈对金宝说："这次那个陈老板帮了咱们大忙了，金宝你得好好谢谢人家。把咱家那瓶茅台给人送去。"金宝就应声道："您放心吧，我亏待不了他。"金宝妈刚要吃，想起了什么，忙放下碗筷，在屋内墙角供奉的观音菩萨像前，点燃了一炷香，双手合十，拜了拜，才坐下吃饭。朱永福就瓮声瓮气地说："你整天拜菩萨，帮了你多少？"美云见金宝妈无言以对，忙说："全家人平平安安的，不就是最大的保佑吗？"

美云来之前，金宝已经把这次事故的赔偿情况都告诉了她。孙美丽虽然是第一天上班，但因为有人身保险合同，保险公司给赔偿了 20 万。幸亏有这 20 万，它大大缓解了朱永福的压力。孙美丽家也没有狮子大开口，提出的条件是赔偿 30 万。金宝亲自和人家谈，减了 3 万，朱永福掏了 27 万，达成了和解。金宝还对美云说："我认识的那个陈老板的小蜜的爸，是交警队的，给帮着做了些工作。孙美丽的老伴儿也知道咱们的关系，不敢漫天要价。"

金宝果然是个干大事的人。美云回忆起出事后说起朱永福有可能坐牢时，金宝就说："钱能摆平的事就不是什么大事。但钱多钱少也要有个原则，如果他们想讹诈，我也不依。"美云就说："要是达不成协议，走刑事案件，你多就可能被判刑。"金宝顿了顿，说："判刑也不怕，进去了我也有办法再把他弄出来。"

许多细节都在阴暗的角落里滋生发芽，拿不到阳光下。没有酒助兴，这顿饭吃得很快。美云帮忙收拾了碗筷，打算离开。美云出门时，金宝还不忘对她说："老姑，下个月咱们的宾馆就要开业了，大堂经理的位置我给你留着，你得来帮我。"一副不容置疑的样子。

7

金宝的宾馆如期开业了，鞭炮齐鸣，前来捧场的人络绎不绝。金宝西装革履，李艳梅旗袍在身，要不是俩女儿在一旁，倒像是新婚的小夫妻。陈友利送来了一个大花篮，足有一米半高，花篮内各式鲜花妖艳夺目、五彩缤纷。身边的女孩儿就是上次车里那位，大脸庞，鲜红的嘴唇，半拉身子几乎全靠在陈友利的身上。

美云也在人群中张罗，她也算是宾馆的一位员工了。金宝给她引荐陈友利，美云就说："我们金宝总提及你，年轻、能干。"陈友利忙微微低下身子，把身边的女孩儿推开一些，对美云说："早就听说金宝有位漂亮、能干的老姑，今天有幸遇到，还请前辈多指教。"说完，从西装口袋里掏出名片，双手送到了美云的手里。

美云一直想知道这陈友利是何方神圣，究竟是如何摆平朱永福这一案子的。之前费尽心思的事情，人家处理得云淡风轻，不留一点儿痕迹，着实有大本事。午饭时，美云就故意和陈友利坐在了一桌。美云端起了一杯酒，对陈友利说："陈老板，我敬你！上次我大哥的事，多亏你帮忙。"

陈友利做出受宠若惊的表情，忙把自己杯子放低："老姑，我和金宝是好哥儿们，他的事就是我的事，更何况永福叔也是我的长辈，这点忙不算什么。"陈友利如此客气，美云倒不好说什么了。

今天朱永福没出现在开业现场，他原本是打算来的，一大早就梳洗打扮了一番，却突然心跳得厉害。金宝妈想给金宝打电话，被朱永福制止了。他说："我床上躺一会儿，没啥事。今天他宾馆开业，招惹他做什么？"

朱永福躺在床上，喝了口水，心慌的感觉减退了一些。这些日子，每到夜晚，他经常回忆起孙美丽，一会儿在认真扫地，一会儿倒在地上。接到可以回家的通知时，他有些出乎意料，其实，他已经做好了进去的准备。警官对他说："对任何人不要说喝酒的事情，我们从监控里已经看到了事故的全貌，掌握了基本情况。现在受害者家属不追究你的责任，只需要赔偿30万。很幸运，你遇到了一个明事理的人家，人家也没闹，也没想对你怎么样。"朱永福提出，想看看真实的监控录像，被警官拒绝了。

后来，他对金宝说了自己的想法，就是想看看当时的一幕。也是陈友利帮忙，在交警队的监控室里，朱永福坐在屏幕前，工作人员调取了当时的录像，还原了当时的情景。朱永福的车头撞到了沿街设置的铁栅栏，一截栅栏突然就甩了出去，打到了一辆垃圾车，垃圾车的扶把瞬间对着一个人的脑袋飞了过去。画面里再没有出现任何人的影像，但工作人员告诉朱永福，就是这个垃圾车的把手，击中了孙美丽的头部，致其当场毙命。

朱永福手心里全都是汗。他想让那位操控机器的女孩儿再重放一遍,女孩儿露出不耐烦的神色。一旁的陈友利忙说:"永福叔,咱还是走吧。不看了,好吧。"朱永福站起来,双脚发麻,眼睛生疼,也许是盯着屏幕太久,过于专注的缘故。

此时,躺在床上的朱永福还是无法控制地回想其起录像中的那一幕。当年老范家儿子出事的情形,自己没有在场,脑海中只有一个赔偿的概念,而这一次,自己喝醉了酒,就让一个无辜的人平白搭上了性命。他怎么也想不通,自己这么大年纪了,咋还做出这等遭报应的事呢?

金宝妈在厨房忙活,准备午饭。朱永福突然感到胸腔好像挤压了一块石头,让他害怕的是,那块石头逐渐地分化碎掉,又立即拼合成越来越多的石头。他只有小心翼翼地不让身体移动,他担心那些石头会倾斜而下,轰然倒塌……他明白,石头一旦倒了,他可能就没有希望了。他喉咙里发出了声响,他想叫老伴儿过来,告诉她自己是不是应该去医院看看,可是老伴儿在厨房的声音盖过了他的声音。他只好把床头的手机使劲朝着厨房的方向扔去,他听到了手机落地的声音,也听到了一阵急促的脚步声……

耳边是一直在响的救护车的声音,他清醒过来了,就像是睡了一觉。此刻,什么都安全了,他头脑特别地清醒。从窗玻璃里,他看到车辆驶入了滨海路,看到了那个栅栏,让他震惊的是,他看到一位中年妇女正推着一辆垃圾车,缓缓行走在街道一旁,而自己所在的这辆救护车,正以百米冲刺的速度朝着她撞去……

漂亮的姑娘十呀十八九

漂亮的姑娘十呀十八九，小伙子二十刚呀刚出头；
如锦似玉的好年华呀，正赶上创业的好时候……

1

周春晓满十八这一年，从一所国企技校毕业，被分配进了当地一所有名的化工企业，当上了一名电工。

"小周，从今天起，你就跟着钟班长，他就是你师父了，一个好好教，一个好好学。"汤调度习惯性吧嗒吧嗒嘴，笑眯眯地在班会上说。

这是周春晓参加完厂部、车间安全教育后，来到班组参加的第一个班会。班会由负责维修调度的汤明耀主持。开场白直接指定了两对师徒，周春晓跟着班长钟强学习，同时分配来的卢大力和另一位师父袁讯结成师徒。

钟强用小拇指轻轻摇晃着一串挂钩钥匙，传来清脆的钥匙碰到桌面的声响。"你也说说吧，表表态，钟班长。"汤调度示意钟强。钟强把目光移到周春晓这边。"没啥说的，大家一起干呗，干中学，没啥复杂的，多干点就都会了。"看不出任何情绪。周春晓轻轻瞥了一眼，那串钥匙还在晃。

总公司是家大型石油石化企业，许多工厂车间罗棋分布四处，所属地被誉为石化城。城内有极其方便的交通工具和各类生活设施，二十世纪八九十年代流行的两节车厢拼接而成的"大通道"，经常会出现在马路上，宛如一条长龙驶过。

始建于二十世纪六十年代中期的总公司，"文革"前，五湖四海的有志之士响应号召拥簇到这里，满怀热血豪情。作为国家重点建设项目，依托开发的大油田建设炼油厂成为一项政治任务，人员、物资都是重点保障，特殊年代里，革命的壮志豪情也是人们心底自然迸发的力量。位于山东鲁中这个略显苍凉落后的地区，因为这群建设者的闯入，点燃了激情的火焰。古都悠久的历史文化，在遗落与传承中，与火热的石化工业融合，彼此渗透影响。

春晓的父亲当兵转业到石化企业，成为了一名司机，工作多年，得到了"农转非"的宝贵机会。春晓6岁时，举家从生活多年的农村搬到了石化城，住进了楼房。春晓也转学到企业子弟小学就读。

初中毕业时，她的学习成绩进重点高中不成问题，父母却希望她考本企业所办的技校。最大好处就是毕业后顺理成章成为正式石化员工，无须再操心就业问题。

毫无悬念，周春晓拿到了录取通知书。

在校时，春晓明白了石化子弟与地方孩子的差异。班里的石化子弟，骨子里天然有某种优越感，做事张扬，举手投足也是一副见多识广的样子。而地方招收的学生，做事便谨慎许多，学习一般都特别刻苦。每个学期的奖学金，基本都是外招学生能够拿到。

或许有过农村生活经历，春晓喜欢那种做事踏实、为人低调、话不多、学习肯用功的男生，对那些吹嘘好事、高傲自大、嘴皮子滑溜得似抹了润滑油的男孩儿，则敬而远之。

等到分配进厂，春晓和大力完成了从学生到技术工人的角色转换。按照厂办的安排，春晓、大力和钟强，一起乘坐"大通道"来到成立不久的这个车间。

身为石化子弟的钟强一身黑色皮夹克，牛仔裤，身材健壮，面颊很白净，与一般的工人形象不太一样；平头，鼻梁高挺，眼睛不太大，目光却很有力量；下巴略微突出，习惯性地紧闭嘴唇，脸颊两侧便有鼓起的轮廓。这是钟强留给春晓的最初印象。

2

春晓刚来没几天，大检修开始了。

螺丝刀、老虎钳、剪线钳、扳手，还有电工刀、试电笔，电工必备的七八样家伙被春晓装到了牛皮工具包内，每天开始背着跟在钟强后面去现场。先学着电机拆线。将连接到接线盒里的电机电源线拆开，事关设备的转向问题，必须做好标记。原本的三原色，往往几次拆线后顺序便被打乱了，有时需要重做标记。钟强看着春晓在用笔记，摆摆手，说："用绝缘胶布，一根线缠上一道，一根线缠两道，不就容易区分了。"

这个办法果然屡试不爽，再不会混淆次序。

钟强接到聚合釜拆线的任务。他带着春晓，爬到厂房三楼最高的平台。春晓微微喘息，钟强却步履稳健，踩着台阶，登登作响。

"聚合是车间生产的第一道工艺，原料在这个聚合釜里发生反应，操作要求比较高，温度、压力一旦控制不好，很容易自聚。"钟强指着那个半径足有一米多长锅盖状的"铁家伙"说道。春晓想问问"自聚"是什么意思，却没好意思说出口。

"我上吧，师父。"春晓已经给一台功率3千瓦的电机拆过线。钟强露出疑惑的目光："可以吗？""我试试。"钟强点头，说了句："釜体外壳上有物料，小心！"春晓小心翼翼地攀爬到釜体的啮合处，心里已是战战兢兢。往下望，地面上的人怎么都那么小。抬腿往上爬，却忽然滑了一跤，身体摇晃起来。一旁监护的钟强一把从后面扶住她："下来，我来。"

春晓端正身体，回头一笑："总有第一次吧，我小心就是了。"可额头已渗出汗珠，九月的天，室内异常闷热。好在接线盒旁有一平台，足以容纳下一双脚。接线盒很重，每个螺丝用套筒拧起来都不容易。"师父，您躲开吧，小心螺丝掉下去砸着您。"春晓从上面喊。"没事，我带着安全帽，你放心拆吧。"

等春晓下来，汗水浸湿了后背。"女孩子不适合干这活儿，今天算是体验了一把，以后大电机的拆线你少干，让大力多干点。"钟强说。春晓不服气地说："我可以的。""可以啥，刚才多危险，万一滑落下来，谁担待得起！"钟强扭头走了，春晓赶紧背起工具袋，紧跟而去。

3

天气炎热，车间工会送了冰糕、汽水到检修现场。工会主席吴天让春晓帮着发冰糕。吴天也是技校毕业，他老妈是公司分厂财务科科长，所以被分配到车间操作岗位倒班没多久，就去了车间办公室成了管理人员，还兼任车间工会主席。

吴天眉开眼笑地跟春晓聊天，手里的冰糕化了，也忘了吃。"春晓，去仓库拿一盘2.5的线，硬芯的。""钟班长，不带这么欺负人家小姑娘的，这么多人，凭啥总让她跑前跑后？"吴天半开玩笑地说。

钟强"啪"地把手里的半个冰糕扔到了边上，对着吴天瞪眼睛："我们班里的事少插嘴，小屁孩儿瞎叽歪。赶紧走。"吴天尴尬至极，端着还有半箱冰糕的纸箱，倒退了几步："生啥气呀，钟班长，我开玩笑呢，好好，我走。"

大力吃完冰糕，意犹未尽地舔舔嘴唇："班长，这家伙总往维修班跑。"说话间，仪表班的李国庆一路小跑过来："钟班长，周春晓和胡蛮子吵起架来了，赶紧去看看。""为啥，你给拉开不就得了？"钟强站起身来，拍拍屁股上的尘土。"胡蛮子什么人，根本不听劝……"钟强赶紧朝仓库跑去。

仓库十几平方米的空间，五大三粗的胡蛮子站在屋内，正骂骂咧咧叫嚷着："我用盘电线怎么了？是你家的吗？你要不是小姑娘，我一个拳头打得让你满地找牙，赶紧放开！"此时，周春晓死死抓着那盘线，不肯撒手。

"胡蛮子，你给我滚出去。"钟强伸手把胡蛮子拽到墙根处，那盘线也掉到了地上。"钟强，别仗着你是高干子弟就牛逼，你才来几天，少给我逞英雄。"话还没说完，钟强抓住了胡蛮子的衣领，生拉硬扯把他弄到了走廊里，一脚踹到了地上。"你再说一遍，谁逞英雄？"胡蛮子也不示弱，迅速从地上爬起，一个熊扑，和钟强扭打在一起。

大家围拢过来，把两人拉开。胡蛮子毕竟不占理，气焰有所收敛。钟强余怒未消，指着胡蛮子说："欺负小姑娘，你真能耐！"

事情原委是销售班的业务员胡蛮子强行让春晓把手里的电线给他，说是家用。春晓不肯，两人争执起来。车间里两种人最牛，干销售的和开小车的。尤其这个胡蛮子，自诩走南闯北，不把一般工人放眼里。

汤调度把打架经过写成了书面材料，报给了车间主任张广盛。他刚刚从厂供应科调来，接替退休的老主任。车间对滋事的胡蛮子罚款 200 元；认为钟强处理矛盾方法不得当，罚款 50 元。

4

检修结束后，装置试车正常，进入运行模式。维修班也开启值班模式，三班轮流运转，上 12 小时，休 48 小时。师徒搭伴，钟强和周春晓上同一个班。

一天下雨，两人在值班室看书。钟强问周春晓："能在维修班待多久？"春晓对这样的问题感到奇怪："是我干得不好吗？"钟强说："吴天到处说，车间主任打算让你到销售组。"吴天的用意，春晓是知道的。

"他说他的，不是事实。"春晓回答得很干脆。

钟强对春晓的回答很满意，从桌洞里抽出一张图纸，对春晓说："装置要上一套干燥系统，我们班负责配电，这是图纸，你来看看？"

这是钟强第一次主动提出教春晓业务知识。春晓也明白，参与这种实战性的工作，对提升一个人的技术水平至关重要。特别是从头跟到尾，参与系统配电的全程，对以后工程类项目的电气设计及布局实施都很有帮助。这是技校的实习老师说过的话。

果然，项目很快获得批示。设备采买陆续到位，钟强和汤调度马不停蹄出了几次差，购回许多电气元件。两人经常对着设计图纸指指点点，做局部的调整和优化。每逢夜班时，钟强会拿出图纸，一点一滴讲给春晓听，不明白的地方，还另外画图传授。那天晚上，为了弄明白一种新型降压启动的原理，钟强足足画了三张图纸，将原有的启动方式与新型方式做比对，就各自优缺点详细讲解。为了彻底弄明白，钟强拿出交流接触器、中间继电器、过热保护器等常用元件，摆在桌上，找来废弃的电线，动手布局接线，用实物完成了一套启动配电系统。从纸面到实物，刚刚还复杂难懂的原理一下子豁然开朗。春晓兴奋得不行，执意也要亲自演示一遍，想把钟强刚刚配好的线路拆了。钟强看了看表，已是凌晨两点，就说："太晚了，下个夜班你再配盘，肯定没问题。"

等项目开始实施，钟强和春晓便投入到罗茨风机的配电中。罗茨风机是整个干燥系统功率最大的一台电机，足有 75 千瓦。它的启动模式采用的便是之前钟强模拟了数遍的新型方式。钟强拍着胸脯对汤调度说："放心吧，哥儿们保证完成任务。"

同时，袁讯和大力忙着现场管线的布局安装。大力和袁讯诉苦："师父，每次有安装项目，咱俩都是干没有多少技术含量的活儿，不是盯着日头架管子，墙上打眼固定，就是搬弄电机就位，电缆沟里顺电缆。我和周春晓同时来的，人家都看懂图纸了，我还啥都不会呢！"

袁讯明白，工作分配都是汤调度安排的。他委婉地把大力的想法告诉给钟强，钟强说："年轻人想学技术，是好事。"于是，再有配电任务时，他特意叫上大力一起干。

"班长，这个线路我来接吧，上次检修我干过。"大力很是积极。

大力干活儿快，动作麻利，不足就是做事粗糙，不够精细。线路配完了，没有差错，走向却极其难看，歪歪扭扭。电气布线讲究横平竖直，他的线路弯道过多，缺少章法。

罗茨风机配电正式开始后，大力每日依然跟着钟强和春晓。第一次试车，钟强安排大力去现场启动，春晓在窗口示意送电，忽然，一股浓烟从配电盘腾起，交流接触器的盒盖黑了一大片。

原以为万无一失，谁知交流接触器却瞬间被烧毁。这个结果让钟强百思不得其解，他重新核对线路，未发现任何问题。"也许是接触器有质量问题吧。"汤调度帮着分析。之前也有过此类情况，采购来的元件质量不过关，一旦使用极易损毁。

春晓去仓库拿了一个未开封的接触器，商标还在。大力自告奋勇安装到配电盘上。听说了消息的车间主任张广盛也来到配电室,看到门口的标识牌写着"配电重地闲人免进",便远远地站着。听着配电柜上元件发出的嗡嗡声,大家屏住呼吸,不敢轻易言语。

"大力,去现场启动试车!"钟强一声令下,大力一路小跑,冲出了配电室。

又是"扑哧"一声,一股浓烟从配电柜冒出。大家不由自主地退后几步。守在门口的张广盛着急地说:"干燥系统都万事俱备,配电出毛病,系统投用就得延误,这生产等不起啊!"

在室内的钟强拿着图纸,又重新对照线路。星三角启动,涉及的元件多,质量要求过硬,配电线路复杂,一旦有丝毫问题,都容易引发此类故障。春晓看着班长的背影,一向胸有成竹的他,此刻蹲在绝缘地板上,细细梳理配电柜内的线路,身体弓成了虾米状。在春晓的印象中,这还是班长第一次如此认真、谨慎、小心翼翼地对待一件事。

"周春晓,把星角启动交流接触器烧毁的主要原因背一遍!"钟强突然说道。"一是初始负荷过大,二是接触器切换顺序错误,三是负荷过重,四是电机故障,五是……""延时过短!"还没等春晓继续,钟强脱口而出,"时间继电器。"

说完,春晓已经把螺丝刀递给了钟强,钟强迅速将时间继电器从配电盘上拆下,递给身后的周春晓,说:"同等型号,去拿一个新的!"春晓迅速冲出了配电室,就连汤调度和主任追问"干吗去"也没有理会。

21 秒!在新的时间继电器上设定好延时时间,钟强看了一眼烧毁的两个交流接触器,对春晓说:"你去现场启动,大力窗口呼应。""钟强,有把握吗?"汤调度满脸焦灼。

"启动!"钟强一声指令,"砰"的一声轻微的吸合声,是交流接触器三组芯片完全闭合的声音。同步，现场传来从弱到强的轰鸣声。

"成功了！"张广盛冲进配电室，重重拍了拍钟强的后背。

春晓的眼泪在眼眶里打转。那天，胡蛮子强硬地从仓库拿电线时，她没有怕过。而此刻，到底是为了什么？她特别想看看钟强开心的表情，刚才他一筹莫展。她看着那台高速运转的电机，运转声异常动人。从小就惧怕鞭炮噼里啪啦的声响，可此刻，这声音却像歌剧中的咏叹调，高亢激扬，冲入云霄，久久回荡……

5

对于单位来说，一个领头人至关重要。他的管理思路和做事方式，会明显影响车间的发展趋势和未来走向。张广盛犹如一场及时雨，将一个濒临关停、亏损严重的车间起死回生，逐步开始盈利。

车间第一次全员大会上，张广盛宣布："大家要勒紧腰带过日子，生产搞不好，装置一停，大家只有喝西北风。我知道，许多人觉得咱们是国企，是铁饭碗，我劝这些人醒醒吧，社会上大批下岗工人，有许多不也是国企职工吗？市场面前，谁的脸面也不好使。"

这个40刚冒头的中年人，此刻，神情凝重，眉头紧锁。"从今天起，车间领导不再享用专车待遇，把轿车退回厂里，节省开支。坐班车也不错，大家在一起还能多交流。"话刚落，掌声雷动。

"今后，咱们每个月都要开职工大会，我会详细通报每月的生产经营状况，每名职工都要了解车间的真实情况。大家要记住，我们是一个团队、一个集体，一荣共荣、一损皆损。"

这是一次思想动员会，也是一次改革启动会。一系列改革措施接踵而来,"减员增效"是首屈一指的招式。"从辅助岗位减员,充实到生产一线。想要保质保量生产合格产品,一线必须增加人。"张广盛掀起了改革的风暴。

维修班成为改革试点第一站。从 21 人减至 9 人,机电仪和污水处理站,每个工种保留两人,钟强负责维修班整体工作。停止值班制,改为常白班。夜里装置有事,维修人员随叫随到。来回打车票报销。

连日来,各种猜疑声、传闻声不绝于耳。有性子急的嚷道:"这是要让我们回家吗?要是下岗了,我先到张广盛家,吃上一个月饭。"

周一班会上,钟强把汤调度请到班组,把当前形势和车间动向给大家交个底。

汤调度劝解大家:"不是下岗,是转岗。到倒班岗位,有津贴,有补助,工资奖金都比维修岗位高。现在车间这个形势,不变,大家就得一起死,还不如解放思想,大胆走出这一步。"

"都是同甘共苦的兄弟姐妹,谁走谁留?我不想让任何人走。今天我把话放在这里,不管日后谁离开,在我心里,永远是维修班的人。"钟强攥着手里的一串钥匙,一脸严肃。

6

一周后,转岗名单出炉。春晓和大力两个年轻人都留在了维修班。四个岗位各保留两人,其余全部到操作一线倒班。

车间如火如荼的繁忙景象,彰显张广盛的管理思路和具体举措正一步步变为现实。实干,总有着巨大的能量和功力,在不自觉中,完成一种转变。在张广盛眼里,全车间就是一盘棋,每一位职工都是棋子,如何布局,怎样走向,谋略和胆识需要集于一身，用他的智慧和精明挽救败局，为车间、为所有这个车间的人，赢得尊重，赢得未来。

"改变你的角色定位，操作工也可以干包装工的活儿，维修工也可以干装卸工的活儿，我们就是要打破疆界，混淆专业和班组，共同为车间扭亏脱困尽自己的一份力量。"张广盛不仅抓管理有一套，思想教育也切中要害。

不出三个月，车间实现了扭亏为盈，吴天带领一帮青工拿着捷报到厂部报喜。

春晓被汤调度指派，撰写了一篇车间多措并举扭亏为盈的新闻稿件。很快，题为《吹尽黄沙始见金》的报道出现在厂报上，厂长在全厂生产经营例会上表扬，并承诺必须嘉奖。

7

趁着装置停车阶段，车间集体组织去黄山游玩。因为还有收尾的活儿，维修班也不能全体出动，春晓就自告奋勇提出留下来值班。众人齐声喝彩，大力开心尖叫："不用抓阄了，问题解决了。"

留守车间的春晓，却遇到了一个突发状况。15千瓦的接枝釜电机，她打开前端盖做保养时，发现密封圈脱落，轴承也有磨损。倘若不进行大修，重新装配后投用，根本保证不了长周期运行；如果大修，维修班人员都在开往黄山的火车上，怎么办？

春晓思前想后，决定必须一试。车间设备员古力扬没有随团出行，找他商量。

古力扬是春晓技校的学长，听了春晓的叙述，盯着她看了好一会儿。"你不相信我？"春晓开诚布公，盯着对方的脸。"你单独干过这样的活儿吗？这台电机光转轴就得三四个人才能搬得动。一旦拆开，必须保证完好装配，不然影响开工就是大事了！"

古力扬的担忧，春晓非常清楚，但她知道自己做不到睁一只眼闭一只眼，有问题，就得想办法解决，敷衍一时，日后会有更大隐患。

"如果施工人员全力配合我，我能够做到不出意外。"

古力扬和施工队的人比较熟。听闻此事，施工队队长大手一挥，说："检修电机，俺们是外行，一切听小周师父指挥，她说怎么干，我们就怎么干。"

按照电机检修的严格步骤，松开固定的螺丝，打开前端盖，使用铜棒敲击转轴的顶端，将后端盖顶出。这里有个力度和松紧的问题。力度小，转轴不会移动；太大又容易刮伤机壳内的绕组线圈。那可是电机的内芯，重点保护的地方。队长亲自上阵，按照春晓的示范演示，每一步都小心谨慎。看着他们粗壮的胳膊在眼前挥舞，黝黑的脸庞上汗水肆意流淌，春晓内心充满了感动。

用时一整天，接枝釜电机检修完毕。随着最后一个端盖螺丝拧紧，春晓用手轻轻盘旋转轴，力矩、松紧度出乎意料地完美。春晓暗暗佩服队长的经验。他在紧固端盖的六个螺丝时，用力是何等讲究，让一个整面的松紧度均衡分配。

钟强等人上班后，接枝釜电机已焕然一新、重新就位。钟强满意地点点头。"胆子够大，这么大瓦数的电机也敢动！"说完，他从工作服口袋里掏出一个紫色绒布包裹的小盒，递给春晓，"给你带了个小礼物。"春晓小心翼翼打开，是一只水晶兔子，细长的耳朵朝天翘着，像是两根麻花辫；柔软弯曲的身体，匍匐在青草之上；轻轻扭头，眼睛里闪着光，放着亮……

8

光阴荏苒，车间的年轻人陆续结婚、生子，每年都有婚宴的请柬飞来飞去。生了宝贝的年轻父母们，则美滋滋地挨个儿班组送红鸡蛋。

吴天没有把周春晓追到手，很快，母亲做主，和医院一位护士喜结连理。

汤调度操心着钟强的婚事，跑断了腿、磨破了嘴皮子，也没有结果。

春晓通过成人高考，进入电大学习。母亲也开始托关系给她介绍对象。春晓借口功课紧，要学习，总是拒绝见面。

那晚，《数字电子》的课刚结束，春晓离开教室直奔2路车站，过了九点半，也没见2路通勤车的影子。班里女生都有男友接送，只有她形单影只。

眼前大灯闪过，一辆黑色轿车在站前戛然而止。右侧玻璃窗滑下，钟强歪着脑袋对着春晓笑："上车，送你回家。"

春晓打开副驾驶门，落座。踩着毛茸茸的脚垫，松软的座椅舒服至极。

"每次都这么晚下课，女孩子不安全。"钟强瞥了一眼身旁的春晓。

"没事，师父，咱是电工，身上带电，安全。"话音刚落，两人大笑起来。

"是不是去见女朋友了？"春晓看着钟强的侧脸，鼻翼挺拔，眼神明亮。

"老汤给我介绍了一个女朋友，刚才见面去了。"钟强漫不经心地回答。

"什么情况？我们都等着吃你喜糖呢！"春晓装出很轻松的样子。

"现在的女孩子都要找有文凭的，我工人一个，还是离异，谁能看上我？"

钟强离异的事，李国庆透露过。公司改制分流时，钟强妻子吃了秤砣铁了心，非要和钟强一起买断，拿着工龄款去南方做生意。钟强不肯，两人矛盾加剧，直到分道扬镳。

夜色中的街灯朦胧迷离，刹那间一闪而过，春晓希望车速快一些，又希望慢一些，紧张、甜蜜的情绪，在心底浓得化不开。

几颗雨点打在前玻璃窗上。"下雨了，带伞了吗？"钟强问。

"没带，你送我回单身公寓吧。"

下课太晚时，春晓怕影响父母睡眠，便决定回宿舍住。

临到公寓门口时，钟强稳稳停下车，转身从后车座摸出一把伞，递给了春晓。

春晓没有拒绝，推开车门，转身对着钟强说："我就不想找有文凭的。"

说完，她撑开伞，朝着单身公寓走去。

玻璃窗上，水花飞溅。

钟强点燃一根烟，关掉车灯，许久没有离开……

9

黄叶在风中打着卷儿，几场秋雨绵绵而下，空气中有了寒意。

市环保局前来安全督导，车间副主任姜水陪同在车间到处走走看看。

环保局副局长老鹰般的眼睛四处逡巡，他是新提拔的干部，集聚着干事创业的热情和激情。他发现了在车间偏僻处堆放的酰胺废料，掀起盖着的塑料袋说："怎么能这么随意放置危化品呢？这可是剧毒品，一旦下雨，后果不可设想，简直是开玩笑，太不像话了！"

有市环保局的明令，车间只好停产整顿。上级部门也担心车间事故频发，干脆下令，停产整顿。过了些时日，工厂做出了关停的决定。厂部下文，车间一百多号人整体划拨到总公司另外一家兄弟单位，按需分配岗位。

大家记住了一个新名词，成建制；也清醒认识到，一个车间从此改弦易辙，江湖不见。

因为有新闻作品频频见诸报刊，主管宣传工作的厂领导欣赏周春晓的文笔，专门安排春晓为所有通讯员试讲了一次新闻写作课后，决定将其调入厂宣传科，专职从事新闻报道工作。

钟强请维修班所有人，包括转岗的员工一起聚餐。那晚，大家都喝高了，有多少酒瓶子，谁也没去数；有多少留恋和失落，谁也不去想。未来，留待酒醒后再说。

钟强端着酒杯来到春晓面前。"到了机关可要多长个心眼儿，那个地方人事复杂，可不像咱们维修班，都直来直去的，受委屈了，给我打电话。"说完，他用发红的双眼看着春晓。

"不会的，师父，放心吧，我能应付。你也多保重。"

众人就起哄："这师徒的感情情深似海啊，不如喝个交杯酒如何？"

醉意像是鸦片，迷离、兴奋，鼓涨了气势，驱走了胆怯。喝彩声中，一杯白酒，一杯红酒，绕过半个弧度，送到了两张唇间。冷冽、清爽、酥麻，是酒的味道，也是情的缠绕，化作肺腑间的两团火，烧得人难以自持。

临散场，钟强打车送春晓回家。春晓将身体贴近了钟强，听到了他沉重有力的呼吸声，仿佛有个马达，在他胸腔里不停跳动。

钟强握住了春晓的手，冰冷的小手，在他掌心里战栗。

"你会有更好的生活，相信我，找个有文凭的男朋友。"钟强看着前方。夜色中，街上霓虹闪烁，成了一片五彩的海。而春晓，像是漂浮在海面上，内心肆意汪洋，海浪翻滚。

车内响起了《何日君再来》的歌声，悠扬婉转，忧伤如水般流淌，眼泪在春晓的眼角沉浮。

过了前面那个红绿灯，就到家了，就要分别了。

10

春晓被通知去厂人力资源科报到。

按照惯例，办理调动手续前，有三个月试用期。宣传科的窦科长平易近人，和蔼可亲，对春晓说："别着急，慢慢熟悉，机关部门的工作琐碎，但责任大，要严谨细致，不出纰漏。"

这些天，大家都在忙活职代会的事。春晓负责装订各种会议材料，将各种颜色的纸张分装到文件夹里，为不同类型的代表准备使用。

钟强和成建制转岗的人员一起，融入新的环境。新车间的领导了解到他的能力，安排他到电气调度岗位。

厂里一台变压器突然出现了故障，无端跳闸。投用备用设备后，钟强提出，要抓紧测试变压器各项指标参数，用来查找故障点。分管设备的副厂长拍胸脯说："没问题，我找其他厂的试验班，帮我们测试一下。"

第二天，钟强便得到试验班来做测试的消息。他来到变压器房，试验班的人员正安装好设备，开始测试。他和试验班的班长交谈了几句，介绍了具体情况。突然，在试验仪器旁的一位女孩儿引起了他的注意，蓝色工装下，纤细的腰身、修长的脖颈，一根马尾辫凸显在脑后。

女孩儿的背影，咚地撞击了他一下。他不得不平稳了情绪，努力将思绪拉回当下。此时，春日里，风已温柔，变压器房的周围已是绿草茵茵。

"春晓，把数据报一下。"试验班班长拿着记录本，对蹲在地上的女孩儿喊道。

这一刻，风停了，周遭安静下来，钟强不敢相信看到的情景，那个女孩儿，起身，用熟悉的语调报出一个数据，随即，回转身，几乎是同时，两人的目光撞到了一起。

"师父。"春晓清脆的嗓音，像是百灵鸟，在林中穿过。阳光在她的脸庞上跳跃，风儿重新回到眼前。

"你怎么在这里？"两人异口同声。

11

时光倒流，即将办理正式入职手续时，春晓却提出了调整岗位的意愿。窦科长不理解，一个女孩子，放着机关办公室的工作不干，偏要干那又累又苦还十分危险的电工？

此时，厂里重新定编机关人员，鼓励年富力强的年轻人奔赴一线进行基层锻炼，每个科室定了具体指标。之前看重春晓才华的那位厂领导，结合春晓电大所学专业，安排她去了厂电气试验班。

到新岗位报到前，她和古力杨见了一面。在大排档，两人喝啤酒、吃烤串，老朋友般，说起那年没去黄山留在车间修电机的事儿，古力杨忍不住夸春晓。

两人身边的啤酒瓶多起来。古力杨感慨："没想到还有你这么傻的女孩儿，执拗、痴情、够笨。""我没有机会了，真想掐死钟强。"古力杨做出掐人的动作。

一首歌把春晓的回忆拉回到变压器检修现场。

有人哼起了歌唱家蒋大为的歌曲《要问我们想什么》，旋律悦耳、清脆、明快。

此时，变压器试验进行得非常顺利，钟强和春晓，举手投足，配合默契。试验班班长惊喜地问："你们认识好久了吧？"没等钟强回答，春晓调皮地故意放大了声音："他是我师父。"

她是想告诉所有的人，这个有过婚史没有文凭的男人，她不打算放手了。

优美的歌声飘荡在作业现场。

> 漂亮的姑娘十呀十八九，小伙子二十刚呀刚出头；
> 如锦似玉的好年华呀，正赶上创业的好时候……

后记

　　风吹哪页读哪页，每一页，都是一段人生际遇。

　　散文随笔集《十排房》，一共四辑，分别为"旷野之境""灯火深处""只道寻常"和"人间山海"。

　　我人生的记忆，是从一个叫十排房的地方开始的，那里虽不是我的出生地，却和家人在此居住了十几年，直至我临近初中毕业时离开。搬家时，我突然泪如雨下，莫名的伤感在少年的心头像浓雾一般散开。多年后，曾经的邻居们，开始出现在我的记忆里，我把他们写到了文章里，便是这本书里"灯火深处"一辑中的内容。10个小故事，讲述的都是我曾经的左邻右舍，在我身旁真实发生过的故事。十几年里，他们困守在十排房，过着最平凡普通的百姓生活。这里的人，有的传统守旧，有的叛逆不羁，有的积善感恩，有的精于算计，不过都是凡夫俗子的烟火人家，安守在生活的最底层，做着最真的梦。在他们身上，有我对人和这个世界的认知，也有我对那个年代深深的眷恋情怀。

　　思想绽放的火花，如同瞬间心灵的升华，从平凡而朴实的生活中，细细揣摩人和人之间的相处之道，品味事物发展的潜在规律。纷繁忙碌的生活，需要冷静而清醒的头脑，而不是浑浑噩噩深陷琐碎杂事中，模糊了视线，更难看清生活本来的面目。"旷野之境"一辑中许多的"火花"，闪现在生命的时时刻刻，记录瞬间，寄情远方，邂逅属于你的自由与广阔。

书里的许多人，都是真实的你我他，在红尘中挣扎、迷失，寻找、成就。在名利诱惑面前，有些人可以轻松止步，有些人却只能一味沉沦。保留几分清醒，才是最重要的随行物品。"只道寻常"一辑收录的也是对平凡人的描摹，有深情的追忆，也有期许和遗憾。写他人，便是为自己竖起一面面的镜子，也希望读者能够从中看到自己的影子。

"人间山海"一辑多数是道听途说的故事，不必追究真实与否。生活的丰富多彩、世界的神奇万变，其实就是通过一个又一个栩栩如生的人物形象呈现在眼前。我更愿意表现小人物在这个世界生存的意义，也许这和我也身为一个小人物有关吧，更有兴趣去写让自己感同身受、触动心灵、拨动心弦的作品。

为那些平凡、朴素的人做一个写手，记录他们的情感波澜、人生阅历；记录他们身上的光，做过的梦；记录他们的梦想，经历过的坎坷和不幸。我用简单而拙劣的笔法描述市井百态，于氤氲红尘中看到那一束束光，即便微弱、苍茫。

我希望用文字在每个人的心田上架起一盏明灯，给予一点儿温暖和力量。人们常说，关注自己的内心，少谈论别人的故事。但是，当我们心怀一份善意和热望，并且为此而历经时光的沉淀和酝酿，写下来也许是对这个世界最好的倾诉，对生活最好的回响。

某个深夜，忽然想到了那个绕不开的话题：人生的意义和价值究竟何在？既然我们都将奔赴同一个结局，在这个过程中，所有收获到的情绪价值，所有物质上的给予与丰富，能给予内心怎样的安定，究竟和幸福又有多少关联？名利如万花筒，从未停止它的诱惑。可触摸、可感知、可享乐的一切，是矢志不移的唯一目标，还是千千万万路径的重复与叠加？

年岁越久，我明白了一个道理，人生能否知足和快乐，都建立在是否一直朝着自己喜欢的方向在追寻。坚守的本身，不曾放弃的过程，足以让自己感到欣慰和感动。谁的一生都难以一帆风顺，即便在成长过程中，遍布荆棘，遭遇坎坷，我终究选择原谅，谅解有一些人带给我的诋毁和伤害。人世间最美的字眼是生而善良，最向往的境界便是人生自由。放下包袱，用善良、爱心，用明亮的双目看清未来的方向，用温润的心灵滋养世间所有的美好。历经千山万水，发现大自然才是永恒的圣地，而善良的品行是不变的航标，指引着我们前行。

整理书稿时，把过去写过的那些故事重新梳理了一遍，与故事中的人和事再一次重逢，重新感受文字赋予的某种生命力，从不会随时光远去而减弱分毫，它来自心灵，又反哺心灵。看似不经意间，已游历了山河大川，时而在高山上攀援，时而在湖泊里漂流。有了笔下那一个个人物的陪伴，世间从此不再孤单。

这些故事写于不同的时期、不同的心境下，其中有真实的描述，也有虚构的编织。文学是一场不期而遇的梦幻，令人着迷，沉浸其中，关联着生命中那些无法忘怀的记忆。我希望这本书的风格是平和、散淡、安静的，这六个字概括出了书的特质和属性，就是一个中年人的娓娓道来。夕阳下，沐浴在傍晚的云霞里，看着远处的山峦层层叠叠，黄昏渐至。家家户户渐次亮起了灯光，在寂寞的时空里，呈现着人生的自由和闲散。从不强求什么，也不想达到什么目的，只想在静谧的时光里，享受这一刻的安静与从容。

作家史铁生坐在轮椅上，写下的文字如泣血的花朵。即便是如临深渊，也可以唱出生命的赞歌。这是照进平凡岁月的光，照亮我们踏足的平凡之路，哪怕没有信仰的引领与支撑，回归生命的原动力，也会笃定生存的信念，让我们过好每一天。

一切终成过往。眼睛能够看到的、真正握在手心里的，身体真实感受到的幸福，不过是昙花一现般的绚烂美丽，所谓天长地久、地老天荒，不过是心底的期望。不必花太多时间为所谓的意义而纠结，一切源于自然，当用一生去追寻自然。

心如大海般辽阔，梦如天空般五彩斑斓，唯有与自然相伴，把心交付给自然，不强求，不纠结，不愤懑，回归生活的本真，探寻一种最简单、直白、平凡的方式，陪伴家人、守护爱人。

平和面对，携手同行，也许是最好的人生姿态。老了，依然优雅而端庄，岁月风霜后的淡然和豁达，更显魅力十足，这是对时光流走的平常心态。以持久的精神力量面对沧桑变化，奔向理想的彼岸，一如最初的坚定与执着、激情与热望，滋养身心，生生不息。

书中的许多故事，长久在我心上，无法抹去。当我用文字记录下来的时候，或许才有可能和这些故事说一声再见。我不敢说它们有多么地精彩，多么地动人，能否触动人心，但我知道，那些故事真实地发生过，我用文字记录下来，也是冥冥中的一种机缘，经受住时光的大浪淘沙，终究成为岁月的印记。

不管以怎样的表达手法写作，万变不离其宗，都是基于个体的敏感度，以及独具的某种特质。划定感兴趣的某个群体，转动记忆的齿轮，在视觉和味觉里，勾勒出心灵深处的那个理想国。这个过程充满探险般的乐趣，经历了冬日的沉寂，终于在春天醒来，万物呈现蓬勃生机。

作家王小波说："我对自己的要求很低；我活在世上，无非想要明白些道理，遇见些有趣的事；倘能如我所愿，我的一生就算成功。"

每一个人都是这世间绽放的一朵花，用努力、坚守和执着，留住一抹春色，静坐窗前，饮一杯香茗，静候花开花谢，云卷云舒。

要的就是这俗世红尘的平和淡定。珍惜时光的馈赠，即便平淡无味也请露出笑容。哪怕有一天，白发苍苍，唯愿和亲人相守的日子更长久，倍加珍惜。人生总在不停地改变，适时接受，是一生的功课。于光阴最深处，看岁月静好，烟火如常，双手紧握幸福。

2024 年 5 月

于齐鲁石化